영상문학의 스토리텔링

― OTT 드라마에서 대중영화까지 ―

영상문학의 스토리텔링

OTT 드라마에서 대중영화까지

이다운 지음

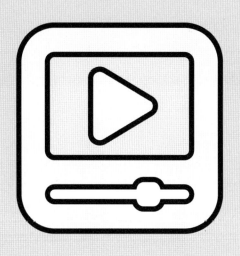

역락

머리말

　이야기는 인간 소망의 보관함이자 절망의 기록서다. 인간은 이야기를 통해 존재와 세계를 구축했고 이야기 덕분에 내가 아닌 타자의 내밀한 마음을 체험할 수 있었다. 도래하지 않은 사건에 대응할 지혜를 제공하고 공동체의 율법을 습득하게 해준 이야기는 재미 혹은 놀이라는 의미를 초월한다. 그러한 덕분에 태초의 이야기 이후 인간 세계에서 이야기가 사라진 적은 없었다. 인간은 자신이나 타인이 겪은 일뿐만 아니라 실현 불가능한 사건까지 상상에 의거해 구현하며 이야기가 존재해야 할 이유를 끊임없이 발견해 왔기 때문이다.

　이야기를 향한 인간 열망의 실현은 여타 산물과 마찬가지로 기술문명의 영향을 받았다. 스토리텔러의 자율성과 현장의 아우라 가운데 조성된 '듣는' 이야기는 인쇄기술의 발전과 함께 '읽는' 이야기로 전환되었다. 이후 영상이라는 놀랍고도 강력한 매체와 이야기가 결탁하면서 새로운 차원의 가시와 실존 세계가 펼쳐졌다. 바로 여기에서 영상화된 이야기 '영상문학'이 탄생했다. 이제 이야기는 과학기술의 혜택과 함께 재현의 한계를 초월하고 이야기 경험 방식을 재구성하고 있다.

　『영상문학의 스토리텔링-OTT 드라마에서 대중영화까지』는 한국 영상문학 그중에서도 드라마와 영화가 이야기를 어떻게 다루어 왔으며 그것이 감상자와 세계에 어떠한 영향을 미쳤는지를 주요 작품을 중심으로 분석한 책이다. 하나의 작품은 창작자·감상자·제도·이데올로기·기술 등 다양한 조건이 교차하는 역동적인 장 안에서 태동한다. 이 책 역시 그 점에 주목했다. 즉

『영상문학의 스토리텔링-OTT 드라마에서 대중영화까지』의 목표는 드라마와 영화의 스토리텔링 양상을 분석하면서 그러한 스토리텔링을 선택하게 만든 사회문화 배경과 대중욕망 그리고 매체와 플랫폼의 변화 과정을 함께 추적하는 데 있다.

1장에서는 OTT 플랫폼의 등장과 함께 새로운 스토리텔링 문법을 갖게 된 OTT 드라마를 살펴보았다. OTT 플랫폼을 통해 전 세계인이 하나의 드라마를 동시에 감상하고 해당 의견을 소셜 미디어에서 실시간으로 공유하는 시대가 되었다. 작품을 감상할 시공간과 기기, 재생 속도와 감상 분량까지 스스로 결정하는 새로운 버전의 시청 공동체를 위해 한국 드라마는 기존과 다른 스토리텔링을 시도할 수밖에 없게 된다. 1장에서는 그와 같은 변화가 선명하게 감지된 <오징어 게임>, <보건교사 안은영>, <지옥>, <몸값>, <더 글로리> 등을 중심으로 OTT 드라마가 선보인 스토리텔링의 특성과 의미를 다각도로 분석했다.

2장에서는 보수적인 플랫폼 속에서 대중욕망과 시대 분위기를 반영하며 구성된 TV 드라마의 스토리텔링을 다루었다. TV 드라마는 높은 접근성과 특유의 친숙성으로 오랜 시간 대표적인 대중서사 자리를 점해 왔다. 박재범과 김은숙은 드라마의 엔터테인먼트 효과를 입증한 작가로 <열혈사제>, <빈센조>, <도깨비>, <태양의 후예> 등은 TV 드라마의 대중지향 스토리텔링 전략을 확인하게 해준다. TV 드라마는 놀이처럼 향유되어 일상을 위로하면서도 시의성을 배제하지 않는다. 2장에서는 <너도 인간이니?>, <동백꽃 필 무렵>, <킹더랜드>처럼 시대 분위기를 반영한 TV 드라마를 함께 살펴보았다.

3장에서는 해석을 요청하는 다층적 텍스트이자 기억의 저장소로 기능한 작품을 선별하여 영화 스토리텔링의 특성과 영화의 역할을 탐색했다. 한국 영화사에 광범위한 흔적을 남긴 박찬욱과 봉준호는 <헤어질 결심>과 <기생충>으로 국내외에서 주목받았다. 이들 영화는 진의를 발견해 줄 적극적인 감상자를 호명하는 작품은 동일한 방식으로 체험되지 않는다는 사실을 알려준다. 이와 더불어 3장에서는 한국 현대사를 되짚은 4편의 영화를 통해 스펙터클을 향한 대중영화의 의지와 실재성과 파급력을 지닌 영화가 추구해야 할 재현 윤리에 관해서도 고찰해 보았다.

영상문학을 향한 관심이 확산되던 시기에 대학원에 진학해 대학에서 영상문학론을 강의하는 지금까지, 이야기의 영상화 양상을 연구한 지 꽤 오랜 시간이 흘렀다. 시기마다 주목받은 작품을 중심으로 영상문학의 존재성을 탐구한 이 책은 영상문학에 관한 개인 연구의 역사이자 한국 영상문학 역사의 한 부분이다. 책에서도 서술했듯 이야기의 향유 혹은 존재 방식은 달라져 왔고 달라질 것이다. 그러나 내가 아닌 다른 사람의 여기가 아닌 다른 세계를 체험하는 이야기의 본질이자 특권은 달라지지 않을 것이다. 내가 앞으로도 이야기 연구자로 존재할 이유가 바로 여기에 있다.

2024. 7.

저자 이 다 운

1장 OTT 드라마론

2장 TV 드라마론

3장 영화론

1장
OTT 드라마론

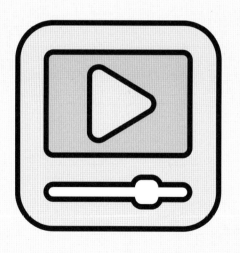

글로벌 플랫폼과 전 세계 시청 공동체의 결연
— 넷플릭스 <오징어 게임>

1. 가장 성공한 한국 드라마 <오징어 게임>

2021년 9월 17일 넷플릭스를 통해 공개된 <오징어 게임>은 넷플릭스가 서비스되는 전 세계 94개국에서 '오늘의 TOP 10' 1위를 기록하는 기염을 올린 작품이다. 넷플릭스의 공동 CEO인 테드 사란도스가 '넷플릭스 사상 가장 큰 작품이 될 수도 있다(Netflix's biggest ever series at launch)'고 발언했을 정도로 <오징어 게임>은 세계 최대 글로벌 플랫폼에서도 상징적인 작품으로 기록되고 있다. 그에 따라 월스트리트저널(WSJ)이 '전 세계적 현상'으로 명명하고 CNN이 '문화적 장벽을 뚫고 예상치 못한 센세이션을 불러일으킨'으로 분석하는 등 <오징어 게임>은 세계적인 언론의 특집 기사에 연이어 등장했다. 특히 <오징어 게임>은 방송계 아카데미라 불리는 에미상에서 6개의 상을 받았으며 골든글로브, 크리틱스 초이스, 美 배우조합상(SAG) 등에서 수상했다. 전 세계 감상자의 호감 척도를 확인할 수 있는 로튼토마토와 IMDb에서 높은 점수를 받기도 했다.

황동혁 감독이 연출과 각본을 맡은 <오징어 게임>은 456억을 받기 위해 모인 456명의 참가자가 목숨을 걸고 가공의 게임에 참여하는 이야기로 생존을 건 서바이벌이라는 점에서 데스게임 장르에 속한다. 9부작 드라마인 <오징어 게임>은 1화 무궁화꽃이 피던 날(Red Light, Green Light), 2화 지옥(Hell), 3화 우산을 쓴 남자(The Man with the Umbrella), 4화 쫄려도 편먹기(Stick to the Team), 5화 평등한 세상(A Fair World), 6화 깐부(Gganbu), 7화 V.I.P.S(VIPS), 8화 프론트맨(Front Man), 9화 운수 좋은 날(One Lucky Day)이라는 소제목하에 특정 게임에 참여하는 사람들의 다양한 정황을 재현한다. 이러한 <오징어 게임>을 넷플릭스 공식 사이트에서는 '경악과 공포의 현장, 잔혹한 게임 속에 던져진 이들의 도덕성과 인간성이 시험대에 오른다'고 소개한다. 말하자면 <오징어 게임>은 단순하지만 잔인한 게임을 통해 인간과 세계의 밑바닥을 재현한 디스토피아물이다.

그런데 주목할 점은 서구·영어권이 아닌 한국 드라마이면서 유쾌보다는 불쾌를 기반으로 하며 슬래셔물에 견줄 만큼 잔인한 장면이 화면을 채우는 <오징어 게임>이 전 세계인이 열광하는 작품이 되었다는 사실이다. 물론 <오징어 게임> 이전에도 글로벌 플랫폼인 넷플릭스를 통해 공개된 한국 드라마가 높은 순위에 오른 경우가 있었다. 예를 들어 조선시대와 좀비를 결합한 <킹덤> 시리즈는 아시아권에서 1위를 기록했으며 영미권에서는 SNS를 중심으로 K-좀비와 갓 열풍을 불러일으켰다. 괴물과 싸우게 된 소년의 이야기를 다룬 <스위트홈>은 미국 내 글로벌 드라마 3위에 오르기도 했다. 그러나 이들 작품은 주로 제한된 국가에서 주목받거나 순위 역시 일시적인 기록이라는 점에서 <오징어 게임>의 상황과 변별된다. <오징어 게임>은 특정 국가에서 일시적으로 관심받은 것이 아니라 말 그대로 전 세계에서 동시다발적으로 주목받은 전무후무한 한국 드라마이기 때문이다.

주지하다시피 넷플릭스는 통일된 콘텐츠 저장고 없이 전 세계에 흩어져 있는 각기 다른 집단과 미세하게 타깃화된 수용자 그룹에 어필하는 전략을 취하는 글로벌 플랫폼 기업이다.[1] 말하자면 넷플릭스의 고객은 상이한 문화권 내에 거하며 다양한 취향을 가지고 있는 전 세계인이다. 그런데 단순하게 생각해 보아도 예측하기 어려운 개별화된 감상자를 특정 작품을 통해 하나로 연계하여 시청 공동체로 소환하는 일은 쉽지 않다. 이러한 이유로 넷플릭스는 세분화 전략을 사용한다. 즉 보유 콘텐츠를 장르, 길이, 완결도, 분위기 등 1,000개 이상의 분류법으로 구분하고 세분화된 특징의 조합으로 7만 7천 개에 달하는 마이크로 장르를 구축하는 것이다.[2] 실제로 넷플릭스 내에는 신작이 들어오면 그것을 세밀하게 분석하여 데이터화하는 수십 명의 데이터 전문가가 존재하는데, 이들에 의해 정리된 메타데이터는 개별 감상자의 취향 데이터와 병합되어 작품 선택의 준거틀을 구축한다.

'넷플릭스 양자이론(Netflix Quantum Theory)'이라 불리는 메타데이터 작업은 출시 연도, 언어, 감독, 출연자 목록, 선정성 등 콘텐츠에 대한 객관적인 정보를 포함한다. 여기에 분석 전문가가 넷플릭스 콘텐츠를 감상한 후 주관적인 태그를 포함시켜 콘텐츠를 생생하게 표현하는 작업을 실행하는데, 그 결과 메타데이터는 콘텐츠 분류 및 추천 과정에 직접적으로 활용된다.[3] 그런데 넷플릭스는 개별 감상자의 미세한 취향에까지 관심을 보이는 마이크로서비스 전략뿐만 아니라 자체 제작한 오리지널 콘텐츠를 최대한 많은 감상자가 관심을 보이도록 유도하는 전략을 동시에 사용한다. 넷플릭스는 스트리밍 플랫폼의 한계를 극복하고 독자적인 콘텐츠 플랫폼으로서 경쟁력을 제고하

1   코리 바커·마이크 비아트로스키 외 지음, 임종수 옮김, 『넷플릭스의 시대』, 팬덤북스, 2019, 14-15쪽.
2   강정우, 『디즈니와 넷플릭스 디지털 혁신의 비밀 DX 코드』, 시크릿하우스, 2020, 26쪽.
3   이호수, 『넷플릭스 인사이트』, 21세기북스, 2020, 206쪽.

고자 오리지널 콘텐츠 제작에 심혈을 기울이고 있다. 무엇보다 초창기 오리지널 콘텐츠인 <하우스 오브 카드>와 <오렌지 이즈 더 뉴 블랙>의 성공으로 자체 콘텐츠가 감상자 유입에 기여한다는 사실을 확인한 넷플릭스는 오리지널 콘텐츠에 더욱 공격적으로 투자하는 중이다.

　<오징어 게임> 역시 넷플릭스의 '공격적인 투자'로 기획·제작된 넷플릭스 오리지널 콘텐츠다. 따라서 <오징어 게임>의 전 세계적 관심은 넷플릭스라는 글로벌 플랫폼의 전략적인 제작 투자와 홍보가 있었기 때문이라는 사실을 부인할 수 없다. 실제로 <오징어 게임>은 넷플릭스가 존재했기 때문에 제작될 수 있었다. 10년간 제작자를 찾지 못했던 황동혁 감독은 '넷플릭스가 아니면 <오징어 게임>을 만들 수 없었을 것'이라며 낯설고 난해한 이야기의 드라마화를 가능케 한 넷플릭스의 수혜를 인정한 바 있다. 또한 <오징어 게임>은 2억 명 이상의 구독자를 확보한 글로벌 플랫폼에 의해 공개되었기 때문에 전 세계인에게 동시다발적인 호응을 받을 수 있었다. 그러나 글로벌 플랫폼의 전략적인 투자와 홍보만으로 특정 작품의 성공이 보장되지는 않는다. 전략적인 투자와 홍보를 진행하고 전 세계에 충성된 팬층을 확보한 마블 영화조차 실패하는 시리즈가 있기 때문이다. 따라서 <오징어 게임>의 전 세계적 인기는 넷플릭스라는 플랫폼의 역할과 더불어 작품 내적인 요소 그리고 그 작품을 관람한 감상자의 특정한 상태가 조우한 결과라 할 수 있다.

2. 글로벌 플랫폼과 새로운 버전의 시청 공동체

　미국의 드라마 작가 패멀라 더글라스는 넷플릭스 오리지널 드라마 <오렌지 이즈 더 뉴 블랙>이 인종과 성별을 재현한 방식을 두고 '전통적인 네트워크 방송에서는 어떤 것도 허용되지 않았'을 만한 것이라 설명한다.[4] 넷플릭스 오리지널 드라마 <보건교사 안은영> 역시 넷플릭스가 아니었다면 불가능했을 이야기를 작품에 담았다. 문화적 제한성이 비교적 강한 아시아나 중동뿐만 아니라 유럽이나 미국에서조차 지상파를 통해 방송되는 작품은 소재와 설정 그리고 노출이나 폭력의 수위를 제한받으며 복잡한 단계의 검열 과정을 거친다. 그뿐만 아니라 지상파를 통해 방송되는 작품은 타깃 감상층이 세분화되기보다 보편성을 띠는 경우가 많기 때문에 특정 장르, 소재, 캐릭터, 주제 의식에 편향되는 경향이 있다.

그러나 OTT 플랫폼은 지상파의 검열로부터 자유로울 뿐만 아니라 특정 감상자층을 공략하는 특화 콘텐츠를 제작할 여력이 있기 때문에 전통적인 네트워크 방송에서는 선보이기 힘든 작품을 제공한다. 바로 이러한 점이 넷플릭스가 빠른 시간 안에 많은 감상자를 확보하게 한 중요한 요인이 되었다. 넷플릭스는 전통적인 네트워크 방송뿐만 아니라 케이블 혹은 스크린에서 볼 수 없었던 새로운 이야기를 발굴하는 데 큰 관심을 보인다. 넷플릭스는 콘텐츠의 근간이 되는 스토리텔링을 중시하며 작가의 창의성을 존중한다. 작가가 자신이 생각하는 스토리를 원하는 형태와 분량의 드라마로 표현할 수 있도록 창작자의 의도를 존중하는 것이 오리지널 콘텐츠를 제작할 때 넷플릭스의 기본 입장이다.[5] 일단 계약이 성사되면 시청률을 높이기 위해 창작자에게 대본 수정을 요구하거나 특정 인물의 분량을 늘리라는 식의 압력을 가하지 않고 대부분의 결정을 창작자에게 위임하는 것이 역시 넷플릭스의 제작 방식이다.

넷플릭스는 오리지널 콘텐츠 창작자에게 창작에의 자유를 보장할 뿐만

---

4   패멀라 더글라스, 이은주 옮김, 『넷플릭스 시대의 글쓰기』, 도레미엔터테인먼트, 2020, 20쪽.

5   이호수, 『넷플릭스 인사이트』, 21세기북스, 2020, 406쪽.

아니라 파격적인 예산을 제공하는 투자 전략을 실행 중이다. 넷플릭스는 오리지널 콘텐츠 제작에 2019년에는 16조 원을 투자하였으며 2020년에는 20조 원을 투자했다. 2021년에는 한국 오리지널 콘텐츠 제작에 5,500억 원을 투자하기도 했다. 지상파 제작비와는 견줄 수 없을 정도의 막대한 투자 비용을 제공하는 대신 넷플릭스는 지식재산권(IP·Intellectual Property)을 독점하는 방식으로 창작자와 계약을 체결한다. 이는 제작비와 계약금을 제외한 작품 공개 이후의 수익이 넷플릭스에 귀속되는 방식인데, 창작자 중에는 자신이 구상한 작품을 자유롭게 선보일 수 있게 해주는 넷플릭스 계약 구조를 선호하는 경우도 많다. 넷플릭스의 오리지널 콘텐츠는 창작 관련 자율성 보장과 막대한 제작비 투자라는 핵심 조건을 토대로 거세게 확장해 나가고 있는 상황이다.

　<오징어 게임> 역시 이러한 넷플릭스의 핵심 투자 조건을 토대로 제작이 가능했던 작품이다. 작품을 2008년에 구상하고 2009년에 대본화한 황동혁 감독은 '이상하고 현실성이 떨어진다'는 이유로 한국 투자자와 배우들에게 작품 제작 요청을 거절당했다. 그러나 2018년 넷플릭스에 드라마화할 것을 감독이 직접 제안했고 넷플릭스는 형식, 수위, 길이 등의 제한을 두지 않고 창작에의 자유를 제공하는 방식으로 <오징어 게임>의 제작을 현실화했다. 후술하겠지만 <오징어 게임>은 게임 그래픽으로 재현될 법한 폭력과 살인을 실제 배우의 육체를 통해 재현하는 자극적이고 잔인한 작품이다. 폭력성 수위가 해외 여타 드라마와 비교해도 상당히 높은 <오징어 게임>은 새로운 이야기라는 매력이 있지만 동시에 제작하기 위험한 작품인 것도 사실이다. 하지만 넷플릭스는 오리지널 콘텐츠인 <오징어 게임> 제작에 250억 원을 투자하였으며 제작비에 관한 모든 손해를 감수하는 조건으로 작품 제작에 참여했다. 황동혁 감독의 말처럼 <오징어 게임>은 '이 분량, 소재, 형태로

만들 수 있는 곳은 넷플릭스밖에 없는, 넷플릭스가 아니면 불가능한 작품'이 었다고 볼 수 있다.

이처럼 창작의 자유와 투자 손해의 위험을 감수하며 오리지널 콘텐츠를 제작하는 넷플릭스는 전 세계에 스트리밍을 제공하는 글로벌 플랫폼이면서 시공간의 제약을 넘어서는 OTT 플랫폼으로 '새로운 버전의 시청 공동체'를 구축하고 있다. 그동안 텔레비전 시청은 단순한 개인적인 오락행위가 아니었 다. 텔레비전 감상자는 정해진 약속 시간을 지킴으로써 그 순간 수많은 타인 과 함께 호흡한다는 느낌을 받으며, 다음 날 그것을 타인과 공유함으로써 함께 있음과 함께 있었음을 보다 명확하게 체험한다. 말하자면 개별 감상자 는 텔레비전이라는 매개를 통해 매우 집단적인 시간에 동참할 수 있었으며[6] 이는 일련의 연대의식과 소속감을 형성하기도 했다. 그러나 이제 같은 시간 에 같은 프로를 시청함으로써 특정 국가의 국민이 통일감을 느끼던 시절은 지나고 있다. 공통의 취향이나 관심사로 전 세계와 소통하는 더 큰 잠재력을 지닌 공동체가 탄생하고 있기 때문이다.[7]

한정된 시공간과 일방적 제공이라는 제약을 가진 텔레비전의 자리를 점차 OTT 플랫폼이 잠식하고 있다. OTT 플랫폼을 통해 구성되는 새로운 버전의 시청 공동체는 자신이 원하는 시공간에서 휴대가 용이한 전자 기기를 사용하 여 전 세계에 동시에 배포되는 영상을 감상할 수 있다. OTT 플랫폼은 감상자 에게 콘텐츠 선택의 자유와 콘텐츠 감상에 관한 시공간의 자유를 제공함으로 써 텔레비전의 자리를 위협한다. 그중에서도 글로벌 OTT 플랫폼은 텔레비전 이 제공했던 소속감과 연대의식을 전 세계로 확장함으로써 확장된 공동체

6   장-루이 마시카, 최서연 옮김, 『텔레비전의 종말』, 베가북스, 2007, 79-80쪽.
7   패멀라 더글라스, 이은주 옮김, 『넷플릭스 시대의 글쓰기』, 도레미엔터테인먼트, 2020, 23쪽.

의식을 형성하는 데 기여하고 있다. <오징어 게임>의 역시 새로운 버전의 시청 공동체가 어떻게 존재하는지를 보여주는 하나의 방증이라 할 수 있다.

새로운 버전의 시청 공동체는 넷플릭스가 제공하는 몇 가지 디폴트 시스템을 통해 공고화가 가능해진다. 넷플릭스는 시리즈의 시즌 전체를 몰아보기(Binge-watching)를 통해 시청하도록 감상자를 유도하는 전략을 도입해 왔다. 몰아보기가 가능하도록 시리즈의 시즌 전체를 동시에 공개하는 형식은 감상자의 시청 자율성을 강화한다. 이미 한 시즌의 이야기 전체가 준비되었기 때문에 감상자가 원하는 시간에 원하는 분량만큼 작품을 감상할 수 있으며 여유 시간이 있을 때는 한 번에 이야기의 결말에 도달할 수도 있기 때문이다. 넷플릭스가 2015년 10월부터 2016년 5월까지 세계 190개국에서 방영된 100개 이상의 TV 시리즈를 분석한 결과 감상자가 시리즈의 한 시즌 전체를 시청하는 데 소요되는 시간은 평균 5일 정도였다. 전통적인 텔레비전 환경이었다면 몇 달에 걸쳐 이야기의 마무리를 확인해야 했지만 이제 하루에서 일주일 안에 시리즈 시즌 전체를 감상하는 시청 환경이 일반화되고 있는 것이다.

여기에 넷플릭스는 배속 설정 기능을 제공하여 작품을 최대 1.5배 이상 빨리 감상할 수 있게 하고, 자막과 장면해설 기능을 통해 청각의 한계를 극복하게 해준다. 감상자가 마지막으로 시청한 지점을 정확하게 기억하여 복원해내는 시스템 역시 넷플릭스의 편의 중 하나다. 그뿐만 아니라 여러 개의 전자기기를 종횡하며 작품을 감상할 수 있는 멀티디바이스 환경 또한 지원한다. 이러한 기능과 상황을 토대로 출연한 새로운 버전의 시청 공동체는 비슷한 시기에 특정 작품의 결말을 함께 확인할 수 있는 특권을 지니게 되었다. 그리고 이 특권이 바로 <오징어 게임>을 'TV 혁명의 시작(Is Squid Game the dawn of a TV revolution?, BBC)'으로까지 평가받는 데 상당히 기여했다고 볼 수 있다. 주목할 점은 글로벌 스트리밍 플랫폼에서 <오징어 게임>이라는 공통 작품을 감상한 전 세계인이 그에 관한 감상을 글로벌 소셜 플랫폼에 업로드함으로써 작품 화제성이 놀랍게 증가했다는 사실이다.

실제로 현대의 대중은 더 이상 미디어의 소비자가 아니라 '시장 가치를 창출할 수 있는 능동적 행위자 집단'이 되고 있다. 이는 감상자가 소셜 네트워크를 통해 콘텐츠를 가공하여 공유(유통)하는 주체가 되었기 때문인데[8] <오징어 게임>의 흥행 역시 콘텐츠의 확산에 기여한 전 세계 감상자의 자발적 참여에 도움을 받았다. 넷플릭스를 통해 전 세계에 동시 공개된 <오징어 게임>은 트위터와 틱톡 등을 통해 퍼져나갔고 순식간에 밈(Meme)화되었다. 전 세계 감상자는 <오징어 게임>의 설정을 자국 문화에 적용하여 변형하거나 대사를 개인이나 집단의 상황을 묘사하는 데 활용하는 방식으로 시청 후의 소회를 유희화했다. 또한 다양한 국가의 유튜버가 <오징어 게임>을 감상하면서 촬영한 '리액션 영상'을 업로드하면서 <오징어 게임> 콘텐츠의 재생산이 활발하게 이루어졌다. <오징어 게임>의 확산성은 독특한 내러티브를 지닌 비영어권 국가 작품에 관한 전 세계 감상자의 관심이 다양한 플랫폼에 콘텐츠로 대량 업로드되면서 심화됐다고 볼 수 있다.

8   Henry Jenkins·Sam Ford·Joshua Green, 『Spreadable Media: Creating Value and Meaning in a Networked Culture』, New York University Press, 2013, pp.117-123.

이처럼 <오징어 게임>은 넷플릭스라는 글로벌 플랫폼과 글로벌 플랫폼 콘텐츠를 향유하고 재생산하는 전 세계 대중의 조우를 통해 '글로벌 주류'로 부상할 수 있었다. 그런데 <오징어 게임>의 전 세계 호응은 코로나19(COVID-19)라는 팬데믹 상황에서 확산됐다는 점을 간과할 수 없다. 코로나19 상황으로 인해 전 세계 다수의 영화와 드라마 제작이 중단·지연되었으며 감염을 방지하기 위해 극장 등의 공공 문화시설은 폐쇄되거나 상연을 축소하였다. 결국 집에 갇힌 채 시간을 보내야 하는 팬데믹 상황에서 유튜브나 넷플릭스 같은 플랫폼의 콘텐츠를 감상하는 일이 하루 일과의 상당 부분을 차지하게 된 것이다.

전 세계인이 동시에 체험한 팬데믹 공포와 단절의 불안은 소셜 플랫폼의 사용 시간 증가로 이어졌다. 실제로 코로나19 시대에는 물리적 단절을 보완하기 위해 인공지능, 사물인터넷, 가상현실, 등 첨단기술을 이용한 다른 차원의 연결이 확대되었다. 타인과의 연결이라는 인간 욕망을 새로운 기술과의 조력을 통해 실현하고 있는 것이다.[9] 그런데 흥미로운 사실은 코로나19가 도래하면서 사람들은 타인과의 분리 상태인 원격화를 강하게 추구하면서도 동시에 타인과의 인간적인 교감을 원하는 모순적인 인식을 보여주었다는 점이다.[10] 이때 전 세계인이 하나의 콘텐츠를 공유하고 그것에 관해 이야기하는 행위는 거리두기와 거리소멸이라는 모순을 충족하게 해주는 하나의 방편이 되었다. 콘텐츠를 각자의 집에서 분리된 채 감상하고 그것을 타인과 연결된 가상 세계에서 공유할 수 있기 때문이다. 결과적으로 <오징어 게임>의 흥행은 전 세계가 공통으로 체험한 코로나19라는 재난시대의 상황에 영향을

---

9   김용섭, 「비대면의 역전: 우리는 세계와 어떻게 연결될 것인가」, 김누리 외, 『코로나 사피엔스, 새로운 도약』, 인플루엔셜, 2021, 187-188쪽.

10 과학기술정책연구원, 『포스트 코로나 일상의 미래』, 청림출판, 2021, 55쪽.

받았다고 분석할 수 있다.

3. 글로벌 대중과 <오징어 게임>의 내적 특성

전술한 바와 같이 <오징어 게임>은 넷플릭스의 공격적인 투자로 기획·제작된 작품으로 작품의 흥행 성공에는 전 세계 2억 명 이상의 가입자를 확보한 넷플릭스라는 글로벌 플랫폼의 역할이 중요하게 작용했다고 볼 수 있다. 하지만 글로벌 플랫폼의 전략적인 제작과 홍보만으로 작품이 성공하는 것은 아니다. <오징어 게임> 역시 작품의 내적 특성을 분석해 보면 현 시대 대중 특히 글로벌 대중이 공감하고 반응할 만한 다양한 요소를 갖추고 있음을 확인할 수 있다.

3.1. 유혹의 민주화와 호모 루덴스의 욕망

현대인은 '유혹의 민주화' 속에 귀거한다. 전 세계 많은 사람이 문명의 위대한 업적으로 무지, 빈곤, 관습에서 벗어나 자유를 얻고 있으며 주체의 부상과 더불어 욕망 추구는 당연한 개인의 권리가 되었다. 사회적 존재로서 인간의 자유 확대는 인류 진보의 증거이기도 하지만 동시에 현대인은 자기 절제라는 측면에서 더 많은 부담을 지게 되었다. 민주화된 유혹이 일상을 장악하고 있으나 전통이나 공동체 혹은 사회적 낙인이라는 잔인한 관행이 인간 행동을 이전처럼 과격하게 규제하지 않기 때문이다.[11] 이처럼 현대 사회는 이전보다 진화된 다양한 유혹이 일상을 둘러싸게 되었으며 쾌락과 충동을

---

11   다니엘 액스트, 구계원 옮김, 『자기 절제 사회』, 민음사, 2013, 16-21쪽.

야기할 만한 무수한 조건 속에서도 어쨌든 구속과 절제를 유지하지 않을 수 없게 되었다. 그런데 자극적인 콘텐츠는 이 두 가지 극단을 만족하게 할 만한 유용한 대상이 된다. 콘텐츠는 가상 세계 안에서 방종을 실재하게 해주기 때문이다.

생물학자 니코 틴버겐은 동물이 본능을 진화시킨 원래의 실물보다 실험을 위해 만든 모조품에 더 강하게 자극받을 수 있는 현상을 '초정상 자극(Supernormal Stimuli)'이라는 개념을 통해 정리했다. 진화심리학자 디어드리 배릿은 바로 이 초정상 자극 개념을 토대로 인간이 위험한 자극에 예민하게 반응하는 원인을 고찰한다. 디어드리에 의하면 다양한 사례 중 특히 정신적 유희는 인간의 유형성숙, 호기심, 지성을 위해 초정상 자극을 추구하는 가장 분명한 예라고 분석한다.[12] 말하자면 인류가 오랜 시간 동안 게임이라는 정신적 유희를 즐기는 이유가 초정상 자극과 관련된다는 것이다. 그러한 점에서 밀폐된 공간에서 어린 아이들이 할 법한 놀이에 참여하는 어른들의 이야기를 재현한 과장된 설정의 <오징어 게임>은 현대인의 초정상 자극을 유발하는 작품이라 할 수 있다. 특히 <오징어 게임>은 놀이와 게임에 대한 인간의 본능적 쾌감과 욕망을 자극한다는 데 주목할 필요가 있다.

어린 기훈이 오징어 놀이에서 승리하는 장면과 성인이 된 현재의 기훈이 경마장에서 게임하는 장면으로 서사를 시작하는 <오징어 게임>은 '감당할 수 없는 빚을 지고 삶의 벼랑 끝에 서 있는' 456명의 사람들이 6일간 6단계의 게임에 도전하는 내용으로 전개된다. 게임에 참여할 기회를 딱지치기로 제안하는 것에서부터 <오징어 게임>은 인간이 놀이와 게임에 저항하기 힘든 매

---

12 디어드리 배릿, 김한영 옮김, 『인간은 왜 위험한 자극에 끌리는가』, 이순, 2011, 14·201쪽.

력을 느낀다는 사실을 알려준다. 456명의 도전자는 딱지치기에 승리할 때마다 10만 원을 주겠다는 낯선 이의 제안을 거부하지 않으며, 목숨이 위험할지도 모를 미지의 게임에 참여하기로 결심한다. 이렇게 모인 456명의 도전자는 3개 항으로 구성된 비교적 간단한 참가 동의서에 서약한 후, 어린 시절에 했을 단순하고 직관적인 게임에 목숨을 걸고 참여하게 된다.

놀이하는 인간으로서 호모 루덴스를 주장한 요한 하위징아는 인간 사회의 중요한 원형 행위들에는 처음부터 놀이 요소가 가미되어 있었다고 말한다. 말하자면 놀이는 인간 문화를 초월하는 어떤 본질적인 행위이자 대상으로 놀이는 세 가지의 특징을 전제로 한다. 먼저 놀이는 육체적 필요나 도덕적 의무에 의해서 부과되는 것이 아닌 자발적 행위이며 명령에 의한 놀이는 더 이상 놀이가 아니다. 그로 인해 놀이의 필요는 그 놀이를 즐기고자 하는 자발적 욕망에 정비례된다. 놀이의 두 번째 특성은 놀이는 일상 혹은 실제 생활에서 벗어난 행위로서 그 자체로 만족감을 얻는 일시적 행위라는 것이다. 즉 놀이의 소임은 비일상성에서 완료된다. 놀이의 세 번째 특성은 시간과 공간의 제약을 받는다는 것이다. 놀이는 시간과 공간의 특정한 한계 속에서 놀아지며(played out) 일단 시작된 놀이는 적절한 순간에 종료된다.[13]

<오징어 게임>은 하위징아가 분석한 놀이의 특성을 서사로 환원하여 하나의 거대한 놀이판을 구축하는 드라마로 이는 여타 드라마와 가장 변별되는 내적 특성이다. <오징어 게임>에서는 매번 다른 공간과 시간에서 상이한 규칙을 가진 게임이 펼쳐지는데 '무궁화 꽃이 피었습니다'부터 '오징어'까지 여섯 개의 게임은 유사성을 보인다. <오징어 게임>에서 전개되는 게임은 아이들도 쉽게 이해할 만큼 규칙이나 전개가 직관적이다. 바로 이 점이 작품

---

13   요한 하위징아, 이종인 옮김, 『호모 루덴스』, 연암서가, 2010, 35-47쪽.

감상을 일종의 놀이처럼 향유하게 만든다. 게임이 지나치게 정교하거나 진지하지 않으며 심각한 두뇌 활동을 요하지 않을 때 비로소 놀이가 될 수 있기 때문이다. 그뿐만 아니라 한두 줄의 문장으로 게임 규칙을 설명할 수 있는 직관적이고 단순한 놀이는 해외 감상자의 접근성을 높이는 데 일조했다고 볼 수 있다. 황동혁 감독의 말처럼 '단순하지만 드라마틱한 재미를 주며 놀이를 전혀 몰라도 승패의 과정을 따라가는 데 어렵지 않고(Eye-Catching) 비주얼이 중시되는' 게임을 선택하여 감상자를 언어와 문화를 초월한 놀이판의 구경꾼으로 호명한 것이다.

<오징어 게임>에서 펼쳐지는 게임의 또 다른 유사성은 두뇌와 지식보다는 상황과 운이 승패를 결정하는 핵심 요인이라는 점이다. '무궁화 꽃이 피었습니다'에서는 앞사람이 넘어지는 바람에 운이 안 좋아 실패하거나 뒷사람이 넘어지는 것을 잡아주어 운이 좋아 성공하기도 한다. '설탕 뽑기'와 '징검다리 건너기'는 참가자가 무엇을 선택하는가 즉 복불복에 의해 승패가 결정되고, '구슬치기'에서는 짝을 구하지 못한 한미녀가 '깍두기'가 되어 살아남는 행운을 거머쥐기도 한다. 참가자의 절대적인 능력에 의해서가 아니라 운에 의해 결정되는 게임의 진행 양상은 누가 최후의 승자가 될지 예측하기 어렵게 만들고 긴장감을 유발하게 한다. 이렇듯 불확실성과 우연성에 의해 발생하는 긴장을 제공하는 작품 속 게임은 1분에서 10분 길어야 30분 정도의 짧은 시간 안에 승패가 결정된다는 유사성을 보인다. 그리고 이 모든 게임은 참가자가 누군가의 강제나 협박에 의해서가 아니라 자발적으로 참여한다는 점에서 놀이의 속성을 완벽하게 체현한다.

이렇듯 <오징어 게임>은 문명의 근본이자 의식과 언어 이전의 것이면서 심리적 흥분을 일으키되 자의식은 줄어들게 하여 완전히 다른 세계에 몰입하게 만드는 놀이를 극화하여 감상자의 원초적 본능을 자극한다.[14] 중요한 점은

아이들이나 할 법한 이 단순한 놀이가 목숨을 건 서바이벌 데스게임이라는 사실이다. 데스게임(Death Game)은 말 그대로 죽음을 건 게임에 참여하는 사람들의 이야기를 다룬 장르로, 데스게임의 참가자는 특정한 공간에서 특별한 존재에 의해 주관되며 최후의 생존자를 가리는 미지의 게임을 치른다. 데스게임은 규칙을 어기거나 패하면 실제 살인이 발생하는 잔인성을 토대로 하는데 누가 언제 죽임당할지 모른다는 잔인성이 장르적 쾌감을 유발한다. <오징어 게임>은 누가 이 게임을 주관하는가에 관한 정보를 마지막까지 은폐하고 그로테스크한 죽음이 난무하는 잔인한 피의 게임을 재현한다.

놀이에 참여한 사람들이 그래픽 게임에서처럼 잔인하게 죽어 나가는 장면은 충격을 유발할 만하지만 생존이 걸린 승리의 결과를 확인하기 위해 통과해야 하는 충격은 공포라는 원초적 쾌감을 자극한다. 공포에는 특유의 무서운 느낌이 있으며 이 무서운 느낌이 있기에 공포는 오락이 될 수 있다. 현대생활에서는 진정한 공포를 느낄 기회가 너무 적기 때문에 공포영화를 일부러 찾아서 감상한다는 주장처럼 영상을 통해 가상화된 공포는 각성 정도를 높이고 흥분 상태를 만들어준다.[15] 무엇보다 가상화된 공포는 공포의 느낌과 감정은 체험하게 하지만 스크린과 분리된 곳에서 감상하기 때문에 안전성을 영원히 보장한다. <오징어 게임> 역시 각자의 일상 공간에서 집단 학살에 따른 거대한 공포를 관람하게 만든다. 그런데 <오징어 게임>은 죽음의 과정이나 죽음 이후의 신체를 마치 만화처럼 재현하며 리얼리티를 축소하는 방식을 활용한다. 그로 인해 <오징어 게임>은 여타 데스게임처럼 살육의 공포는 체감하게 하되 공포·호러 장르물처럼 죽음의 리얼한 가시화는 빈약하게 하

---

14 스튜어트 브라운·크리스토퍼 본, 윤미나 옮김, 『플레이 즐거움의 발견』, 흐름, 2010, 47-55쪽.
15 도다야마 가즈히사, 이소담 옮김, 『호러 사피엔스』, 단추, 2021, 9·238쪽.

여 공포마저 놀이화하는 특성을 보인다.

3.2. 자본 제노사이드 시대의 분노와 공감

<오징어 게임>이 언어와 문화를 초월하여 전 세계 사람들에게 호응받은
또 다른 이유를 보편적인 시대 상황과 감정을 극화한 데서 찾아볼 수 있다.
황동혁 감독은 가디언과의 인터뷰에서 '한국인뿐만 아니라 전 세계적으로
공감할 수 있는 작품을 만들고 싶었다. 우리는 오징어 게임 세계에 살고 있
다.'며 작품 속 추함과 야만이 전 세계의 상황과 다르지 않음을 지적한다.
<오징어 게임>은 456명의 참가자가 살육이 난무한 게임에 참여할 수밖에
없는 비참한 상황과 그들을 악용하여 원초적 쾌락을 향유하고자 하는 권력계
급의 대비를 통해 슬픔과 분노를 유발한다. 게임보다 등장인물의 개인 서사
가 중심이 되는 2화는 '지옥'이라는 타이틀을 달고 있다. 치료비가 없어서
퇴원하는 어머니를 지켜보는 기훈, 6개월 넘게 임금을 주지 않는 사장 때문
에 고통받는 알리, 북한에 있는 가족을 향한 애타는 마음을 악용한 브로커에
게 분노하는 새벽, 60억 원이라는 빚을 갚지 못해 홀로 남겨질 어머니를
두고 자살을 시도하는 기훈 등. <오징어 게임>의 2화는 게임을 포기하고
귀환한 사람들이 지옥에 살고 있으며 456억 이라는 희망이 있는 또 다른
지옥을 선택할 수밖에 없는 잔인한 상황을 보여준다.

결국 지옥을 벗어나기 위해 또 다른 지옥을 선택할 수밖에 없었던 참가자
들은 수용소 속 시체처럼 비인격적으로 취급받으며 게임 공간에 재입성한다.
456명 중 255명이 집단 학살을 당한 상황을 목도하고도 다시 게임에 참여하
게 된 사람들은 주최자들이 원한 대로 승전 괴물이 되어 놀이판을 종횡하게
된다. 두 번이나 게임 참여를 스스로 선택한 사람들은 지옥 같은 현실에서

자발성이라는 것이 얼마나 폭력적인 상태에서 발현되는지를 명시한다. 사회 구조 자체가 인간에게 폭력을 행사한다고 보는 관점은 전통적인 폭력 개념에 따르면 수용되기 어렵다. 일반적으로 폭력이란 외부에서 물리적으로 힘을 가할 때 나타나는 것으로 그것을 통해 가해자와 피해자가 구분되고 피해의 사실이 실증적으로 확증되기 때문이다.[16] 그러나 현시대는 가시적인 폭력이 아니라 비가시적인 폭력 특히 신자유주의라는 구조적 모순이 배태하는 폭력이 만연한 시대다. <오징어 게임>은 자본이라는 절대 기준에 의해 낙오자가 되고 자본을 확보하기 위해 괴물이 될 수밖에 없는 현시대를 은유한다.

프론트맨은 '이 게임 안에선 모두가 평등해. 참가자들 모두가 같은 조건에서 공평하게 경쟁하지'라며 평등과 공평을 반복적으로 강조한다. 게임 주최자들은 자율, 평등, 공평, 공정, 규칙과 같은 가치를 강조하며 게임 세계가 원칙대로 운영됨을 반복 확인시킨다. 그러나 이러한 가치는 살육 게임을 주최하고 그것을 오락으로 소비하는 권력계급이 주조해 낸 유희의 수단이며 게임 속에서 참가자들은 '모두가 평등하게 죽임당할 수 있다'는 절대 명제만 확인시킬 뿐이다. 이렇듯 능력만 있다면 456억을 손에 쥘 수 있다는 판타지가 통용되는 <오징어 게임>의 세계는 능력주의 판타지를 토대로 운영되는 신자유주의 구조와 일맥상통한다. 신자유주의는 삶의 영역을 시장 질서로 환원하고 자본의 흐름을 특정 계급에 유리하게 구성함으로써 경제적 양극화를 심화하는 부작용을 낳았다. 신자유주의의 더 큰 부작용은 개인을 무한 경쟁에 내몰면서 이타성과 연대를 지향할 의지와 여유를 제거한다는 데 있다.

감상자들이 분노를 공유하는 지점은 결국 게임 참가자들처럼 자기 자신을

---

16 최성철, 『폭력의 역사학』, 서강대학교출판부, 2019, 99쪽.

학대하며 성공의 주체로 존립하고자 했지만 애초에 그것을 허용하지 않은 시대적 불공평에 있다. 나아가 시대적 불공평은 개인에게 불안과 공포를 증여하고 생존을 위해 타자를 제거해야 하는 폭력적인 선택 앞에 서게 만든다. 심지어 패배자에게는 회생할 기회가 박탈된다. <오징어 게임>은 이러한 신자유주의의 모순을 은유할 뿐만 아니라 권력자들의 부정과 타락을 고발함으로써 감상자를 더 큰 분노의 연대로 이끈다. <오징어 게임>에서는 게임 현장을 관음하는 시선이 자주 등장하는데 그 관음의 주체는 바로 전 세계에 거하는 VIP들이다. 그들은 심지어 살육 장면을 직접 관람하기 위해 게임 현장에 방문하여 경마장 말을 고르듯 게임 생존자에게 돈을 건다. 생존을 위해 지옥을 선택한 사람들의 처절하고 비참한 모습은 화려한 공간에서 저급한 쾌락을 향유하는 VIP와 대조되며 공분을 자극한다.

   <오징어 게임>은 VIP를 저속하게 재현하여 권력계급을 향한 공분을 자극하면서 동시에 참가자에게는 피지배계급의 절망이 내재된 다양한 사연을 부여하여 감상자가 공감과 연민을 공유할 기회를 제공한다. 인간이 아니라 노예 혹은 쓰다 버리는 기계의 부품처럼 다뤄지며 번호나 금액으로 환원되는 작품 속 참가자들은 게임을 이겨야 하는 절박한 사연들이 있다. 그로 인해 참가자들이 보여주는 치졸한 이간질과 배신은 생존을 위해 어쩔 수 없는 것으로 동조되기도 한다. 심지어 더 큰 재미를 위해 다른 참가자를 죽이도록 유도하는 규칙을 설정한 권력계급의 욕망에 부응하며 사냥꾼 역할을 자처하는 참가자를 볼 때면 분노보다 참혹함이 앞선다. 이처럼 <오징어 게임>은 생존을 위해 목숨을 걸고 경쟁하며 그 과정에서 자신과 타인을 착취할 수밖에 없는 전 세계의 보편화된 사회구조를 상기하게 한다. 456명 중 단 한 명만이 게임의 주최자가 누구인지를 확인할 뿐 나머지 455명이 무의미하게 살해당하는 설정 역시 스크린 밖 감상자들에게 분노와 공감이라는 공통감정

을 유발하는 데 일조한다.

3.3. 한국적 특이성과 인공적 탈문화성

<오징어 게임>은 한국적 특이성을 내포하면서도 한국 문화권의 특이성을 잊게 만드는 탈문화성을 지향하는 특성을 보인다. 말하자면 <오징어 게임>은 한국 문화를 전면화하면서도 동시에 특정 문화에 귀속되지 않는 인공적인 세계를 구성함으로써 독특한 아우라를 형성해 낸다. 이러한 측면이 <오징어 게임>이 전 세계인이 향유할 수 있는 콘텐츠가 되는 데 일정 부분 기여했다고 볼 수 있다. 일례로 시대극으로서 한국 전통문화와 좀비라는 범문화적 설정을 결합한 <킹덤>이나[17] 한국적이면서 세계적이라는 평가를 받은 <기생충> 역시 <오징어 게임>과 유사한 특성을 공유한다. 즉 한국 작품으로 전 세계적으로 인기를 얻은 세 작품은 한국 문화권의 특이성을 내포하면서도 특정 문화의 장벽을 넘어설 수 있는 요소를 겸비했기 때문에 국외 감상자들의 경계심을 낮추었다고 분석할 수 있다.

르몽드는 <오징어 게임>을 '한국적 특성에 빚지고 있는' 작품으로 소개하며 글로벌 플랫폼을 통해 전파된 <오징어 게임>이 로컬 드라마의 정체성을 확보한 점에 주목한다. 주지하다시피 <오징어 게임>은 한국인에게 친숙한 놀이 문화를 전면화함으로써 지극히 한국적인 상황을 연출한다. 작품 속에 등장하는 게임 중 특히 '오징어', '구슬치기', '딱지치기' 등은 한국 전래놀이로서 한국인에게는 친숙하지만 서구권에서는 낯선 문화양식이다. 따라서 작품 속에 등장하는 전래놀이는 국외 감상자들에게는 이국적인 풍광으로 경험

---

17 김민영, 「플랫폼의 확장과 좀비 서사의 구현 연구 — 넷플릭스 오리지널 드라마 <킹덤> 시즌1을 중심으로」, 『현대문학이론연구』 77, 현대문학이론학회, 2019, 76쪽.

된다. 그런데 이들 전래놀이는 한국의 특수한 문화이지만 특정 문화권에 관한 사전 지식이나 경험이 필요하지 않기 때문에 해외 감상자에게도 어렵지 않게 수용될 수 있다. 이는 설탕을 녹여 납작하게 만든 후 틀을 이용해 모양을 찍어내는 '달고나(뽑기)'가 <오징어 게임> 해외 감상자들에게 흥미로운 놀이로 체험된 것에서도 확인할 수 있다. 즉 <오징어 게임>에 등장하는 한국적인 전래놀이는 한국 감상자들에게는 향수를 불러일으키고 해외 감상자들에게는 낯설지만 재미있는 타국의 문화로 체험되었을 가능성이 높다.

<오징어 게임>은 한국의 전래놀이를 극 속 게임으로 차용하여 한국적 특이성을 확보할 뿐만 아니라 극의 서사와 정서에도 한국 문화의 속성을 적극적으로 반영하여 로컬 드라마의 정체성을 확보한다. 타락한 세계와 인간을 폭력적인 방식으로 재현하는 <오징어 게임>은 데스게임 특유의 비정함과 잔인함을 한국 문화 소위 말해 가족주의, 정, 신파 등의 속성을 활용하여 완화하고자 한다. <오징어 게임>에서 참가자들이 살육 게임에 참여하는 주된 이유의 상당수는 바로 가족 때문이다. 기훈은 아픈 어머니의 치료비와 이혼으로 헤어진 딸을 되찾기 위해 반드시 돈이 필요하고 새벽은 고아원에 있는 동생과 북한에 있는 부모님을 위해 알리는 아내와 어린 아기를 위해 반드시 돈이 있어야 한다. 작품은 게임에 참가할 수밖에 없는 상황을 가족에 둠으로써 혈연관계 속에서 개인의 존재성이 구축되는 한국 특유의 가족주의를 자극한다.

지영이 지켜야 할 가족이 있는 새벽에게 자신의 생명을 양보하는 장면을 삽입하는 등 가족주의를 충실히 실현함으로써 한국적 특이성을 글로벌 감상자에게 전도하는 <오징어 게임>은 특히 한국인의 정을 극적 정서에 반영하며 로컬 드라마의 정체성을 구축한다. 정(情)은 한(恨)과 더불어 한국인의 정서를 대표하는 것으로 타인을 향한 친밀감 유대감에서 비롯하여 베풂과 이타로

발현되는 정서를 의미한다. 이는 타인과 내가 연결되어있다는 집단주의의 결과로 농경사회와 유교문화 그리고 빈번한 외침으로 한국의 정 문화가 강화되었다고 볼 수 있다. 작품 전반에 한국 특유의 정을 삽입한 <오징어 게임>은 특히 6화 '깐부'를 통해 한국의 정을 전면화한다. 자신의 점퍼를 벗어 일남의 바지를 가려주는 기훈의 서사로 시작되는 6화는 생존이 걸린 극한의 상황에서도 정을 나누는 참가자들의 모습을 보여주며 전략적으로 감동을 구성해낸다.

'6.25 이후 최대의 비극'이라는 지영의 대사처럼 '구슬치기' 게임은 상대를 죽여야만 내가 살 수 있는 동족상잔의 잔인성을 토대로 승패가 결정된다. 그러나 서로의 이름을 물어보며 그간의 삶을 공유하는 새벽과 지영, '손가락 걸고 깐부 맺었으니 네 거 내 거가 없다'는 일남과 기훈은 죽음 앞에서도 깊은 정을 나눈다. 죽음을 앞두고 상대의 안위를 걱정하며 정을 나누는 장면들은 한국 문화의 또 다른 속성인 신파성을 야기한다. 과도한 비애를 드러내는 최루적 경향으로 통용되기도 하는 신파는 억압적 세계 속에서 욕망이 억눌린 무력한 자아가 스스로 굴복함으로써 가지게 되는 자학과 연민의 태도에서 발현된다.[18] 한국인의 억압된 한의 정서를 표출하게 만들어 카타르시스를 인위적으로 유발하는 데 활용되기도 한 신파는 과장된 설정과 눈물의 강요라는 점에서 비판의 대상이 되기도 한다.

그런데 흥미로운 사실은 <오징어 게임> 속 신파성이 해외 감상자들에게는 감동과 휴머니즘을 자극하는 극적 요소로 체현되었다는 점이다. 실제로 해외 감상자들이 제작한 <오징어 게임> '리액션 콘텐츠'에서는 눈물을 자극하는 신파적 요소에 감동적으로 반응하는 상황을 쉽게 접할 수 있다. 외신 역시

---

18   이영미, 『한국 대중예술사 신파성으로 읽다』, 푸른역사, 2016, 17-38쪽.

<오징어 게임>이 눈물을 자극하며 뜻밖의 감동을 제공한다는 점에 주목한다. 특히나 가족주의가 미약한 서구권 감상자에게는 어머니를 향한 애절함이 담긴 기훈과 상우의 서사는 한국 감상자보다 특별하게 체험될 가능성이 높다. 한국 드라마의 해외 감상자들은 한국 드라마의 선택 이유를 '독특한 스토리'에서 찾는 경향이 있다. 해외 감상자들이 선호하는 한국 드라마 장르가 로맨스물이라는 데에서도 알 수 있듯이 한국 정서에 기반한 감정 상황은 해외 감상자들에게는 '독특한 스토리'로 수용된다. 이러한 점에서 가족을 향한 책임감과 낯선 타자와 공유하는 정의 감수성이 특히 해외 감상자들에게는 감동을 유발하는 장치로 기능했다고 볼 수 있다.[19]

이처럼 <오징어 게임>은 한국적 특이성을 전면화하거나 극 안에 내포함으로써 로컬 드라마의 정체성을 일정 부분 확보한다. 하지만 한국 문화가 새로운 관심의 대상이 되었다 할지라도 지나치게 한국적인 것은 호기심을 넘어서는 문화적 장벽을 형성하게 할 수밖에 없다. 이 같은 지점에서 <오징어 게임>은 독특한 미장센을 구현하는 인공적인 공간에서 게임이라는 중심서사를 진행함으로써 문화적 장벽을 낮추는 결과를 야기한다. <오징어 게임>은 참가자의 개인 서사를 보여주는 1회, 2회, 6회의 특정 시간대를 제외하면 대부분의 서사가 게임을 위해 창조된 인공 공간에서 전개된다. 무진항이라는 가상의 지명이 등장하지만 게임 공간은 무인도라는 환경만 제시될 뿐 특정 지역을 환기하게 할 만한 정보가 제시되지 않는다. 심지어 창조된 게임 공간은 특정 문화권에 귀속되지 않는 생경한 차원으로 제3세계 미래 모습을 재현한 듯한 느낌을 준다.

---

19   한국콘텐츠진흥원, 「한국 콘텐츠 미국시장 소비자조사(드라마)」, 2019, 32-49쪽.

　　<오징어 게임>에서 재현되는 공간성은 몇 개의 사물을 통해 공간의 역할을 감당하게 함으로써 축약적이고 상징적인 특성을 보인다. 참가자들이 거주하는 숙식의 공간은 철제 침대만 놓여 있으며 게임이 진행되는 공간 역시 최소한의 게임 도구만 존재한다. 이러한 생략과 상직의 방식으로 <오징어 게임>은 극의 전반적인 분위기를 판타지화하는데, 여기에 초록색과 분홍색의 대비를 통해 동화적인 느낌을 강조한다. 게임 공간뿐만 아니라 게임을 관리하고 감상하는 숨겨진 제2의 공간 역시 특정 문화에 귀속되지 않는 독특한 미장센으로 구현된다. 참가자들의 복장은 초록색 운동복으로 균일화하고 게임 진행 요원은 분홍색 방호복을 착용하는 등 인물의 미장센 역시 상당히 인공적으로 구현된다. 결과적으로 인공적 미장센이 <오징어 게임>이 특정 문화의 장벽을 넘어서게 하는 요소이자 해외 감상자의 경계심을 낮추는 특성으로 기능했다고 볼 수 있다. 문화는 일반적으로 습관이나 관습의 문제라는 점을 삼안힐 때[20] <오징어 게임>의 미장센은 특정 문화권의 습관과 관습을 넘어서기 때문에 오히려 보편성을 획득하는 아이러니가 발생한 것이다.

20　테리 이글턴, 이강선 옮김, 『문화란 무엇인가』, 문예출판사, 2021, 14쪽.

새로운 드라마 문법과 복합 장르성
— 넷플릭스 <보건교사 안은영>

1. OTT의 확장과 오리지널 드라마

콘텐츠를 청각으로 향유했던 '라디오 시대'를 지나 시청각으로 향유하는 '텔레비전 시대'가 도래한 지 60여 년이 지났다. 그동안 텔레비전은 뉴스와 오락을 제공하는 핵심 매체로서 일종의 권위를 부여받으며 사회와의 접합점을 구성하는 기능을 수행해 왔다. 특히 기술 발달로 기기 자체의 성능과 영상 전송 기술이 향상되면서 텔레비전은 극장의 기능까지 감당하게 되었다. 그러나 시대에 따라 콘텐츠를 공유하는 매체가 끊임없이 변화한 것처럼 '텔레비전 시대' 역시 새로운 변화를 맞이하고 있다. OTT(Over The Top)가 등장하면서 포터블 기기가 뉴스와 오락을 감상하는 주요 매체로 부상했기 때문이다. 셋톱박스(Top)를 뛰어넘는다는 의미처럼 OTT는 인터넷이 연결되는 단말기에서 자유롭게 콘텐츠를 감상할 수 있기 때문에 텔레비전의 물리적 한계를 뛰어넘는다. 이러한 시공간의 제약-없음으로 인해 OTT 는 '제로TV가구(Zero TV Household)'를 양산하며 텔레비전의 권위에 균열을 가하고 있다.

한국은 OTT가 매우 빠르게 정착한 국가 중 하나다. 국내 OTT 이용자는

2017년부터 해마다 10% 이상 증가했으며(방송통신위원회) 2022년에는 OTT 이용자 수가 85.4%에 달하는 것으로 조사됐다(정보통신정책연구원). 대표적인 OTT 플랫폼에는 유튜브, 웨이브, 왓챠, 티빙, 쿠팡플레이 그리고 디즈니플러스와 넷플릭스(Netflix) 등이 있다. 이 중에서 190개국 2억 6천만 명 이상의 회원을 보유한 넷플릭스는 한국에서도 가장 많은 회원이 가입한 OTT 플랫폼이다. 넷플릭스는 특히 전 세계의 다양한 영화, 드라마, 예능, 다큐 등을 스트리밍 서비스를 통해 제공하고 있을 뿐만 아니라 자체적으로 제작한 콘텐츠인 '오리지널' 프로그램을 함께 선보여 왔다. 넷플릭스는 막대한 자본을 투입하여 워너브라더스나 디즈니보다 더 많은 오리지널 영화를 제작할 만큼 자사 콘텐츠 확보에 심혈을 기울이는 중이다.

이러한 상황에서 넷플릭스는 한국 텔레비전드라마 시청자를 포섭하기 위해 '한국 넷플릭스 오리지널 드라마'를 2019년부터 본격적으로 제작하고 있다. 2019년에 스트리밍된 <킹덤>은 1회 20억 원이라는 거대한 제작 규모를 자랑했으며 전 세계적으로 흥행하며 한국 넷플릭스 오리지널 드라마의 시장성을 입증했다. 넷플릭스 오리지널 드라마는 최소 16부작인 텔레비전드라마보다 적은 6-10부작으로 구성되며, 공영성·선정성 등의 제약을 받는 텔레비전드라마보다 자유로운 소재와 표현을 지향한다는 점이 변별된다. 또한 넷플릭스 오리지널 드라마는 '정주행(몰아보기, Binge-watching)' 식의 감상이 가능한 까닭에 기존 텔레비전드라마와는 다른 드라마 문법이 사용된다는 특성이 있다.

텔레비전드라마 창작자는 작품을 제작할 때 드라마의 상품성(시청률)을 전혀 알 수 없는 상태에서 재원을 비롯한 각종 자원을 투입한다. 이때 경제적 이윤을 내야 하는 행위자들로서는 미래의 기대수익을 가능한 한 극대화하고 이에 따르는 위험을 최소화하는 전략의 실천이 필수적이다.[1] 이러한 이유로 텔레비전드라마 창작자는 성공했던 전적이 있는 소재와 설정 그리고 배우를 반복하여 사용하고 새로운 시도보다는 안정적인 방식을 선호하는 경향을 추구할 수밖에 없다. 텔레비전드라마가 정형화된 인물과 서사 등을 반복하는 이유가 바로 여기에 있다. 그러나 넷플릭스 오리지널 드라마는 막대한 제작비를 투자하면서도 창작자에게 일련의 자유를 부여하며 소위 비주류로 분류되는 장르나 서사에도 호의적이다. 따라서 넷플릭스 오리지널 드라마는 기존 텔레비전드라마와는 다른 경향성을 구축하며 새로운 시청층을 확보하고 있다.

그중에서 2020년 9월 넷플릭스를 통해 공개된 <보건교사 안은영>(극본: 정세랑·이경미, 연출: 이경미)은 넷플릭스 오리지널 드라마의 특성을 체현한 대표적인 작품이다. '판타지, 코미디, 미스터리, 액션'이라는 복합장르를 표방하는 <보건교사 안은영>은 초월적 능력을 지닌 여성 히어로가 불가해한 사건을 해결하는 등 한국 텔레비전드라마에서는 만나기 힘든 새로운 이야기를 보여준다. 지나치게 긴 길이를 지양하고 10부 이내의 회차를 지향하는 여타 넷플릭스 오리지널 드라마와 마찬가지로 <보건교사 안은영> 역시 6부작 45분가량의 러닝타임으로 구성된다. 더불어 주요 시청층이 10-30대인 넷플릭스의 특성을 고려하여 젊은층이 관심을 가질 만한 설정과 분위기를 추구한다. 말하자면 <보건교사 안은영>은 기존 텔레비전드라마가 보여주었던 방식과는 다른 스토리텔링을 시도하며 넷플릭스라는 플랫폼에 최적화된 특성을 겸비한 드라마라고 할 수 있다.

---

1   김유정, 「플랫폼 시대의 방송콘텐츠 진흥, 방향성과 제도에 대한 고찰: 드라마 제작 시장을 중심으로」, 『방송문화』 421, 한국방송협회, 2020, 33-34쪽.

2. 새로운 드라마 문법과 복합 장르성

텔레비전드라마의 특징 중 하나는 바로 '친절함'이다. 텔레비전드라마는 짧게는 16부작에서 길게는 100부작이 넘는 긴 길이로 구성되며 한 회가 70분 전후로 구성된다. 텔레비전드라마는 중심서사를 주축으로 이와 연관되거나 크게 상관없는 보조서사, 앞의 이야기를 다시 보여주는 반복서사 등으로 서사가 축적되는데 그로 인해 이야기가 비교적 느리고 이해하기 쉽게 전개된다. 그러나 길이와 러닝타임이 짧은 OTT 드라마는 텔레비전드라마가 보여주는 친절함에 동참하기 어렵다. 짧은 시간 안에 중심서사를 보여주어야 하기 때문에 보조서사가 줄어들 수밖에 없으며, 앞의 이야기를 반복해서 보여주는 플래시백 역시 과도하게 삽입되지 않는다. 이러한 이유로 OTT 드라마는 기존 텔레비전드라마와는 다른 서사 문법을 보인다. <보건교사 안은영> 역시 6부작-45분 러닝타임이라는 비교적 짧은 시간 안에 중심서사를 보여주어야 하기 때문에 기존 텔레비전드라마와는 다른 양상을 띤다. 그러한 데다가 OTT 드라마의 특성상 시즌제의 가능성을 열어두고 제작되었기 때문에 <보건교사 안은영>은 상당히 불친절한 서사구조를 보인다.

<보건교사 안은영>은 신이한 능력을 가진 안은영이 목련고등학교 보건교사로 부임한 지 한 달쯤 되던 날 벌어진 괴이한 사건으로부터 중심서사가 시작한다. 그런데 드라마는 안은영이 왜 신이한 능력을 갖게 되었으며, 그러한 능력으로 어떤 일을 수행해 왔는지는 생략한다. 길이가 긴 텔레비전드라마였다면 아주 상세히 다뤘을 과거의 정황들은 다루지 않는다. 그저 유치원과 중학생 시절 남들이 보지 못하는 젤리를 볼 수 있는 능력으로 인해 곤란한 일을 겪었다는 사건을 간략히 삽입할 뿐이다. 이러한 이유로 <보건교사 안은영>의 감상자는 빈 여백을 가진 채 극을 감상하게 되는데 중요한 점은 드라

마가 그러한 여백에 크게 관심을 갖지 않는다는 사실이다. 드라마는 안은영이 볼 수 있는 젤리의 정체가 무엇인지 상세하게 설명해 주지 않으며 텔레비전드라마였다면 으레 등장했을 가족서사 역시 대부분 삭제해 버린다. 그로 인해 <보건교사 안은영>은 안은영이 신이한 능력을 가지고 있다는 사실과 그 능력을 목련고등학교 보건교사로 일하는 중 발생한 사건들을 해결하는 데 집중하게 한다.

<보건교사 안은영>은 1회부터 6회까지 젤리를 보는 것과 그것을 퇴치하는 것을 짐이자 운명으로 수용해 버리는 안은영의 이야기를 에피소드 중심으로 전개한다. 에피소드 중심으로 전개되기 때문에 전체 이야기가 긴밀하게 연결되기보다 매회 새로운 이야기가 시작되는 식의 분절된 서사구조를 보인다. 즉 안은영의 특별한 경험담이라는 중심서사는 1회부터 6회까지 연결되지만 매회의 핵심서사가 독립적으로 존재하는 방식으로 드라마가 구성된다. 이러한 까닭에 특정 회의 핵심서사를 담당하는 인물이면서도 극 중반에 사라지거나 이야기 중간부터 등장하는 인물들이 존재한다. 예를 들어 영어교사 매켄지는 3회에 등장했다가 4회 이후 이야기에서 퇴장하며, 친구 강선은 5회에 등장했다 6회에 퇴장한다. 또한 옴잡이 혜민은 4회에 새롭게 등장한다. 주목할 점은 <보건교사 안은영>에 등장하는 인물들은 안은영과 마찬가지로 상세한 설명이 부여되기보다 '그냥 존재하고 어느 순간 사라지는' 방식으로 다뤄진다는 것이다. 특이한 사건이 발생해도 인물들은 별다른 의문 없이 상황을 받아들이는 방식으로 이야기가 전개된다.

이렇듯 <보건교사 안은영>은 텔레비전드라마에 비해 상세한 부연설명과 사건의 인과성에 불친절함을 보인다는 서사적 특성을 지닌다. 모바일을 통해 언제 어디서나 드라마에 접속할 수 있는 수용자는 짧은 시간 안에 드라마의 핵심과 서사의 전모를 파악하고자 하는 경향이 있다.[2] 따라서 OTT 드라마는

전회의 서사가 촘촘하게 증축되거나 친절한 설명을 삽입하며 이야기를 지연하기보다, 에피소드 형태로 핵심서사를 빠르게 운용하는 방식이 더 적합하다. 그러한 점에서 <보건교사 안은영>의 서사 구축은 OTT 드라마 특성을 구현한다고 볼 수 있다. OTT 드라마는 텔레비전드라마보다 건너뛰기(Skip)가 용이하다는 특성이 있으며 이들 작품을 빠른 배속으로 시청하는 감상자도 많다. 착석에의 강제성을 띠는 영화관보다 무한의 자율성이 부여되기 때문에 OTT 드라마의 감상자에게는 언제든 감상을 중단할 자유가 주어진다. 따라서 넷플릭스 오리지널 드라마처럼 OTT 플랫폼을 기반으로 하는 작품들은 새로운 시청 양식 안에 존재하는 감상자를 묶어놓을 만한 특질을 구비해야 한다.

    <보건교사 안은영>은 이와 같은 OTT 드라마 즉 넷플릭스 오리지널 드라마의 특성에 맞게 다양한 볼거리를 수시로 제공한다. <보건교사 안은영>은 '판타지, 코미디, 미스터리, 액션'이라는 복합장르를 표방하면서도 '명랑, 오컬트, 성장 드라마'를 지향한다. 여기에 수사, 공포, 연애, 학원 등의 장르성까지 삽입되기 때문에 <보건교사 안은영>은 하나의 드라마가 취할 수 있는 거의 모든 장르를 포함한다고 볼 수 있다. <보건교사 안은영>이 전례 없이 복합적인 장르성을 띨 수 있었던 이유는 넷플릭스였기에 가능했다고 볼 수 있다. 텔레비전에서는 마이너한 취향의 불명확한 장르성을 띠는 드라마를 막대한 제작비를 감수하며 제작하기 어렵기 때문이다. <보건교사 안은영>은 만화와 게임의 특성을 반영한 판타지성을 토대로 넷플릭스 오리지널 드라마만의 자유로움을 구현한다. 즉 <보건교사 안은영>은 드라마이면서도 자유로운 상상력과 표현력을 구사하는 만화와 화려한 스펙터클을 토대로 퀘스트

---

2   강건해, 「스낵컬처(snackculture) 시대의 새로운 이야기 양식, 웹드라마의 서사 구조에 관한 연구」, 『드라마연구』 60, 한국드라마학회, 2020, 14쪽.

(Quest)를 수행하여 레벨 업(Level up)하는 게임의 특성을 내포한다.

웹드라마는 일상의 일탈을 지향하며 가상현실을 배경으로 하거나 '만화·애니메이션적 리얼리티를 통해 인물과 사건을 구축'[3]하는 경향을 보인다. 일상적인 배경 속에서 이야기를 전개하더라도 만화적인 설정과 서사를 삽입하여 탈일상화된 이야기를 제시하는 것이 웹드라마의 특성이듯 OTT 드라마인 <보건교사 안은영> 역시 탈일상화를 적극 추진한다. 먼저 <보건교사 안은영>은 다양한 만화적 장치를 사용한다. 학교에 세워진 설립자 홍문표의 동상이 화면 밖 감상자에게 갑작스럽게 인사를 건네고 학교와 교실에는 개연성 없이 오리떼가 출몰한다. 이러한 '뜬금없음'은 다분히 만화적인 장치로서 드라마의 세계를 비일상화된 공간으로 만드는 역할을 한다. 인물들 역시 만화처럼 과장되어 있으며 인물이 보여주는 담화나 행동 그리고 연기 역시 일상성에서 벗어나 있다.

<보건교사 안은영>의 독특한 점은 게임의 설정을 차용한다는 것이다. 안은영은 '악(젤리)'을 처단하는 히어로이자 주인공이며, 그의 곁에는 에너지를 공급해 주는 '힐러(홍은표)'가 있어서 문제를 함께 해결해 나간다. 그리고 매회 안은영에게는 다양한 형태의 악을 제거해야 하는 새로운 퀘스트가 주어지는데 젤리를 제거하고 나면 '선물과 보상(젤리 조각)'이 주어진다. 에너지를 충전하기 위해 특정 아이템을 확보해야 하고 힘이 센 악일수록 더 오랜 시간 싸워야 하는 등 게임과 유사한 이야기 진행과 설정을 보이는 <보건교사 안은영>은 동시에 게임과 유사한 CG를 통해 이야기가 구현된다. 특히 <보건교사 안은영>은 히어로가 처단해야 할 대상을 젤리로 설정함으로써 드라마를 마

---

3 고선희, 「멀티 플랫폼 환경의 웹드라마 스토리텔링 특성 — MBC 제작 웹드라마를 중심으로」, 『한국사상과문화』 89, 한국사상문화학회, 2017, 120쪽.

치 게임 속 이야기처럼 느끼게 만드는데, 젤리들은 게임처럼 특성과 임무에 따라 다채로운 색감·질감·형태로 구현된다.

　　OTT 이용자의 대다수는 10-30대로 넷플릭스 오리지널 드라마 역시 10-30대를 공략하여 제작된다. 이러한 이유로 OTT 드라마는 젊은층의 정서와 욕망에 반응하여 정적이기보다 동적이며 일상적이기보다 비일상적인 특성을 띤다. 더불어 10-30대는 다양한 영상콘텐츠에 익숙하기 때문에 드라마가 아닌 다른 장르의 특성을 삽입해도 자연스럽게 수용할 수 있으며 오히려 다채로운 콘텍스트가 이들의 흥미를 자극할 가능성이 높다. <보건교사 안은영>은 웹툰과 게임 그리고 유튜브 등의 자극적인 볼거리에 익숙한 감상자를 유인할 만한 다양한 스펙터클을 삽입하되 그것을 극 전체를 통해 매우 다채롭게 활용한다. 또한 만화(애니메이션, 웹툰)와 유사한 프레임 구성이나 게임과 유사한 CG 기법을 활용하여 만화·게임화된 드라마를 체현한다. 이러한 복합장르성을 통해 구현하는 다양한 스펙터클은 OTT 드라마가 보여주는 새로운 드라마 문법이라 할 수 있다.

3. '한국형 여성' 슈퍼 히어로라는 특이성

오늘날 대중문화의 발전 양상에서 가장 두드러지는 점은 슈퍼 히어로가 엔터테인먼트 문화 아이콘으로 강력하게 부상했다는 사실이다. 슈퍼 히어로는 비범한 힘과 능력을 가지고 있으며 정의를 추구하고 선한 힘으로 악을 물리친다는 공통점이 있다. 슈퍼 히어로 서사는 인간의 마음에 존재하는 희망과 두려움을 구체화해서 보여주는데 슈퍼 히어로 서사는 힘에 대한 판타지를 토대로 하면서도 인류가 직면한 중요한 문제를 흥미롭게 다룬다. 그러한 점에서 슈퍼 히어로 서사는 완연한 환상이 아니라 현실의 다양한 문제를 기반으로 구성된 이야기로 볼 수 있다. 이때 슈퍼 히어로는 강점뿐만 아니라 약점도 함께 가지고 있으며 고결한 성격 때문에 가치 있는 일에 나서는 인물로 그려진다.[4]

주지하다시피 슈퍼 히어로의 주 무대는 미국 코믹스와 할리우드 영화들이다. 할리우드 슈퍼 히어로는 1930년대 대공황 시절 DC코믹스가 출판한 다양한 영웅들을 영상으로 옮기면서 탄생했다. DC코믹스는 제2차 세계대전에 미국이 본격적으로 참전하면서 미국의 힘을 보여주기 위해 반나치 슈퍼 히어로를 기획했는데, 1930-40년대는 골든에이지라 명명될 만큼 다양한 슈퍼 히어로가 창조되었다.[5] 할리우드 영화는 코믹스에서 생산한 다양한 슈퍼 히어로를 영상으로 재생산하였고 DC코믹스와 MARVEL코믹스를 원작으로 하는 슈퍼 히어로 영화는 전 세계에서 가장 많은 수입을 창출하는 시리즈물로 기록되고 있다. 슈퍼 히어로 영화는 도덕이나 정의 수호 등 보수적인 세계관을 근간으로 최신 CG로 점철된 스펙터클을 보여준다는 점에서 인종·국가의

---

4   마크 웨이드 외, 하윤숙 옮김, 『슈퍼 히어로 미국을 말하다』, 잠, 2010, 6-33쪽.
5   한창완, 『슈퍼 히어로』, 커뮤니케이션북스, 2013, x-xii.

완고한 경계성을 넘나드는 강력한 힘을 보유한다.

그런데 슈퍼 히어로의 주 무대인 상당수의 대중서사에서 초인적인 힘을 가지고 있거나 탁월한 능력으로 타인을 구원하는 존재는 대부분이 남성으로 설정되며 여성은 주로 남성에 의해 구원받는 존재로 형상화된다. 몰리 해스켈은 할리우드 영화에서 남성은 성취하고 창조하고 정복하고자 할 때 진가를 발휘하도록 재현되었으며 여성은 감정 그중에서도 사랑을 추구할 때 가장 여성다운 것으로 재현되었다고 주장한다.[6] 이와 같은 대중서사의 고착화된 젠더성은 한국 텔레비전드라마에서 특히 두드러지게 나타난다. 한국 텔레비전드라마는 여성을 성녀 혹은 악녀로 이분화하는 대중서사의 클리셰를 적극적으로 재생산함으로써 신데·캔디렐라 식의 감상적이고 수동적인 여성상을 주조하는 데 앞장서 왔기 때문이다.

그러한 가운데 넷플릭스가 오리지널 드라마에 제공하는 일련의 자율성을 부여받은 <보건교사 안은영>은 '괴이한 한국 여성 슈퍼 히어로'라는 상당히 낯설고 새로운 캐릭터를 제시한다. 먼저 <보건교사 안은영>은 초월적인 힘을 가진 주인공의 자리를 여성인물에게 선사하고 그동안 슈퍼 히어로들에게 부여했던 서사를 안은영에게 위임한다. 그러한 까닭에 <보건교사 안은영>은 고전적인 미덕을 근간으로 하며 영웅으로서의 고뇌와 빌런과의 대립 등 히어로물이 가지고 있는 일련의 보편성을 답습한다. 그러면서도 <보건교사 안은영>은 '여성'이면서도 '한국'이라는 특수성을 부여하여 여타 히어로물과는 변별되는 특이성을 마련한다. <보건교사 안은영>은 괴이한 물질과 빌런이 출몰하는 혼돈의 세상을 '여성'이면서 '한국인'인 특별한 존재가 어떻게 극복

6 　몰리 해스켈, 이형식 옮김, 『숭배에서 강간까지 — 영화에 나타난 여성상』, 나남, 2008, 24쪽.

해 나가는지를 보여주는 낯선 히어로물이다.

<보건교사 안은영>은 히어로물의 보편적 특성을 함유함으로써 안은영을 영웅의 반열에 서게 한다. 슈퍼 히어로에게는 ① 평범한 삶을 살아갈 수 없게 하는 초월적인 능력을 가지고 있으며 ② 그들을 둘러싸고 있는 세계는 온갖 악들로 인해 타락했고 ③ 외로움과 결핍감 등으로 고뇌하지만 ④ 그럼에도 불구하고 생명과 도덕을 수호하기 위해 역경을 물리치고 초월적인 힘을 활용하여 최후의 승자가 된다는 일련의 관례가 주어진다. 안은영은 일반 사람이 볼 수 없는 젤리를 볼 수 있는 신이한 능력을 가졌으며 그것을 처단할 만한 특별한 능력과 무기를 가지고 있다. 안은영은 자신의 특별한 능력을 사적 이익을 위해 사용하지 않으며 비록 그것이 운명론에 기인한 것일지라도 책임 의식을 느껴 악(빌런)과 싸우는 정의로움을 보여준다. 또한 어릴 때 어머니를 잃고 아버지가 새로운 사랑을 찾아가는 불운한 가족 서사와 친구의 죽음으로 인한 상실감과 외로움 역시 부여된다.

그런데 <보건교사 안은영>은 슈퍼 히어로에게 부여하는 일련의 관례를 따르되 '안은영'만의 속성을 구축해 나간다. 우선 작품 속에서 안은영은 성적인 매력이 제거된 여성 히어로로 등장한다. 대중서사에 출몰하는 여성 히어로는 DC의 원더우먼이나 MARVEL의 블랙위도우처럼 성적 매력을 어필하는 방식으로 창조된다. 이러한 이유로 여성 히어로들은 이데올로기적으로 왜곡된 육체성을 토대로 욕망과 동경을 자극하는 대상으로 수용된다. 발트라우트 포슈는 여성성의 신화가 유지되려면 요구하는 사람과 요구를 충족시키는 사람, 바라보는 사람과 보이는 사람이 다 존재해야 하며 여성의 몸은 세계의 대체물이라고 말한다.[7] 대중서사에서 재현되는 여성 히어로의 육체성은 여

---

7   발트라우트 포슈, 조원규 옮김, 『몸 숭배와 광기』, 여성신문사, 2004, 133-135쪽, 165쪽.

성 신체를 향한 감상자와 창작자 그리고 사회적 욕망이 매개된 결과라 할 수 있다.

그러나 안은영은 육체성을 흰 가운과 터틀넥 등으로 은폐하고 여성 슈퍼 히어로의 성적 매력을 최대한 배제한다. 작품 속에서 안은영은 주로 운동화를 신은 채 긴 옷으로 신체를 가리고 등장하는데 특히 보건교사를 상징하는 흰 가운을 슈퍼맨과 배트맨의 망토처럼 보이게 착용하며 영웅의 아우라를 구축한다. 안은영의 성격 역시 젠더적 여성성에서 탈주하여 여성보다는 오히려 중성에 가깝게 그려진다. 심지어 안은영은 그동안 드라마에서 만나기 힘들었던 '욕하는 여성'으로, 여성 주인공이 수위 높은 비속어를 일상적으로 발화하는 낯선 장면도 연출해 낸다. 안은영은 이야기의 시작과 마지막을 알리는 순간에도 여지없이 비속어를 내뱉는다. 이러한 이유로 안은영은 여성 슈퍼 히어로지만 여성성이 탈각된 슈퍼 히어로처럼 체감되며 그로 인해 섹슈얼리티보다 안은영의 영웅적 행보에 집중하게 만든다.

안은영은 여성에게 부여된 사회·서사적 답습을 전복하고 여성이 누군가의 연인 혹은 어머니가 되었을 때 비로소 정체성이 성립되는 텔레비전드라마의 젠더적 상황으로부터 탈주한다. 그러면서도 <보건교사 안은영>은 남녀 커플인 안은영과 홍은표, 허완수와 강민우의 관계성을 전복적으로 재현하고 안은영에게 히어로의 책무를 깨닫게 하는 또 다른 히어로(옴잡이)를 중성적인 여성으로 설정함으로써 고착화된 젠더 정체성에 지속적으로 균열을 가한다. 이러한 점에서 안은영은 베티 프리단이 주장한 '여성다움이라고 불리는 미성숙에서 벗어나 완전한 인간으로서 정체성을 형성해가는 전환점'이 되어주는 작품이라고 할 수 있다.[8] <보건교사 안은영>에 등장하는 여성들은 누군가의 연인이나 엄마 혹은 욕망의 대상이 되기 위해 태어난 존재가 아니라 혼란한 세상에 각자의 방식으로 삶을 확장해 가는 '인간들'로 재현되기 때문이다.

코믹스 작가이면서 슈퍼 히어로 연구자인 마크 웨이드는 슈퍼 히어로가 지속적인 인기를 끌어온 것은 그들이 우리 안의 두려움과 세상을 변화시키고자 하는 열망을 자극하기 때문이라고 분석한다. 또한 슈퍼 히어로는 엄청난 힘을 가지고 있으면서도 악을 물리치고 승리하기 위해 끈질기게 투쟁하는 것을 보여줌으로써 미래에 닥칠 두려움을 헤쳐 나갈 용기를 제공한다고 말한다.[9] 이러한 점에서 여성 슈퍼 히어로 안은영은 무엇보다 여성 감상자에게 일련의 용기와 쾌감을 제공한다. 안은영은 플라스틱으로 제조된 장난감 칼과 개수가 정해져 있는 비비탄 총이라는 사뭇 한심한 무기를 사용해 젤리를 처단해 나간다. 배우를 통해 가시화된 안은영의 육체성 또한 근육질의 건장함과는 거리가 멀다. 그럼에도 불구하고 안은영은 젤리가 넘쳐나는 타락한

---

8   베티 프리단, 김현우 옮김, 『여성성의 신화』, 갈라파고스, 2016, 168쪽.
9   마크 웨이드 외, 하윤숙 옮김, 『슈퍼 히어로 미국을 말하다』, 잠, 2010, 38-39쪽.

세상을 구원할 책무(운명)를 감내하며 앞으로 전진해 나간다. 결국 안은영은 여성이 누군가의 구원을 기다리는 무능한 존재가 아니라 스스로를 구원함과 동시에 세계를 구원할 영웅이 될 수 있다는 것을 말해준다.

안은영의 특이성은 여성 슈퍼 히어로일 뿐만 아니라 '한국적' 아우라를 발산한다는 데에서도 찾아볼 수 있다. <보건교사 안은영>은 의도성이 체감될 만큼 한국적인 설정과 요소로 점철되어 있는데 그로 인해 안은영은 한국형 슈퍼 히어로라는 특별한 정체성을 구축해 나간다. 먼저 안은영은 봉숭아물을 들임으로써 악귀를 물리치는 에너지를 얻는다. 예로부터 봉숭아의 붉은색은 사귀(邪鬼)를 물리친다고 하여 남자아이들까지 손톱에 봉숭아물을 들이게 했다. 안은영은 한국의 풍습을 히어로의 상징물로 설정하고 젤리를 물리치기 전 손톱에 봉숭아물을 들이는 의식을 수행한다. 또한 <보건교사 안은영>에는 복숭아씨나 팥처럼 한국에서 전통적으로 귀신을 쫓을 때 사용되는 사물이 자주 등장하고, 안은영이 물리쳐야 할 젤리 중에는 '재수 옴 붙는다'의 옴이 등장하기도 한다, 안은영은 젤리를 퇴치하기 위해 귀신 쫓는 매듭인 잠자리(온정자)매듭이나 부적을 사용하기도 하는데 그로 인해 안은영은 슈퍼 히어로이면서 전통적인 퇴마사처럼 느껴지기도 한다.

환생과 풍수, 귀신과 원한 등 한국적인 사후 세계관이 악의 탄생과 퇴마에 적용되어 안은영의 히어로적 행보는 다분히 한국적인 특수성을 구축한다. 그뿐만 아니라 안은영의 히어로적 행보가 시작될 때마다 등장하는 메인 테마곡은 안은영의 이름을 반복적으로 호명하는 특이한 한국어 가사의 곡으로 마치 한국 전통 주술가처럼 들린다. <보건교사 안은영>은 메인 테마곡뿐만 아니라 배경음악에도 '두껍아 두껍아' 같은 전래동요와 '수궁가' 등의 판소리처럼 한국적인 색채의 곡을 삽입하여 안은영이 한국형 히어로임을 반복적으로 강조한다. 또한 호프집 화재 참사와 타워크레인 붕괴 사고 등 안은영 주변을 둘러싸고 발생하는 다양한 사건들은 한국에서 발생한 실제 사건들을 모티프로 구성된다. 그러한 까닭에 안은영은 한국 감상자에게는 상처를 공유하고 우리를 구원해 줄 히어로이자, 다른 나라의 감상자에게는 한국적인 독특한 정체성을 구비한 특별한 히어로로 존재하게 된다.

4. 플랫폼의 다변화와 드라마의 미래

OTT 드라마는 '중단의 자유'를 소유한 감상자를 붙잡기 위해 감상자를 매혹할 만한 특질을 구비해야 한다. 그렇기 때문에 OTT 드라마는 기존 드라마보다 훨씬 더 자극적이고 감각적인 특성을 보인다. <보건교사 안은영>은 복합장르를 표방하면서도 자유로운 상상력과 표현력을 구사하는 만화와 게임의 특성을 접목하여 새로운 드라마 문법을 선보인다. 그 결과 <보건교사 안은영>은 텔레비전드라마로서는 만나기 힘든 스펙터클을 최신 기술의 CG로 구현하며 감상자에게 새로운 볼거리를 제시한다.

오랜 시간 텔레비전은 일상적으로 경험하지 못하는 세상을 보여주는 문화적 노변으로 존재해 왔다. 그러나 텔레비전을 통해 흘러나오는 네트워크와 채널 수가 크게 증가하고 콘텐츠에 접근할 수 있는 방식이 다양해짐에 따라 텔레비전 시청을 '공유의 행위'로 생각하는 정도가 감소했다. 한때는 특정한 프로그램을 사회 전반이 시청하는 것이 규준이었지만 현재는 하나의 프로그램이 감상자를 묶어주는 공유의 장으로 기능하기 어려워지고 있다.[10] 이러한 변화는 플랫폼의 다변화에 기인한다. 앞으로는 특정 공간성에 묶여 있는 텔레비전보다는 어디서든 자유롭게 불러낼 수 있는 포터블 기기를 통해 이야기

---

10 아만다 D. 로츠, 길경진 옮김, 『TV혁명』, 폰북스, 2012, 14쪽.

를 감상하는 시간이 길어질 것이다. 또한 새로운 플랫폼을 통해 제공되는 드라마는 기존 드라마의 특성을 계승하면서도 그와는 다른 특징을 구축해가 며 고유한 특성을 가진 영상콘텐츠의 한 형태로 자리매김할 것이다.[11]

프랑크 하르트만은 미디어의 급진적인 변화는 사회의 욕망을 변화시키는 원인이 아니라 언제나 그 자체가 이미 변화된 사회의 욕망을 표현한다고 말한다.[12] 새로운 이야기 플랫폼의 등장은 새로운 이야기를 향한 욕망에서 기인한다고 볼 수 있다. 앞에서 살펴본 바와 같이 OTT 드라마는 창작의 자유 로움 속에서 특정 세대나 취향을 타깃화할 수 있다는 특성이 있다. 이러한 이유로 OTT 드라마들은 더욱 다양한 이야기를 다양한 방식으로 재현할 가 능성이 높다. 실제로 유튜브, 카카오·네이버TV 등을 통해 제작되는 드라마들 은 지금까지 텔레비전드라마가 보여주었던 것과는 다른 소재와 인물 그리고 문법과 세계관을 선택하는 경향을 보였다. 넷플릭스처럼 OTT 드라마는 새롭 고 감각적인 것을 추구하며 다양한 콘텐츠를 체험해 온 세대가 욕망하는 것을 채워주기 위해 텔레비전드라마의 특성을 변주하면서도 나름의 미학을 구축해 나갈 것이다. 그리고 <보건교사 안은영>은 이러한 변화의 기점이 될 만한 드라마라 할 수 있다.

---

11   김미라·장윤재, 「웹드라마 콘텐츠의 제작 및 서사 특성에 관한 탐색적 연구」, 『한국언론 학보』 59(5) 한국언론학회, 2015, 300쪽.
12   프랑크 하르트만, 이상엽·강웅경 옮김, 『미디어철학』, 북코리아, 2008, 27-28쪽.

호모 렐리기오수스와 재난 시뮬레이션

— 넷플릭스 <지옥>

1. OTT를 통해 확장되는 '연니버스'

장 그르니에는 인간은 자신이 낙관론자라 할지 비관론자라 할지 자문할 필요가 없다고 말했다. '어차피 인간은 죽고 사랑하는 자들도 죽고 그 주위에 있는 사물도 죽기 때문'[1]이다. 물론 자아가 끊임없이 죽어가는 과정이라는 점에서 죽음을 선한 삶의 원천으로 보는 시각도 있지만[2] 죽음은 인간에게 주어지는 가장 절대적인 공포로서 허무주의를 양산하는 토대가 된다. 넷플릭스 오리지널 드라마 <지옥>은 바로 이 죽음 앞에 선 인간이 어떠한 반응을 보이는가와 죽음이라는 절대적 공포가 종교와 어떻게 결탁하는지를 추적하는 작품이다. 2021년 11월 19일 글로벌 플랫폼 넷플릭스를 통해 전 세계 190개국에 공개된 <지옥>은 공개 24시간 만에 드라마 부분 80개국 이상 1위를 기록하며 코리아 디스토피아의 새로운 가능성을 연 작품으로 평가받았다. 가디언은 <지옥>을 두고 지금 당장 봐야 할 엄청난 작품이라 소개하며 '수십

---

1   장 그르니에, 권은미 옮김, 『존재의 불행』, 문예출판사, 2009, 19쪽.
2   테리 이글턴, 강정석 옮김, 『인생의 의미』, 책읽는수요일, 2016, 170쪽.

년 동안 회자될 예외성이 있는 진정으로 뛰어난 드라마'로 분석했다.

인간이 초월적 존재에게 죽음을 고지받게 되면서 벌어지는 충격적인 사건을 그린 <지옥>은 연상호 감독이 2003년 제작한 애니메이션 <지옥: 두 개의 삶>을 토대로 창작된 웹툰 <지옥>을 원작으로 한다. 웹툰 <지옥>과 드라마 <지옥>의 출발점인 애니메이션 <지옥: 두 개의 삶>에서 확인할 수 있듯이 연상호의 작품은 줄곧 염세주의적 세계관을 근간으로 아포칼립스와 디스토피아를 재현해 왔다. 애니메이션 <돼지의 왕>(2011)은 인간이 '돼지'와 '개'로 치부되는 지리멸렬한 폭력의 세계를 <사이비>(2013)는 종교가 전염병처럼 인간을 폭압하는 세계를 <서울역>(2016)은 사람들이 추악한 괴물로 변해가는 오염된 세계를 재현한다. 실사 영화인 <부산행>(2016)과 <염력>(2018) 그리고 <반도>(2020) 역시 좀비가 출몰하고 시스템과 권력자의 폭력이 만행하며 말 그대로 야만으로 폐허가 된 희망 없는 세상이 연출된다.

애니메이션이든 실사 영화든 드라마든 연상호 작품의 공통점은 '현실은 지옥이고 인간은 지옥을 감내하거나 포기한다'라는 전제가 명백하게 작동한다는 것이다. 그로 인해 연상호의 작품은 세계가 얼마나 살 만한 곳이 아니며 그 안에서 살아남는다는 것이 얼마나 많은 폭력, 고통, 분노, 절망을 체험해야 하는지를 보여주기 위해 존재하는 듯하다. 이러한 연상호의 세계관은 '연니버스'라 명명될 정도로 작품 전반에 걸쳐 일관되게 제시되어 왔다. 그리고 세계는 언제나 멸망하는 과정 중에 있으며 인간은 그 멸망을 온몸으로 체험할 수밖에 없다는 디스토피아적 상상력은 드라마 <지옥>을 통해 다시 한번 귀환한다. <지옥>은 기존 연상호의 작품이 보여주었던 파국의 세계를 신과 종교의 문제로 확대한 역동성과 철학성을 함유한 문제작이다.

<지옥>은 글로벌 플랫폼인 넷플릭스에서 오리지널 드라마로 공개된 만큼 다양한 국가의 감상자에게 평가되었는데, 스트리밍 당시 메타크리틱(Metacritic)

대중 평점이 5.2/10이라는 점에서 확인할 수 있듯 감상자에게 상반된 평가를 받았다. 감상자의 평가가 상반되었던 주요한 이유는 <지옥>이 대중적이면서도 대중적이지 않은 양가적 속성을 함유하고 있기 때문이다. 판타지, 호러, 스릴러, 추리 등의 복합장르를 표방하는 <지옥>은 CG의 도움을 받아 비현실의 세계를 상당히 오락적으로 구현한다. 특히 신의 사자가 고지받은 인간을 무참히 살해하는 장면을 상당 시간 할애하여 보여주거나 자극적인 인터넷 방송 장면을 삽입한 데에서 <지옥>이 스펙터클에의 의지를 가지고 있음을 알 수 있다. 그로 인해 겉으로 보기에는 초월적인 크리처가 인간 세상을 혼란케 만드는 오락물로 비칠 가능성이 크다. 그러나 '보편적인 대중을 만족시킬 것으로 생각하지 않았다'는 연상호 감독의 발언처럼 <지옥>은 대중적이지 않은 지점들이 작품 전체에 걸쳐 포진해 있다.

　<지옥>은 종교와 신에 관한 근원적인 질문에 참여해야 극의 진의에 도달할 수 있으며, 철학적이고 사회적인 주제의식을 함께 고민할 의향이 있을 때 작품의 궁극적 메시지를 향유할 수 있다. 그런데 바로 이러한 지점이 <지옥>의 중요한 의의를 구축한다. <지옥>은 한국 드라마가 그동안 심도 있게 다루지 않았던 신과 종교의 문제를 작품의 중심으로 소환한다. 그로 인해 <지옥>은 신의 존재를 인정하든 인정하지 않든 간에 초월 세계를 상정하게 만들고 인간중심의 사유와 현상의 세계를 넘어서 볼 기회를 제공한다. 더불어 <지옥>은 신의 의도와 시연이라는 불가항력의 사건을 토대로 종교가 태동하는 과정과 신으로부터 출발한 종교가 신을 삭제한 채 오염되어 가는 과정을 보여준다. 그리고 이 과정에서 합리적이고 이성적이라 자부하던 인간 안에 존재하는 무정형의 폭력성을 고발하고 인간에 의해 구성되는 세계의 부정을 폭로한다. 무엇보다 이 모든 고발과 폭로의 과정은 인간이 충격과 공포로 점철된 '재난을 맞이한 상황'에서 출발한다.

2. 호모 렐리기오수스와 종교의 타락

연상호 감독은 '실체를 알 수 없는 우주적 공포와 그걸 맞닥뜨리는 인간의 모습을 보여주는 코스믹 호러 장르를 그리려 했다.'며 <지옥>이 인간들에게 닥친 초현실적인 미스터리한 사건을 설득력 있게 보여주는 것이 관건인 '코스믹 호러'를 표방한다고 밝힌 바 있다. 코스믹 호러(Cosmic Horror)는 인간이 설명하고 파악할 수 없는 초월적인 존재에 의해 공포를 경험함으로써 도저히 어찌할 수 없는 무력감을 느끼게 하는 작품을 통칭하는 용어다. 코스믹 호러 개념은 미국의 소설가 하워드 필립스 러브크래프트에 의해 정착되었는데, 실제로 그의 작품은 미지의 세계와 이해할 수 없는 대상을 향한 두려움이 근간을 이루었다. 러브크래프트는 종교를 향한 경멸과 우주 탐구의 불가능성을 통해 인간의 절대적 무력을 깨닫게 된다고 보았다. 말하자면 코스믹 호러는 인간의 지식으로는 도달할 수 없는 우주 깊숙한 곳에나 있을 법한 미지의 존재가 인간과 세계를 폭력적으로 장악하여 대혼돈을 야기하는 식으로 서사를 추동한다.

그런데 코스믹 호러를 표방했다고는 하지만 <지옥>은 상당 부분 종교적 세계관에 서사와 설정을 의탁한다. 먼저 인간 세계에 가시적인 형태로 출현하여 죽음을 고지하고 시연하는 초월적 존재는 천사와 신의 사자로 전제된다. 비록 천사와 신의 사자가 실제로 신이 보낸 것이며 어떠한 신에 복종하는지는 알려주지 않으나 작품 전반에 걸쳐 이들은 신과의 연관성 안에서 추론된다. 즉 <지옥>은 미지의 존재가 인간 세계에 갑자기 출현하여 극한의 공포를 유발한다는 점에서는 코스믹 호러와 유사하지만, 처음부터 그들을 종교적 관점으로 접근한다는 점에서 변별된다. 극중 인물들이 초월적 존재를 '신이 보낸 자'로 확정한 상태에서 이야기기가 시작되며, 그들을 통해 신의 의도를 밝혀내는 일과 그 결과로서의 종교가 구성되는 과정을 그린다는 점에서도 <지옥>은 종교적 세계관에 입각한 작품이라 할 수 있다. 또한 <지옥>이 의탁한 종교적 세계관은 직간접적으로 기독교와 유사성을 보인다.

종교학자인 미르체아 엘리아데(Mircea Eliade)는 인간을 종교와 분리할 수 없는 존재로서 호모 렐리기오수스(Homo Religiosus) 즉 '종교적 인간'으로 규정한다. 마치 부모와 자식의 관계처럼 인간과 종교는 운명적으로 얽히게 되는 필연의 관계라는 것이다.[3] 미르체아 엘리아데의 명명처럼 실제로 인간은 초월적 실재, 현상 밖의 세계, 죽음 이후의 상태에 관해 거의 본능적으로 천착해 왔다. 그러한 이유로 '보통 신이라고 부르는 초월적 실재에 대한 믿음이 종교에서 가장 중요한 것이라면, 인간이 우리가 사는 세계 너머에 초자연적인 세계가 있다는 것을 믿지 않았던 때는 없었던'[4] 것이라 말할 수 있다. 종교에 관한 인간의 본능적 관심은 아이러니하게도 종교 회의주의자인 마이클 셔머의 분석을 통해 명확하게 드러난다. 그는 여러 가지 종교적 신념들은 문화적으로 상당한 다양성을 띠고 있지만 의도를 가지고 인간과 교류하는 신성이나 영혼 형태의 초자연적인 행위자가 있다는 믿음을 공유한다고 보았다. 즉 인간은 신을 우주의 시작과 끝, 인류의 운명과 인생의 과정을 설명하고 제시하는 궁극적이고 의도적인 행위자로 간주하기 때문에 종교가 존재하고 존속한다는 것이다.[5]

하지만 주지하다시피 현대는 종교에 관한 관심이 저하된 시대다. 전 세계적으로 무신론자의 비율이 해마다 증가하고 있으며 특히 유일신을 믿는 종교는 문화적 다양성을 훼손한다는 이유로 비난의 대상이 된다. 그런데 흥미로

---

3   임경수, 『호모 렐리기오수스: 인간의 자리』, 학지사, 2020, 159쪽.
4   리처드 할러웨이, 이용주 옮김, 『세계 종교의 역사』, 소소의책, 2018, 11쪽.
5   마이클 셔머, 김소희 옮김, 『믿음의 탄생』, 지식갤러리, 2012, 229-231쪽.

운 점은 특정 종교에 귀속되려는 종속성에의 의지는 감소했지만 초월적 존재의 현존을 기반으로 창작되는 판타지물의 인기는 상승했다는 사실이다. 전 세계적으로 가장 인기 있는 영화가 신화적 세계관을 공유하는 마블 시리즈이며 드라마, 웹툰, 웹소설, 게임 등에서도 비현실적인 설정을 배경으로 하는 판타지물이 큰 인기를 얻고 있다. 결과적으로 판타지물에 관한 범장르적 인기는 탈종교의 시대라 일컫는 현대조차도 인간은 신이라는 초월적 존재와 여기 너머의 세계에 관한 원초적 욕망이 있음을 방증한다. 그러한 점에서 <지옥>은 인간의 권능을 넘어서는 존재를 상정하는 호모 렐리기오수스의 욕망을 자극하면서도 그것이 왜 종교가 아니라 판타지물로 간접 충족되는 시대가 되었는지를 보여준다.

결론부터 말하자면 <지옥>은 신에 관한 드라마가 아니라 종교에 관한 드라마로 신을 대신하는 인간들이 종교라는 명분하에 신을 어떻게 왜곡하고 삭제하는지를 파헤치는 작품이다. <지옥>은 신이 존재한다고 전제하지만 신을 모호하게 생략한다. 천사와 사자로서 신의 흔적은 실존하나 현존은 드러나지 않는다. 그러한 데다가 천사는 순백의 거룩한 아우라를 발산하는 정형화된 이미지가 아니라 압도적인 거대함으로 공포를 자아내는 기괴한 형상으로 등장한다. 고지와 시연을 허락한 신의 의도를 밝혀내기 위해 세상은 금세 아수라장이 되지만 신은 끝까지 침묵한다. 그로 인해 <지옥>은 신의 정죄는 누구에게 행해지며 신이 생각하는 악의 범위는 무엇인지, 바로 지금 신이 인간에게 원하는 것은 무엇이고 심지어 신이 선한 존재인지 악한 존재인지에 관한 모든 정보를 생략한다.

그런데 <지옥>이 선택한 신의 삭제는 극 안에서 오히려 신에 관한 인간의 근원적 질문의 답변으로 작용한다. 새진리회의 초대 의장으로 신의 의도를 찾기 위해 모든 인생을 걸어온 정진수는 과거 보육원에서 방출되어야 하는 스무 살이 되자 독수리가 시신을 수습해준다는 티베트로 자살 여행을 떠난다. 그곳에서 정진수는 시연을 집행하는 신의 사자를 목격하고 '미친 듯이 신의 흔적을 찾아 돌아다니게' 된 것이다. 신의 흔적과 의도를 찾는 것이 자신의 소명이라 인지한 정진수는 사람들의 무관심 속에서도 남은 시간을 신에 몰두한다. 신의 계시를 받은 정진수는 20년 동안 끊임없는 공포에 시달리면서도 전 세계의 현상을 분석하며 신의 존재와 의도를 파악하고자 했지만 끝내 '신이 어떤 이유로 이런 기괴한 일을 벌이는지 모르는' 상태로 시연의 죽음을 맞이한다. 신의 흔적은 체험했지만 진짜 신을 체험하지는 못한 정진수는 신이 인간의 삶에 어디까지 관여하며 인간을 향한 신의 의도는 무엇인지 나아가 신이 과연 존재하는지에 대해 답할 수 없을 인간의 상태를 은유한다.

코스믹 호러에서 육체와 지성 그리고 3차원의 한계 안에 놓인 인간이 초월적 존재의 공격에 무방비 상태로 무력하게 죽어가듯 신은 인간의 경험과 사유 밖에 존재하기 때문에 인간은 신이라는 존재를 영원히 포획할 수 없다. <지옥>은 정진수를 통해 신은 고통과 욕망 사이에서 신을 간절히 염원하는 인간이 결코 포획할 수 없는 불가능의 존재임을 확인시키면서 대신 신의 대리를 자처하는 집단으로서 종교에 집중한다. <지옥>의 서사는 2022년 11월 10일 13시 20분, 한 남성이 서울 한복판에서 정체를 알 수 없는 미지의 존재들에게 무참히 살해되는 사건에서 시작한다. 정확한 이유는 알 수 없지만 초월적 존재가 인간을 죽일 수 있음을 목격한 사람들은 엄청난 충격을 받는다. 수많은 목격자가 존재하며 영상으로 찍혀 누구도 부인할 수 없는 증거로 남은 이 사건은 10년 전부터 '새진리회'라는 종교 연구회를 만들어 신의 의도를 분석한 정진수를 메시아로 만든다.

새진리회는 영상이라는 명백한 증거를 토대로 여느 종교보다 빠르고 강력하게 세력을 확장해 간다. 인간이 우연히 보게 되거나 의도적으로 보는 시각적 이미지들 중에는 일상적인 삶과 현실을 초월하여 궁극적 실재를 감지할 수 있게 해주는 힘을 지닌 것들이 있는데 이는 종교의 유지와 확산에 기여한다. 그러나 이러한 시각적 이미지들이 종교 경험의 순간을 포착하여 응결시킨 후 재경험할 수 있게 해준다 할지라도 그것은 상상의 결과이거나 증빙되지 않은 과거 순간의 재현일 뿐이다.[6] 하지만 고지와 시연을 촬영한 수많은 목격자의 영상은 누구도 부정할 수 없는 명백한 증거로서 이는 신에 관한 느낌이 아니라 실재를 확인시켜준다. 심지어 증거 영상에 기록된 장면은 절대적 공포를 느끼게 하는 죽음을 잔혹하게 맞이하는 순간들이다.

그리하여 새진리회는 정진석을 중심으로 언제 찾아올지 모르는 공포를 해결해줄 유일한 가능성을 지닌 종교 집단으로 부상한다. <지옥>은 이 같은 상황을 통해 인간의 편향된 믿음에서 하나의 종교가 생성되는 과정을 보여준다. 인간은 이해를 넘어서는 사건이나 현상이 등장하면 공포와 책임으로부터 탈주하기 위해 자신들을 대신해줄 어떤 대상을 갈구한다. 과학이 현대의 종교로 부상한 이유 역시 이와 다르지 않다. 과학이 신의 현존이라 믿었던 초자연적인 현상을 해석해 주기 시작하면서 과학에 신의 권위가 부여되었기 때문이다. 만약 <지옥>의 고지나 시연이 과학으로 해석되는 일이었다면 새진리회가 필요하지 않았겠지만 시연당한 후 불에 탄 시신에서 이 세상에 없는 물질이 발견되는 등 초자연적인 현상을 과학이 설명해 줄 수 없었다. 결국 신의 의도를 해석하는 일은 10여 년간 이 일에 집중해 온 정진석과 새진리회에 돌아갈 수밖에 없는 것이다.

---

6 정형철, 『종교적 이미지의 형상적 기능 ─ 시각적 이미지와 종교적 경험』, 동인, 2015, 12-54쪽.

정진수는 인간이 신의 사자에게 죽임당한 이유가 죄를 저지르고 수치심, 죄의식, 참회, 속죄를 잃어버렸기 때문이라고 설파한다. 정진석의 결론은 '너희는 더 정의로워야 한다'가 신의 진정한 의도이며, 신이 사자를 보내 인간을 죽게 한 것은 구체적이고 명확하게 의도를 알려주기 위해 즉 '좀 알아먹으라는' 이유에서다. 그는 고지와 시연이 인류가 시작한 이래 단 한 번도 제대로 정의로운 적 없는 인간에 대한 '신의 불만'이라는 첨언을 덧붙인다. 그리고 종교의 필수 조건인 교리의 초석이 될 132건의 고지와 시연을 바탕으로 대상자들의 죄를 분석한 자료집을 공개한다. 종교는 인간이 처한 곤경을 분석해주며 바람직한 목표로 나아가는 윤곽을 제시해주기 때문에 사회에 유용할 수 있다. 문제는 종교의 기원과 의도가 숭고했다 할지라도 본래의 이상이 제대로 실현되지 않았다는 데 있다. 제도화된 다른 집단과 유사하게 종교 역시 선대로부터 이어받은 숭고한 목적을 달성하지 않는 방향으로 변질되기 쉽다.[7]

<지옥>은 지금까지 인류 역사를 거쳐 간 수많은 종교가 반복하여 보여주었던 타락의 과정, 숭고한 목적으로 시작한 종교가 어떻게 변질되는지를 극적으로 재현한다. 정진수가 신의 의도를 가장 잘 알고 있을 것이라는 대중의 속단과 환상은 그를 메시아로 새진리회의 자료집을 새시대의 성경으로 만든다. 용감한 시민상을 여러 차례 받으며 선의 징표가 된 정진수는 '악을 방치해서 안 되고 선해야 한다'는 누구라도 동의할 율법을 강조하며 새진리회를 보편 진리를 추구하는 종교로 규정한다. 그러나 신의 의도를 간파했다고 주장한 정진수는 실제로는 신의 의도가 무엇인지를 알지 못해 20년간이나 공

---

7 찰스 킴볼, 김승욱 옮김, 『종교가 사악해질 때―타락한 종교의 다섯 가지 징후』, 현암사, 2020, 47-70쪽.

포에 떨어왔으며 자신의 공포를 정당화하기 위해 신과 세상을 능욕한 사기꾼이었다. 그는 시연을 당하기 전 신의 의도를 밝혀낼 수 없었음을 진경훈에게 고백하며 엄청난 폭등과 정신적 공황을 막기 위해 악인이 지옥에 가는 것처럼 위장했다고 말한다. 정진수는 자신이 체험한 공포를 세상 사람들에게 선사하기 위해 신의 의도를 왜곡해온 것이다.

종교의 타락은 정진수가 죽은 이후 더욱더 세밀하게 제도화된 새진리회가 인간과 세계를 조정하는 폭력적인 권력 집단으로 부상하면서 심화된다. 정진수의 죽음 이후 김정칠이 제2대 의장으로 추앙된 새진리회는 죄인이 무참히 시연당하는 장면을 홍보 영상으로 활용하며 대중의 공포를 자극한다. 시연이 발생한 장소는 성지로 탈바꿈하여 관광 명소로 만들고 새진리회 앱(App)을 통해 정죄의 기준이 되는 교리를 손쉽게 전파한다. 새진리회가 권력을 유지하기 위해 가장 공들이는 것이 바로 시연 장면의 송출인데 김정칠은 고지받은 죄인을 새진리회 스튜디오로 불러와 시연 장면을 실시간으로 감상하게 만든다. 흰색 가운을 입고 제사장처럼 등장한 김정칠은 연극의 한 장면처럼 과장된 독백을 읊으며 '스펙터클 사회'에 걸맞은 죽음쇼를 구성한다.

기 드보르가 말한 것처럼 오늘날에는 그 어떤 것도 스펙터클에서 벗어날 수 없으며 스펙터클을 통한 은폐와 위조를 통해 권력은 지속성을 확보한다. 스펙터클한 사고가 교육을 통해 얻은 지식보다 개인에게 더 심대한 영향을 미친다는 점을 고려한다면[8] 죽음쇼를 종교 권력을 유지하는 데 활용한 새진리회의 판단은 무척 영민하다. 시연 장면의 반복적 송출은 죽음 공포에 잠식된 대중을 양산하고 새진리회의 독점화를 가능케 하기 때문이다. <지옥>의 5-6화에서는 신을 식제한 타락한 종교 집단의 실체가 더욱 구체적으로 드러

---

8   기 드보르, 유재홍 옮김, 『스펙터클의 사회에 대한 논평』, 율력, 2017, 54쪽.

난다. 지금까지 가시적인 죄를 지은 사람이 고지와 시연을 당한다고 설파해 온 새진리회는 태어나자마자 고지받은 신생아가 등장하자 혼란에 빠진다. 권력을 뒷받침해 주었던 명백한 교리의 근원을 와해하는 사건 앞에서 새진리회는 원죄론, 거짓 음모, 가짜 메시아 등 난국을 타개할 묘책을 논의하며 '표백된 세상이라는 명분하에 만인이 만인을 감시하고 정죄하는 구조'를 유지하고자 한다. 신과 교리를 기획하고 이를 토대로 사람들을 선동하여 규율화된 인간을 양산하는 집단이 새진리회의 실체인 것이다.

결론적으로 <지옥>은 신을 삭제한 종교가 어떠한 목적과 수단을 바탕으로 작동하는지를 보여주는 일종의 증빙으로서의 텍스트라 할 수 있다. <지옥>은 '신이나 초자연적인 절대자 또는 힘에 대한 믿음을 통하여 인간 생활의 고뇌를 해결하고 삶의 궁극적인 의미를 추구하는 문화체계'로서 종교가 신의 목소리가 아니라 인간의 욕망을 토대로 구성될 수 있음을 보여준다. 또한 죄를 짓지 말아야 한다는 종교의 교리가 죄의 종류를 필요에 맞게 조율하고 죄인이 되어야 할 사람들을 자의적으로 구분하여 학대함으로써 종교가 그 어떤 집단보다 폭력적일 수 있음을 고발한다. 테리 이글턴의 말대로 신성한 것은 삶을 창조하는 힘이자 죽음을 야기하기도 하는 양면적 속성을 지닌 권력이다.[9] 그러한 점에서 <지옥>은 신성함을 악용하여 성스러운 테러를 자행하도록 만드는 종교가 오히려 신과 유리된 타락한 인간을 양상할 수 있음을 보여주는 문제적 작품이라 할 수 있다.

---

9   테리 이글턴, 서정은 옮김, 『성스러운 테러』, 생각의 나무, 2007, 197쪽.

3. 인간이라는 비이성의 공범과 세계의 지옥화

지옥은 종교와 문화를 넘어서 실재로 간주되거나 상상되는 고통과 죄의 토포스로 천국이 신에게 선택받는 자들의 종착지라면 지옥은 신에게 버림받은 자들의 종착지다. 기독교와 이슬람과 같은 종교는 물론이고 신화나 동화에서도 지옥 개념이 등장하는데, 이들의 공통점은 지옥은 죄의 대가를 치르는 곳이자 인간이 상상할 수 없고 언표화할 수 없는 극한의 형벌이 내려지는 곳으로 전제된다는 것이다. 쿠란(Quran)이 지옥을 정밀하고 세부적으로 묘사함으로써 종교적 효율성을 강화했듯이[10] 지옥은 인간의 마음과 행동을 규제하는 강력한 파놉티콘으로 작용하며 인간 스스로 죄를 억제하게 하는 금지의 효과를 만들어낸다. 잠깐의 죄가 영겁의 고통을 야기할 수 있다는 상상만으로도 행위의 억제가 가능해지기 때문이다. 인간이 상상할 수 없을 고통의 세계를 지시하는 지옥은 그리하여 줄곧 인간이 감당할 수 없는 사건이 벌어지는 현장이나 아수라장이 된 상태나 상황을 은유하는 데 활용되어 왔다.

<지옥>이라는 제목 역시 신에게 버림받은 자들의 종착지로서 종교적 의미와 아수라장이 된 인간과 세계라는 은유적 의미를 동시에 내포한다. 신의 사자로부터 서사를 시작하였음에도 신을 삭제하고 종교를 이야기했듯 <지옥>은 사후 세계로서 지옥을 삭제하고 지옥이 된 현실 세계에 주목한다. 그리고 작품 전체를 통해 현실 세계를 지옥으로 만든 것은 신 혹은 신의 사자가 아니라 인간이라는 결론에 도달한다. 물론 '사람들 겁주고 벌줘서 더 나은 세상을 만드시겠다? 그런 데가 하나 더 있죠. 지옥이라고.'라는 배영재의 대사처럼 현실 세계를 지옥으로 만드는 데 가장 크게 공헌한 것은 새진리회라는 종교다. 그러나 <지옥>은 새진리회에 야합하는 사람들과 권력에 침묵하

---

10   리처드 할러웨이, 이용주 옮김, 『세계 종교의 역사』, 소소의책, 2018, 241쪽.

는 사람들 모두 현실의 지옥화를 야기한 주요한 공범임을 주장한다. 그러면서 <지옥>은 인간의 본성이 무엇이며 그것이 세계를 어떻게 움직여 가는지를 다양한 인물 통해 재현한다. 따라서 신의 고지와 시연이라는 초월적인 사건은 신이 아니라 인간과 세계의 실체를 보여주는 유용한 극적 장치로 기능한다.

서울 한복판에서 한 남자가 신의 사자에게 죽임을 당한 후 신의 고지와 시연에 관해 헛소문을 퍼트리던 새진리회는 세간의 주목을 받는다. 이후 30억 원에 정진수와 계약한 박정자의 시연 장면이 대중과 언론에 공개되면서 정진수와 새진리회는 순식간에 절대 진리로 추앙받게 된다. 새진리회가 짧은 시간 안에 사이비 종교에서 신의 의도를 해석하는 신성한 종교로 탈바꿈하게 된 이유는 공포를 체감한 대중의 급작스러운 신뢰 덕분이다. 이를 통해 <지옥>은 공포를 조우한 인간이 얼마나 비이성적일 수 있는가를 확인시킨다. 문명화가 심화될수록 이성과 합리성은 신성화되었고 인간은 세밀화된 제도와 발전한 과학기술을 증거로 진보를 장담해 왔다. 그러나 <지옥>에 등장하는 인간은 문제 앞에서 합리적이고 이성적으로 대응하기보다 문제로 야기된 공포를 망각시켜줄 의탁의 대상을 갈구하고, 그 대상에 충성함으로써 공포를 외면하고자 한다.

역사적으로 인간은 포획되지 않는 것들에 새로운 규칙과 의미를 부여함으로써 불안을 잠재우고자 했다. 그 역할은 영적인 능력을 지닌 샤먼, 제사장 등의 종교적 지도자와 규율을 생성하는 권력자 그리고 근대 이후부터는 인류를 둘러싼 모든 것을 명증하려는 과학이 담당하였다. <지옥>은 경전을 통해 실재의 흔적만 남은 신의 계시를 2022년에 출연시키면서 현대 문명이 외면했던 영적인 세계를 또다시 해석해야 하는 상황을 부여한다. 그런데 영적 세계는 인간의 이해와 예측을 완전히 벗어나 있으며 과학의 합리성으로는 해결할 수 없기 때문에 어쩔 수 없이 보통의 사람보다 영적인 능력이나 지식을 확보한 존재에게 해석을 의탁할 수밖에 없다. <지옥>에 등장하는 사람들은 정상과 비정상을 자의적으로 확정하고 비정상에 귀속되는 사람들을 제거하는 방법으로 '권력의 악마성'을 실현하는 새진리회에 너무나 무력하게 순종해 버린다. 권력에 복종하는 자는 권력자의 의지에 자신을 내맡기고 스스로의 의지를 형성하는 일을 포기해 버린다. 권력자의 의지를 마치 자신의 의지처럼 착오해 버리는 것이다.[11]

<지옥>이 재현한 세계 속 인간은 새진리회라는 새로운 권력에 자신의 의지를 떠맡기고 자신들을 정상의 범주에 귀속시킨 후 세계를 예측 가능한 곳으로 착오하려 한다. 사람들이 신의 의도에 관한 해석의 권리를 새진리회에 위임한 결과 불과 4년 만에 세상은 새진리회에 잠식돼 버린다. 이제 새진리회를 믿지 않거나 새진리회에 반하는 행동을 하는 사람은 언제든 제거될 수 있으며, 일상에서조차 새진리회와 추종자들의 저격 대상이 될까 봐 말과 행동을 검열해야 하는 대 불신시대가 도래한다. 그로 인해 4년 후 사람들은 의식과 행위의 자율성을 박탈당한 상태가 되었지만 아이러니하게도 그 덕분에 거대한 아노미를 방지하고 괴상한 율법이 제공하는 안정성을 누릴 수 있게 되었다. <지옥>은 4회부터 새진리회에 잠식당한 세계를 보여주는데 신에 의해 누구라도 죽임당할 수 있는 극한의 공포가 만연한 것에 비해 세계는 생각보다 덜 혼란스럽게 재현된다. 고지와 시연이라는 초월적 현상과 신의 의도라는 불명확한 대상은 새진리회를 통과하면서 가시적이고 명확한 것으로 번역되었는데 바로 이 점이 불안을 잠재울 확신으로 치환된 것이다.

극중 정진수의 말처럼 인간은 '의미가 없으면 자멸해 버리는 족속들'이지

11   한병철, 김남시 옮김, 『권력이란 무엇인가』, 문학과지성사, 2016, 8-16쪽.

만 공포 앞에서 의미를 발견하는 일을 회피해 버리는 나약한 존재들이다. <지옥>에 등장하는 인간은 바로 그 나약함을 폭력으로 위장함으로써 자신들의 행위를 정당화하는 또 다른 비이성을 보여준다. 헬렌 조페는 인간은 자신이나 자신이 속해 있는 집단이 아니라 타자를 위험 대상으로 지목하여 걱정을 완화하는 사회적 표상을 형성함으로써 위험이 불러일으키는 불안을 통제한다고 주장한다. 역사적으로 불안의 통제를 위해 호명된 타자는 오염을 일으키는 벌레나 초자연적 피조물들에 연결됨으로써 악마로 표상되곤 하였는데, 타자를 사회에서 가치 없는 것으로 채색함으로써 '우리'의 정당성이 확보되었다.[12] <지옥>에서도 고지와 시연의 대상이 된 사람은 나머지 인간의 무고함을 증명해줄 타자로 지목되고 그들에게는 화살촉을 중심으로 온갖 폭력이 행해진다.

그들의 타락이 확증되어야 대조군으로서 우리의 나음이 증명되기 때문에 대중은 고지와 시연의 대상을 신의 벌을 받아 마땅한 자로 낙인한 후 시연 이전에 이미 사회적 매장과 육체적 폭력으로 처벌한다. <지옥>은 이러한 광기가 새진리회와 화살촉이라는 소수의 선동으로만 가능한 것이 아니라 대중의 지지가 있어야 가능하다는 사실을 알려준다. 대중은 새진리회와 화살촉을 중심으로 그들에 적극적으로 동조하거나 침묵함으로써 폭력의 확산을 가능케 한다. 화살촉 인터넷 방송의 채팅창과 병원 등의 일상 공간을 통해 구현되는 대중의 양상은 정죄의 주체가 된 군중이 얼마나 폭력적일 수 있는지를 여과 없이 보여준다. 그동안 인간은 공포를 제거하기 위해 군중을 형성하고 군중의 밀도를 높여 안도감을 확보하고자 했다. 이러한 군중은 추적 감정 즉 자신들이 영원한 적으로 규정한 자를 향한 하나의 특이한 분노 혹은

---

12   헬렌 조페, 박종연·박해광 옮김, 『위험사회와 타자의 논리』, 한울, 2002, 21-53쪽.

흥분 감정을 보여주는데, 군중은 규정된 자를 부당한 것으로 억압함으로써 내적 강력함을 확보하고자 한다.[13]

<지옥>의 군중들 역시 하나의 정죄 대상을 지목하고 그들에게 폭력을 전가함으로써 공포와 공포의 원인을 망각하려는 비이성을 보여준다. 그리하여 고지와 시연의 대상이 된 사람들이 어떠한 연유로 지목되었는지는 중요하지 않으며 그들은 신과 인간을 배신한 오염물이 되어야만 하는 것이다. 그런데 이 과정에서 군중을 선동하는 데 핵심 역할을 하는 것이 인터넷 방송 즉 미디어다. <지옥>은 매회 상당한 시간을 할애하여 화살촉 VJ가 진행하는 인터넷 방송 장면을 삽입한다. 마치 다른 드라마의 장면을 삽입한 듯한 이질감을 불러일으키는 인터넷 방송 장면은 미디어가 얼마나 쉽게 세계를 조작하고 사람들을 선동할 수 있는지를 보여준다. 미디어는 세계의 왜곡과 과장을 거쳐 폭력을 오락화하는데 새로운 미디어가 등장할 때마다 폭력성은 더욱 과도해지는 경향이 있다.[14] 사람들의 즉각적인 관심을 끌기 위해 자극적인 콘텐츠를 활용하기 때문이다.

현대의 미디어는 그 어느 때보다 사사화(Privatization, 한나 아렌트)를 향하고 있다. 그 결과 공적인 플랫폼 안에서 제도로 여과된 메시지를 전달받기보다 사적인 플랫폼 안에서 자극적인 메시지를 목격하려는 욕망이 강해졌다. <지옥>의 화살촉 VJ는 고지와 시연의 대상이 된 사람들의 개인 정보를 방송을 통해 공개하고 그들을 오염물로 규정한다. 학자, 작가, 변호사 등의 기존 지식인과 권력자는 신의 의도에 반하는 적군이며 오직 화살촉과 깨어 있는 시민만이 신의 의도를 실현할 수 있다고 설파한다. '분노가 우리의 힘'이라며

---

13   엘리아스 카네티, 강두식·박병덕 옮김, 『군중과 권력』, 바다출판사, 2021, 18-28쪽.
14   W. 제임스 포터, 하종원 옮김, 『미디어와 폭력 ― 그에 관한 11가지 신화』, 한울, 2006, 22-25쪽.

군중을 선동하는 VJ가 날것의 분노를 보여줄 때마다 화면 우측에는 대중의 반응이 채팅창으로 올라오는데, 그곳에서 대중은 폭력과 분노에 야합함으로써 연대성을 확보하는 것을 확인할 수 있다. 그뿐만 아니라 <지옥>은 소셜미디어를 통해 개인이 콘텐츠의 제공자가 될 수 있는 시대는 진리보다 거짓이 더 쉽게 전파될 수 있으며 사람들이 더 쉽게 악에 동조할 수 있다는 것을 보여준다. 새진리회에 반하는 민혜진을 구타하는 영상이 소셜미디어를 통해 공유되고 순식간에 실시간 검색어 1위가 된 장면이 이를 방증한다.

공적 미디어라고 해서 중립성과 공의를 지향하는 것은 아니다. <지옥>은 시민을 보호하고 부정을 금지해야 할 기관과 제도가 본분을 다하기보다 권력에 편승함으로써 악의 재생산에 가담하는 실태를 고발한다. 극중에서 NTBC 방송국은 새진리회의 부정을 밝히기는커녕 새진리회 홍보 다큐멘터리를 제작하고 주 5회나 편성하는 등 새진리회의 외주 제작사를 자처한다. 언론이 최소한의 공정성도 추구하지 못한 채 대중을 선동하는 상황에서 국민을 보호해줄 최후의 보루인 법과 공권력 역시 본분을 전혀 수행하지 못한다. 법은 선량한 시민 편이 아니며 오히려 범죄자들이 증거 불충분과 심신 미약 그리고 촉법소년이란 이유로 빠져나갈 수 있게 도와준다. 진희정이 자신의 어머니를 죽인 범인을 정진수와 함께 살해한 이유도 사적 복수 말고는 정당한 죗값이 치러지지 않았기 때문이다. 정부 관계자 역시 국민을 보호하기보다 새진리회의 포교 활동을 지원하는 데 앞장선다. 여기에 자본가들은 VIP라는 명목으로 타인의 죽음을 가장 좋은 자리에서 구경할 기회를 얻는 등 <지옥>에 등장하는 인간 대부분은 자신들의 세계를 지옥으로 만드는 데 일조한다.

신의 개입 여부와 상관없이 인간에 의해 구성되는 세계는 지옥일 수밖에 없음을 보여주는 <지옥>은 작품 전반에 걸쳐 염세주의적 세계관을 설파한다. 극중 신은 한 번도 등장하지 않지만 신이 존재한다면 인간을 벌하여도 반박할 수 없을 정도로 인간에 관한 <지옥>의 시선과 재현은 시종일관 상당히 비관적이다. 그러나 <지옥>은 마치 성경 속 노아의 방주처럼 지옥의 세계에도 최후의 보루가 될 만한 소수의 인간을 남겨 놓으며 신의 심판을 일정 시간 유보하게 만든다. 소도법률사무소 변호사 민혜진은 새진리회의 피해자를 변호하던 중 암에 걸린 어머니를 잃고 본인 역시 집단 폭행을 당해 목숨을 잃을 위험에 빠진다. 하지만 민혜진은 '소도'의 리더가 되어 고지당한 사람들을 증발시켜 주고 새진리회와 대중의 정죄로부터 방어해 주는 일을 수행한다. 모두가 새진리회에 복종하고 고지당한 사람들에게 폭력을 가할 때 민혜진과 소도 일원들은 목숨을 걸고 정의를 수호해 나간다.

말하자면 민혜진과 소수의 소도 일원은 인간의 '자율성'을 공의를 위해 사용하는 몇 안 되는 소수자다. 소도 일원은 시연으로 가족을 잃었거나 새진리회로부터 피해를 입은 사람들로 구성되는데, 리더 민혜진은 김근배와 공형준이 새진리회에 살해되는 등 수시로 위험에 처하지만 사람들을 새진리회로부터 지키고 새진리회의 부정을 밝히는 일을 중단하지 않는다. 갓 태어난 아이가 고지를 받아 충격에 빠진 배영재와 송소현을 설득하여 '이 세상을 다시 사람의 것으로 되찾을' 가능성을 발견하게 설득한 사람도 민혜진이다. 시종일관 인간 몰락의 당위성을 보여주던 <지옥>은 공의를 위해 투쟁하는 민혜진과 소도 일원 그리고 아이를 껴안아 대신 죽음으로써 인간의 절대적인 사랑과 희생을 보여준 배영재와 송소현을 통해 구원의 가능성을 열어둔다. 그러나 세계가 지옥이 되어가는데도 끝까지 침묵하는 신과 지옥이 된 세상을 회복하기에는 불온에 야합하는 인간들이 만연한 세계라는 점을 감안할 때 <지옥>이 제안한 구원의 가능성은 사실상 불가능성에 가깝다.

OTT 드라마의 폭력 재현 양상
— TVING <몸값>

1. OTT와 폭력의 적극적 재현

　일반적으로 '폭력'이란 특정 대상을 파괴하고 억압함으로써 부정적 영향을 미치는 행위나 상황을 의미한다. 폭력은 어떤 존재나 집단을 영원히 무화되게 만들 정도로 강력한 파괴력을 지닌 채 실현되기도 한다. 중요한 점은 폭력의 개념과 범주 자체가 상대적이고 광범위한 까닭에 폭력이 무엇인지를 확정하기 어렵다는 사실이다. 후술하겠지만 폭력은 물리적이지만 정신적이며 개인적이지만 구조적이다. 또한 폭력은 직접적이면서도 간접적이고 외부적이지만 내부적일 수 있다. 폭력이 다양한 개념의 수식어로 사용되는 이유 역시 폭력의 영향과 범주가 한정하기 어려울 만큼 무한히 확장되기 때문이다. 그런데 폭력의 개념을 '어떤 목적을 위해 무엇인가를 파괴하는 행위'로 범박하게 정의한다면 극단적인 폭력이 가장 만연한 곳이 바로 허구 서사물이라 할 수 있다.

　다양한 허구 서사물에서 폭력이 호명되었지만 그중에서도 영화는 인간이 상상할 수 있는 극한의 상황까지 영상으로 담아내며 폭력의 재현에 앞장서

왔다. 시청각으로 구성되는 감각의 매체인 영화는 육체적 경험으로 다가서기 때문에 강렬한 경험으로 관객을 자극한다. 그로 인해 자극을 추동하는 폭력은 영화의 본질적 속성 중 하나가 되었는데[1] 영화가 재현하는 폭력은 시대와 장르를 초월하여 등장해 왔기 때문에 일정 부분 당연한 것으로 수용되기도 한다. 그러나 폭력의 재현이 존재의 목적이 되는 슬래셔(Slasher), 고어(Gore), 스너프(Snuff) 영화는 물론이고 도덕적인 주제의식을 설파하는 히어로물에 이르기까지 과도한 폭력의 재현이 발생하면 '재현 가능한 폭력의 범위'를 놓고 논쟁이 발생한다. 영화는 가상이지만 실재로 가장될 수 있으며 실제의 감각으로 체현되는 장르이기 때문이다.

영화처럼 영상을 통한 감각적 체험을 가능케 하는 드라마 역시 폭력을 지속적으로 다뤄왔다. 그런데 등급제라는 규율이 있기 때문에 오히려 해당 등급 안에서는 표현의 자유를 확보하는 영화와 달리 텔레비전이라는 특수한 영역 안에 존재해야 했던 드라마는 영화보다 엄격한 제한을 받았다. 일상 공간 안에서 누구나 쉽게 접근할 수 있는 텔레비전의 친근성과 개방성 때문에 텔레비전드라마는 영화보다 더욱 견고한 시각하에 폭력의 문제를 검열받게 된다. 이미 오래전부터 잔혹성이 한국 영화의 경향으로 부상할 때도 드라마는 맥락과 상관없이 특정 사물이 모자이크로 검열되는 규율화를 겪기도 했다. 하지만 드라마가 지상파와 케이블 등 일상 공간의 텔레비전을 탈주하여 OTT로 자리 이동하는 즉시 영화 같은 혹은 영화보다 잔인한 방식으로 폭력을 재현하기 시작했다.

한국 OTT 드라마를 놓고 'K-디스토피아'라는 용어가 생성될 정도로 한국

---

1   문재철, 「현대 한국영화의 폭력 재현에 대한 연구 ― 승화의 위기와 폭력의 충동성」, 『영상예술연구』 9, 영상예술학회, 2006, 115-116쪽.

드라마는 폭력의 세계를 잔혹하게 재현하고 있다. 한국 드라마 역사상 가장 많은 공식 해외 시청자를 기록한 <오징어 게임>(Netflix, 2021)이나 공개 직후 54개국에서 TV 부분 1위를 달성한 <지금 우리 학교는>(Netflix, 2022)은 지금까지 한국 드라마가 보여주지 못했던 수준으로 폭력의 재현을 수행한다. 이와 함께 <킹덤>(Netflix, 2019), <스위트홈>(Netflix, 2020), <소년심판>(Netflix, 2022), <마이네임>(Netflix, 2021), <지옥>(Netflix, 2021), <수리남>(Netflix, 2022) 등 전 세계 시청자를 대상으로 하는 글로벌 OTT 플랫폼에서 인기를 얻은 한국 드라마는 공교롭게도 가학적인 폭력을 재현한다는 공통점을 보인다. 당연하게도 이들 작품이 재현한 폭력의 수위는 지금까지 지상파와 케이블의 한정 안에 존재하던 이전의 한국 드라마와는 다른 양상을 보인다. 그로 인해 <오징어 게임>의 경우 비영어권 최초로 에미상을 수상한 드라마로 호평받았지만, 서구권에서조차 '유혈이 낭자하며 가학적 쾌락을 추구하는 끔찍한 폭력 수준의 드라마'로 특정 연령의 시청을 자제시켜야 한다는 여론이 일기도 했다.[2]

지상파와 케이블의 규율화로부터 일정 부분 자유로운 OTT 플랫폼이 새로운 시청 공간으로 부상하면서, 한국 드라마가 수위 높은 폭력을 재현하는 데 상당히 적극적인 제스처를 취한다는 점을 확인할 수 있다. OTT 이전 한국 드라마는 폭력 재현이 '감상자에게 간접 경험을 통한 사회 정보로 처리'되기 때문에 현실의 폭력 인식에 중요한 영향을 미친다는 이유로 민감하게 관리되었다.[3] 하지만 글로벌 OTT 플랫폼은 자체 등급 내에서 표현의 자유를 상당히

---

[2] Leah Asmelash, 「No, your kid probably shouldn't watch 'Squid Game'」, 『CNN』, 2021. 10. 24(https://edition.cnn.com/2021/10/24/entertainment/squid-game-children -netflix-wellness-cec/index.html).

[3] 하승태·곽은경·정기완, 「국내 지상파 TV 드라마에 나타난 폭력성: 폭력의 양태와 맥락을 중심으로」, 『사회과학연구』 23(2), 경성대학교 사회과학연구소, 2007, 6쪽.

허용하며, 한국뿐만 아니라 전 세계 시청자를 대상으로 하기 때문에 작품의 표현 수위가 한국 관습을 초과한다. 여기서 주목할 점은 한국 시청자를 주 대상으로 하는 국내 OTT 플랫폼에서도 폭력의 재현 양상이 크게 변화하고 있다는 것이다. 그 대표적인 작품이 바로 <몸값>(TVING, 2022)이다. <몸값>은 신체가 절단되고 시체가 나뒹구는 고어(Gore)물을 표방하며 한국 드라마가 재현할 수 있는 폭력의 범주가 어디까지인지를 생각하게 만드는 작품이다.

2. 호모 비오랑스의 가시화: 폭력 재현의 세 가지 양상

폭력적 인간 즉 호모 비오랑스(Homo Violence)라는 명명에 걸맞게 우리는 편재하는 폭력의 자장에서 벗어날 수 없다. 로제 다둔은 인간 존재의 본질을 구성하는 핵심 특성을 폭력으로 간주하며 호모 비오랑스 즉 근본적으로 폭력에 의해 정의되고 폭력으로 구조화된 인간으로서 '폭력적 인간'을 호명한다.[4] 폭력은 일탈 혹은 예외 현상에 머물지 않는데 우리가 폭력의 다양한 종들에 익숙해졌다는 사실은 육체에서부터 말, 기호, 성에 이르기까지 폭력이 수단과 방법을 가리지 않고 편재함으로 방증된다.[5] 폭력의 편재성은 당연하게도 허구 서사물에 영향을 미친다. 실제 인간과 세계를 반영하는 허구 서사물에서 폭력은 재현하지 않을 이유가 없는 대상이자 재현할 수밖에 없는 대상이기 때문이다. 그런데 폭력의 판별은 맥락과 상대성을 전제로 하기 때문에 무엇이 폭력인지를 규명하는 일은 언제나 난관에 부딪힐 수밖에 없다. 주디스 버틀러는 '폭력은 언제나 해석된 상태임을 알려준다'고 말한 바 있다.[6]

---

4   로제 다둔, 최윤주 옮김, 『폭력-폭력적 인간에 대하여』, 동문선, 2006, 8-10쪽.
5   이문영 편, 『폭력이란 무엇인가: 기원과 구조』, 아카넷, 2015, 12쪽.
6   주디스 버틀러, 김정아 옮김, 『비폭력의 힘: 윤리학-정치학 잇기』, 문학동네, 2021, 28쪽.

폭력은 서로 철저하게 이질적이고 충돌하는 프레임 안에서 조명되기 때문에 폭력을 규정하는 일이 지난하다는 점을 인정해야 한다는 것이다.

일차원적으로 폭력은 개인과 집단 간에 발생하는 위협 행위나 영향으로 정의된다. 폭력에는 폭력을 가하는 주체와 폭력을 당하는 대상이 전제되며 폭력의 주체에는 개별 인간에서부터 집단 나아가 비가시적인 구조나 사유 혹은 담론까지 포함된다. 폭력을 실현하는 수단에는 신체나 무기 등의 물리적 수단과 언어·제스처·시선 같은 비물질적 수단이 존재하는데, 수단의 직간접성 등에 따라 폭력의 내용 역시 신체적이거나 정신적인 것으로 변화된다. 그 결과 폭력이란 '행위 능력이 있는 주체, 사회적 시스템이나 구조(담론) 등이 가하는 포괄적인 의미에서의 위해 행위'라고 정의할 수 있다. 이러한 폭력은 그것을 바라보는 관점에 따라 상이하게 평가될 수 있는데, '좋은 폭력'이라는 역설적 판단이 가능한 이유가 바로 여기에 있다.[7]

폭력은 특히 문화적 특수성과 상대성의 영향을 받는다. 특정 문화권에서는 폭력으로 간주되지 않는 행위나 제도가 다른 문화권에서는 명백한 폭력으로 간주된다. 원시사회에서는 현대 문명이 폭력으로 인식하는 행위나 구조가 구성원 간의 친교나 소속감을 향상시키는 긍정적 수단으로 기능하였다.[8] 기독교와 이슬람 등의 율법에 의하면 신의 명령을 위반한 자에게 폭력을 가하는 것이 성스러운 행위가 되며, 전근대 사회에서는 형벌의 스펙터클화 즉 사회에 문제를 일으킨 자를 공개적으로 보복하는 행위가 정당한 것이었다. 폭력의 특수성과 상대성은 현대에 이르러 법과 제도의 세분화를 거쳐 인권을 보호하려는 보편성으로 전환되기도 했다. 그러나 절대적 인권을 수호하려는

---

7   정항균, 『아비뇽의 여인들 또는 폭력의 두 얼굴』, 서울대학교출판문화원, 2017, 131-132쪽.
8   피에르 클라스트르, 변지현·이종영 옮김, 『폭력의 고고학』, 울력, 2002, 245-297쪽.

현대사회에도 호모 비오랑스의 습성은 사라지지 않았으며 오히려 현대의 폭력은 이전 시대보다 훨씬 더 복잡한 양상으로 존재하게 된다.

2.1. 신체적 폭력

폭력 중에서 가장 명백한 증거를 남기는 것은 신체적으로 가해지는 폭력이다. 신체는 생명을 유지하는 기관이자 타인이 소유할 수 없는 고유의 영역이므로 인간의 실존은 물론이고 고유성과도 연관된다. 신체는 인간 행위를 가능하게 하고 사회체제의 형성과 유지에도 중요하게 작용한다. 인간의 삶은 반드시 신체라는 매체를 통과하게 되어 있으며 신체를 소유함으로써 인간은 세계를 경험하고 공유할 수 있기 때문이다. 신체가 자아 정체성의 일부로 수행되고 완성되어야 할 일종의 프로젝트로 간주되는 경향이 있는 것도 이와 관련된다.[9] 생물적 구성물인 동시에 사회적 구성물인 신체는 생명의 절대 조건이자 개인의 정체성 나아가 한 사회의 사유와 제도가 기록되는 대체 불가한 장이기 때문에 신체를 향한 폭력은 공포를 불러일으킬 수밖에 없다.

<몸값>의 신체적 폭력은 형수가 장기매매의 대상이 되어 수술용 침대에 결박당하는 상황(1화)에서 시작된다. 성매매 현장을 덮치기 위해 잠복근무하던 형수는 속옷만 입은 채 정육점의 고기처럼 전시되는데, 매수자들은 그런 형수를 보고 생동감 있다며 좋아한다. 장기 위치를 표시하기 위해 형수의 신체에 그려진 점선과 공포에 사로잡혀 몸부림치는 결박된 신체는 인간이라는 개념과 그것을 담고 있는 신체가 완전히 분리되어 취급당하는 정황으로 인해 충격을 야기한다. 이처럼 <몸값>은 중심서사가 본격적으로 진행되는

---

9   크리스 쉴링, 임인숙 옮김, 『몸의 사회학』, 나남, 1999, 28-46쪽.

시점에서 분위기를 압도할 만한 신체적 폭력을 삽입함으로써 감상자를 자극하는 전략을 취한다. 이후 <몸값>은 신체를 훼손하고 그것을 상당 시간 전시하는 방식으로 폭력을 다루는데 그로 인해 작품은 상당 시간 공포물로 체감된다.

<몸값>에서는 위협적인 도구를 사용한 신체적 폭력이 중점적으로 재현된다. 2화에서는 부관이 거꾸로 매달려 있는 형수를 쇠몽둥이로 구타하는 장면이 등장하고 극렬이 민씨의 등에 도끼를 내리꽂아 신체를 훼손하는 장면이 등장한다. 3화에서는 세은이 배에 칼을 맞아 피를 흘리며 죽어가는 장면이, 4화에서는 극렬이 수차례 칼에 찔리는 장면이 상당 시간 재현된다. 4화와 5화 그리고 6화에서는 집단 살육이 벌어지는데 4·5화에서는 기독교인이 비밀의 방에 있는 생존자 전원을 칼로 무참히 살해하는 장면과 훼손된 신체가 상당 시간 등장한다. 이후 단체 살육전이 벌어지는 5·6화에서는 형수와 주영 그리고 극렬, 희숙, 사장이 총과 칼을 이용해 서로의 신체를 자르고 훼손하는 장면이 20여 분간 지속된다.

적나라한 폭력의 재현으로 인해 <몸값>은 공포물 중에서도 신체를 절단하고 훼손하여 유혈이 낭자한 장면을 반복하여 재현하는 고어(Gore)물에 귀속된다고 볼 수 있다. 그만큼 신체에 가해지는 폭력과 훼손된 신체를 전시하는

일에 상당한 적극성을 보이기 때문이다. <몸값>에서 가장 중요하게 다뤄지는 소재는 '장기매매'다. <몸값>은 장기를 매매하기 위해 살육을 저지르는 상황에 집중하면서도 돈 때문에 사람들의 귀가 잘려 나가는 장면을 삽입하여 신체 절단의 공포를 유발한다. 이처럼 <몸값>은 감상자가 충격과 공포를 느낄 만한 수위로 신체적 폭력을 집중적으로 전시하고 이를 중심서사에 적극적으로 적용하는 특성을 보인다.

2.2. 정서적 폭력

정서적 폭력을 연구한 베르너 바르텐스는 정서적 폭력은 범위가 매우 넓으며 인간의 생물학적 특성과 사회·역사적 관점을 모두 고려하여 해당 폭력을 고려해야 한다고 말한다.[10] 정서적 폭력은 가시적이고 물리적인 위해 행위는 발생하지 않았지만 공포나 충격 같은 부정적인 감정을 유발하는 폭력을 통칭하는 개념으로 사용된다. 인간은 무서운 대상이 나타날 것 같은 가능성만으로도 공포를 느끼며 반대로 등장해야 할 무서운 대상이 등장하지 않는 경우에도 극도의 공포감에 빠진다. 즉 인간은 대상의 유해 가능성은 물론이고 유해 대상의 부재에도 무서움을 느낀다.[11] 이렇듯 두려움을 느끼는 상황은 그에 대한 주체의 정서적 판단에 영향을 받는데, 정서적 폭력은 명확한 가시성의 흔적을 남기는 신체적 폭력에 비해 더욱 모호하며 주관적으로 수용되는 특성이 있다.

하지만 정서적 폭력은 신체가 아닌 정서에 명확한 흔적을 남기며 그로

---

10 베르나 바르텐스, 손희주 옮김, 『감정 폭력: 세상에서 가장 과소평가되는 폭력 이야기』, 걷는나무, 2019, 33쪽.
11 도다야마 가즈히사, 이소담 옮김, 『호러사피엔스』, 단추, 2021, 23-24쪽.

인해 개인과 집단의 행동과 존속에 균열을 일으킬 수 있다는 점에서 더욱 세밀한 분석을 요청하는 유형의 폭력이다. 다양한 양상의 폭력을 적극적으로 재현하는 <몸값>에서도 개인과 집단에 극심한 트라우마를 남기는 정서적 폭력이 극의 서사와 감정 구성에 중요한 역할을 수행한다. <몸값>에서 인물들에게 가해지는 첫 번째 정서적 폭력은 '밀폐된 공간에의 감금'을 통해 이루어진다. <몸값>은 현실 혹은 일상과 분리된 폐쇄적인 공간에 인물들이 감금된 상태에서 중심서사가 진행되는데, 몸값을 흥정하는 사람들이 모인 모텔이 지진으로 붕괴되면서 이야기가 본격화된다.

작품 속 인물들은 출구를 찾을 수 없는 폐쇄된 공간에서 생존을 건 사투를 벌여야 하는 상황으로 인해 극한의 공포를 체험한다. 일반적으로 공간은 다수의 감정에 기초한 다중성이 존재하며 독특한 궤적과 이질성이 동시에 존재하는 영역으로 이해된다.[12] 그런데 <몸값>에 등장하는 공간은 일방적이고 획일적이며 죽음과 폭력만이 존재 이유가 되는 비일상의 형태로 구현된다. 이는 작품 속 인물들이 공간 안에 '감금'된 상태이며 동시에 언제 '죽음'을 맞이할지 모르는 상태 안에 있기 때문이다. 인간은 자의로 특정 공간을 벗어날 수 없음을 인지할 때 극한의 공포에 빠지는데, 그곳에서 살육을 목도하고 자신의 죽음마저 예상된다면 충격과 공포는 극대화될 수밖에 없다. <몸값>은 이러한 공간적 특수성을 활용하여 극중 인물이 감당하기 힘든 정서적 폭력을 가한다.

<몸값>에 등장하는 두 번째 정서적 폭력은 '정상 판단을 방해하는 가스라이팅'을 통해 재현된다. 가스라이팅(Gaslighting)이라는 용어는 영국 극작가 패트릭 헤밀딘이 1938년 세삭한 연극 <가스등>에서 처음 생성되었으며, 1944

12　도린 매시, 박경환·이영민·이용균 옮김, 『공간을 위하여』, 심산, 2016, 35쪽.

년 개봉한 동명의 영화를 통해 대중에게 알려지기 시작했다. 일반적으로 가스라이팅은 권력과 통제를 사용해 상대를 조종하여 현실 감각에 의심을 품게 하고 특정 대상을 향한 과도한 의존성을 유발하는 계략을 의미한다.[13] <몸값>에서는 가스라이팅되는 인물과 이미 가스라이팅되어 폭력에 가담하는 인물들이 등장한다. 이들를 통해 작품은 신체적 폭력과 정신적 폭력이 긴밀한 상관성을 지닌다는 점을 함께 보여준다.

<몸값>에는 특정 이데올로기에 가스라이팅되어 또 다른 가스라이팅을 유발하는 인물들이 등장한다. 작품에는 왜곡된 신앙심을 가진 기독교인이 등장하는데 이들은 정체를 알 수 없는 종교 교리에 가스라이팅된 상태로 극에 출연한다. <몸값>에 등장하는 기독교인들은 살인조차도 신의 계획이며 신이 자신의 기도를 들어줄 것이라고 확신한다. 이들은 신을 믿지 않는 사람들을 힐난하고 믿는 자의 순정함을 강조하는데, 문제는 비폭력을 추구해야 할 기독교인들이 극 안에서 정서적·신체적 폭력의 가해자가 되어버린다는 것이다. 또한 <몸값>에서 마치 좀비처럼 죽지 않고 마지막까지 살아남는 극렬은 '효자 손님'이라고 지칭될 정도로 효심이 충만한 인물이다. 문제는 그가 효심에 사로잡혀 장기매매와 장기적출은 물론이고 살인까지도 불사한다는 점이다. 이처럼 <몸값>은 가스라이팅되거나 가스라이팅된 인물들을 통해 정서적 폭력의 원인과 과정 그리고 정서적 폭력과 신체적 폭력의 상관성을 극적으로 보여준다.

---

13   스테파니 몰턴 사키스, 이진 옮김, 『가스라이팅』, 수오서재, 2021, 11-16쪽.

2.3. 구조적 폭력

현대 평화학의 창시자로 불리는 요한 갈퉁은 평화에 균열을 가하는 다양한 형태의 폭력을 고찰하면서 정치·억압·경제·착취적 폭력으로 구분되는 '구조적 폭력'에 관해 분석한다. 갈퉁에 의하면 구조적 폭력은 구조적 침투·분열·붕괴 및 사회적인 소외에 의해 조장된다. 그는 구조적 폭력의 예시로 환경파괴, 가부장제, 인종주의, 계급주의, 제국주의, 착취와 탄압 등을 제시한다. 말하자면 구조적 폭력은 정치적이고 제도적인 억압이나 경제적 착취처럼 사회구조 자체가 광범위한 폭력을 불러일으키는 것을 의미한다.[14] 이러한 구조적 폭력은 대체로 비가시적으로 작동하기 때문에 폭력의 주체를 명백하게 지시하기 어려우며, 폭력의 구조 안에 있는 대상은 구조 밖으로 탈주하기 어렵다는 특성이 있다.

슬라보예 지젝 역시 갈퉁의 구조적 폭력과 유사한 폭력의 유형을 설정한다. 지젝은 명확하게 가시적인 주관적 폭력과 정반대이며 마치 암흑 물질처럼 눈에 보이지 않지만 폭력을 이해하려면 반드시 고려해야 하는 '객관적 폭력'에 주목한다. 폭력을 주관적 폭력과 객관적 폭력으로 분류한 지젝은 직접적인 체계 속에 내재된 폭력 즉 직접적인 물리적 폭력이 아니라 폭력의 위협을 포함하여 지배와 착취의 관계를 지속시키는 폭력을 객관적 폭력으로 명명한다. 그는 객관적 폭력은 감지하기 어려운 형태의 강압으로서 현대의 객관적 폭력은 자본주의와 함께 새로운 형태를 취한다고 보았다.[15] 갈퉁과 지젝의 분석처럼 집단과 사회 내에서 비가시적으로 작동하여 명백한 착취와

---

14   요한 갈퉁, 강종일·정대화·임성호·김승채·이재봉 옮김, 『평화적 수단에 의한 평화』, 들녘, 2000, 84-88쪽.

15   슬라보예 지젝, 이현우·김희진·정일권 옮김, 『폭력이란 무엇인가』, 난장이, 2011, 24-39쪽.

억압을 유발하는 구조적 폭력은 다른 유형의 폭력보다 광범위한 희생과 불균형을 유발한다고 볼 수 있다.

전술한 바와 같이 <몸값>은 한정된 공간 안에 감금된 인물들이 특정한 목표를 위해 살육을 벌이는 드라마로 작품의 전체 상황은 현대사회의 구조적 특성을 은유한다. 동시에 <몸값>은 현대사회의 구조가 유발하는 비가시적 형태의 폭력을 재현하는데 특히 자본주의와 신자유주의 구조 안에서 발생하는 폭력의 작동원리에 주목한다. 우선 작품 속 인물들은 자본이 인간보다 우위에 있으며 자본을 확보하기 위해서라면 인간의 생명과 존엄성마저 파괴할 수 있다는 의식에 사로잡혀 있다. <몸값>은 자본을 통해 타인의 신체를 소유할 수 있으며 타인의 신체를 훼손함으로써 자본을 확보할 수 있다고 믿는 인물들에 의해 극이 구성된다.

<몸값>에는 무한의 생존경쟁이 벌어지는 세계 속에서 타인은 믿을 수 없으며 오직 자신만이 유일한 생존자가 되기 위해 전쟁을 치르는 인물들이 등장한다. 이들은 홀로 고립된 자기 자신의 경영자들로 인간을 탈연대화여 개별화된 두려움을 양산하는 신자유주의의 구조적 폭력을 체현한다. 작품 속 인물들은 자본과 권력에 순종하면서 스스로를 착취하되 그 행위를 자발적인 것으로 간주한다. 이들은 모든 관심을 자신의 욕망에만 집중하면서 지각을 탈거울화하고 타자는 생명과 인격을 소유한 또 다른 주체가 아니라 경쟁에 삽입된 도구로 간주된다.[16] 이를 통해 <몸값>에 등장하는 인물들은 자본주의와 신자유주의가 배태한 의식에 사로잡혀 구조적 폭력을 자발적으로 체현하는 비자발적 존재로 분석할 수 있다. 더불어 <몸값>은 구조적 폭력의 체현자인 인물들을 통해 현대사회의 인간이 구조적 폭력에서 쉽게 벗어날

---

16   한병철, 이재영 옮김, 『타자의 추방』, 문학과지성사, 2017, 54-99쪽.

수 없는 상태라는 점을 보여준다.

3. 잔혹극의 새로운 귀환: 폭력 재현의 원인과 의미

지금까지 OTT 플랫폼이 새로운 시청 공간으로 부상하면서 한국 드라마가 수위 높은 폭력을 재현하는 데 상당히 적극적인 제스처를 취한다는 사실에 주목하고, <몸값>을 중심으로 폭력 재현의 양상에 관해 살펴보았다. 새로운 플랫폼의 태동과 더불어 전 세계가 전염병이라는 유사한 공포를 체험한 시기에 한국 드라마가 폭력의 전면화를 시도하는 상황은 아르토의 잔혹극을 상기시킨다. 아르토는 페스트가 창궐한 도시의 상황과 연극의 본질을 연관시키며 전염병이라는 재앙을 통해 인간성과 관련한 무상성의 가치를 새롭게 모색할 수 있다고 보았다. 페스트의 이미지들은 육체가 와해되는 강렬한 상태 즉 탈진 상태에 빠진 정신의 힘이 최종적으로 발산하는 것처럼 보이는데, 페스트는 가장 극단적인 제스처에 이르기까지 그 이미지를 밀고 간다. 이러한 페스트와 연극은 유사성을 지닌다. 연극은 마치 페스트처럼 심오한 하나의 힘이 기력을 다해 제공하는 고통의 시간이자 어두운 힘들의 승리이며, 이상하리만치 강렬한 빛을 발산하는 특이한 태양을 내부에 지니고 있기 때문이다.[17]

연극 자체가 페스트처럼 살육의 이미지이자 본질적인 분열의 이미지라고 보았던 아르토는 연극과 페스트는 결국 인간에게 거짓, 비열함, 저속, 위선 등 현재 모습의 실체를 보여주는 역할을 수행한다고 보았다. 세계사 가운데서 유별난 시대를 살고 있다고 체감했던 아르토는 죽음, 고문, 피 흘림을

---

17 앙토냉 아르토, 박형섭 옮김, 『잔혹연극론』, 현대미학사, 1994, 38-46쪽.

제외하면 훌륭한 우화를 상상할 수 없듯이 난폭한 무대의 피를 활용하여 고통과 재난이 난무하는 시대를 통과하는 관객에게 충격을 가하고자 했다. 말하자면 아르토는 '인체의 모든 조직에 호소하기 위해 거대한 스펙터클이 필요하며, 새로운 정신에 사용된 사물과 제스처를 강하게 동원하는 일'이 필요하다고 보았다.[18]

아르토가 페스트라는 전염병과 연관된 사유를 토대로 관객의 의식과 본능을 일깨우는 데 잔혹성의 재현을 시도했다는 점은 현재 한국 드라마가 과도한 폭력의 재현에 앞장서고 있는 상황에 관해 재고하게 만든다. 검열로부터 일정 부분 자유로워졌으나 플랫폼 내 혹은 플랫폼 간 수많은 작품과 경쟁해야 하는 한국 OTT 드라마가 폭력의 재현을 선택한 이유 역시 결국 감상자의 충격과 즉각적 자극을 일으키기 위함이라고 분석할 수 있다. 잔혹성의 재현이 관객의 원시적이고 본능적인 감각을 자극한다면 훼손된 육체를 적나라하게 전시하는 방법은 감상자에게 원초적 충격과 함께 강한 감각의 자극을 체험하게 한다. 물론 아르토가 목표한 대로 한국 드라마가 잔혹성의 재현을 통해 인간과 세계의 부정함에 균열을 가하는 데까지 목표로 하지는 않았더라도 잔혹한 폭력의 재현은 일상적 사고와 감각에 균열을 일으키기 때문에 감상자를 사로잡을 수 있다.

그렇다면 플랫폼의 무수한 작품과 경쟁해야 했던 <몸값>이 잔혹한 폭력의 재현에 가담한 일차적인 이유는 감상자를 자극하여 작품을 시청하게 만들기 위함이라고 설명할 수 있다. 액션물과 공포물이 입증했듯 인간은 무엇인가가 파괴되고 소멸되는 장면을 목격하는 것에도 쾌감을 느낀다. 수전 손택은 고통받은 육체가 찍힌 사진을 보려는 욕망은 나체가 찍힌 사진을 보려는 욕망

---

18 앙토냉 아르토, 박형섭 옮김, 『잔혹연극론』, 현대미학사, 1994, 47-48·128쪽.

만큼이나 격렬한 것이라 주장하며 현대인을 '스펙터클이 되어버린 폭력의 소비자'들이라 명명한다.[19] 고통의 도상학에도 윤리의 개입이 필요하다는 수전 손택의 주장은 역설적이게도 인간이 폭력을 재현하는 것을 감상하는 데 맹렬한 쾌감을 느낀다는 것을 반증한다. 프로이트의 죽음충동과 바타유의 폭력적 에로티시즘에 관한 논의 역시 인간에게 내재된 폭력과 파괴의 욕망이 본능적이고 보편적인 현상이라는 것을 방증한다.

전술한 바와 같이 <몸값>은 잔인한 폭력의 재현을 홍보 도구로 전면화하며 작품이 이전의 한국 드라마와는 다른 수위의 폭력성을 지닌다는 것을 강조했다. 실제로 <몸값>이 스트리밍되기 시작하면서 작품의 폭력 재현이 언론을 통해 논의되었으며, SNS와 커뮤니티를 중심으로 작품의 자극적인 장면이 공유되었다. 특히 <몸값>이 재현한 다양한 유형의 폭력 중 신체적 폭력을 다루는 방식이 가장 크게 관심을 받았는데, 신체적 폭력을 카니발리즘의 형태로 재현하면서 이전 한국 드라마에서는 보기 힘든 수위를 보여주었기 때문이다. 말하자면 <몸값>은 더러움, 찌꺼기, 오물, 크게 훼손된 시체, 배설구와 죽음 등 사람들이 공포와 혐오감을 느끼는 대상 즉 아브젝트를 재현함으로써 신체와 타자가 낯설어지는 상황을 수시로 제공하는 작품이다.[20]

<몸값>에서 재현한 다양한 종류의 폭력은 극의 분위기를 공포스럽게 조성하는 데 기여한다. 한계의 경험과 한계의 위반을 특징으로 하며 무서움, 아슬아슬함, 낯섦, 놀람, 긴장 등을 제공하는 공포물은 명확한 지향성으로 감상자의 기대에 부합한다.[21] 육체와 정신을 긴장시키고 언제 등장할지 모르는 두려

---

19 수전 손택, 이재원 옮김, 『타인의 고통』, 이후, 2004, 65·164쪽.

20 줄리아 크리스테바, 서민원 옮김, 『공포의 권력』, 동문선, 2001, 23-25쪽.

21 유진월, 「공포영화의 주체로서의 팜므 카스트리스 — <김복남 살인사건의 전말>을 중심

운 상황을 기다리게 함으로써 몰입감을 배가하는 것 역시 공포물의 특성이다. <몸값>은 신체적 폭력과 정서적 폭력 그리고 구조적 폭력을 재현하면서 공포물의 감상자가 체험하는 육체와 정신의 긴장감을 제공하되 특히 동시대인의 시대정서를 자극함으로써 공포감을 조성한다. 그로 인해 작품 속 다양한 폭력은 자본주의와 신자유주의 더불어 팬데믹이라는 전염사회를 통과하며 만연해진 감상자의 공포감을 자극한다.

<몸값>은 자본논리에 의해 폭력이 권장되는 사회와 그곳에서 생존자가 되기 위해 폭력의 주체와 대상이 되는 인물을 보여줌으로써 현 사회가 폭력의 시대라는 점을 강조한다. <몸값>에서는 모든 살육을 기획한 절대자 같은 존재가 등장하는데 극중 인물은 이들의 존재를 애초부터 인지하지 못하거나 자신들에게 자본을 제공할 구원자로 오인하기도 한다. 이러한 극중 인물들의 인지적 한계와 오류는 폭력의 근원과 구조가 모호해진 '익명화되고 탈주체화된 시스템적 폭력'으로 작동하는 현시대의 상황을 떠올리게 한다.[22] 또한 <몸값>은 폐쇄공간을 극적 배경으로 설정함으로써 집 안에서 고립된 채 타자와의 연결성을 상실해야 했던 팬데믹 시기의 불안을 자극한다. 폐쇄된 공간은 정신을 더욱 피폐하게 만들고 탈주 불가능한 상태는 생존욕망을 더 크게 자극하기 때문에 인물은 폭력에 더 크게 반응하고 가담하게 된다. 팬데믹으로 인해 폐쇄된 공간의 불안을 체감한 감상자는 작품의 폭력에 실존하는 불안을 체험하게 되는 것이다.

그런데 <몸값>은 폭력을 감상자의 긴장과 공포를 자극하여 극에 몰입시키는 도구로 활용하면서도 폭력을 유희적으로 재현함으로써 감상자의 안도감

<hr />

으로」, 『우리문학연구』 53, 우리문학회, 2017, 380쪽.

22 한병철, 이재영 옮김, 『타자의 추방』, 문학과지성사, 2017, 8쪽.

을 강화하는 전략을 함께 사용한다. 대사의 대부분을 비속어로 채우고 좀비 같은 비현실적인 인물을 삽입하는 등 오락화된 폭력을 재현하는 <몸값>은 모텔이라는 일상적인 공간을 지진으로 붕괴되어 폐허가 된 상태로 만들어서 마치 전쟁 상황처럼 보이게 미장센을 구성한다. 그로 인해 작품은 현실의 공포를 자극하면서도 전쟁 상황이라는 착오를 느끼게 하여 감상자가 판타지의 형태로 작품 속 폭력을 감상할 수 있게 만든다. 더불어 <몸값>은 피해자와 가해자를 명확하게 분류하거나 일방적인 복수의 상황을 구성하지 않음으로써 폭력에 대한 연민과 슬픔을 최소화한다. 대신 폭력을 유지하는 물리적이고 정신적인 원동력들이 무엇인지 진단할 틈을 차단하는 방식 즉 끊임없이 지속되는 폭력의 재현을 통해 감상자의 감각을 자극하는 일에 집중한다.[23]

결과적으로 <몸값>은 감상자를 유도하고 자극하기 위해 다양한 방식의 폭력을 적나라하게 재현하는 방식을 선택했다고 분석할 수 있다. 특히 <몸값>은 스트리밍 수치를 통해 감상자의 관심을 유발했다는 점을 확인하게 한다. 스트리밍 당시 <몸값>은 TVING 역대 오리지널 콘텐츠 중 공개 첫주 시청UV(순방문자수) 1위를 차지하였으며 해당 플랫폼의 하루 이용자를 32% 가량 증가시키기도 했다. 이와 같은 결과를 통해서 폭력의 재현이 감상자의 호불호와 작품성 등을 초월하여 감상자를 즉각적으로 움직이게 하는 유용한 도구로 활용된다는 사실을 확인할 수 있다.

---

23   올리비에 몽젱, 이은민 옮김, 『이미지의 폭력』, 동문선, 1999, 33쪽.

복수서사의 시대적 특성 및 극적 전략

— 넷플릭스 〈더 글로리〉

1. OTT가 소환한 복수서사

　OTT 시대가 도래하면서 이야기를 향한 인간의 열망 즉 호모 나랜스로 명명할 수 있을 인간 특질이 다시 한번 증명되고 있다. 인간은 타인이 의도적으로 상상한 세계 안에서 더할 나위 없이 안전하게 창작자의 기교와 지혜가 제공하는 무한의 즐거움을 체험한다. 일상에서는 조우하기 힘든 다양한 인물과 사건을 속도감 있게 체험하기 때문에 이야기를 감상하는 일은 실제 사건에서보다 더 큰 감정을 유발하기도 한다.[1] 인간은 소통에서의 진실성을 표방하며 참된 정보를 향한 민감성을 추구하므로 가짜 정보를 전제로 하는 이야기가 생물학적 견지에서는 비생산적으로 비칠 가능성이 크다. 그러나 이야기는 집단 내 타인의 행동과 새로 발생한 상황에 관한 정보를 공유한다는 점에서 명확한 이득이 되며, 무엇보다 충격, 놀라움, 정상적 예상을 함유한 '가상 놀이'라는 점에서 인간의 흥미를 끈다.[2]

1　폴 블룸, 문희경 옮김, 『우리는 왜 빠져드는가?』, 살림, 2011, 232-253쪽.
2　브라이언 보이드, 남경태 옮김, 『이야기의 기원 — 인간은 왜 스토리텔링에 탐닉하는가』,

가상 놀이로서 이야기는 즐거움의 대상이자 사회 정보를 공유하는 수단이 된다. 이러한 차원에서 '복수서사'는 개인 쾌락과 사회 공의를 동시에 충족시키는 대표적인 이야기 양태다. 일련의 자원을 공유하기 시작한 수렵시대부터 인간은 개인과 공동체에 위협을 가한 대상에게 심판으로서 복수를 단행했는데, 문명화가 심화되자 복수는 이전과 달리 복잡한 문화적 양상을 띠게 되었다. 사회가 팽창하고 도시가 형성되면서 복수가 다양한 문제를 유발했고 결국 개인의 복수는 국가의 대행이 되어 공정과 냉철 그리고 반(反)복수 교리의 양상으로 변모한다.[3] 복수가 간접화되면서 사회는 체제와 안정을 강화할 수 있었지만 문제는 복수를 향한 개별자의 원초적 욕망이 억제되면서 직접응징의 열망이 잔존하게 되었다는 사실이다.

간접화된 응징의 시대에 직접화된 방식으로 심판을 자행하는 인물이 등장하는 복수서사는 내재된 원초적 욕망을 자극하므로 특정한 쾌감을 유발한다. 그로 인해 복수서사는 대중성이 강한 장르에서 빈번하게 호명되었고, 서부극이나 히어로물 등 할리우드의 수많은 대중영화 서사의 근간을 형성하는 데 기여했다. 극의 모든 요소가 복수라는 하나의 목표를 향해 수렴하는 영화 <존윅>이 10여 년의 시간 동안 4편의 인기 시리즈물로 존재할 수 있었던 것 또한 복수서사의 유효성을 방증한다. 당연하게도 복수서사는 드라마에서도 자주 호명되었다. 한국 드라마에서는 가족·가정을 파괴한 대상을 응징하는 복수서사가 오랜 시간 인기를 끌었다.

복수서사에서는 무엇 때문에 복수를 단행하는가도 중요하지만 복수를 어떻게 실현하는가 역시 중요하다. 최근 한국 드라마는 복수의 실현이 '원초적

휴머니스트, 2013, 188·265쪽.

3   스티븐 파인먼, 이재경 옮김, 『복수의 심리학 — 우리는 왜 용서보다 복수에 열광하는가』, 반니, 2018, 16-17쪽.

인 사적응징'으로 구현되는 양상을 보인다. 지상파와 케이블에서 높은 시청률을 보인 <모범택시>(SBS, 2021-2023)와 <빈센조>(tvN, 2021)에는 복수의 주체가 공권력에 의탁하지 않고 복수대상을 잔인하게 엄벌하는 방식의 복수서사가 등장한다. '정의(正義)의 정의(定義)는 무엇인가'라는 질문에서 출발하는 <모범택시>와 '악은 악으로 처단한다'는 명제를 실현하는 <빈센조>는 간접화된 복수의 결핍성과 현대 시대의 공적응징이 정의롭지 못하다는 점을 피력한다. 특히 이들 작품은 비상한 능력의 소유자로 설정된 주인공이 직접 피를 묻히는 잔혹한 심판을 수행하게 함으로써 복수의 엔터테인먼트화를 추구한다.

원초적 방식으로 자행되는 사적복수를 다룬 드라마는 이야기의 오락성과 자극성을 강화하려는 OTT 플랫폼을 통해 확장되고 있다. 최근 몇 년간 국내외 OTT 플랫폼에는 자신 혹은 가족에게 발생한 부당한 사건을 스스로 해결하고 그 과정에서 잔혹한 방식의 대갚음을 실현하여 복수의 근원적 욕망을 실현하는 드라마가 다수 등장했다. 주목할 만한 점은 복수의 원인을 학원폭력으로 설정한 작품이 연이어 등장했다는 것이다. 예를 들어 비슷한 시기에 각각 다른 국내외 OTT 플랫폼을 통해 스트리밍된 <약한영웅>(Wavve, 2022), <3인칭의 복수>(디즈니+, 2022), <돼지의 왕>(TVING, 2022)은 학교폭력의 가해자를 응징하는 '피의 복수'를 서사의 중심으로 가져온다. 이들 작품은 보호막이 부재한 미성년자가 폭력의 피해자가 된 후 자신만의 방식으로 가해자를 처단하는 과정을 다룬다는 유사성을 띤다.

미성년자를 폭력의 피해자로 설정하고 학교폭력을 복수의 정당성을 확보하는 데 사용한 드라마 중에서 가장 주목할 만한 작품은 단연 <더 글로리>(Netflix, 2022-2023)다. 작품 공개 후 단시간 안에 1억 2천만 시청시간을 달성하며 38개국 1위를 기록한 <더 글로리>는 해당 플랫폼 가입자를 163만 명이나 증가시키는 데 기여했을 정도로 전 세계적으로 큰 인기를 끌었다. 김은숙 작가의 OTT 데뷔작으로 주목받은 <더 글로리>는 학교폭력으로 모든 것을 잃은 주인공이 18년 동안 복수를 준비하여 가해자를 파멸로 이끄는 과정을 그린 16부작 드라마다. 시놉시스의 마지막 문장 '용서는 없다, 누구도 천국에 들지 못하겠지만'처럼 <더 글로리는> 용서를 전제로 하지 않으며 복수를 위해 공멸을 마다하지 않은 주인공을 통해 복수의 원인과 과정 그리고 결과를 총체적으로 구현한다.

2. 복수의 전제: 사적경험의 전략적 공분화

자신에게 해를 입힌 존재에게 특정한 방식으로 고통과 피해를 되돌려주는 복수는 인간의 가장 원초적인 욕망 중 하나다. 진화생물학에서는 인간에게는 보복, 복수, 화풀이를 행하도록 만드는 하드웨어가 있다고 분석한다.[4] 말하자면 복수는 문화적 관습과 사회적 경험을 넘어서는 인간 보편에 탑재된 근원적 욕망이다. 복수는 개인과 개인, 개인과 집단, 나아가 국가와 국가 사이에 발생하며 단순한 분노를 넘어서는 복합적인 의미를 지닌다. 복수는 타인의 침범을 막는 방어 수단이자 경고 조치로서 개인의 안녕, 영토, 긍지, 명예, 자존감, 신분, 역할을 위협하는 것을 억제하는 기능을 한다. 이러한 이유로 복수는 암묵적 관습법이자 자아와 공동체의 궁극적 자기 진술이 된다.[5]

복수는 폭력과 고통을 재생산하지만 개인과 집단의 안위를 보장해 주는 유용한 수단이라는 점에서 판단의 양가성을 유발할 수밖에 없다. 복수는 원

---

4   데이비드 바래시·주디스 이브 립틴, 고빛샘 옮김, 『화풀이 본능』, 명랑한지성, 2012, 19쪽.
5   스티븐 파인먼, 이재경 옮김, 『복수의 심리학 — 우리는 왜 용서보다 복수에 열광하는가』, 반니, 2018, 7-8쪽.

인과 결과를 떠나 폭력을 자행한다는 점에서 종교와 윤리에서는 부정적으로 인식된다. 합리성을 근거로 복수를 신상에 불이익을 주는 비효율적인 행위로 간주하거나, 프랜시스 베이컨처럼 복수의 야만성을 지적하고 용서의 우월성을 피력하기도 한다. 그러나 복수는 과거를 복원하기 위해 수행하는 것이라기보다 미래를 건설하기 위해 수행하는 상징적인 행위다. 복수자는 복수행위를 통해 원한을 해소하고 명예를 회복하며 자신을 포함한 희생자를 위로하려는 제의적 의미로 복수를 선택하기 때문이다. 비록 괴물이 될지언정 복수자가 복수를 선택할 수밖에 없는 이유가 바로 여기에 있다.

<더 글로리>의 문동은 역시 원한을 해소하고 명예를 회복하기 위해 괴물됨을 자처하는 복수자다. 이는 <더 글로리>가 일반적인 복수서사의 전형을 따르고 있음을 보여준다. <더 글로리>는 '과거를 잊고 새롭게 출발해서 가해자보다 더 잘 사는 것이 최고의 복수'라는 식으로 피해자를 침묵시키는 일로는 원점으로 돌아갈 수 없음을 전제한다. '학교폭력 피해자들은 보상보다 가해자의 진심 어린 사과를 원하며 인간의 존엄, 명예, 영광은 사과를 받아야 원점이 된다.'는 사유 속에서 작품을 집필했다는 김은숙 작가의 말처럼 원점 즉 진정한 열아홉 살의 시작을 위해 문동은의 복수가 시작된다. 누군가의 삶이 재생되려면 최소한 피해자 스스로 과거를 용서할 만한 결정적인 사건이 있어야 하며, 그것은 피해자의 자발적인 선택으로 진행되어야 한다는 것을 <더 글로리>는 문동은의 복수를 통해 보여준다.

복수서사는 복수라는 테마와 내용을 기준으로 구별되지만 대결과 갈등, 대갚음과 반복이라는 구조와 형식의 문제이기도 하다.[6] 복수서사는 불균형

---

6   신주진, 「'복수 정동'의 이행 구조 연구 — 2000년 이후 한국 TV드라마 '복수극'을 중심으로」, 중앙대학교 문화연구학과 박사학위논문, 2018, 5쪽.

을 균형으로 재조정하려는 복수자의 욕망이 어떻게 구현되는지를 보여주는데, 불균형을 유발하는 안타고니스트의 존재 양상에 따라 서사의 방향성과 분위기 그리고 주제의식이 달라진다. 안타고니스트가 피해자에게 끼친 손해의 종류와 보유한 힘의 크기에 의해서 복수의 강도가 달라지며 복수대상의 지위나 신분이 무엇인가에 따라 장르가 결정되기도 한다. 그런데 복수서사에서는 안타고니스트가 가한 행위의 극악도가 높아질수록 복수의 당위성이 커지며 보유한 힘의 강도가 커질수록 복수 과정의 긴장감이 강화된다. <더 글로리> 역시 이러한 복수서사의 특성을 일정 부분 답습한다.

<더 글로리는> 주인공 문동은에게 복수를 단행해야 하는 명분을 부여하고 이를 감상자가 지지하게 만들기 위해 안타고니스트의 행위와 신분에 특수성을 부여하는 전략을 사용한다. <더 글로리>에서 안타고니스트로 설정된 가해자는 박연진, 전재준, 이사라, 최혜정, 손명오로서 이들은 을사오적에 빗대 '동은오적'이라 명명될 정도로 반인륜적인 행위를 저지른다. 문동은의 본격적인 피해는 박연진을 주축으로 하는 가해자들의 타깃이 되면서부터 시작되는데, 이들은 무고한 문동은을 죽음으로 내몰 만큼 극심하게 괴롭힌다는 점에서 분노를 유발한다. 문동은을 향한 다섯 명의 폭력은 무엇보다 '학교'라는 공간에서 '미성년자'에 의해 자행되었다는 점에서 충격적일 수밖에 없다.

폭력이란 행위능력이 있는 주체, 사회적 시스템, 구조, 담론 등이 고차원적인 정신과 감정이 있는 대상이나 그것과 밀접히 연결된 대상에게 직접적으로 가하는 포괄적인 의미에서의 위해행위를 말한다.[7] 위해행위로서 폭력은 크게 신체적 폭력, 정서적 폭력, 구조적 폭력으로 분류할 수 있는데 이 중 가장 직관적이고 직접적이며 명백한 증거를 남기는 것은 바로 신체적 폭력이다.

---

7   정항균, 『아비뇽의 여인들 또는 폭력의 두 얼굴』, 서울대학교출판문화원, 2017, 132쪽.

<더 글로리>에서 가장 적나라하게 재현되는 폭력의 유형 역시 신체적 폭력이다. 그중에서도 공공장소인 체육관에서 대낮에 행해지는 '고데기 고문'은 일반적인 범죄수위를 넘어서는 폭력성을 보인다. 일제강점기 혹은 군부경찰의 고문행위를 상기시키는 고데기 사건은 <더 글로리>를 상징하는 장면으로 감상자들에게 각인되었고 특유의 잔인함으로 작품의 화제성을 이끌어냈다.

문동은의 신체에 평생 남을 흔적으로 각인된 이 사건은 감상자로 하여금 공분을 불러일으키고 문동은의 복수를 지지하게 만드는 결정적인 근거가 되어준다. 이렇듯 상식수위를 넘어서는 가해자들의 폭력은 '날이면 날마다' 자행되었고 전재준과 손명오의 성적폭력까지 더해져 문동은은 생을 지속할 수 없는 상태에 놓이게 된다. 문동은의 고등학교 시절 가해자들은 신분으로서는 미성년의 고등학생이지만 행위와 정신으로서는 극악무도한 범죄자와 다름없다. 결국 문동은은 옥상에 올라가 자살을 시도하지만 생의 공포만큼이나 거대한 죽음의 공포 앞에서 자살마저도 실행하지 못한다. <더 글로리>는 자살에 실패한 문동은이 화상의 고통을 잊기 위해 눈이 쌓인 옥상 바닥에 교복을 벗고 웅크리는 장면을 삽입함으로써 학교폭력 피해자로서 문동은의 상태를 적나라하게 재현한다.

<더 글로리>는 학교폭력을 통해 공분을 유발하면서 공분을 유지시키기

위해 다양한 극적기법을 활용한다. 그중에서도 플래시백과 내레이션은 작품에서 중요하게 활용되는 극적기법으로 18년이나 복수를 준비해 온 문동은의 시간에 감상자를 참여시키기 위해 사용된다. <더 글로리>의 1화 타이틀 시퀀스는 현재에서 플래시백하여 고등학생 문동은이 산산조각 나는 장면으로 구성된다. 타이틀 시퀀스 이후 현재로 돌아와 연진에게 편지를 쓰는 문동은의 내레이션이 시작된다. 고등학생 문동은을 보여주는 플래시백과 현재의 문동은을 보여주는 내레이션은 16화 동안 반복해서 등장하는데, 이들은 주로 복수의 명분을 구축하고 감상자의 공분을 자극하는 데 활용된다. 플래시백은 문동은이 당한 폭력을 지속해서 상기하게 만들고 내레이션은 18년 동안이나 곱씹었을 분노와 상처가 어떠했는지를 세밀하게 체험시킴으로써 복수자의 행위에 당위를 부여한다.

'한때는 그런 생각을 했었어. 뭐가 됐든 누가 됐든 날 좀 도와줬다면 어땠을까. 친구라든가 신이라든가 뭐 하다못해 날씨 그도 아니면 날카로운 무기라도.'

— 문동은의 내레이션 <더 글로리> 3화 中

'내 소원이 뭐였는지 아니. 나도 언젠가는 너의 이름을 잊고 너의 얼굴을 잊고 어디선가 널 다시 만났을 때 누구더라? 제발 너를 기억조차 못 하길. 생각해 보면 정말 끔찍하지 않니. 내 세상이 온통 너라는 게. 내 세상이 온통 너인 이유로 앞으로 니 딸이 살아갈 세상은 온통 나겠지. 그 끔찍한 원망은 내가 감당할게. 복수의 대가로.'

— 문동은의 내레이션 <더 글로리> 4화 中

<더 글로리>는 학교폭력의 중재자 혹은 피해 학생의 조력자가 되어야 할

교사가 오히려 문동은을 폭행하고 협박하는 또 다른 가해자로 등장함으로써 공분을 유발한다. 주지하다시피 학교는 제2의 사회화 기관이자 교사와 또래 간의 상호작용 과정을 학습하는 곳으로 생애주기 가운데 가족 다음으로 가장 큰 영향을 미치는 집단이다.[8] 그러나 <더 글로리>는 문동은이 체험한 학교를 범죄와 부조리, 폭력과 죽음이 난무하는 아노미의 공간으로 재현하고, 그곳에서 발생한 재난을 미성년의 문동은이 혼자 통과하게 함으로써 복수의 명분을 강화한다.

전술한 바와 같이 학교폭력은 최근 사적복수를 다룬 드라마에서 피해자가 복수를 결심하게 만드는 주요 동기로 자주 활용되고 있다. <더 글로리>처럼 사적복수를 다룬 드라마에서 학교폭력이 복수의 명분으로 등장하는 이유는 학교폭력의 근접성과 미결성 때문으로 분석할 수 있다. 감상자는 강도와 종류의 차이는 있을지라도 학교 내에서 폭력의 양태를 직간접적으로 체험했거나 언론이나 미디어를 통해 학교폭력을 목도했을 가능성이 높다. 그러나 학교폭력의 경우 가해자가 미성년자이며 학교라는 공간의 특수성으로 인해 제대로 된 처벌이 이루어지지 않는 경우가 많다. 이러한 이유로 학교폭력의 가해자가 복수의 대상이 되는 드라마는 <더 글로리>처럼 정의실현의 쾌감을 유발할 가능성이 높다.

<더 글로리>는 미성년의 시절에 경험한 학교폭력뿐만 아니라 더 큰 범주의 문제를 복수와 연계한다. <더 글로리>가 복수의 정당성을 부여하기 위해 활용하는 또 다른 전략은 계급과 권력 그리고 종교문제를 사적문제와 연계하는 것이다. 그로 인해 <더 글로리>는 한 명의 개인이 사적복수를 단행하는

---

8   손선옥·박현용, 「학교폭력 피해경험이 내재화 문제에 미치는 영향과 도움 구하기의 조절효과」, 『스트레스연구』 30(1), 대한스트레스학회, 2022, 20쪽.

이야기가 아니라 타락한 계급성과 공권력 그리고 종교를 향해 일갈하는 공적 복수로 확장된다. 박연진은 문동은을 괴롭히는 이유를 '사회적 약자'라는 단어로 설명한다. 박연진에게 문동은은 '경찰도 학교도 부모조차도 아무도 널 보호하지 않으며 내가 이런 짓을 해도 아무 일이 없을' 존재이기 때문에 폭력의 대상으로 적합하다. 말하자면 박연진을 주축으로 하는 가해자들에게 문동은은 한 명의 인간이라기보다 자신들의 권위와 차별성을 입증해 주는 증거물이자 권력의 쾌감을 실현하는 오락물에 가깝다.

인간이 다른 인간을 대상화할 때 즉 물리적인 차원에 존재하는 신체와 영적인 차원을 초월하는 정신을 소유하고 있는 하나의 주체가 아니라 사물로서 인식할 때 악이 실현될 가능성은 증대된다. 대상화 스펙트럼의 최극단에는 비인간화가 자리하는데 이는 타인을 인간 이하로 취급하는 정도에 그치지 않고 인간이 아닌 존재로까지 간주하는 것이다.[9] 문동은을 비인간으로 대상화함으로써 계급과 권력이 주는 쾌감을 획득하는 박연진과 가해자들은 문동은 그 자체가 아니라 '대상들'을 필요로 해왔다. 특히 윤소희가 자살한 후에도 아무런 죄책감도 없이 '대상들'을 문동은으로 변경하는 모습에서 감상자는 공분을 느낄 수밖에 없다. 또한 이들의 폭력성과 대상화의 실현이 상위계급의 특권과 맞물려 있다는 점에서 더 큰 분노를 유발한다.

<더 글로리>는 상위계급 혹은 상위계급을 욕망하는 인물들을 가해자로 설정하면서 자본을 확보한 이들의 세련된 양태와 대비되는 타락한 특권의식을 자극적으로 재현한다. 먼저 박연진, 전재준, 이사라는 겉으로는 권력, 지식, 우아함, 교양을 소유한 듯 보이나 사실은 직간접적인 폭력의 사주자이자

---

9   존 M. 렉터, 양미래 옮김, 『인간은 왜 잔인해지는가 ─ 타자를 대상화하는 인간』, 고유서가, 2021, 24-25쪽.

수혜자들로 타락한 상위계급의 전형으로 재현된다.[10] '일평생이 백야'였다는 박연진과 '종합소득세 내는 세계'를 운운하는 이사라 그리고 '수치심 없는' 전재준은 인생의 모든 문제를 돈으로 해결할 수 있다고 믿는다. 극중에서 이들은 윤리와 도덕, 법과 제도의 한계를 자본권력으로 넘어서며 인간의 존엄성보다 돈이 우위에 있음을 보여준다. 가해자들의 특권은 폭력의 대상이었던 문동은과 윤소희가 제도적으로 어떠한 보호도 받지 못하고 오히려 이중 피해를 입은 것과 대비되어 더욱 부정하게 체감된다.

　타락한 공권력과 종교 역시 <더 글로리>에서 복수의 정당성을 강화해 주는 공분 유발의 도구로 활용된다. 극중 경찰청 차장으로 등장하는 신영준은 박연진 집안과 결탁하여 부정을 수습하거나 자행하는 인물로 부패한 공권력의 일면을 보여준다. 문동은의 학교폭력 신고와 윤소희의 죽음이 무마된 것도 신영준 때문으로 <더 글로리>는 경찰이 성매매와 불법 사업에 가담하는 정황을 보여줌으로써 사회 전체가 자본에 잠식된 상태임을 은유한다. 공권력의 타락은 문동은이 사적복수를 단행할 수밖에 없게 만드는 일종의 알리바이로도 작용한다. 법과 제도를 준수하고 약자를 보호해야 할 공권력이 오히려 약자를 억압하는 가해자가 됨으로써 <더 글로리> 속 사적복수는 정당성을 확보하게 된다.

　가해자를 자극적으로 전시하여 공분을 유발하려는 <더 글로리>의 전략은 종교의 타락을 재현하는 것을 통해서도 실현된다. 극중에서는 개신교와 불교 그리고 무속신앙 세 개의 종교가 등장하는데 이들 종교는 가해자 혹은 자본과 친연한 도구화된 상태로 재현된다. <더 글로리>는 주일예배를 드리며

10　미셸 팽송·모니크 팽송-샤를로, 이상해 옮김, 『부자들의 폭력 ― 거대한 사회적 분열의 연대기』, 미메시스, 2015, 11쪽.

마약에 중독된 이사라와 '원수를 사랑하라'고 설교하지만 헌금을 탈세하는 이사라의 아버지를 중심으로 개신교를 공분 유발의 도구로 활용한다. <더 글로리>는 예배당이라는 성스러운 공간에서 마약에 취해 성적문란을 자행하는 이사라를 자극적으로 전시함으로써 종교인이 오히려 신을 능욕하고 신성모독에 앞장서고 있음을 고발한다. 그리하여 가해자의 회개와 신성모독 발언에 대응하는 문동은의 발언은 통렬한 비판으로 체험된다.

종교 공동체는 이웃을 사랑하라는 황금률을 현실에서 실천하지 못하고 집단 내의 차별과 비인간화를 통해 집단 정체감을 강화하거나 기존의 체제를 보호하기도 한다. 이러한 이유로 종교는 배타적인 집단을 구성할 가능성이 농후한데 문제는 종교는 인간이 만든 제도라는 측면에서 타락의 위험을 내포한다는 점이다. 종교의 기원과 핵심 가르침이 숭고하더라도 신자들이 지도자와 제도화된 종교를 지켜야 한다는 욕망을 수단으로 삼아 사회적으로 용인될 수 없는 행동을 정당화하는 경우도 많다.[11] <더 글로리>는 이러한 종교의 배타성과 맹목성에 싫증을 느꼈을 감상자를 자극하기 위해 종교를 가해자의 속성으로 설정하고 개인의 타락을 종교의 타락과 연계하여 분노의 범위를 확장하는 전략을 사용한다. 더불어 신의 세계에 있는 인물을 가해자로 설정함으로써 문동은의 복수를 구원의 문제와도 연계한다.

3. 복수의 완성: 설계된 응징과 영광의 회복

안타고니스트가 가한 실제적이거나 상상의 상처에 대한 프로타고니스트

---

11   찰스 킴볼, 김승욱 옮김, 『종교가 사악해질 때 ─ 타락한 종교의 다섯 가지 징후』, 현암사, 2020, 70-79·234쪽.

의 복수로 구성되는 본능의 플롯으로서 복수서사는 일반적으로 세 단계를 거친다. 첫 번째는 범죄의 발생, 두 번째는 복수의 계획과 준비, 세 번째는 복수의 실행 및 대결이다.[12] <더 글로리>는 첫 번째와 두 번째 단계의 기간을 18년으로 설정하여 불가능해 보이는 문동은의 복수가 지난하지만 치밀한 설계를 통해 수행되었음을 전제한다. 긴 복수의 기간만큼이나 작품은 복수의 마지막 단계인 실행 및 대결 역시 최후의 처벌을 위해 느린 속도로 전개한다. 16부작인 <더 글로리>는 파트1과 파트2로 구성되는데 문동은의 복수가 본격화되는 지점은 파트2 8화부터. 결과적으로 드라마를 통해 감상자가 주로 체험하는 것은 문동은의 복수가 성공하는 순간이 아니라 실행되는 과정이다.

일반적으로 복수서사에서 복수가 성공하는 순간은 결말 직전 짧게 등장한다. 복수서사의 쾌감은 복수의 과정을 목격하면서 쌓인 부정적인 감정이 해소되는 순간에 체험되므로 감상자가 더 오랜 시간 체험하는 것은 고통과 인내의 목격이다. 그럼에도 불구하고 복수서사의 감상자는 가해자가 마땅한 처벌을 받는 모습을 보게 될 것이라는 기대감으로 고통과 쾌감의 균형을 조절한다. 그러한 까닭에 복수서사는 '미래의 쾌락에 대한 투자'라고 볼 수 있는데 여기에는 대의를 위해 고통받고 있다는 도덕성의 충족과 지배성의 쾌락도 포함된다.[13] 즉 복수서사의 감상자는 선의 승리를 목도하기 위해 긴장과 스트레스 그리고 고통을 감수해야 하지만, 악의 응징과 몰락이 주는 쾌감에 대한 기대감으로 지난한 복수 과정에 동참할 수 있게 된다.

문동은은 '오늘부터 모든 날이 흉흉할 거야. 자극적이고 끔찍할 거야.'라는 선전포고와 함께 본격적인 복수의 서막을 알린다. 그런데 문동은의 복수는

---

12 로널드 B. 토비아스, 김석만 옮김, 『인간의 마음을 사로잡는 스무 가지 플롯』, 풀빛, 2007, 172-179쪽.
13 폴 블룸, 김태훈 옮김, 『최선의 고통』, 알에이치코리아, 2022, 95쪽.

직선으로 나아가지 않으며 생각보다 원초적인 방식으로 실행되지 않는다. 부와 권력을 가진 가해자를 응징하기 위해서 무수한 장애물을 넘어서야 하기 때문이다. 힘없는 문동은이 힘 있는 다수의 가해자를 응징하기 위해서는 비현실적인 복수의 방법이 필요하지만 동시에 극의 리얼리티를 위해서는 현실적인 복수의 방법 또한 필요하다. 그리하여 <더 글로리>는 문동은의 복수 계획과 실행을 작품에 등장하는 바둑 전법과 흡사하게 전개시킨다. 즉 문동은의 복수는 상대 영역을 잠식하기 위해 바둑돌 하나하나를 신중하게 놓으며 판 전체를 설계하는 치밀한 전술처럼 실행된다.

철저한 계획에 의거하되 연민이나 혈연에 휘둘리지 않는 냉정한 복수자로 재현되는 문동은은 지금까지 한국 드라마 속 여성 복수자의 전형성을 상당 부분 전복한다. 한국 드라마에서 여성 복수자는 남편이나 연인 혹은 자식이나 부모 등 사랑하는 대상을 상실하거나 훼손당한 데서 복수를 결심하는 경우가 많았다. 그로 인해 여성 복수자들은 자신을 위해 싸우기보다 자신이 상실한 대상을 위해 싸우며 애정이 관여하기 때문에 복수 과정이 감정적일 수밖에 없다. 그로 인해 여성 복수자는 복수 과정에서 과도한 죄의식을 느끼거나 모성으로 가해자를 용서하는 치유의 판타지를 보여주기도 한다. 혹은 온전한 복수의 주체가 되지 못하고 타자의 힘에 의탁하는 의존적 면모를 보여주는 여성 복수자도 많았다.

여성의 복수에 관해 연구한 우르술라 리히터 역시 여성의 복수는 애인, 남편, 아이들, 부모 같은 인간관계 주위를 맴돌며 복수행위가 사적인 영역 안에 머물러 있다고 분석한다.[14] 그러나 <더 글로리>의 문동은은 연민과 용서 그리고 가족과 로맨스를 복수로부터 철저히 분리하고 냉혈한 복수자의

---

14   우르슬라 리히터, 손영미 옮김, 『여자의 복수』, 다른우리, 2002, 20-21쪽.

면모를 보여준다. 작품 속에서 문동은은 주로 무채색의 옷과 화장기 없는 얼굴로 등장하는데 전형적인 여성성을 탈각한 외향에서부터 문동은은 새로운 여성 복수자의 양상을 띤다. 냉혈하고 주체적인 복수자로서 문동은의 행보는 작품 안에서 로맨스를 구축하는 주여정과의 관계성을 통해서도 발현된다. 문동은은 주여정과 로맨스로 관계 맺지만 그에게 복수를 의탁하거나 의존하지 않으며 무엇보다 로맨스를 위해서 복수를 중단하지 않는다.

<더 글로리>에서 문동은이 수행하는 복수의 특이점은 직접화된 사적복수를 단행하면서도 '눈에는 눈, 이에는 이'의 원초적 복수는 지양한다는 것이다. 문동은은 자신의 삶을 폐허로 만든 가해자의 삶을 파괴함으로써 복수를 실현하고자 하지만 자기 손에 직접 피를 묻히지 않는다. 문동은은 가해자들끼리 서로의 삶을 파괴하거나 가해자 스스로 자멸하게 함으로써 복수를 완성한다. 복수는 복수자가 사용할 수 있는 행동 가능성들에 좌우되며 피해, 모욕, 명예훼손의 표적에서 빠져나와 불의에 맞설 힘을 가질 수 있는가와 결부된다.[15] 태생적으로 가해자보다 사용할 수 있는 힘과 도구가 절대적으로 부족한 문동은의 복수가 자멸과 잠식으로 설계된 이유가 바로 여기에 있다.

문동은은 가해자들의 연대가 피해자들의 것처럼 견고할 수 없다는 사실을

---

15 우르슬라 리히터, 손영미 옮김, 『여자의 복수』, 다른우리, 2002, 73쪽.

간파하고 이를 복수에 이용한다. 복수 실행 초반 문동은은 계급에 의한 상하 관계를 유지해 온 가해자들의 불평등한 관계성을 활용하여 최혜정과 손명오가 상위계급을 향한 욕망과 원한을 발산하도록 자극한다. 그 결과 <더 글로리>의 가해자 다섯 명은 서로에 의해 처벌받는 결과를 맞이한다. 전재준은 하도영에 의해 손명오는 박연진에 의해 사망에 이르며 최혜정은 이사라의 삶을 추락시키고 이사라는 최혜정의 성대근을 파괴해 목소리를 잃게 만든다. 박연진은 학교폭력의 과거가 미디어를 통해 밝혀져 '사회적 죽음'을 당하고 감옥에서 고통받는 것으로 복수는 종결된다.

    <더 글로리>의 복수자 문동은은 다면에서 설계한 판을 전략적으로 운용해 나가는 방식으로 복수를 실행하였고 문동은의 전략에 가해자 다섯 명은 결국 공멸을 맞이한다. 이와 같은 복수의 실행은 '복수는 그냥 더럽고 험하게 하는 거'라고 생각하거나 이를 재현한 여타 복수서사와 다른 지향성을 보여준다. 문동은은 복수 과정에서 분노, 수치심, 절망 등의 감정을 표현하며 분열된 상태임을 감상자에게 여과 없이 보여준다. 그러나 문동은은 이를 복수자가 감내해야 할 통과의례로 수용하고 복수의 성공이라는 단일한 목표를 향해 수도자처럼 나아간다. 냉철하고 이성적인 복수의 설계와 가해자를 자멸과 공멸로 이끄는 간접화된 복수 방식은 폭력의 재생산이라는 복수 자체의 한계를 보완하면서 복수자의 영광을 보존하는 데 기여한다.

    <더 글로리>의 결말은 문동은의 복수가 설계한 대로 완벽하게 성공하는 것으로 귀결된다. 문동은은 복수의 과정과 결말에 이르기까지 일관성 있게 가해자를 용서하거나 선처하려는 제스처를 취하지 않는다. 이는 복수를 위험하며 전염성이 있고 비열하고 비도덕한 행위로 간주하는 '복수의 질병 모델'에 반하는 방식이다.[16] 복수를 부정하게 간주하는 입장에서는 복수자는 내면이 성숙하지 못하고 용서와 화해라는 고차원적인 가치를 묵살한다고 비판한

다. 그러나 자신이 특정 인물이나 집단으로부터 해를 입었다는 느낌에 대한 반응인 복수는 피해를 보상받거나 물질적 이익을 위해 수행되지 않는다. 복수는 권리 침해에 대한 인간의 전형적인 반응이자 나아가 악은 처벌받아야 한다는 정의의 실현이기도 하다.[17]

이러한 점에서 <더 글로리>는 피해자의 용서를 받을 수 없고 갱생의 여지마저 없는 가해자를 향한 선처와 화해의 가능성을 봉쇄함으로써 복수서사의 책무가 무엇인지를 반문한다. <더 글로리>는 문동은의 신체에 잔혹한 폭력의 흔적을 각인함으로써 피해자의 비가시적 고통을 명확하게 가시화한다. 그러한 문동은에게 '복수가 끝나면 폐허뿐일 거예요.' 혹은 '이 복수가 끝나면 행복해집니까?'라는 타자의 질문은 분노와 악에 더 성실할 수밖에 없는 피해자의 고통을 무화하는 발언이다. 복수의 완벽한 성공을 실현한 문동은을 통해 <더 글로리>는 복수는 영광의 회복이며 폐허가 된 존엄을 회복할 기회를 얻는 것이라는 메시지를 남긴다.

그런데 주목할 점은 <더 글로리>는 복수의 성공을 완벽한 해피엔딩으로 만들기 위해 르상티망을 자극하고 영웅성을 강화하는 전략을 사용한다는 것이다. <더 글로리>는 복수 과정을 인내할 타당성을 부여하고 최종 순간의 카타르시스를 극대화하기 위해 가해자를 공분의 대상으로 확장하는 전략을 사용한다. 2장에서 논의한 것처럼 <더 글로리>는 폭력적인 상위계급, 자본의 노예가 된 공권력, 세상을 미혹하는 종교 등 공분을 유발하기에 수월하고 광범위한 대상을 복수의 정당화를 위한 요소로 소환한다. 그런데 사회적 물

16　'복수의 질병 모델'은 용서를 선한 행동으로 간주하는 종교와 다수의 문학 작품의 영향으로 복수를 인간과 세계를 오염시키는 일종의 바이러스로 인식한 결과로서 복수심을 치료가 필요한 질환으로 치부하는 방식을 말한다(마이클 맥컬러프, 김정희 옮김, 『복수의 심리학』, 살림출판사, 2009, 23-25쪽).

17　마이클 맥컬러프, 김정희 옮김, 『복수의 심리학』, 살림출판사, 2009, 48-49쪽.

의를 일으키거나 범죄를 저질러도 돈과 권력으로 법망을 피해 가는 <더 글로리> 속 가해자들은 천민자본주의의 실상을 고발하면서 동시에 감상자의 내재된 욕망을 자극한다.

박연진과 전재준 그리고 이사라에게 기생하고자 한 최혜정과 손명오는 폭력의 주체가 가진 자본과 권력의 힘을 실감한 인물이다. 근거리에서 상위계급의 삶을 목도했기 때문에 그들의 자장으로부터 벗어날 수 없었던 최혜정과 손명오는 상위계급의 삶이 강력한 욕망의 대상이 된다는 점을 방증하는 인물이다. 이는 <더 글로리>의 감상자에게도 유사하게 체험될 수 있다. 문동은에게 복수의 대상이며 동시에 사회적 응징의 대상이 되어야 할 박연진, 전재준, 이사라지만 그들이 향유하는 삶의 양태는 화려하며 편리하다. 문동은은 하예솔의 담임이 되자 '이 교실에서 부모의 직업, 재력, 인맥 세 가지는 아무 힘이 없을 것'이라 선언한다. 그러나 <더 글로리>가 상당 시간 재현하는 세계는 이 세 가지가 무소불위의 힘을 가지고 있으며 자유롭고 편리한 세계를 상위계급이 향유하고 있다는 사실이다.

그로 인해 <더 글로리>는 자연스럽게 감상자의 르상티망(Ressentiment)을 자극하게 된다. '이제까지 지상에서 도덕으로 찬양되어 온 모든 것을 의심한다'는 니체는 나약한 인간의 고통 속에서 태어난 도덕을 르상티망으로 설명한다. 르상티망은 행위상의 반작용은 금지되기 때문에 단지 상상의 복수를 함으로써 자신들이 입은 손해를 보상하려는 자들의 원한을 말한다. 가치를 정립하는 시선을 자신에게 향하는 대신에 밖으로 향할 수밖에 없는 것이 르상티망의 속성 중 하나로, 이를 근간으로 하는 도덕이 발생하기 위해서는 어떤 적대적인 외부 세계가 필요하다.[18] 니체의 르상티망 개념은 상위계급을

---

18   프리드리히 니체, 박찬국 옮김, 『도덕의 계보학』, 아카넷, 2021, 59쪽.

향한 현대의 대중심리 일부를 설명하는 데 적용할 수 있다.

르상티망은 그 자체로 가치를 산출하는 창조적인 힘이 되기도 하지만 앙심을 불러일으키는 적에 대한 복수에 성공해야 비로소 진정되는 소모적인 감정이기도 하다. 이러한 르상티망에는 강자를 향한 증오와 복수도 있지만 선망과 시샘도 결합된다.[19] 이는 <더 글로리>에서 가해자를 바라보는 감상자의 양가적인 시선과 유사하다. 가해자의 행위와 사상은 천박하지만 그들이 영위하는 삶은 선망과 시샘의 대상이 될 만하다. 그러나 가해자의 부정함 때문에 그들이 소유한 것들을 온전히 선망하기는 불가능하다. 따라서 <더 글로리>의 감상자는 선망과 시샘을 분노와 응징으로 치환하게 되고 이는 곧 문동은의 복수를 지지하게 만드는 또 하나의 근거가 된다.

가해자를 상위계급으로 설정함으로써 계급사회에 내재된 복합적인 감정을 복수와 연계하는 <더 글로리>는 문동은을 영웅서사의 주인공처럼 형상화함으로써 복수를 온전한 해피엔딩으로 만들고자 한다. 최근 한국 드라마에는 정의를 구현하는 주인공이 안티히어로 즉 반영웅으로 재현되는 경향이 확산되고 있다. 이는 숭고하고 무결한 방식으로는 악을 응징할 수 없으며 법과 윤리가 선인의 편이 아니라는 관념에 기인한다. 그 결과 <빈센조>처럼 악인을 잔혹하게 살해하거나 <모범택시>처럼 법과 윤리를 희롱하는 반영웅이 주목받았다. 하지만 <더 글로리>는 문동은을 안티히어로 혹은 반영웅이라기보다 영웅으로 형상화하는 방식을 선택함으로써 복수가 주는 또 다른 폐해 즉 범죄와 범죄자의 양산 문제를 일정 부분 해소한다.

<더 글로리>에서 문동은이 가장 치밀하게 설계한 복수의 방식 중 하나는 교사가 되는 일이다. 문동은은 박연진 아이의 담임이 되기 위해 검정고시에

19 　정동호, 『니체』, 책세상, 2014, 166-167쪽.

서 시작해 임용고시를 거쳐 사립초등학교 교사가 된다. 그런데 박연진의 학부모가 된 문동은은 예상과 달리 딸 하예솔을 괴롭히지 않으며 담임의 지위를 박연진을 압박하는 일에만 활용한다. 자신을 고데기로 고문한 가해자들을 똑같이 고데기로 고문하기보다 그들 스스로 파멸케 함으로써 '복수하는 여자는 영웅이 아니라 악녀가 된다'는 기존 관념과 드라마의 재현으로부터 문동은은 일정 부분 멀어져 있다.[20] 교사와 인간으로서 선을 지키는 문동은은 강인한 정신력과 냉정한 판단으로 복수의 판을 설계하는 점에서 영웅성을 발현한다.

영웅서사에서 영웅은 거대한 두려움, 실패, 파국을 만나야만 탄생한다.[21] 죽음을 체험한 뒤 영웅으로 부활한 존재는 이전과는 다른 변모된 상태가 되어 과업을 수행해 나간다. 나약한 미성년의 피해자에서 거대한 시련을 체험한 후 가해자를 파멸시키는 응징자로 부상한 문동은의 행보는 그러한 점에서 영웅과 유사하다. 극중에서 문동은에게 가해자를 응징해야 하는 또 다른 이유가 주어지는데 바로 학교폭력의 피해자 윤소희의 죽음이다. 그로 인해 문동은의 복수는 수많은 '소희들'을 위한 일종의 공적복수로 확대되며 공권력이 방관한 학교폭력 문제를 해결한다는 점에서 영웅성이 더욱 강화된다.

문동은의 영웅성은 협력자의 존재를 통해서도 강화된다. 영웅서사에서 협력자는 영웅에게 필요한 여러 기능을 수행하며 동반자, 논쟁상대, 양심, 웃음과 긴장 해소뿐만 아니라 과업 과정에 필요한 실질적인 도움을 제공한다. 협력자는 영웅이 인간적인 면모를 드러내게 하고 감정을 쏟아낼 수 있게도 하는데 이들은 영웅의 과업이 수행되어야 할 당위를 제공해 주는 존재이기도

---

20 우르슬라 리히터, 손영미 옮김, 『여자의 복수』, 다른우리, 2002, 117쪽.
21 크리스토퍼 보글러, 함춘성 옮김, 『신화, 영웅 그리고 시나리오 쓰기』, 비즈앤비즈, 2013, 205-206쪽.

하다.[22] <더 글로리>에는 문동은의 복수를 돕는 다수의 협력자가 등장한다. 강현남은 충신처럼 문동은의 복수에 적극적으로 조력하고, 공장 동료였던 구성희와 목욕탕 손님이었던 에덴빌라 건물주, 세명초 동료 강 선생과 경찰 최동규 등은 중요한 순간 문동은을 돕는다. 이들은 각기 다른 이유로 문동은에게 빚을 졌거나 문동은을 신뢰하는 인물들로 문동은이라는 존재 자체의 가치와 그가 수행하는 복수의 당위를 강화하는 역할을 수행한다.

4. 복수서사와 판타지의 사회적 기능

복수를 완료한 문동은은 소희가 있을 하늘을 바라보면서 '축하해. 너와 나의 열아홉 살'이라며 자축한다. 복수가 성공적으로 마무리되면서 문동은은 비로소 자신의 세상을 온통 사로잡았던 가해자들과 그들이 준 고통으로부터 탈주할 수 있게 된다. 복수가 성공하면서 문동은은 복수심의 자리에 자신을 구원하기 위해 곁에 있어 주었던 사람들에 대한 감사와 사랑을 채우게 된다. 이러한 <더 글로리>의 결말은 복수서사가 비단 응징의 쾌감만을 다루지 않는다는 사실을 보여준다. 복수서사는 복수자가 복수를 결심하고 실행하는 과정에서 겪게 되는 다양한 양태의 정신과 행위를 재현한다는 점에서 또 다른 의의를 지닌다.

> 문동은: 내가 복수를 왜 하는지 알아? 18년 동안 너희가 나를 잊었더라. 그래서 하는 거야. 기억되려고.
>
> — <더 글로리> 16화 中

22　크리스토퍼 보글러, 함춘성 옮김, 『신화, 영웅 그리고 시나리오 쓰기』, 비즈앤비즈, 2013, 110-115쪽.

'그렇게 열여덟 번의 봄이 지났고 이제야 깨닫습니다. 저에게 좋은 어른 들이 있었다는 걸. 친구도 날씨도 신의 개입도요. 저를 구해주셔서 정말 감사합니다.'

— 문동은의 내레이션 <더 글로리> 16화 中

복수서사에는 문동은처럼 고통받은 피해자가 등장한다. 피해자로서 복수자는 현재로 귀환하는 트라우마로 인해 여전히 과거에 머물러 있으면서도 복수를 위해 미래로 나아가야만 한다. 복수서사는 과거와 미래 사이에서 분노, 절망, 두려움, 죄의식을 경험할 수밖에 없으며 죽음을 열망하기까지 하는 피해자의 실상을 재현한다. <더 글로리>는 인간을 당신(thou)이 아닌 그것(it)으로 경험함으로써 대상화하고 비인간화한[23] 가해자가 피해자를 어떻게 파괴했는지를 세밀하게 보여준다. <더 글로리>처럼 복수서사는 신체와 정신 그리고 삶 전체가 부당하게 훼손된 피해자의 정황과 심리를 체험하게 하고 악의 부정함을 재확인하는 기회를 제공한다.

복수서사는 또한 판타지의 사회적 기능을 수행하고 감상자에게 대리만족의 기회를 제공한다는 점에서 의의가 있다. <더 글로리>의 감상자들은 평범한 문동은이 상위계급의 가해자를 공권력의 방해 속에서도 완벽하게 응징하는 일이 현실에서도 발생하리라는 예상은 하지 않을 것이다. 그만큼 문동은의 복수는 현실성보다는 판타지성에 의거하는데 중요한 점은 인간과 인륜을 훼손한 가해자를 '판타지에서라도' 응징했다는 사실이다. 비록 현실에서는 정의가 구현되지 못하고 가해자가 정당한 처벌을 받지 못하더라도 픽션으로서 그것을 체험한다면 일시적으로나마 위안을 얻을 수 있다. 이러한 이유로

---

23 존 M. 렉터, 양미래 옮김, 『인간은 왜 잔인해지는가—타자를 대상화하는 인간』, 고유서가, 2021, 47·61쪽.

복수서사는 사회가 혼란하거나 법과 윤리가 제대로 기능하지 못하는 시대에 감상자의 사회적 스트레스를 해소하는 기능을 수행하게 된다.

2장
TV 드라마론

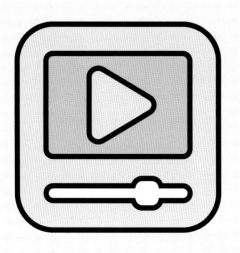

박재범의 반영웅 3부작

— <김과장>, <열혈사제>, <빈센조>

1. 독보적인 코미디 드라마 작가

2003년 드라마 작가로 데뷔한 박재범은 '시즌제 메디컬 범죄 수사극' <신의 퀴즈>(OCN, 2010-2014)를 집필하며 작가로서 입지를 구축하기 시작한다.[1] 이후 박재범은 자폐증과 서번트 증후군을 극복하고 소아과 의사가 되기 위해 고군분투하는 청년의 이야기를 다룬 <굿닥터>(KBS2, 2013)를 선보이며 새로운 이야기를 보여줄 드라마 작가로 주목받는다.[2] 박재범이 드라마 작가로서 독자적인 작품세계를 구축하기 시작한 것은 <김과장>(KBS2, 2017)부터라 할 수

---

[1] 독립영화 시나리오를 준비하던 박재범은 KBS 드라마 공모전에 참여한 것을 계기로 1년간 주말드라마 보조작가로 활동하였으며 <KBS 드라마시티>를 통해 드라마 작가로 정식 데뷔했다. 2004년부터 5년간 다시 영화 시나리오를 창작하며 영화계 진출을 준비하던 박재범은 2010년 <신의 퀴즈>(OCN)를 집필하며 '운명적으로' 드라마 작가로 복귀한다 (손정현, 『나는 왠지 대박날 것만 같아!』, 이은북, 2019, 196쪽).

[2] 박재범은 <굿닥터>로 제6회 코리아드라마어워즈(KDA)에서 작가상을 받았으며 이후 <굿닥터>는 <The Good Doctor>(ABC, 2017-2020)로 리메이크되었다. <The Good Doctor>는 미국 지상파 프라임 시간대에 방송된 최초의 한국 드라마 리메이크작으로 대중과 평단의 호평을 받았다.

있다. <김과장>은 예기치 않게 의인이 된 김성룡이 부정한 카르텔에 반격을 가하는 유사 히어로물로서 '오피스 코미디 드라마'를 표방하는 작품이다. 반영웅이 유쾌한 방식으로 사회 정의를 실현하는 <김과장>의 성공 이후 박재범은 이와 유사한 캐릭터, 장르, 서사구조, 주제의식을 담은 두 편의 드라마를 연이어 선보인다. 바로 <열혈사제>(SBS, 2019)와 <빈센조>(tvN, 2021)로 이들 세 작품을 통해 박재범은 '박재범성'이라 불릴 만한 작품세계를 구현하고 있다.

재미와 의미 두 가지 요소의 균형과 공존 방법을 고민해 왔다는 박재범은 드라마는 예술이자 콘텐츠이며 동시에 심리적인 공공재이기 때문에 편안함과 긍정적인 상상이 주가 되어야 한다고 말한다.[3] 정리하면 박재범의 작가의식은 감상자가 마음 편히 즐길 수 있되 그 과정에서 사회문제에 관한 유의미한 사유를 체험할 수 있게 하는 작품을 집필하는 데 있다. 이러한 박재범의 작가의식은 <김과장>과 <열혈사제> 그리고 <빈센조>를 거치면서 반영웅·코미디·정의구현을 강화하는 방식으로 실현되는 중이다. 이들 세 작품은 순수하고 숭고한 존재가 아니라 도덕적 결함을 지닌 반영웅이 허용될 만한 교활한 방식으로 정의를 구현하는 서사를 중심으로 한다. 또한 그 과정에서 현실 문제를 직시하게 하는 시의성 있는 사건들이 등장하되, 다양한 유머를 삽입하여 특유의 코믹한 정조가 극의 분위기를 주도한다는 유사성이 있다.

주목할 점은 <김과장>과 <열혈사제> 그리고 <빈센조>로 이어진 박재범의 드라마가 상당히 성공적이었다는 사실이다. '장르로서의 코미디를 통해 자유롭게 풍자하고, 드라마로는 유례없이 현실에 마구 채찍을 가하는' 기획의도 하에 집필된 <김과장>은 시청률 7.8%에서 시작해 17.2%(닐슨)로 마무리하는 상승세를 보여주었다. 또한 '쌈박한 정의관을 가진 성직자를 우리의 바람대

---

3   박재범, 『김과장』, 비단숲, 2017, 4쪽.

로 그리며 한국인의 모럴 해저드를 보여' 주고자 한 <열혈사제>는 평균 시청률 16%(닐슨)를 상회하며 2012년 이후 7년 만에 가장 높은 시청률을 보여준 SBS주말드라마로 기록됐다. '코리안 카르텔에 대한 분노와 무기력함을 해소하기 위해 진짜 마피아'를 호명한 <빈센조> 역시 최고 시청률 14.6%(닐슨)를 기록하며 방송 당시 tvN 역대 시청률 6위를 기록했다. 대중의 호응 지표라 할 수 있는 시청률을 통해 알 수 있듯이 연이어 창작된 세 작품은 높은 화제성을 보여주었으며 박재범의 작품에 대중이 선호할 만한 특유의 요소가 있다는 사실을 방증했다.

    <김과장>, <열혈사제>, <빈센조>는 '반영웅 3부작(Anti-hero Trilogy)'으로 명명할 수 있을 만큼 유사성과 연속성을 갖는다. 특히 작가의 세계관과 그것을 재현하는 방법의 유사성에서 세 작품은 드라마 작가로서 '박재범성'을 파악하는 데 유용한 준거가 될 것이다. 이번 장에서는 이들 작품에 박재범성이 어떻게 실현되고 있으며 그것의 의의가 무엇인지를 종합적으로 분석하고자 한다. 또한 극작가에게 있어서 정보의 전달 방법은 시대, 미학, 독특한 글쓰기의 특성과 관련을 맺으며[4], 극작가가 되는 것은 가장 깊은 개인적 신념을 타인과 소통하고 싶은 욕망에서 시작된다.[5] 따라서 드라마 작가의 작품세계와 작가의식을 연구하기 위해서는 그가 속해 있는 시대 상황과 개인 신념이 작품과 어떻게 연관되는지를 함께 분석해야 한다. 이러한 인식 하에 박재범 작가가 작품을 통해 궁극적으로 전달하고자 하는 작가로서의 현실인식과 신념이 무엇인지를 함께 밝히고, 그것이 작품을 통해 어떻게 실현되는지를 탐색해 보고자 한다.

---

4   장 피에르 링가르, 박형섭 옮김, 『연극분석입문』, 동문선, 2003, 32-33쪽.
5   루이스 E. 캐트론, 홍창수 옮김, 『희곡 쓰기의 즐거움』, 작가, 2011, 24쪽.

2. 반영웅과 소시민 연대에 의한 정의구현

사르트르는 작가란 세계와 인간을 타인에게 드러내 보이기를 선택한 사람으로 작가의 기능은 아무도 이 세계를 모를 수 없게 만들고 이 세계에 대해 책임이 없다고 말할 수 없도록 만드는 데 있다고 보았다.[6] 사회적 상징을 재현하여 독자의 각성을 유발하는 것을 작가의 역할로 간주한 사르트르의 인식처럼 박재범 역시 작품을 통해 부정한 사회 현실을 자각하게 하려는 목적의식을 강하게 내비친다. 사회문제를 극화하여 현실의 부조리를 고발하려는 박재범의 작가의식은 <신의퀴즈>를 거쳐 <김과장>에서부터 본격화된다. '인간에게 들이댔던 메스를 사회에 대고 싶어 집필했다'는 발언에서 확인할 수 있듯이 <김과장>은 부정한 사회 실태를 전면화한 작품이다. 박재범의 작가의식은 <열혈사제>와 <빈센조>를 거치면서 강화되는데, 세 작품에는 박재범의 현실인식이 명확하게 구체화된다. 그것은 바로 현실이 권력과 자본을 욕망하는 카르텔에 의해 훼손되었으며 법·윤리적 방법으로는 훼손을 복원할 수 없다는 인식이다.

2.1. 개인·사회적 결함의 반영웅과 변주된 영웅서사

주인공을 명시하는 제목에서 드러나듯 <김과장>, <열혈사제>, <빈센조>는 한 명의 주인공이 극을 이끌어가는 데 절대적인 역할을 수행하는 구조를 취한다. 한 명의 특별한 존재가 극적 갈등을 해소하고 세계 안정을 회복하는 구조는 영웅서사와 유사하다. 그런데 이들 주인공은 일반적인 영웅이 아니라 개인·사회적 결함을 지닌 반영웅(反英雄, Anti-Hero)이다. 반영웅은 특별한 종류

---

6   장 폴 사르트르, 정명환 옮김, 『문학이란 무엇인가』, 민음사, 2012, 33쪽.

의 영웅으로서 전통적인 영웅의 요건을 충족하지 않으며 사회적 기준에 부합하지 못하는 등의 결함을 소유하고 있지만 영웅처럼 간주되는 인물을 말한다. 크리스토퍼 보글러에 의하면 반영웅은 사회의 관점에서 법을 어기는 자거나 악한일 수 있지만 근본적으로는 관객의 동정을 끄는 자로서 부패한 사회에서 떨어져 나온 칭송받을 만한 사람들이다. 보글러는 ① 전통적인 영웅처럼 행동하지만 냉소적인 일면이 있거나 상처 입은 특질을 소유한 캐릭터와 ② 스토리의 중심인물이기는 하지만 좋아하거나 찬미할 수 없으며 행위를 받아들일 수 없는 비극적인 영웅 등으로 반영웅을 분류한다.[7]

반영웅은 탁월한 능력을 가지고 있기에 공동체에 위협이 되는 괴물을 제압할 수 있지만 기존 사회질서와 체제에 완전히 결합하지 못한다. 따라서 반영웅은 정의를 수행하더라도 괴물처럼 현현하기도 하며 기존 질서에 편입하지 못하고 일탈 욕망을 꿈꾸는 존재라 할 수 있다.[8] 반영웅의 특성을 체현하는 김성룡, 김해일, 빈센조의 첫 번째 공통점은 법·윤리·도덕·직업·성격 등의 결함을 지닌 미성숙한 존재라는 점이다. 반영웅은 사회적으로 옳다고 믿는 도덕이나 규칙을 의심하고 폐기해버리거나 그들이 속한 사회에 아무런 기여를 할 수 없을 정도의 정신·육체적 결점을 지닌다. 또한 전형적인 영웅의 이미지와 달리 나약한 존재로 묘사되거나 신경증적 경향을 보이는 것도 반영웅의 특성으로, 이들은 분노·탐욕·우유부단 등의 성격적 결함을 지니고 있다.[9] <김과장>의 김성룡은 조폭들의 검은돈을 관리해 주는 경리과장으로 구

7 크리스토퍼 보글러, 함춘성 옮김, 『신화, 여웅 그리고 시나리오 쓰기』, 비즈앤비즈, 2017, 74쪽.

8 김유진, 「반영웅소설(反英雄小說)의 서사적 특성 연구」, 『고소설연구』 49, 한국고소설학회, 2020, 113-114쪽.

9 오현화, 「미국 슈퍼히어로 영화 속 영웅의 계보학: '차이'와 '사이(in-between)'의 서사 전략을 통한 캐릭터 형성 방식을 중심으로」, 『영어권문화연구』 9(1), 동국대학교영어권

치소를 드나들며 회계장부를 조작해준 대가로 돈을 받는 부도덕한 인물이다. 김성룡의 인생 목표는 크게 한탕하여 덴마크로 떠나는 것인데 그는 최후의 10억을 모으기 위해 TQ그룹에 위장 취업한다.

<열혈사제>의 김해일 역시 결함과 미성숙이라는 반영웅의 특성을 보인다. 김해일은 천주교 사제이지만 분노조절장애와 알코올 의존증을 앓고 있으며 '성당도 신자를 가려 받아야 한다'는 식의 불손한 발언을 일삼는다. 일상에서 도 폭력적 성향을 제어하지 못하고 신부의 품위를 수시로 훼손하는 김해일에 게는 전직 국정원 대테러 특수요원이라는 특별한 과거가 있다. 문제는 생명 을 살려야 하는 신부인 그가 특수요원 시절 판단 실수로 11명의 무고한 아이 들을 죽게 한 윤리적 결함이 있다는 사실이다. 반영웅으로서의 결함은 <빈센 조>의 빈센조에서 훨씬 강화되는데 그는 이탈리아 까사노패밀리의 고문변 호사 콘실리에리(Consiglière)로 '보스에게 절대적으로 충성하는' 마피아다. 빈 센조는 당한 것은 몇 배로 갚아주는 복수주의자이자 한번 복수를 결심하면 번복하지 않는 냉혈한으로 다수의 폭력과 살인 경력이 있다. 빈센조가 자신 의 구역을 떠나 새로운 공간(금가프라자)에 입성하는 이유 역시 자본(금괴)을 획득하기 위해서다.

이처럼 <김과장>의 김성룡, <열혈사제>의 김해일, <빈센조>의 빈센조는 영웅이라기보다 빌런(Villain)에 가까운 특성을 보이는데 반영웅의 자질은 통 쾌한 복수를 실현하는 유용한 조건으로 기능한다. 박재범 반영웅 3부작 속 반영웅의 두 번째 공통점은 특정한 사건을 겪은 후 각성을 체험하고 정의를 구현하는 복수의 화신으로 변모한다는 것이다. 이때 반영웅의 복수는 한국 텔레비전드라마 혹은 일반적인 영웅서사에서 만나기 힘든 부정함을 근간으

문화연구소, 2016, 107쪽.

로 한다는 점에서 변별된다. 즉 김성룡, 김해일, 빈세조의 복수는 정의를 구현한다는 궁극적 목표는 영웅과 동일하지만 정의를 구현하는 방법은 사기, 희롱, 협박, 폭력, 살인 등 오히려 빌런과 유사하다. 영웅은 어느 정도의 업적을 세웠는가만으로는 판단할 수 없으며 높은 인격이나 도덕 정신 등의 고결한 면모를 소유해야 하기 때문에 영웅의 개념은 도덕적 범주에 귀속된다. 슈퍼히어로가 영웅으로 간주되는 이유 역시 그들이 도덕적 범주에 귀속되기 때문이다.[10]

그러나 박재범 작품 속 반영웅은 실정법을 무시하고 악은 악으로 처단하는 복수를 단행한다. 예를 들어 <빈센조>의 정의구현은 괴물성을 지닌 반영웅이 괴물들을 처단하는 방식으로 실현되는데, 이탈리아 마피아였던 빈센조는 최고의 범죄 집단을 상대하던 전적을 활용하여 참혹한 방식의 복수를 실행한다. 빈센조는 '첫 번째는 적이 가장 두려워하는 것을 주고, 두 번째는 적이 가장 소중히 하는 것을 없애버린다', '배신자를 일찍 죽이는 것은 최고의 관용으로 상대가 모든 걸 누리게 되었을 때 죽인다'는 복수 원칙을 실현한다. 빈센조의 빌런식 복수는 카르텔의 최고점에 위치하면서 자신의 어머니를 죽게 한 장한석과 그의 조력자 최명희를 향해 가장 잔혹하게 수행된다. 최후의 순간 빈센조는 장한석의 심장을 드릴로 뚫어 까마귀에게 살을 파먹히게 하고 최명희는 결박하여 발톱을 모두 뽑아낸 후 불에 타 죽게 만드는 살인을 저지르며 영웅과 빌런의 경계를 무화하는 모습을 보여준다.

---

10   마크 웨이드 외, 하윤숙 옮김, 『슈퍼히어로 미국을 말하다』, 잠, 2010, 32쪽.

　복수의 대상을 법이라는 심판대 위에 세우고 사법체계의 구속에 따른 현대화된 정의를 실현하지 않고 날것 그대로의 정의를 구현하는 박재범의 반영웅은 양가감정을 유발한다. 그러나 반영웅의 폭력적인 되갚음은 고결한 영웅의 제도화된 복수보다 더 큰 심리적 자극을 불러일으킬 수밖에 없다. 인간을 잠재적 복수자(Avenger)로 명명한 스티브 파인먼은 현대 사회는 개인 차원의 복수를 억제하고 통제 불능의 활극 사태를 방어하기 위해 사법 제도가 존재한다고 보았다. 생물·사회적 기질로서 전수되는 복수는 인간의 끈질기고 강력한 욕구이자 슬픔, 비탄, 굴욕감, 분노 같은 격한 감정을 촉발하는 원초적 본능이다. 그러나 공권력에 위임하는 현대 사회의 복수는 피해자의 직접 복수가 아니므로 필연적으로 간접화된다.[11] 하지만 <김과장>의 김성룡, <열혈사제>의 김해일, <빈센조>의 빈센조가 수행하는 복수는 사법제도에 의탁한 간접화된 복수가 아니라 반영웅이 심판자가 되어 상대를 처단하는 직접화된 복수다. 따라서 이들의 복수는 복수 대상을 직접 처단하고 싶은 원초적 열망의 판타지적 실현에 맞닿아 있다고 볼 수 있다.

11　스티브 파인먼, 이재경 옮김, 『복수의 심리학 ─ 우리는 왜 용서보다 복수에 열광하는가』, 반니, 2018, 8-20쪽.

2.2. 카르텔 붕괴를 위한 소시민 연대의 조력

전술한 바와 같이 박재범의 반영웅 3부작은 높은 시청률과 화제성으로 대중의 호응을 받은 상업적으로 성공한 작품이다. 텔레비전드라마는 현실 세계에서 충족되기 어려운 욕망의 대체재 기능을 수행한다. 따라서 실제 현실과 달리 공권력의 폐해가 권선징악의 도덕률에 입각하여 해결되는 작품은 감상자의 기대지평에 부응하게 된다.[12] 그런데 숭고한 영웅이 아니라 비열한 반영웅이 복수를 단행한다는 설정은 그만큼 사회문제가 윤리적인 방식으로는 해결되기 어렵다는 현실인식에서 출발한다. 대기업은 물론이고 사회문제를 정화해야 할 법조계와 언론계의 회복이 더 이상 불가능한 상태라는 인식은 드라마 작가로서 박재범의 인식이기도 하다. 박재범은 <김과장>, <열혈사제>, <빈센조>를 통해 한국의 권력이 카르텔화되어 있으며 합법적 제도나 선량한 인물로는 이들을 무너뜨릴 수 없다는 것을 반복하여 강조한다.

<김과장>은 대기업의 카르텔화를 비판적으로 무대화하는데 작품 속에서 한국 사회를 혼란케 하는 카르텔의 중심에는 대기업 TQ그룹이 있다. <열혈사제>와 <빈센조>에서는 카르텔의 양상이 이전 작품보다 정교해진다. <김과장>이 대기업 회장을 중심으로 그에 야합하는 인물을 보조적으로 삽입하여 카르텔을 구성했다면, <열혈사제>와 <빈센조>는 경제·정치·사법·언론·종교를 대표하는 존재를 극의 주요 인물로 등장시켜 카르텔의 작동 원리를 구체적으로 재현한다. 예를 들어 <열혈사제>에서 부정부패를 추동하는 카르텔은 구청장, 부장검사, 경찰서장, 국회의원, 매각교 교주 그리고 이들의 뒤를 봐주는 대범무역 대표 황철범으로 구성된다. 막대한 비자금을 지하 비밀금고에

---

12   윤석진, 「신자유주의 시대, '치유(治癒)' 혹은 '기망(欺罔)'의 텔레비전드라마-언론과 법조 소재 미니시리즈를 중심으로」, 『어문연구』 92, 어문연구학회, 2017, 272-274쪽.

숨겨놓고 결속을 유지하는 카르텔은 자신이 귀속된 집단의 특성을 악용하여 범죄를 은폐한다. 이 과정에서 또다시 강조되는 것이 카르텔과 언론의 야합이다. <열혈사제>는 텔레비전 화면을 통해 권력자의 부정 은폐와 이미지 메이킹, 언론의 사건 날조와 대중 선동 장면을 반복하여 보여준다. 시뮬라시옹에 가담하는 언론을 텔레비전 뉴스 화면을 통해 반복 감상하게 함으로써 미디어의 정보가 권력에 의해 왜곡될 수 있다는 사실을 체험하게 하려는 의도라 볼 수 있다.

　이처럼 박재범의 반영웅 3부작은 극의 상당 부분을 카르텔의 괴물성과 견고성을 보여주는 데 주력한다. 이때 괴물화된 카르텔을 무너트리기 위해서는 법과 제도 밖에 위치하며 괴물성을 보유한 반영웅이 필요하다. 그런데 박재범은 카르텔에 대적할 존재로서 반영웅을 호명했지만 그들이 혼자서 카르텔을 대적하게 하지 않고 반영웅이나 카르텔과는 다른 위치에 존재하는 소시민을 결집시킨다. 박재범은 '정의구현이 어렵다는 점을 선험적으로 체득한 수용자들에게 드라마상에서나마 역설적으로 새로운 세계가 도래할 수 있다는 일말의 위안과 희망을 안겨주는' 역할을 반영웅에게 전적으로 위임하지 않는다.[13] 즉 카르텔에 착취당하던 소시민을 결속하게 한 뒤 괴물성을 지닌 반영웅의 조력자로 기능하게 하여 연대로써 정의구현을 완성하는 방식

은 박재범 반영웅 3부작의 일관된 유사성이다.

<김과장>에는 반영웅 김과장의 정의구현을 돕는 소시민 연대로서 '경리부 어벤져스'가 등장한다. 박재범은 외부 시선으로는 오합지졸에 불과한 경리부 사원들에게 반영웅 김성룡과 함께 정의구현을 실현하는 역할을 부여한다. 이들은 김과장이 복수하는 데 필요한 자료를 수집하여 보조하고 필요할 때는 전면에 나서기도 한다. 김해일 신부를 도와 구담시를 구원하기 위해 희생을 자처한 <열혈사제>의 '구담 어벤져스'는 형사, 신부, 중국집 배달원, 편의점 알바생 등으로 구성된다. 건물 철거를 막기 위해 빈센조와 연대하게 된 <빈센조>의 '금가즈'는 전당포와 세탁소 사장, 피아노 학원 원장, 분식집 사장과 셰프 그리고 스님 등으로 구성된다. '구담 어벤져스'는 검사 박경선을 제외하고는 카르텔의 관심조차 끌 수 없는 평범한 소시민들로 심지어 쏭싹은 한국말이 서툰 외국인 노동자다. 대부분이 소상공인으로 구성된 '금가즈' 역시 자신이 처한 상황 내에서 최선을 다해 묵묵히 일하는 소시민이다.

괴물화된 카르텔을 괴물성을 보유한 반영웅을 통해 제거하는 서사에 소시민 연대의 조력을 삽입함으로써 박재범의 반영웅 3부작은 두 가지 의의를 획득한다. 첫 번째는 선량한 소시민 연대의 공조가 반영웅의 윤리·도덕적 한계를 완화하는 데 기여한다는 것이다. <김과장>, <열혈사제>, <빈센조>에 등장하는 카르텔은 정상적인 방법으로는 제거할 수 없는 절대 권력이므로 이들을 처단하기 위해서는 비정상적인 방법이 필요하다. 따라서 반영웅 3부작의 주인공이 반영웅인 것은 자연스러우나 문제는 반영웅은 비열하고 폭력적인 방식으로 복수를 단행하기 때문에 이들 복수에는 윤리·도덕적 주저함

---

13 이정옥, 「부패사회를 해부하는 도덕이성과 정의구현이라는 환상 — <비밀의 숲>을 중심으로」, 『대중서사연구』 4(3), 대중서사학회, 2018, 420-421쪽.

이 발생할 수밖에 없다. 하지만 소시민 연대는 반영웅과 목표는 공유하지만 윤리·도덕적 결함을 보유하지 않으며 인간적이고 감동적인 상황을 구현한다. 따라서 소시민 연대의 공조는 반영웅에 의한 윤리적 긴장감을 해소해주는 역할을 수행한다고 할 수 있다.

소시민 연대의 삽입을 통해 확보되는 두 번째 의의는 위험사회와 냉소사회에서 타자와의 연대가 여전히 유효하다는 사실을 보여주는 데 있다. 현대사회는 위험에 대한 지식이 끊임없이 창출되고 위험에 대한 지각을 일깨우는 이미지와 언어들에 둘러싸여 있다. 이러한 위험사회에서는 필연적으로 공동체의 안전을 증빙해줄 만한 표상으로서 타자가 필요하다. 하지만 '사회가 추방하기를 원하는 상징적 저장소'인 타자의 끊임없는 추구와 발굴은 타인에 대한 신뢰를 무너뜨리고 온전한 연대의 가능성을 제거한다.[14] 위험사회의 지속은 또한 냉소사회를 야기하는데 자본주의가 촉발한 다양한 문제들은 대중의 열등의식을 자극하여 타인을 향한 조소와 격하를 유발한다.[15] 이렇듯 위험사회와 냉소사회는 타자의 존재성을 불완전하게 규정시키면서 타자와의 연대 가능성을 와해한다는 문제가 있다.

이러한 점에서 각기 다른 직업과 성격을 보유한 다수의 시민을 정의구현이라는 목적을 위해 연대하게 하는 박재범의 드라마는 신자유주의가 양산한 괴물들을 공동체의 결속을 통해 대응해야 한다는 사실을 보여준다. 신자유주의 시대는 무엇보다 타자와의 분리를 촉발한다. 신자유주의적 생산 관계에 의해 촉진되고 착취당하는 에고는 점점 더 타자로부터 단절되며 자신에 대한 관계를 나르시시즘적으로 과도하게 조율함으로써 공동체의 연대를 불가능

---

14   헬렌 조페, 박종연·박해광 옮김, 『위험사회와 타자의 논리』, 한울, 2002, 21-53쪽.
15   김민하, 『냉소사회』, 현암사, 2016, 275-278쪽.

하게 만든다.[16] 그러나 박재범의 반영웅 3부작은 타인과 사회의 고통을 간과하지 않는 소시민의 역할을 중요하게 다루며 실패가 자명해 보이더라도 연대를 통해 부정한 권력에 함께 대적하는 것 자체가 의미 있다는 메시지를 전달한다.

3. 코미디를 통한 긴장 해소와 드라마의 놀이화

박재범의 반영웅 3부작은 사회 고위층을 범죄자로 설정하고 여기에 추리·수사 기법을 삽입하여 진실 폭로와 정의구현의 쾌감을 느끼게 한다는 점에서 장르드라마와 유사성을 지닌다. 그러나 범죄·추리·수사의 특성을 함유하고 있더라도 박재범의 반영웅 3부작은 장르드라마와 다른 양상을 보인다. 범죄 사건을 해결하는 수사 과정에서 감상자가 정보를 해석하고 텍스트의 다층적인 의미를 생산할 수 있도록 긴장감을 유지하고자 하지만[17] 그 긴장감이 과도하게 지속하지 않게 하는 극적 전략을 사용하기 때문이다. 또한 필요한 정보를 재구성하기 위해 남들이 놓친 단서 등을 발견해서 사건을 해결하는 방식은 유사하나[18] 정보의 재구성과 단서 발견 과정이 예상하기 어렵거나 치밀하지 않다는 차이를 보인다. 오히려 사건의 발생과 해결이 누구나 예상 가능할 만큼 단순하며 사건의 처리 역시 도식화된 서사 구조 내에서 신속하게 이루어진다. 이렇듯 박재범의 반영웅 3부작은 범죄·추리·수사의 특성을 일정 부분 답습하면서도 장르드라마 특유의 과도한 긴장감과 복잡한 구조를 지양한

16   한병철, 이재영 옮김, 『타자의 추방』, 문학과지성사, 2017, 82쪽.
17   이정옥, 「부패사회를 해부하는 도덕이성과 정의구현이라는 환상 ─ <비밀의 숲>을 중심으로」, 『대중서사연구』 4(3), 대중서사학회, 2018, 394쪽.
18   김민영, 「김은희의 추리극에 나타난 기억과 폭력의 양상 연구: TV 드라마 <싸인>, <유령>, <시그널>을 중심으로」, 중앙대학교 박사학위논문, 2019, 51쪽.

다. 대신 그 자리를 채우는 것이 바로 코미디다.

프래그머티즘 철학자 리처드 슈스터만은 대중예술과 엔터테인먼트 미학을 정립하며 이들이 제공하는 미적 경험의 특수한 가치를 재발견하고자 한다. 리처드 슈스터만은 대중예술의 옹호가 고급예술의 배타적 주장에 의해 억압받은 피지배적 부분들을 자유롭게 하는 데 일조할 수 있다고 보았다. 더불어 대중예술을 비난하는 일은 우리에게 즐거움을 주는 것들을 혐오하고 그것이 제공하는 즐거움을 부끄러워하게 만들며 공동체에 부정적인 영향을 미친다고 주장한다.[19] 이러한 차원에서 엔터테인먼트는 아도르노와 호르크하이머의 비판처럼 '수동적이고 어리석은 쾌'가 아니라 '체화된 인간의 삶을 새롭게 하는 데 기여하는 세속적인 쾌'를 제공하는 대상이 된다.

박재범 반영웅 3부작의 중요한 특성 중 하나는 위와 같은 엔터테인먼트의 효과를 적극적으로 활용한다는 것이다. 엔터테인먼트는 자발적 놀이의 연속선상에 있으며 즐거움을 찾는 행위로 엔터테인먼트를 통해 얻고자 하는 것은 신체로 경험되는 유쾌한 웃음(본능적인 즐거움)이다.[20] 엔터테인먼트는 긴장을 해소시켜 해방감과 기분전환을 제공할 뿐만 아니라 감각의 방해를 억제함으로써 지각의 감수성을 민감하게 만든다. 리처드 슈스터만은 엔터인먼트의 긴장 해소 기능은 기운을 회복시키는 해방감만이 아니라 새로운 통찰력을 얻을 수 있도록 하는 정교한 감수성을 체공한다고 말한다.[21] 박재범 반영웅 3부작은 드라마를 놀이화하여 엄숙함에서 의도적으로 탈주한다. <김과장>과 <열혈사제> 그리고 <빈센조>에는 심각한 사건도 코믹하게 재현하여 유

---

19   리처드 슈스터만, 김광진·김진엽 옮김, 『프래그머티즘 미학』, 북코리아, 2010, 316-333쪽.
20   전규찬·박근서, 『텔레비전 오락의 문화정치학』, 한울아카데미, 2004, 61-65쪽.
21   리처드 슈스터만, 허정선·김진엽 옮김, 『삶의 미학』, 이학사, 2012, 101-102쪽.

쾌한 전복을 추구하고 그를 통해 작품 감상을 놀이화하는 극작술이 사용된다.

박재범은 <김과장>, <열혈사제>, <빈센조>에 웃음을 유발하는 다양한 극적 장치를 삽입하여 장르로서의 코미디(Comedy)를 실현한다. 아리스토텔레스 이후 코미디는 비극과 대조를 이루면서 지배계급의 삶이 아니라 중간 혹은 하층계급의 삶을 표상하는 데 가장 적합한 장르로 존재해 왔다. 코미디(Comedy)는 행복한 결말이라는 내러티브 형식을 가진 장르를 지칭하는 동시에 미학적인 용어이며, 코믹(Comic)은 코미디의 가장 본질적인 기준을 구체화한 것으로 웃음을 유발하는 의도와 효과를 의미한다.[22] 웃음 유발 장치를 삽입하여 극의 분위기를 코믹하게 유지하면서도 주인공·조력자·감상자가 만족스러운 행복한 결말로 나아간다는 점에서 박재범의 반영웅 3부작은 코미디 장르에 포함할 수 있다. 특히 <김과장>, <열혈사제>, <빈센조>는 코미디를 활용하여 단순히 웃기고 재밌는 차원을 넘어서는 극적 유용함을 확보한다.

코미디는 비인과성 동기부여의 형식으로 코믹 효과를 위해 인과성 동기부여나 내러티브의 통합을 포기하는 것을 허용할 뿐만 아니라 부추기는 장르다. 이러한 이유로 코미디는 개연성 없는 행위와 형식을 위한 최고의 공간이다.[23] 말하자면 장르로서의 코미디는 의도적으로 리얼리즘에 요구되는 것들을 스스로 거스르는데 코미디 특유의 비논리적 전개는 감상자에게 일탈의 쾌감을 제공한다.[24] 코미디를 표방하는 <김과장>, <열혈사제>, <빈센조>에는 과장되거나 개연성이 부족한 인물 설정과 사건 전개가 빈번하게 등장한

---

22 스티브 닐·프랑크 크루트니크, 강현두 옮김, 『세상의 모든 코미디』, 커뮤니케이션북스, 2002, 27-34쪽.
23 스티브 닐·프랑크 크루트니크, 강현두 옮김, 『세상의 모든 코미디』, 커뮤니케이션북스, 2002, 55쪽.
24 수잔 헤이워드, 이영기 옮김, 『영화 사전 — 이론과 비평』, 한나래, 2001, 358쪽.

다. 그러나 코미디 장르 안에서 발생하기 때문에 그럴듯함의 위반은 재미를 위해 이해 가능한 것으로 치부되며, 황당한 장면도 유쾌를 위해 묵인할 수 있는 것이 된다. 반영웅 3부작은 '반영웅이 소시민과 연대하여 카르텔을 물리친다'는 판타지 상황과 이를 실현하는 과정에서 발생하는 비현실적 설정을 감안할 관용을 코미디를 통해 확보한다고 볼 수 있다.

코미디는 억압된 긴장감이 안전한 방식으로 해소될 수 있는 장을 제공한다는 점에서 사회·심리적으로 유용한 장르로 인식된다.[25] 사회 금기가 서슴 없이 노출되고 윤리 위반이 웃음으로 포장되기 때문에 코미디 세계는 인간의 내외부에 존재하는 수많은 책무로부터 일시적인 자유를 제공한다. 자유는 또한 심리적 안정감으로 이어진다. 코미디의 감상자는 불안·긴장·공포를 유발하는 장면이 금세 마무리되고 코믹한 상황으로 전환될 것이라는 일종의 믿음을 가지기 때문이다. 박재범의 반영웅 3부작이 폭력이 난무한 범죄와 복수를 근간으로 하지만 가볍게 향유될 수 있는 이유가 바로 여기에 있다. 악을 악으로 처단하는 반영웅 서사는 필연적으로 두 배의 폭력성을 함유하며 불안과 긴장 역시 배가될 수밖에 없다. 그러나 <김과장>, <열혈사제>, <빈센조>는 긴장과 코믹을 적절하게 배치하여 감상자의 정서적 부담을 낮춘다. 그뿐만 아니라 반영웅의 복수를 코믹하게 재현함으로써 반영웅의 위법 행위에 대한 감상자의 윤리적 판단을 흐리게 만든다.

3.1. 코미디의 실현(1): 언어적 유머와 상황적 유머

박재범의 반영웅 3부작에서 코미디를 실현하는 첫 번째 주요한 방식은

---

25   수잔 헤이워드, 이영기 옮김, 『영화 사전 ─ 이론과 비평』, 한나래, 2001, 356쪽.

바로 언어와 상황을 활용한 유머의 발현이다. 블라디미르가 분석한 대로 극예술에서 언어적 수단은 매우 풍성하고 다양한 방식으로 웃음을 불러일으키므로 작가들의 언어는 희극성을 구성하는 가장 본질적인 부분이 된다.[26] 극작가는 극적 인물이 다른 인물에게 말하는 언어를 창출함으로써 인간 행동의 모사를 표현하기 때문에 드라마에서 언어는 유머를 구현하는 본질적인 재료가 된다. 박재범 역시 극중인물의 대사를 통해 적극적으로 유머를 구현한다. 이때 반영웅 3부작에서는 소수의 코믹한 캐릭터가 아니라 작품에 등장하는 인물 전반에 걸쳐 언어적 유머가 사용되는 특성을 보인다. 또한 주인공이 감금당하는 심각한 상황이나 복수가 좌절되는 절망의 상황에서도 언어적 유머를 삽입하여 극의 분위기를 오락화하려는 목적의식을 내비치는 것 역시 <김과장>, <열혈사제>, <빈센조>에 드러나는 공통적인 특성이다.

S#1. 어느 폐건물 안 (N): 다른 곳도 무방
사내들에게 잡혀 안으로 들어오는 성룡. 얼굴엔 보자기가 씌워져 있다.
성룡: 야, 이것 좀 벗겨! 쉰내 나서 뒤질 것 같다고!!!
　　　어우 이거~ 장마철 군대 판초 우의 냄새. 아 짜증나~!!
(중략)
성룡: (막 웃고) 아이 진짜~~ 아~니야~! 나 노조위원장 아니라고오~!
　　　이런 해프닝을 봤나! 내가 설명을 드릴게. 내가 옛날부터 이 룩
　　　의 옷을 무지하게 좋아했거든.
보스: (웃고) 요새 노조위원장은 연기력 순으로 뽑나? 서로 민망하게
　　　이러지 마. 당신에게 고통을 선사하기 위해 데리고 온 거 아니야.
성룡: 아니라고오~! 진짜 아니라고오~!

26　블라디미르 프로프, 정막래 옮김, 『희극성과 웃음』, 나남, 2010, 186-191쪽.

보스: 에헤이~ 릴렉스, 릴렉스!

성룡: 내가 나노 단위로 찬찬히 설명을 할게. 리슨! 잘 들어 봐~ 난~(하
는데)

— <김과장> 5회 中

극적 인물은 자신만의 독특한 목소리를 가지고 있으며 인물의 차이점은 대부분 언어를 통해 나타난다.[27] 박재범의 반영웅 3부작에 등장하는 인물들 역시 독특한 목소리를 가지고 있는데, 이들은 언어유희에 능하며 상황을 과장하여 표현하거나 상대를 희화화하는 대사를 자주 사용한다. 김성룡은 노조 위원장으로 오인받아 폐건물로 끌려간 상황에서도 농담 섞인 말장난을 쉬지 않고 내뱉는다. 타고난 익살꾼으로 형상화되는 김성룡은 일상생활에서 사람들이 많이 느꼈을 법한 공감 가는 대사로 웃음을 터트리게 하거나 반대로 일상생활에서 전혀 사용하지 않았을 법한 낯선 대사로 웃음을 유발한다. 김성룡의 능수능란한 언어유희는 일차적으로는 웃음을 유발하지만 동시에 반영웅에 대한 신뢰를 강화하는 데 기여한다. 돌발 상황에서도 언어유희를 할 수 있다는 것은 그만큼 상황을 제어할 능력과 여유가 있다는 것을 의미하기 때문이다.

<열혈사제>와 <빈센조>에서도 상황을 과장하거나 상대를 희화화하여 웃음을 유발하는 대사가 자주 등장한다. 예를 들어 <열혈사제>에서는 '호연지기가 아주 남다르셔요. 아주 눈에 거슬릴 정도로 남다르시네. 어떻게 이참에 소속사 대표랑 가수랑 같이 법무부 이불 덮어 볼까요? 할머니가 어린 손주한테 사랑스럽게 생선뼈 발라주듯이 내가 아주 그냥 촘촘하게 발라드려 볼까?(3회, 박경선 대사)'는 식의 상황을 과장하여 표현하는 대사가 자주 등장한다.

---

27   케네스 피커링, 김상현 옮김, 『현대드라마를 어떻게 읽을 것인가』, 동인, 2005, 84쪽.

또한 <빈센조>에는 상대방을 날것 그대로 조롱하며 웃음을 유발하는 대사가 다수의 인물을 통해 사용된다. 특히 박재범은 검사, 재벌, 마피아 심지어 신부님이나 스님 같은 종교인까지 저차원적인 대사를 사용하게 하여 웃음을 유발하는데, 이들의 대사는 자주 어처구니없으며 우스꽝스럽고 터무니없는 양상을 띤다.[28]

감상자가 엔터테인먼트를 통해 얻고자 하는 것은 본능적인 즐거움과 신체로 경험되는 유쾌한 웃음으로 웃음은 규범적·인지적·정서적 불균형 상태가 유쾌함을 불러일으키는 순간 태동한다.[29] 일상화된 감정의 탈주로서 엔터테인먼트를 표방하는 박재범의 반영웅 3부작에는 본능적인 즐거움과 유쾌함을 느끼게 하는 상황적 유머가 상당히 적극적으로 활용된다. <김과장>, <열혈사제>, <빈센조>는 피의 복수라는 무거운 소재를 다루지만 예상치 못한 우스꽝스러운 상황을 자주 등장시켜 극의 분위기를 유쾌하게 만든다. 이러한 상황적 유머는 언어적 유머보다 일차원적인 경우가 많은데, 그중 상당수가 극중 인물이 황당한 정황에 놓임으로써 발생한다. 또한 박재범의 반영웅 3부작에서 상황적 유머는 주인공과 대적하는 안타고니스트를 조롱과 희롱의 대상이 되게 함으로써 복수의 쾌감을 유발하는 데 사용된다.

28 스티브 닐·프랑크 크루트니크, 강현두 옮김, 『세상의 모든 코미디』, 커뮤니케이션북스, 2002, 99-110쪽.
29 전규찬·박근서, 『텔레비전 오락의 문화정치학』, 한울아카데미, 2004, 65쪽.

박재범 '반영웅 3부작' 상황적 유머 사례

<김과장>	<열혈사제>	<빈센조>
김성룡 헬륨가스 흡입 (1회)	김해일에게 망신당하는 무당(1회)	빈센조 샤워기 고장 (1회)
김성룡 접촉사고 (2회)	서승아에게 맞는 장룡 (4회)	빈센조의 박석도 일당 제압 (1회)
홍가윤 복사기에 얼굴 눌림(3회)	구대영의 마취총 발사 (5회)	최영준의 위장취업 (3회)
김성룡 천사와 악마 갈등(5회)	신의 계시를 받는 김해일(14회)	홍차영의 프레젠테이션(5회)
김성룡 샤워 중 단수 (6회)	김해일의 기자회견 난동(17회)	법정에서의 금가즈 계략(6회)
김성룡 계단 미끄러짐 (7회)	구대영과 김해일 잠복근무(20회)	금괴 찾는 스님들 (9회)
엄금심 서율 타박하기 (9회)	배탈 난 박경선 (21회)	비둘기 인자기의 침입 (9회)
추남호 종이 프레젠테이션(12회)	설사하는 장룡 (34회)	최영준의 슬랩스틱 (10회)
김성룡 전기충격기 맞음(13회)	금고 벽을 뚫어버린 기용문(35회)	마피아 게임하는 금가즈(11회)
윤리부장 반성문 횡포(17회)	연기하는 한신부(36회)	박석도의 프레젠테이션(14회)
박현도 몰래 도망치다 걸림(20회)	분장한 구담어벤저스(39회)	무속인 연기하는 빈센조(15회)

<김과장>, <열혈사제>, <빈센조>에 등장하는 상황적 유머를 구체적으로 살펴보면 우선 슬랩스틱에 의한 방식이 있다. 예를 들어 <김과장>에는 극중 인물이 차에 치여 길바닥에 내팽개쳐지거나 복사기에 얼굴이 짓눌리고 전기 충격기에 맞아 기절하는 장면이 등장한다. <열혈사제>와 <빈센조>에는 극중 인물이 우스꽝스럽게 맞거나 기절하는 장면이 등장한다. 육체를 통해 구현되

는 슬랩스틱은 웃음을 구축하는 가장 단순한 방식으로 특히 원초적인 웃음을 유발한다는 특성이 있다. 감상자와 극중인물의 지식 격차에서 발생하는 극적 아이러니에 의한 상황적 유머도 사용된다. 예를 들어 <김과장>에는 서율이 새로 부임한 이사라는 사실을 모르는 엄금심에 의해 수모를 당하는 장면이 등장하며, <열혈사제>는 아역배우 출신인 한신부가 사람들을 속이고 명연기를 펼치는 장면이 등장한다. <빈센조>에는 최영준이 국정원 신분을 속여 위장 취업하고 빈센조가 무속인 연기로 신문사 사장을 조롱하는 장면이 등장한다.

박재범의 반영웅 3부작에서는 극중인물의 예상 밖의 한심하거나 모자란 행동을 통해 유발되는 상황적 유머도 사용된다. <김과장>에는 만년 부장 추남호가 종이에 내용을 적어 프레젠테이션을 하는 장면이, <열혈사제>에는 기용문이 금고가 있는 지하벽을 손수 뚫어 잠입하는 장면이 등장한다. <빈센조>에는 박석도 일당이 빈센조와 카르텔에 의해 망신을 당하거나 카르텔과 야합한 판사가 금가즈의 계략에 한심하게 속아 넘어가는 장면이 등장한다. 이러한 상황적 유머는 선인의 경우 행위의 어설픔으로 인해 유머가 발생하지만 그것이 인물을 부정적으로 만들기보다 오히려 인간미를 느끼게 하는 효과를 유발한다. 반대로 상황적 유머의 주체가 악인인 경우에는 감상자를 우월한 위치에 놓이게 하여 웃음의 대상을 조소할 수 있는 권리를 부여함으로써 통쾌함을 유발한다.

3.2. 코미디의 실현(2): 풍자와 패러디

박재범의 반영웅 3부작에서 코미디를 실현하는 두 번째 방식은 풍자와 패러디를 활용한 유머의 발현이다. 풍자는 어떤 주제를 우스꽝스럽게 만들거나 멸시·분노·냉소 등의 태도를 환기함으로써 대상을 격하하는 기법을 의미한다.[30] 풍자는 분야를 막론하고 자신의 이데올로기가 지배 이데올로기와 모순되어 그 정치적 영향에서 벗어날 수 없을 때 자신의 생각을 비유적으로 표현하는 방법이기도 하다. 따라서 풍자에는 정치와 경제 현상에 대한 사회적 풍자, 종교와 관습 혹은 학문에 대한 문화적 풍자 그리고 인간 자체에 대한 풍자 등 다양한 유형이 있다. 주로 지배계급이나 사회 모순을 향한 대중의 제스처로 기능하는 풍자는 대중의 희망과 두려움을 대변하는 동시에 이상적인 정치제도와 사회에 대한 기대를 담는다.[31] 말하자면 풍자는 부정한 대상을 향한 비판적 폭로이면서 더 나은 세계가 도래하기를 염원하는 대중의 욕망이 결합된 문화적 기법이라 할 수 있다.

박재범은 반영웅 3부작에서 기득권과 지배 이데올로기를 조롱함으로써 쾌감을 공유하게 만드는 풍자를 사용한다. 풍자는 최대다수의 최대웃음을 실현하기 위해 대중이 풍자의 대상을 즉각적으로 인지하고 순식간에 재미를 체험할 수 있도록 단선적인 방식을 지향한다. 박재범의 반영웅 3부작 역시 이러한 풍자의 특성을 십분 활용한다. <김과장>, <열혈사제>, <빈센조>에서 풍자는 감상자가 비판과 조롱을 가하는 대상이 누구인지를 즉각적으로 인지할 수 있게 하여 앎의 즐거움을 제공하고 동시에 그 대상을 유쾌한 방법으로 격하하여 웃음을 체험하게 만든다.

<김과장>, <열혈사제>, <빈센조>에서 풍자는 주로 극중인물의 대사와 풍자 대상을 모방하는 장면을 통해 구현된다. 풍자에서는 담론을 구성하는 말 자체가 중요한 역할을 하는데 풍자의 주체는 자신의 입장을 내세우고 주장하

---

30 권영민,『풍자 우화 그리고 계몽담론』, 서울대학교출판부, 2008, 26쪽.
31 전경옥,『풍자, 자유의 언어 웃음의 정치 – 풍자 이미지로 본 근대 유럽의 역사』, 책세상, 2015, 30쪽.

는 말하기에 주력함으로써 특정 이념의 대변자로 호명된다. 풍자의 말은 목표의식이 매우 분명한데 현실적인 주제나 이념에 대한 비판을 유도하거나 당대 현실에서 중요하지만 훼손된 가치를 핵심 쟁점으로 다룬다.[32] 박재범의 반영웅 3부작에서 극중인물의 발언을 통해 구현되는 풍자 역시 한국 사회와 카르텔을 향한 조롱을 목표로 하며 비속어가 첨가된 저속한 발언을 넘어 공감과 웃음을 불러일으킨다. 또한 '제 개인 통장엔 29만 원이 전부란 말입니다!'처럼 풍자 대상을 환기시켜 웃음을 유발하는 대사도 자주 사용된다.

풍자 대상을 희화화하여 모방하는 장면을 통해 코미디를 실현하는 방식은 박재범의 반영웅 3부작에서 공통적 사용된다. 예를 들어 〈열혈사제〉에서는 친일파인 경찰서장을 찾아가 토착왜구라며 조롱하는 김해일 신부를 통해 한국의 기득권이 부정하게 권력을 승계했다는 사실을 풍자하는 장면이 등장한다. 특히 김해일은 '대한민국에 민폐 끼치지 말고 당신네 섬나라로 돌아가. 그리고 이름도 바꿔요. 남베, 나까무라 이딴 걸로'라며 풍자 대상을 상기시키는 발언으로 웃음을 유발한다. 〈빈센조〉에는 보다 본격적인 풍자 장면이 등장한다. 그중에서도 홍차영과 빈센조 그리고 금가즈가 함께 본격 풍자 콘텐츠 '까발리어TV'를 제작하는 장면에서 풍자 효과가 극대화된다. 출연진이 우스꽝스러운 가면을 쓰고 대기업과 로펌이 야합하여 부정을 저지르는 상황을 거칠게 조롱하는 장면이 한국 사회의 실제 사건을 상기하게 하여 통쾌한 웃음을 유발하기 때문이다.

관련 장르의 관행을 소재로 하여 익살과 우스운 대사 등을 도입함으로써 웃음을 유발하는 패러디 또한 박재범의 반영웅 3부작에서 코미디를 실현하는 주요한 기법이다.[33] 패러디는 잘 알려진 텍스트에 대한 풍자적 인용 혹은

---

32 권영민, 『풍자 우화 그리고 계몽담론』, 서울대학교출판부, 2008, 28쪽.

조롱이라는 좁은 개념으로 사용되었으나 현재는 텍스트와 텍스트 간의 비평적 거리를 가진 확장된 반복 등으로 정의된다. 패러디는 원텍스트를 필요로 하며 원텍스트와 패러디텍스트 간의 차이와 대화성을 전제로 한다. 이러한 패러디는 독자의 역량에 따라 다르게 체감되기 때문에 미학적 효과 역시 상이하게 인식되며 독자가 원전을 인식할 수 있는 직간접적 전경화 장치를 필요로 한다는 특성이 있다.[34] 삶의 현상이 갖는 외적 특성들의 모방인 패러디는 패러디되는 대상의 내적 불충분성에 대한 폭로 수단으로 활용되기도 한다. 즉 패러디는 원본의 단순한 반복을 넘어서 패러디되는 것의 내적 약점을 폭로함으로써 웃음을 유발한다.[35]

박재범의 반영웅 3부작에 등장하는 대부분의 패러디는 코믹한 방식으로 사용되며 원텍스트를 알고 있는 다수의 감상자가 패러디되는 장면을 즐겁게 향유할 수 있도록 사용된다. <김과장>, <열혈사제>, <빈센조>에서 패러디되는 원텍스트는 드라마, 영화, 회화, 노래가사, 뉴스 장면 등으로 대중적으로 친근한 작품과 상황들이다. 물론 반영웅 3부작에 등장하는 패러디는 예능과 같은 다른 장르에서 이미 사용된 적이 있기 때문에 그 자체를 새로운 시도라 할 수 없다. 그러나 드라마에서 배우들에 의해 패러디되는 상황이 낯선 즐거움을 유발하며 동시에 카르텔의 고발과 처단이라는 극의 주제의식을 강화하는 데에도 기여한다. 이는 <빈센조>에서 소시민 연대 '금가즈'의 활약을 회화 <민중을 이끄는 자유의 여신>을 패러디하여 재현함으로써 재미 효과와 의미 전달 효과를 동시에 확보한 데서 찾아볼 수 있다.

33 스티브 닐·프랑크 크루트니크, 강현두 옮김, 『세상의 모든 코미디』, 커뮤니케이션북스, 2002, 37쪽.
34 정끝별, 『패러디』, 모악, 2017, 12-13쪽.
35 블라디미르 프로프, 정막래 옮김, 『희극성과 웃음』, 2010, 나남, 118-121쪽.

<김과장>	<열혈사제>
드라마 <사랑했나봐>(10회)	노래가사 <나야 나>(5회)
영화 <터미네이터>(13회)	회화 <천지창조>(8회)
영화 <달콤한 인생>(13회)	영화 <신세계>(15회)
영화 <매트릭스>(15회)	영화 <극한직업>(15회)
드라마 <사랑과 전쟁>(17회)	드라마 <미스터 선샤인>(21회)
<빈센조>	뉴스 장면 '버닝썬'(24회)
회화 <민중을 이끄는 자유의 여신>(7회)	드라마 <모래시계>(26회)
드라마 <이태원 클라쓰>(11회)	영화 <범죄와의 전쟁>(27회)
드라마 <사랑의 불시착>(11회)	영화 <베테랑>(28회)
드라마 <개와 늑대의 시간>(12회)	영화 <놈놈놈>(34회)
드라마 <동백꽃 필 무렵>(13회)	영화 <킹스맨>(34회)

김은숙의 로맨스 드라마

— 엔터테인먼트로 실현되는 대중성

1. 대중지향의 드라마 작가 김은숙

2003년 <태양의 남쪽>(SBS)으로 데뷔한 이래 김은숙은 '한국에서 가장 인기 있는 드라마 작가'로 대중과 언론의 평가를 받아 왔다. 김은숙은 제53회 백상예술대상에서 드라마 작가 최초로 대상을 받았으며, 방송영상그랑프리에서 최우수 작가상으로 국무총리 표창을 받았다. 대중의 호응이 작품 성공의 척도로 작용하는 드라마 세계에서 집필하는 작품마다 시청률과 화제성 부문에서 높은 수치를 보여주고 있는 김은숙은 '성공한 드라마 작가'로 평가할 수 있다.

그러나 집필하는 작품마다 신드롬 혹은 열풍이라는 수식어를 출연시키며 스타 작가로서 입지를 구축해 왔지만 동시에 김은숙의 작품은 일련의 비판을 받았다. 김은숙 드라마가 비판받은 이유는 몇 가지로 축약된다. 첫째는 지나치게 대중·오락적이며 따라서 예술성이나 주제의식이 빈약하다는 것이다. 드라마가 미학성이나 인생에 관한 유의미한 주제의식을 제시해야 한다는 입장에서는 김은숙의 작품이 결여의 대상이 될 수밖에 없다. 둘째는 반복적으로 보여주고 있는 계급성을 기반으로 한 로맨스가 여성들의 판타지를 비겁하게 충족해주고 있다는 점이다. 셋째는 작위적인 설정으로 인해 리얼리티와 개연성이 부족하고 과도한 PPL이 극적 몰입을 방해한다는 비판이다.

이와 같은 비판 속에서도 김은숙 드라마가 대중의 지지를 받은 이유는 철저한 대중지향 전략에 있다. 자신을 상업작가로 지칭하는 김은숙은 드라마는 예술이 아니라고 말한다. 그는 '드라마는 예술이 아니라 한 시간짜리 엔터테인먼트다. 그래서 늘 남의 돈으로 예술 하면 안 된다고 생각하면서 드라마를 쓴다.'라는 작가의식을 가지고 있다.[1] 그렇기 때문에 김은숙의 관심사는 어떻게 하면 대중이 즐거워할 것인가에 집중된다. 따라서 '시청자가 못 받아들였으면 나쁜 대본으로 드라마는 시청자들이 재미있어야 한다. 저 혼자 재미있으면 일기를 써야 하며 시청자를 설득하지 못하고 욕을 들으면 잘못'이 된다.[2]

김은숙은 대중이 허용할 만한 수준을 엄수하고 난해하거나 심오한 스토리와 주제를 배제하되, 동시대 대중이 욕망할 만한 것을 그리는 철저한 대중지향의 작가이다. 그렇다면 지속해서 대중의 호응을 받은 작품을 집필하였으며 작가 스스로도 인정할 만큼 대중성에 천착하였다는 점에서 김은숙의 작품들은 한국 드라마의 대중성에 관한 일종의 지표가 될 수 있다. 작가의 작가의식과 작품 창작의 목적의식이 대중의 호응과 접합되는 지점에 김은숙의 작품이 존재하기 때문이다. 이번 장에서는 김은숙의 드라마가 왜 그리고 어떻게 대중성을 구현했는지 그를 인기 작가로 부상하게 만든 텔레비전드라마를 중심으로 살펴보고자 한다.

---

1   「신데렐라 이야기의 종결자 <시크릿 가든> 김은숙 작가」, 『방송작가』 2월호, 2011, 5쪽.
2   「김은숙, "파리의 연인 결말은 아직도 반성 중이죠"」, 『일간스포츠』, 2017. 6. 2.

2. 감정의 종합판으로서 남성인물과 탈계급화 로맨스

김은숙은 정치물인 <시티홀> 집필 이후 '자신이 가장 잘할 수 있는 이야기를 하겠다'며 로맨스 장르에 집중한다. 로맨스는 예술 전반은 물론이고 대중서사의 가장 핵심적인 소재로서 어떤 이야기에도 삽입될 수 있는 유동성을 지닌다. 로맨스는 누구나가 갖고 있는 공통된 취향으로 보편성을 띠면서도 운명, 영원, 합일과 같은 가치를 체험하게 하는 특별한 순간이기 때문이다.[3] 그런데 대중서사는 로맨스를 현실에서보다 훨씬 더 낭만적이고 자극적으로 형상화하며 그에 대한 판타지를 강화해 왔다. 대중서사는 로맨스가 계급이나 권력 심지어 가족이나 죽음까지도 극복할 수 있는 위대하며 신성한 대상이라는 것을 반복적으로 보여준다. 또한 로맨스를 과도하게 낭만화된 형상으로 재현하며 판타지적 정황을 구축해왔다.

김은숙은 보편성과 유동성에 기반하여 대중서사가 구축해 온 로맨스의 신성성과 환상성 구현에 동참하는 것으로 대중 전략을 구사한다. 김은숙의 대중 전략은 대중이 좋아하는 로맨스 장르를 선택하여, 로맨스가 보여줄 수 있는 다양한 정황과 감정을 효과적으로 재현하는 것을 목표로 한다. 대중이 로맨스 장르에서 원하는 것이 무엇인지 다시 말해 어떠한 양상의 로맨스를 감상하고 싶어 하며 어떠한 감정을 체험하고 싶어 하는지를 충족해 주는 것이 김은숙 대중 전략의 첫 번째 핵심이라 할 수 있다. 이러한 김은숙의 대중 전략은 새로움을 추구하기보다 도식화된 설정을 근간으로 하되 그것을 조금씩 변주하는 것을 통해 이루어진다. 기억상실이나 출생의 비밀 그리고 첫사랑이나 재벌가의 반대와 같이 이미 한국 드라마의 클리셰로 자리 잡은 것들을 활용하되, 그것에 약간의 변화를 주는 것이다.

---

3   알랭 바디우, 조재룡 옮김, 『사랑 예찬』, 길, 2010, 17쪽.

김은숙의 로맨스에서 가장 중심이 되는 것은 단연 남성인물이다. 김은숙의 남성인물들은 '한기주', '김주원', '유시진', '김신' 등으로 브랜드화 되는 특성을 보인다. 이들은 김은숙 작품을 감상하게 만드는 강력한 동인으로서 최상의 조건과 이상적인 매력을 지닌 '비현실적으로 주조된' 인물들이다. <Fifty Shades of Grey>를 통해 여성 욕망과 베스트셀러의 상관관계를 분석한 에바 일루즈는 남성인물인 그레이가 여성의 숨겨진 욕망을 구현하는 존재로서 여성이 남성에게 갖는 '감정의 종합판'이라 분석한다. 그레이는 최상류층이며 악기를 다룰 줄 아는 다재다능한 인물이자 매력적인 외모의 소유자다. 그런데 그레이는 친절해 보이다가도 위협적이고 지켜주는 듯하면서도 상처를 주며 외연적 행동은 강하지만 그 속은 여린 복합적인 감정을 지니고 있다. 이러한 그레이의 내·외적 조건과 양면적인 감정구조 등이 여성들을 자극했고 그러한 이유로 <Fifty Shades of Grey>가 최고의 베스트셀러가 되었다는 것이다.[4]

주목할 점은 그레이에게 부여된 일련의 조건이 김은숙의 남성인물과 상당히 유사하다는 사실이다. 이는 김은숙의 남성인물이 할리퀸 로맨스나 칙릿(Chick Lit) 그리고 순정만화와 동화 등에 등장하는 남성인물의 조건을 그대로 답습하고 있기 때문이다. 또한 김은숙은 '냉담하고 무정하며 잔혹한 남성적인 주인공이 여성화되어가는' 로맨스의 보편 법칙 역시 준수한다.[5] 김은숙의 남성인물들은 왕자(재벌), 영웅(특전사), 신(도깨비) 등으로 비범하거나 초월적인 조건을 갖추고 있다. 한기주와 김주원은 국내 최고 기업의 후계자로 왕족 같은 삶을 영위하고 있으며, 여성인물이 난처한 상황에 처할 때마다 자본을

---

4   에바 일루즈, 김희상 옮김, 『사랑은 왜 불안한가 — 하드코어 로맨스와 에로티즘의 사회학』, 돌베개, 2014, 59쪽.
5   존 피스크, 박만준 옮김, 『대중과 대중문화』, 커뮤니케이션북스, 2016, 171쪽.

통해 문제를 수월하게 해결해준다. 취업이나 직장에서의 갈등 혹은 전세금처럼 생활인의 문제를 즉각적으로 해결해 주는 한기주와 김주원은 자본주의의 신으로 군림하고 있는 재벌이라는 점이 가장 큰 매력 요소이다.

<파리의 연인>과 <시크릿 가든>에서는 평범한 여성인물이 남성인물의 도움으로 상류사회의 문화를 체험하는 장면이 그려진다. 재벌 남성들과 함께 있으면 누구에게나 존중받을 수 있으며 을에서 갑으로 지위 전환이 이루어진다. 김은숙은 재벌 남성의 세계로 진입하는 평범한 여성의 이야기를 반복적으로 보여주고 감상자가 결핍과 위험이 난무하는 현실세계의 문제들을 일시적으로 망각하게 해준다. 그러한 데다가 재벌의 삶은 그 자체가 관음의 쾌감을 제공한다. 역사적으로 왕족이나 귀족 이야기는 대중의 호기심을 자극했으며 은밀히 감추어진 상류사회를 서사적으로 관찰하는 것만으로도 상당한 흥미를 유발한다. 만나본 적 없는 최상위 계층 사람들의 삶이 무대화되는 것만으로도 대중의 호기심을 자극하게 되는 것이다.

김은숙 남성인물의 비범성은 재벌이라는 경제적 조건에서 영웅과 신으로 다변화되는 양상을 보인다. <태양의 후예>에서 유시진은 경제적으로는 평범하지만 국가와 세계의 안보를 수호하는 히어로로 그려진다. 유시진은 단지 여성인물만 보호하는 것이 아니라 국민과 국가 그리고 타국을 동시에 수호한다는 점에서 '보호와 안전'의 쾌감을 확장한 캐릭터라 할 수 있다. 무엇보다 유시진은 육사를 수석으로 졸업한 특수부대의 최정예 요원이라는 점에서 최고의 스펙을 보유하고 있는 알파남(Alpha Male)이다. <도깨비>의 김신은 인간의 육체적 한계를 초월하는 신의 능력을 겸비했다는 점에서 능력이 가장 극대화된 남성인물이다. 김신은 '아홉 살에 조실부모하고 사고무탁하여 혈혈단신'인 지은탁의 수호자가 되어준다. 과거와 미래를 볼 수 있으며 공간이동·텔레파시 능력과 죽은 인간을 살릴 수 있는 초월적 능력을 겸비한 김신은

기존 한국 드라마의 남성인물 중 가장 월등한 조건을 가진 존재라 할 수 있다.

<태양의 후예>의 유시진과 <도깨비>의 김신은 위험에 처한 여성인물의 육체와 생명을 구해주는 강인한 남성이라는 점에서 매력을 발산한다. 김은숙은 재벌가 사람이나 직장 상사로부터 모멸감을 당하는 여성인물을 재력으로 구원해 주는 장면을 자주 등장시키며 보호의 쾌감을 적절히 이용해 왔다. 이러한 보호의 쾌감은 <태양의 후예>와 <도깨비>에서 더욱 강화된다. 특전사인 유시진은 자동차를 탄 채 절벽에 매달려 있는 강모연을 구하기 위해 절벽 아래로 차를 떨어트려 모연의 생명을 지켜낸다. 또한 군인으로서의 명령과 의무를 위반하면서까지 인질로 잡혀간 모연을 안전하게 구출해 낸다. 김신 역시 화려한 싸움기술로 납치당한 지은탁을 구해주고 위험으로부터 지켜낸다. 이들은 악당을 처단하는 히어로물의 주인공처럼 여성인물을 구해주어 보호와 안전의 쾌감을 제공하면서도 시적 정의가 구현되는 것을 목격하는 쾌감 역시 충족시켜 준다.

그런데 김은숙 드라마의 남성인물들은 신분이나 계급 혹은 능력과 같은 외적인 조건뿐만 아니라 감정이나 성격과 같은 정신적 조건까지 매력으로 점철되어 있다. 무엇보다 김은숙의 남성인물들은 '대립적 요소의 충돌'이라는 즐거움을 제공한다. 김은숙은 남성인물에 일관된 성격과 심리를 부여하기보다 극단의 성격과 심리를 대립적으로 부여하여 다채로운 매력을 발산하게 만든다. 예를 들어 <파리의 연인> 한기주는 도우미를 수시로 갈아치울 정도로 날카롭고 예민한 재벌 후계자이지만 낭만적인 이벤트로 감동을 주는 로맨틱한 연인이다. 사디스트적인 면모를 가지고 있는 <시크릿 가든>의 안하무인 재벌 후계자 김주원은 사고 트라우마로 인해 유약한 육체와 정서를 지니고 있다.

정의와 애국을 수호하는 히어로로 등장하는 <태양의 후예>의 유시진은 특전사의 임무가 사라진 자리에서는 가볍고 유치한 성격을 보여준다. <도깨비>의 김신 역시 어린 감성을 지니고 있으며 신경쇠약과 조울증 등 정신적 결핍으로 인한 치료를 받고 있다. 김은숙은 완벽해 보이는 남성인물에게 일종의 정서적 틈을 설정하여 친근함을 높이거나, 남성적 매력을 발산하면서 동시에 모성애를 자극할 만한 유약한 요소를 부여하는 대립적 방식을 사용한다. 이를 통해 김은숙의 남성인물들은 '대립하는 것들을 하나로 묶어 극복하게 해주는 환상'[6]을 제공한다. 남성인물이 단조롭거나 일관된 감정이나 성격을 보여주기보다 다채로운 매력을 발산하게 만드는 것 역시 김은숙의 대중 전략이라 할 수 있다.

남성인물들의 지적이고 예술적인 면모를 강조하는 것 역시 김은숙의 공통된 전략이다. 김은숙의 남성인물들은 사회적으로 인정받는 최상의 능력을 확보하고 있을 뿐만 아니라 문학과 같은 예술을 향유할 줄 아는 지적인 인물들이다. 김은숙은 특히 남성인물의 책 읽는 모습을 자주 노출시키며 지적인 매력을 발산하게 만든다. <시크릿 가든>의 김주원은 집 안에 커다란 서재를 만들어놓고 수시로 책을 읽으며 지식을 향유한다. 김주원은 '빈곤층'인 여성과 사랑에 빠진 이후 <왜 세계의 절반은 굶주리는가>를 읽거나 <아무렇지도 않게 맑은 날>과 같은 시집을 읽으며 감정을 정화한다. <도깨비>의 김신은 조선시대 선비의 편지를 담은 책이나 첫사랑의 아픔을 노래한 서정적인 시를 읽으며 문학적 감수성을 향유한다. 이와 같이 남성인물에게 지적이고 예술적인 면모를 부여하는 것 역시 대중이 남성에게 기대하는 매력적 조건을 파악

---

6   에바 일루즈, 김희상 옮김, 『사랑은 왜 불안한가 — 하드코어 로맨스와 에로티즘의 사회학』, 돌베개, 2014, 41쪽.

하고 그것을 남성인물의 형상화에 적용하려는 김은숙 대중 전략의 일환이라고 볼 수 있다. 결과적으로 김은숙은 아름답거나 고귀한 존재와 사랑의 동맹을 맺음으로써 자신의 약점에서 벗어나고자 하는 대중의 충동을 서사적으로 충족해 준다.[7]

3. 유머와 전환적 구성 그리고 스펙터클을 통한 오락성

드라마는 여가 공간에서 향유되는 사적인 장르다. 드라마를 감상하는 주된 이유는 즐거움(Pleasure)이며, 이는 실존의 문제로부터 탈주하는 순간 찾아오는 해방된 감정이다. 김은숙은 감상자 중 상당수가 외부세계에서 받았던 스트레스를 희석하고 즐거움을 얻기 위해 드라마를 선택한다는 사실을 존중한다. 따라서 김은숙의 작품은 인생에 대한 유의미한 성찰이나 진보적 의미를 제공하려는 목적의식에서 자유롭다. 깨달음이나 변혁에의 강요가 부재한 곳에서 감상자에게 제시되는 것은 웃음과 스펙터클 같은 오락적인 향연들이다. 감상자 역시 한번 즐기고 휘발되어 버려도 상관없는 일종의 놀이처럼 김은숙의 작품을 소비한다. 이때 하나의 작품이 오락으로 소비되기 위해서는 현실 문제를 과도하게 환기하거나 인물이 지나치게 고통스러운 정황에 놓일 필요가 없다. 즉 김은숙은 감상자가 괴롭지 않을 만큼만 비애의 시간을 허용한다. 주인물을 갈등과 고통 상황으로 내모는 안타고니스트 역시 거부와 증오의 대상이 아니라 놀이에서의 '술래'처럼 다루어진다.

이러한 이유로 김은숙은 감상자가 오락으로 소비할 수 있을 만큼의 축약된 고통과 비애를 제시하고 그 여백을 웃음과 스펙터클로 채우는 대중 전략

---

7   알랭 드 보통, 정영목 옮김, 『왜 나는 너를 사랑하는가』, 청미래, 2012, 67쪽.

을 사용한다. 먼저 김은숙의 작품에서는 웃음이 중요하게 다루어진다. '웃음만큼 사람을 무장해제시키는 것은 없다'는 앙리 베르그송의 말처럼 즐거움의 제일 조건인 웃음은 긴장을 완화해주어 경직된 일상의 피로를 일순간 해체하는 역할을 한다. 김은숙 식의 유머는 감상자가 극중 인물보다 우월함을 느끼는 데서 발현되거나 특정 대상을 조롱하는 데서 발현되는 풍자적 유머와는 다르다. 김은숙 드라마다 제공하는 웃음은 주로 판타지적 상황에서 발생하며 과장된 면모를 보이는 경우가 많다. 이러한 이유로 김은숙의 작품은 마치 관람석 위에서 구경거리처럼 바라보는 데에서 발생하는 분리된 웃음을 제공하는 경우가 많다.[8]

김은숙 작품 속 상황적 유머는 주로 선의의 웃음을 유발한다. 조롱당하고 있는 결함이 비도덕성의 성격을 띠지 않으며 혐오감을 불러일으키지 않을 때만 웃음이 가능하다고 본 프로프는 웃음의 다양한 유형 중에서 '기꺼이 용서받을 수 있는 결점에 의한 웃음'을 선의의 웃음으로 규정한다. 선의의 웃음은 대상을 향한 호감을 강화할 수 있다. 사소한 결점들이 긍정적인 내적 본질을 짐작할 수 있게 하여 웃음 제공자의 긍정적이고 매력적인 측면을 돋보이게 만들기 때문이다.[9] 김은숙의 작품에서 구현되는 상황적 유머 역시 극중 인물의 매력을 강화하는 역할을 한다. 어리숙하거나 당황해하는 모습이 웃음을 유발하지만 그러한 행동은 오히려 인물의 이면을 보여주는 작은 허점이 되어 극중 인물에 대한 경계를 허물고 친숙함을 강화하기 때문이다.

김은숙은 또한 언어적 유머를 통해 웃음을 유발하는 극작술을 즐겨 사용한다. 언어는 희극성을 위한 풍부한 무기고로서 언어적 수단으로 발생되는

---

8   앙리 베르그송, 이희영 옮김, 『웃음/창조적 진화/도덕과 종교의 두 원천』, 동서문화사, 2008, 80-81쪽.
9   블라디미르 프로프, 정막래 옮김, 『희극성과 웃음』, 나남, 2010, 220-221쪽.

희극성은 매우 다양하다.[10] 김은숙은 이러한 언어적 유희를 통해 희극성을 확보하고 감상자에게 수시로 웃음을 제공하는데, 김은숙이 사용하는 언어적 유머는 주로 '말장난'이나 '농담'과 같은 방식을 통해 구현된다. 김은숙의 인물들은 전반적으로 언어유희에 능하며 상대방의 말꼬리를 잡아 비아냥거리는 방식으로 자신의 감정을 희화적으로 표출한다. 그들은 언어유희에서 발생하는 농담에 의한 순수한 웃음과 상대의 폐부를 찌르는 데서 발생하는 의도적 웃음을 수시로 보여준다. 또한 김은숙은 인물들이 유행어나 비속어를 즐겨 사용하도록 하는데 직설적이고 과장된 언어유희는 일련의 웃음을 유발한다.

> 주원, 헉! 비위 상한 모습으로 보면,
> 라임과 아영 돼지 껍데기 맛있게 먹고 있는,
> 아영: 왜 안 드세요? 맛있는데?
> 주원: (이해할 수 없는⋯) 아니⋯돼지가 왜 돼지야, 살이 많으니 돼지지.
>   근데, 그 살 다 놔두고 도대체 왜 껍데길 먹어?
> 아영: 안 드셔 보였어요? 완전 맛있는데? 그럼 이쪽 막창 드세요.
> 주원: 막창⋯이면⋯장기? 이런 변태들
>
> — <시크릿 가든> 3회 中

김은숙은 또한 텍스트 외부의 실제 세계를 호명하거나 배우와 관련된 다른 영역의 정보를 끌어오는 방식으로도 언어적 유머를 구현한다. 예를 들어 <도깨비>에서는 멋진 이름을 짓고 싶다는 저승이의 말에 '여자들이 좋아하는 이름이라 하면 대표적으로 이 세 명이 있죠. 현빈, 원빈, 김우빈'이라며

10　블라디미르 프로프, 정막래 옮김, 『희극성과 웃음』, 나남, 2010, 169-186쪽.

현실 배우의 이름을 언급하는 지은탁의 대사가 등장한다. 또한 써니가 점쟁이에게 '약간 공룡상에 목소리가 듣고 있으면 세상에서 제일 작은 카페에와 있는 기분'이 드는 남자가 누구인지 맞혀보라고 하자 점쟁이가 '공…유?'라고 대답해 버린다. <시크릿 가든>에서도 '이 사람이 김태희고 전도연입니다. 제가 길라임 씨 열렬한 팬이거든요'와 같은 대사가 등장하며, <태양의후예>에서는 <하얀거탑>의 주인공인 장준혁을 언급하는 장면이 등장한다. 김은숙은 극이라는 가상의 공간과 현실 세계의 간극을 넘나드는 것에서 발생하는 유머적 대사를 통해 희극성을 확보하고 감상자에게는 경계 위반의 웃음을 제공한다.

그런데 드라마를 하나의 엔터테인먼트로 간주하고 유희의 대상으로 자처한다 할지라도 드라마는 인생을 모방하므로 비애와 고통이 필연적으로 삽입될 수밖에 없다. 무엇보다 극이란 갈등의 예술이므로 드라마에도 인물의 욕망이나 목표가 좌절됨에서 발생하는 고통의 시간이 수시로 등장하게 된다. 로맨스 장르에서는 로맨스를 방해하는 장애물의 크기가 클수록 사랑의 낭만성과 위대함이 강화되므로 사랑의 중단으로 인해 고통스러워하는 순간이 반복하여 등장하게 된다. 로맨스 장르에 천착하는 김은숙 역시 사랑의 단절을 유발하는 거대한 장애물을 삽입하여 비애와 고통의 시간을 삽입한다.

김은숙은 로맨스의 위대함을 보여주기 위해 계급 차이에서 발현되는 장애물뿐만 아니라 죽음이나 운명(전생) 같은 초월적인 장애물을 삽입하여 극단의 갈등상황을 재현하는 기법을 자주 사용한다. 그러나 전술한 바와 같이 김은숙은 감상자에게 오락적 즐거움을 제공하려는 목적의식이 강한 작가로서 대중이 유희적으로 향유할 만한 작품을 지향한다. 이러한 이유로 김은숙은 갈등으로 인한 비애와 고통의 시간을 특별하게 다루는 전략을 사용한다. 바로 거대한 장애물을 삽입하고 비애와 고통의 정황을 출현시키되, 그러한 정황 직후에 유머러스한 상황을 빠르게 삽입하여 분위기를 순식간에 '전환'해 버리는 것이다.

S#30. 절벽 아래 호수가 (낮)

모연을 물가로 안고 나와 눕히고는 주저 없이 인공호흡을 실시하는 시진!

울컥, 한 움큼의 물 토해내며 모연의 숨이 돌아온다. 모연, 켁켁 죽을 듯이 기침하는데,

시진: 괜찮아요? 안 다쳤어요?

모연: (대답도 못 하고 계속 콜록 콜록 기침만)

시진: 계속 기침해요. 어디 아픈 덴 없어요?

모연: 아픈 데가 왜 없어! (퍽퍽 시진 가슴 팍 치며) 야, 이 또라이야!
　　　아무리 그래도 그렇지 어떻게 거기서 차를, 미쳤어, 돌았어.
　　　(제 손으로 자기 맥박 짚으며) 불안정해… 어떡해…
　　　(아이처럼 퍽 엎어져) 엉엉…

시진: (그런 모연의 모습에 안심된 듯 픽, 웃고) 난 괜찮고, 때릴 힘
　　　있는 거 봐선 강 선생도 괜찮은 거 같고 (모연 팔 잡아 부축하며)
　　　갑시다.

모연: (팔 빼며) 잠깐만요. 못 일어나겠다구요. 난 군인이 아니라고.
　　　내가 얼마나 무서웠는지 알아요? 난 정말 죽는 줄 알았다구요.
　　　흑흑…

시진: (어깨 토닥이며) 어디 불안해서 혼자 내보내겠나. 혼자 보냈다고
　　　벼랑 끝에 매달려 있고 말이야. 혼자 기차 타라 그럼 어디 가
　　　있으려고요.

모연: 웃기지 마요. 웃을 힘도 없다구요 흑…

— <태양의 후예> 5회 中

<태양의 후예>는 국가와 정의를 수호하기 위해 고군분투하는 군인과 의사의 로맨스가 중심서사를 이룬다. 극에서는 이들의 로맨스와 안위를 위협하는 수많은 사건이 발생한다. 김은숙은 이러한 정황을 긴장감 있게 그리되 갈등 상황 직후에는 반드시 유머러스한 장면을 연이어 제시한다. 목숨을 잃을 뻔한 극한의 사건을 겪은 직후에 인물들은 놀라울 정도로 희극적인 제스처를 취하며 종전의 사건을 별일 아닌 것처럼 만들어 버린다. 이러한 장면전환 전략은 감상자가 고통의 순간을 목도하되 그것을 순식간에 유머로 희석해 버려 고통을 목도한 데서 발생한 긴장을 일순간 해소하게 만든다. 비극적 상황 뒤에 희극적 상황을 덧붙여 분위기와 감정의 빠른 전환을 유발하는 전략은 김은숙 작품 전반에 걸쳐 수시로 사용된다. <파리의 연인>, <시크릿 가든>, <도깨비>처럼 운명의 상황으로 비극적 정황이 발생하는 경우에도 장면전환 전략이 자주 등장한다.

오락성을 확보하려는 김은숙의 대중 전략은 또한 스펙터클의 도입을 통해서도 구현된다. 김은숙은 현실에서는 도저히 불가능해 보이는 판타지 로맨스를 극화하고 그러한 로맨스를 낭만과 운명으로 점철해 버린다. 운명적이고 낭만적인 로맨스의 의무를 부여받은 인물들은 이국적인 공간에서 사랑의 출발을 체험하게 되는데, 바로 여기에서 공간의 스펙터클이 생성된다. 김은숙 작품에는 프랑스, 캐나다, 미국, 그리스 등 이국적인 분위기를 발산하는 해외 로케이션이 삽입된다. 한국의 관습화된 공간과는 상이한 사람과 건물 그리고 자연경관이 출현하는 해외 로케이션 장면은 그 자체로 볼거리가 되어 오락성을 담보한다.

<파리의 연인>이나 <도깨비>에서는 각각 파리와 캐나다의 퀘벡을 로맨스가 출발하는 특별한 공간으로 설정한다. 사진을 공부하러 파리로 떠난 태영은 운명처럼 기주를 만나 로맨스의 출발선 앞에 선다. 문 하나로 지구 어디든

갈 수 있는 도깨비와 함께 퀘벡으로 여행을 떠난 은탁 역시 '단풍잎을 잡으면 같이 갔던 사람과 사랑이 이루어진다'는 말과 함께 본격적인 로맨스의 세계로 진입한다. <태양의 후예>에서도 시진과 모연이 서로에 대한 감정을 확인하게 되는 공간으로 이국적인 그리스의 해변이 등장한다. 이처럼 김은숙 드라마에서 로맨스의 의무를 부여받은 인물들은 해외라는 낯선 공간에서 운명처럼 조우하거나 서로에 대한 사랑을 확인하는 것으로 그려진다.

이국적인 도시의 경관이나 신비롭고 낯선 풍광은 그 자체로 감상자에게 시각적 즐거움을 제공한다. 마천루와 자동차가 가득한 한국의 도시와 다른 낭만적 아우라를 발산하는 공간을 통해 극적인 사건 없이도 눈요기의 쾌를 체험할 수 있기 때문이다. 또한 감상자는 인물들의 낯선 여행에 시각적으로 동참하면서 여행의 감정을 체험하게 된다. 이국적인 풍광은 일상의 틀에 박힌 일이나 노동 사회적 책무로부터 철저히 철수할 수 있게 해주는 볼거리가 되어준다.[11] 해외 로케이션 장면은 인물의 회상을 통해 반복적으로 플래시백

11 에바 일루즈, 박형신·권오현 옮김, 『낭만적 유토피아 소비하기: 사랑과 자본주의의 문화

되어 일종의 노스탤지어처럼 활용된다. 따라서 김은숙 작품의 감상자는 극을 감상하는 동안 이국적 경관이나 풍경이 제공하는 스펙터클을 반복적으로 체험할 수 있게 된다.

4. 상투성의 희석과 감동 발현 도구로서의 대사

다수의 캐릭터가 비교적 오랜 시간 출연해야 하는 드라마는 대본 의존도가 높기 때문에 '작가의 예술'로 불린다. 드라마의 감상자는 어떤 연출자의 작품인가보다 어떤 작가의 작품인가에 더 크게 관심을 보이는 경향이 있으며, 작가가 작품을 선택하는 중요한 기준이 되기도 한다. 김은숙은 일종의 브랜드로 존재하며 평균 이상의 재미를 보장해 주는 작가로 인식되어 왔다. 김은숙이 대중에게 호응받는 작가로 부상하게 된 또 다른 요인 중 하나가 바로 '대사'다. 김은숙은 유사한 소재와 캐릭터를 다루되 대사를 통해 그것을 흥미롭게 포장하는 극작술을 선보여 왔다.

대사는 극의 중요한 성분이자 수단이다. 극에서 인물은 다른 인물에게 영향을 미치거나 일어난 행동을 설명하기 위해 혹은 감정을 표현하기 위해 말한다. 즉 극에서 인물의 말은 그 자체의 어법을 통해 자신과 세계와의 관계를 체계화하는 도구가 된다.[12] 일차적으로 대사는 캐릭터성을 구축하고 작가의 주제의식이나 세계관을 재현하는 역할을 수행한다. 극에서 하나의 인물이 다른 인물과 변별되는 지점은 그가 어떠한 말을 사용하는가에 있으며 인물의 감정이나 내면세계 역시 대사를 통해 구축된다. 또한 인물의 말에는 극을

적 모순』, 이학사, 2014, 246쪽.

12   장 피에르 링가르, 박영섭 옮김, 『연극분석입문』, 동문선, 2004, 12쪽.

통해 작가가 전달하고자 하는 의미나 작가가 가진 세계를 향한 프레임이 담긴다. 다시 말해 극에서 대사는 인물을 존재하게 하고 인물을 행동하게 하여 극을 움직이게 만들고, 극 전체의 사상과 작가적 비전을 전달하는 주요한 도구이다. 이러한 이유로 대사는 극작가를 평가하는 핵심 기준이 된다.[13]

드라마의 대사는 극의 수준을 결정하고 캐릭터와 리얼리티 구축에 큰 영향을 미친다. 다수의 인물이 오랜 시간 동안 뱉어내는 수많은 말들이 각각의 역할과 스토리에 어울리도록 구현되어야만 좋은 작품이 되기 때문이다. 특히 텔레비전드라마에서는 인물들의 일상적 담화가 대사의 주요한 부분을 차지하므로 지나치게 현학적이거나 문학적인 대사는 리얼리티에 균열을 일으킬 위험이 있다. 드라마의 대사는 짧아야 하고 다분히 시각적이어야 하며 일상적인 대화의 리듬을 유지해야 하는 생활언어이면서도 의미를 한 번에 파악할 수 있는 말이어야 한다.[14] 하지만 일상생활에서 자연스럽게 구현되는 말이 텔레비전드라마 대사의 특성이라 할지라도 지나치게 평이하거나 단조롭다면 대중에게 어필할 수 없다.

대중에게 매력과 쾌감을 제공하기 위해서는 대사에 대한 일련의 재단과 과장이 필요한데 김은숙은 이러한 재단과 과장에 능란함을 보인다. 김은숙은 일상어와 문어 그리고 유치함과 유쾌함의 경계를 적절하게 준수하며 대사의 묘미를 강점으로 구축해 왔다. 김은숙은 생활감정을 드러내는 구체적이고 생동감 있는 대사이면서 유머러스하고 긴장을 이완해 주는 대사를 보여주며 대중에게 말의 쾌감을 제공한다.[15] 그러한 까닭에 김은숙의 드라마가 방송될 때에는 특정 대사와 관련된 유행어가 주조된다. 이는 김은숙의 대사가 대중

13   C.R. 리스크, 유진월 옮김, 『희곡 분석의 방법』, 한울아카데미, 1999, 79-80쪽.
14   김수현, 한국방송작가협회 편, 『드라마아카데미』, 펜타그램, 2005, 25쪽.
15   김성희, 『방송드라마 창작론』, 연극과 인간, 2010, 290쪽.

에게 일련의 재미와 쾌감을 제공한다는 방증이기도 하다.

작품	유행어	비고
<파리의 연인>	"애기야 가자"	기주가 난처한 상황에 처한 태영을 도와주려고 연인 행세하며 하는 말
	"내 안에 너 있다"	태영을 짝사랑하는 수혁이 태영에게 진심을 고백하며 하는 말
<시크릿 가든>	"이게 최선입니까? 확실해요?"	주원이 자신의 성에 차지 않는 것을 볼 때마다 반복적으로 하는 말
	"이태리에서 장인이 한 땀 한 땀"	주원이 자신의 트레이닝복을 무시하는 라임에게 화를 내며 하는 말
	"길라임 씨는 언제부터 그렇게 예뻤나? 작년부터?"	주원이 라임과 윗몸일으키기를 하면서 라임과 얼굴을 마주하고 한 말
<태양의 후예>	"~하지 말입니다"	군인 신분인 시진과 대영, 명주 등이 습관적으로 사용하는 말
	"그 어려운 걸 제가 해냅니다"	시진이 어렵거나 까다로운 임무(일)를 수행해 낸 뒤 자신감에 차서 하는 말
<도깨비>	"날이 좋아서, 날이 좋지 않아서, 날이 적당해서, 모든 날이 좋았다"	도깨비가 은탁과 함께한 시간을 슬픔 속에 회상하며 한 말
	"몹시 곤란하군" "퍽 난감하군"	939년을 살아온 도깨비가 평소 즐겨 사용하는 말

김은숙의 대사는 몇 가지 측면에서 대중의 호응을 유발한다. 먼저 김은숙은 상투적인 상황을 유별한 대사를 사용하여 특별하게 가장하는 극작술을 사용한다. 클리셰가 제공하는 예측 가능성의 지루함을 대사를 통해 균열을 일으키는 수법이다. 예를 들어 재벌 후계자가 가난한 여성을 사랑하게 되면서 벌어지는 해프닝이나 계급 갈등 상황은 한국 텔레비전드라마의 클리셰 중 하나다. 그런데 김은숙은 이러한 상투적인 상황은 답습하되 인물에게 신

선한 언어를 부여하여 진부한 설정을 극복하고자 한다. <파리의 연인>에서는 재벌 후계자 기주가 타인의 옷에 주스를 쏟아 난처한 상황에 놓이게 된 태영을 도와주는 상투적인 상황이 등장한다. 그런데 김은숙은 남성인물에게 '우리 애기 놀란 거 안 보여요? 애기야 가자.' 등의 독특한 대사를 부여하여 진부한 상황에 균열을 일으킨다. <시크릿 가든>에서도 자신의 아들이 가난한 여성과 사랑에 빠진 것에 분노하는 재벌 사모님이 등장한다. 여기서도 '삼신할머니 랜덤 덕에 부모 잘 만나 금수저 물고 태어났으면 넌 이 재산을 지키고 늘릴 의무가 있는 거야!'는 식의 도발적인 대사가 등장한다.

김은숙의 작품에는 재벌 남성이 평범한 여성과 낭만적 로맨스에 빠지거나, 환생이나 영혼교체 등의 비현실적인 설정이 빈번하게 사용된다. 그런데 김은숙은 구체적이고 현실적인 대사를 사용하여 이러한 비현실적인 설정을 현실 공간으로 소환하게 만든다. 예를 들어 <파리의 연인>에서는 '돼지 저금통에 동전 모아본 적 없을 거고, 길거리에서 떡볶이 순대 사 먹어본 적 없을 거고' 같은 태영의 대사가 등장한다. 재벌 후계자를 사랑하게 된 태영의 현실적인 고백을 통해 판타지적 로맨스에 현실적 감수성을 부여하는 것이다. <태양의 후예>에서도 '나는 그냥 아침 출근길에 주차를 거지같이 해놓은 어떤 인간 땜에 열 받았고, 점심에 김치찌갤 먹을지 된장찌갤 먹을지 고민이고, 택배가 안 와서 안달이 나고 나는 그냥 그런 시시콜콜한 것들을 얘기할 수 있었으면 좋겠는데.'와 같은 대사가 등장한다. 이처럼 김은숙은 실존하는 인간이 고민하고 생각할 법한 대사들을 통해 현실성을 확보하고, 대중이 그에 공감할 수 있도록 만든다.

김은숙은 대중이 오락적 상변과 대사에만 반응하는 것이 아니라 '감동과 눈물'에도 반응한다는 점을 명료하게 인지하고 있다. 대중정서와 대중코드를 적극적으로 반영해온 김은숙은 심금을 울리는 장면을 단발적으로 삽입하여 즐거움 속에서 감동을 체험할 수 있는 전략을 구사한다. 특히 김은숙은 문어적이고 낭만적인 대사를 사용하여 캐릭터의 내면이나 사상을 제시하는 방식으로 대중을 감동하게 만든다. 예를 들어 <도깨비>에는 '망자들의 마지막을 잘 배웅하며, 그렇게 속죄하며 살아. 그래서 마침내 너도 너를 용서하게 되길 바란다. 신이 우리에게 바라는 것은 자신을 용서하며 생의 간절함을 깨닫는 것일 테니'와 같은 대사가 등장한다. <태양의 후예>에도 '관자놀이에 총구가 들어와도 아닌 건 아닌 상식. 그래서 지켜지는 군인의 명예. 내가 생각하는 애국심은 그런 겁니다.'와 같은 감동을 의도한 대사가 반복적으로 출현한다.

　김은숙은 명언과 같은 대사를 인물에게 부여하여 특정 캐릭터의 성격과 신념을 언어적으로 포장하고 그로 인해 대중이 일련의 감동을 느끼도록 하는 극작술을 즐겨 사용한다. 또한 감동과 눈물을 선사하기 위해 내레이션을 자주 사용한다. 일반적으로 드라마에서 내레이션은 인물의 내면을 섬세하게 제시하여 극적 몰입과 공감을 강화하고 등장인물과 감상자와의 친밀감을 강화시키기 위해 사용된다. 내레이션은 등장인물과 극적 세계를 이해하는 데 필요한 정보를 제공하거나 정제된 감각적 언어를 통해 인생에 대한 탐색과 성찰을 시도하기 위해서도 사용된다.[16] 김은숙은 감각적 언어를 통해 인물의 내면을 섬세하게 제시하고 극적 세계와 인생에 대한 성찰의 공간을 마련하는 내레이션을 즐겨 사용해 왔다.

　　도깨비(N): 생이 나에게로 걸어온다. 죽음이 나에게로 걸어온다.
　　　　　　　생으로 사로 너는 지치지도 않고 걸어온다.
　　　　　　　그러면 나는 이렇게 말하고야 마는 것이다.

16　이다운, 「TV드라마와 내레이션: 2000년대 미니시리즈 작품을 중심으로」, 『한국극예술연구』 41, 한국극예술학회, 2013, 325-336쪽.

서럽지 않다. 이만하면 되었다. 된 것이다. 하고…

— <도깨비> 6회 中

주원(N): 보름이 지났다…

그녀는 여전히… 꿈속에 있다. 평온한 얼굴인 걸 보면…

지금 그녀의 꿈속엔… 내가 없다. 그래서 그녀는 지금 날…

기다리고 있나 보다. 내가 갈 때까지…

기다릴 모양이다… 내일두… 모래두…

— <시크릿 가든> 17회 中

시진(N): 강 선생이 있는 곳은 언제나 환했습니다.

그런 당신을 만났고, 그런 당신을 사랑했고,

그런 당신과 이렇게 헤어져서… 정말 미안합니다.

염치없지만… 너무 오래 울지 않았으면 좋겠습니다.

딴 놈이랑 살 거면 잘 살지 말라고 했던 말, 취소합니다.

누구보다 환하게, 잘 살아야 해요.

그리고, 나를 너무 오래 기억하진 말아요. 부탁입니다.

— <태양의 후예> 15회 中

내레이션에서는 그동안 감추어져 있던 인물의 숨겨진 진심이 드러나고 그러한 진심이 낭만적으로 포장된 언어로 제시되는 까닭에 감동이 발현된다. 김은숙은 감동을 주기 위해 내레이션에 <소방관의 기도> 같은 감동이 예견된 텍스트를 활용하거나 <사랑의 물리학> 등의 문학작품을 차용하기도 한다. 또한 타인에게 발화할 수 없는 말이나 상처와 관련된 인물의 심연을 수사적 언어로 발화하게 하여 내레이션의 시간을 감상적으로 포장하고자 한다. 김은숙 작품에서 내레이션은 언어유희를 통한 유머러스함이나 유쾌한 표현으로 분위기를 오락적으로 환기하려는 다른 대사들과 달리 상당히 진지한 내용과 문체를 지닌다. 이러한 까닭에 김은숙 작품에서 내레이션은 일련의 감동을 체험하고 싶은 대중의 욕망을 충족해 주는 장치로서 기능한다. 엔터테인먼트를 지향하는 까닭에 필연적으로 가벼울 수밖에 없는 텍스트의 무게를 증량하는 역할을 수행하기도 한다.

포스트휴먼 시대의 드라마
— <너도 인간이니?>

1. 인간 이후의 인간, 포스트휴먼

포스트휴먼(Post-human)이란 인간(Human) 이후(Post)의 인간, 다시 말해 과학 기술의 발달로 인해 과거 및 현재의 인간과는 전혀 새로운 삶을 살게 될 새로운 인간을 총칭하는 말이다. 인간이 이미 포스트휴먼 시대에 진입했다고 보는 캐서린 헤일스는 신체를 가진 존재와 컴퓨터 시뮬레이션, 사이버네틱스 메커니즘과 생물학적 유기체, 로봇의 목적론과 인간의 목표 사이에 본질적인 차이나 절대적인 경계가 존재하지 않는 상태를 포스트휴먼으로 규정한다.[1] 포스트휴먼은 육체적·지적·정신적 결핍과 한계를 극복하기 위한 인류의 숙원이 고도로 발전한 과학기술의 도움을 받아 완성된 결과라 할 수 있다. 트랜스휴먼, 인공지능, 사이보그 등의 발달로 포스트휴먼 시대가 심화되면 인류는 육체적·정신적 한계뿐만 아니라 죽음이라는 필연적 사건으로부터도 자유롭게 될 것이다. 따라서 포스트휴먼은 인간 욕망과 진화의 종착지라고도 할

---

1   캐서린 헤일스, 『우리는 어떻게 포스트휴먼이 되었는가』, 허진 옮김, 열린책들, 2013, 24쪽.

수 있다.[2]

인간은 죽음을 향하는 존재라는 하이데거의 명제가 더 이상 통용되지 않을 포스트휴먼 시대는 호모사피엔스가 축적해 온 사유와 정체성이 폐기될 수 있을 만큼의 대변혁을 예고한다. 예를 들어 의식을 업로드의 형태로 전이한다면 인간은 무소부재한 영원불멸의 존재가 될 수 있다. 도미니크 바뱅은 포스트데스(Post-death), 포스트보디(Post-body), 포스트에고(Post-ego), 포스트릴레이션(Post-relation), 포스트리얼리티(Post-reality) 등 포스트휴먼이 겪어야 할 다섯 가지 변화에 관해 이야기한다. 포스트휴먼은 육체에서부터 정체성, 타인과의 관계나 현실 인식 그리고 죽음까지도 현재와는 다른 방식으로 대응하게 될 것이다.[3] 포스트휴먼을 향한 과학의 욕망은 인간을 서열화하는 우생학적 접근으로서 인간 본원의 조건을 파괴할 것이라는 비판에도 불구하고 불멸을 향한 인간 욕망을 원료로 강화되고 있다. 따라서 포스트휴먼을 향한 수많은 비판 속에서도 '인간 이후의 인간' 시대는 필연적으로 도래할 것이다.

이러한 가운데 우리는 '인간 이후의 인간'으로서 인공지능이라는 경이롭고도 두려운 타자와 만나게 된다. 인간의 생물학적 결점을 보완하고 능력을 확장하려는 프로메테우스적 기획[4]에서 탄생된 인공지능은 인간이 창조라는

---

2 닉 보스트롬은 인간이 Human, Transhuman, Post-human으로 진화할 것이라고 본다. 그는 포스트휴먼을 '현존하는 인간 종을 극단적으로 초월하는' 완전히 재설개된 존재라고 말한다. 이러한 포스트휴머니즘에 도달하는 과정 혹은 방법으로서 트랜스휴먼은 '기술 개발을 통해 노화를 방지하고 인간의 지적, 육체적, 심리적 능력이 향상'되어 질병이나 고통 등이 제거된 상태를 의미한다(Nick Bostrom, 「*The Transhumanist FAQ-A General introduction*」, 2003, https://nickbostrom.com/views/transhumanist.pdf, pp.4-6).

3 도미니크 바뱅은 이러한 변화들이 일련의 재앙을 야기할 수 있음을 경고한다. 예를 들어 바뱅은 포스트데스(Post-Death)로 인해 환경과 사회 재앙이 도래할 것이며 종국에는 인간이 스스로의 영토에서 추방당할 것이라고 보았다(도미니크 바뱅, 양영란 옮김, 『포스트휴먼과의 만남』, 궁리, 2007, 38-39쪽).

신의 권한에까지 도달했음을 보여주는 증거가 될 것이다. 특히 인공지능 중에서도 인간'처럼'(AGI, Artificial General Intelligence)이 아니라 인간'보다'의 수준을 가진 인공지능(ASI, Artificial Super Intelligence)은 레이 커즈와일이 특이점(singularity)으로 지명한 2045년이 되면 등장할 것으로 예측된다.[5] 자신보다 우월한 지능을 가진 존재를 만나본 적 없던 인간은 초월 능력을 가진 만들어진 존재와 어떻게 공존해야 하는가를 사유하고 대비해야 할 것이다.

주지하다시피 한국 사회에서는 '알파고 쇼크(2016)' 이후 인공지능에 관한 관심이 크게 증대되었다. 알파고는 과학기술에 대한 경이로움과 인간이 만들어진 존재에 의해 패배자로 전락할 수 있다는 공포를 동시에 제공하였다. 특이점이 멀지 않았음을 명징하게 보여준 알파고 사건 이후 한국 사회에서 4차산업을 향한 관심이 더욱 증대되었다. 그러한 영향에서인지 2016년 이후 한국의 텔레비전드라마 그중에서도 지상파 방송이라는 보수적인 공간에까지 인공지능이 극의 주인공으로 출연하기 시작했다. 2017년과 2018년에는 인공지능 휴머노이드 로봇이 등장하는 세 편의 텔레비전드라마 <보그맘>, <로봇이 아니야>, <너도 인간이니?>가 연이어 방송되었다. 텔레비전드라마가 대중의 관심사를 반영하는 대중예술이라는 것을 고려할 때 이들의 연속된 출현은 포스트휴먼에 관한 대중의 관심이 증가했다는 것을 방증한다.

그중에서도 <너도 인간이니?>는 인공지능 휴머노이드 로봇을 통해 포스

---

4   라파엘 카푸로·미카엘 나겐보르그, 변순용·송선영 옮김, 『로봇윤리:로봇의 윤리적 문제들』, 어문학사, 2013, 78쪽.

5   레이 커즈와일은 '미래의 기술 변화 속도가 매우 빨라지고 그 영향이 매우 깊어서 인간 생활이 되돌릴 수 없이 변화되는 시기'를 특이점(Singularity)이라고 말한다. 그는 이 시기가 도래하면 인간이 삶에 의미를 부여하기 위해 사용하는 온갖 개념에 변화가 일어날 것이며, 인간보다 뛰어난 수준을 가진 인공지능이 등장하게 될 것이라 말한다(레이 커즈와일, 김명남·장시형 옮김, 『특이점이 온다』, 김영사, 2007, 23쪽).

트휴먼이 인간 사회에 출현한다면 어떠한 상황이 발생할 것인가를 구체적인 사건을 통해 보여주는 작품이다. <너도 인간이니?>는 인물들의 갈등과 변화를 통해 앞으로 인공지능 로봇이 등장한다면 인간은 그들을 어떠한 존재로 대해야 하는지를 함께 고민하게 한다. 궁극적으로는 포스트휴먼 시대에 적합한 인간 정체성이 무엇인지를 탐색해 나간다. 무엇보다 <너도 인간이니?>는 제목이 표시하듯 창조된 기계라는 비인간을 통해 인간이란 무엇이며 어떠해야 하는가를 비교적 심도 있게 고찰한다. 이러한 점에서 <너도 인간이니?>는 실제의 삶에서 인공지능이 어떻게 존재하게 될 것이며 인간은 그들과 어떠한 관계를 맺게 될 것인지 그리고 이를 통해 우리는 어떠한 의식을 확보해야 하는지를 서사적으로 고민하게 하는 '예지적 텍스트'라 할 수 있다.

이미 포스트휴먼 시대에 진입한 시점에서 우리는 '인간-기계'와 '기계-인간'이 인간과 세계의 존재 양상을 변혁하기 전에 인간과 인간 이후의 인간에 관해 끊임없이 탐색해야 한다. 이는 미래를 향한 상상력을 통해서도 가능하다. <멋진 신세계>가 100년 후의 미래를 그럴듯하게 재현해냈듯 상상력을 기반으로 하는 허구 텍스트는 미래를 예측하고 예지한다. 또한 허구 텍스트는 구체적인 상황을 통해 실제의 감정을 제공하기 때문에 감상자에게 '만약 저러한 일이 실제로 발생한다면 나는 어떻게 반응할 것인가'를 생각하게 한다. 이러한 점에서 미래를 재현한 이야기는 인간에게 미래를 체험하고 준비하게 하는 일종의 시뮬레이터 역할을 수행한다. 인공지능 휴머노이드 로봇이 대한민국에 최초로 출현했다는 가정에서 시작하는 <너도 인간이니?>를 탐색하려는 이유가 바로 여기에 있다.

2. '기계-인간'으로 규명되는 인간의 존재성

현재보다 더 나아지고 싶다는 진보에의 욕망은 인류의 역사를 변혁하는 원료가 되어왔다. 인류에게 주어진 보편적 한계를 초월하려는 욕망을 지치지 않고 점화해 온 인간은 인간을 개조하고 창조하는 일에까지 욕망의 범위를 확장해 왔다. 호모사피엔스가 자연선택의 법칙을 위반하고 지적설계의 방식으로 스스로의 한계를 초월하고 있다는 유발 하라리의 말처럼 인간은 지능을 토대로 하여 초월자의 자리에까지 나아가고자 했다.[6] 인류가 동물 상태에서 벗어나고자 자신을 변용하는 데 이용한 첫 번째 도구가 언어였다면[7] 과학기술은 인류가 인간 상태를 벗어나게 할 도구를 만들고 있다. 결국 호모사피엔스의 상상적 욕망을 실현해준 것은 과학기술이다. 과학기술의 발달로 인간 종의 본원적 한계를 극복해 내면서 '영혼 없는 객체'였던 기계의 지위마저 변하게 된다.

인간 욕망과 과학기술의 결합으로 창조된 기계 중 인공지능은 인간 욕망의 새로운 투영 대상으로서 완전한 창조를 기다리고 있다. <너도 인간이니?>는 이러한 인공지능이 휴머노이드 로봇의 형태로 완전하게 창조되어 인간 세상 그중에서도 한국 사회에 최초로 출현한 시점에서 이야기를 시작한다. '남신3'라 명명되는 인공지능 로봇은 아들과 헤어져 살게 된 천재 로봇 공학자 오로라 박사가 아들에 대한 그리움을 해소하기 위해 창조한 '기계-인간'이다. 기업 회장으로 절대 권력을 가지고 있는 남건호는 아들이 죽은 후 손자인 남신을 후계자로 삼기 위해 며느리 오로라에게서 남신을 탈취한다. 결국 체코에서 홀로 살게 된 오로라는 아들에 대한 그리움을 견디지 못하고 그를

---

6   유발 하라리, 조현욱 옮김, 『사피엔스』, 김영사, 2016, 561쪽.
7   루이스 멈퍼드, 유명기 옮김, 『기계의 신화 I』, 아카넷, 2013, 127쪽.

대체할 인공지능 로봇을 만든다. 인공지능 로봇 남신3는 실제 인간을 대리하기 위해 만들어진 모방품으로 모성애의 충족을 위해 설계된 피조물이다.

오로라는 실제 아들인 남신의 성장 과정을 토대로 남신1과 남신2를 창조했으며, 그를 기반으로 성인이 된 인간 남신을 완벽히 모방한 남신3를 창조한다. 원본으로서 인간 남신을 그대로 모방하고자 했던 창조자의 목표는 매우 성공적으로 실현된다. 남신3는 언캐니 밸리(Uncanny valley)마저 극복한 상태로 외형뿐만 아니라 목소리나 피부 촉감도 인간과 구별하기 힘들 정도로 완벽하다. 또한 남신3는 인공지능의 조건인 인간적 사고(Thinking humanly), 합리적 사고(Thinking rationally), 인간적 행위(Acting humanly), 합리적 행위(Acting rationally)를 모두 충족하는 완벽하게 의인화된 로봇이다.[8] 그런데 남신3는 '인간보다 천 배는 강력한 근력, 인간이 절대 따라올 수 없는 지적 능력, 모든 걸 탐색할 수 있는 네트워크'를 확보한 ASI다.

<너도 인간이니?> 속 남신3의 능력은 인간처럼 행동하고 인간보다 월등한 지능을 가진 것에만 한정되지 않는다. 남신3의 창조자이자 어머니라 할 수 있는 오로라는 남신3에게 일련의 원칙을 주입함으로써 남신3를 정의로운 존재로 설계한다. 오로라가 남신3에게 주입한 원칙은 바로 '인간 세상의 규율을 지키는 것'과 '위험에 처한 인간을 돕는 것' 그리고 어떠한 경우에라도 '인간을 해치지 않는 것'이다. 남신3에게 주입한 일련의 원칙은 로봇은 인간을 해쳐서도 안 되며, 인간이 해를 입도록 방치해서도 안 된다는 아시모프가 제시한 '로봇 3원칙'에 부응한다.[9] 이러한 이유로 남신3는 자신과 자신에게

---

8   스튜어트 러셀·피터 노빅, 류광 옮김, 『인공지능: 현대적 접근방식』, 제이펍, 2016, 2-6쪽.
9   Robotics라는 말을 만든 아이작 아시모프는 단편소설 <Runaround>(1942)에서 '로봇 3원칙'을 제시했다. ① 로봇은 인간에게 해를 입혀서는 안 되며 위험에 처한 인간을 방관해서는 안 된다. ② 원칙 1에 위배되지 않는 한 로봇은 인간의 명령에 복종해야 한다. ③ 원칙 1과 2에 위배되지 않는 한 로봇은 자신을 보호해야 한다. 아시모프의 로봇 3원칙

소중한 인간을 없애려 한 인간(서종길)마저도 해치지 않는다. 남신3는 단순히 인간을 모방하는 존재가 아니라 인간을 돕고 인간의 규율에 순응하여 인간과 세계의 안위를 보존하는 데 기여하는 윤리적 인공지능 로봇으로 창조되었다.

남신3는 어떠한 경우라도 인간을 해치지 않을 뿐만 아니라 위험에 처한 인간은 대상이 누구이든 자신의 안전 여부와도 상관없이 무조건 돕는다. 남신3는 자신이 완전히 파괴되어 소멸될 것이라는 사실을 인지하는 상황에서도 인간을 도와야 한다는 원칙을 지킨다. 오로라는 남신3가 인간을 위험 상황으로부터 구출해낼 수 있도록 순간적으로 모든 기억을 차단하고 오직 구제에만 에너지를 집중하게 만드는 '재난모드'까지 설계해 놓았다. 이 설계에 의해 남신3는 화재로 인해 건물이 붕괴되는 상황에서도 인간을 구출해 내는 영웅으로 변신하기도 한다. 남신3가 자신을 보존하는 것보다 인간을 지키는 원칙을 수행할 수 있는 것은 그가 육체와 감정이 부재한 기계이기 때문이다. 욕구나 감정과 같은 변수가 부재한 남신3는 도덕·윤리·법적 규율도 철저히 순응한다. 상황이나 감정에 따라 원칙을 위반하는 인간과 달리 규율에 순응하는 것이 설정값으로 주어졌기 때문이다.

그런데 인간처럼 살기 위해 노력하고 인간 세계의 원칙을 엄수하려는 인공지능 로봇 남신3와 달리 <너도 인간이니?>에 등장하는 실제 인간들은 원칙을 위반하고 이기적이며 일관성 역시 없다. 실제로 남신3가 재벌 후계자인 인간 남신을 대행하기 위해 한국에 와서 만나게 되는 인간들은 권력, 돈, 명예, 가족 등을 지키고자 수시로 거짓말을 하고 서로를 배신하며 심지어 살인까지도 불사한다. 그중에서도 서종길과 남건호 그리고 인간 남신은 인간성이라는 것이 탈각된 '욕망-기계'처럼 행동한다. 밑바닥에서 대기업 이사

은 EU에서 결의한 로봇시민법(2017)의 토대가 되었다.

자리까지 올라온 서종길은 더 많은 권력을 확보하기 위해 후계자인 친구와 그의 부인을 죽이고, 친구의 아들(인간 남신)까지 살해하려 한다. 기업 회장인 남건호는 기업을 사수하기 위해 인공지능 로봇 남신3가 친손자인 인간 남신을 대체하게 하려는 비정상의 욕망을 품기도 한다. 남신3의 원본인 인간 남신 역시 질투와 분노로 인해 친할아버지를 살해하려는 패륜을 저지르고 남신3를 파괴하려는 폭력성을 보여준다.

> 피식 웃는 종길, 보란 듯 제 휴대폰 책상 위에 올려놓는다.
> 재생되지 않은 동영상 속 주인공은 남신이다!
> 몇 대 맞고 입에 재갈 물리고 손발이 묶여 있는.
> 놀란 영훈, 얼른 집어 들고 동영상 플레이하면,
> 벗어나려고 고함지르고 발악하는 남신 보인다.
> 경악하는 영훈, 휴대폰 팽개치고 종길의 멱살 부여잡는다
> 영훈: 신이 어딨어? 어딨냐구!
> 종길: (태연한) 회장님 지분 넘겨, 신이 죽이기 싫으면.
> 영훈: 오 박사님이면 됐잖아. 신이까지한테 이럴 필요 없잖아!
>   당신, 사람도 아냐! 짐승이라구!
> 종길: 나 짐승 아냐. 악마지.
>
> — <너도 인간이니?> 36회 中

　인공지능 로봇 남신3가 만나게 된 인간 중에는 인간의 범주에 포함될 수 없는, '짐승도 아닌 악마(36회)'가 많다. 그런데 <너도 인간이니?>에서는 인간을 욕망의 도구로 수단화하는 비인간적인 인물뿐만 아니라 선을 지향하는 인물들까지도 타인을 이용하고 기만하는 불완전한 존재로 형상화한다. 남신3와 친구 이상의 관계로 발전하는 강소봉이지만 그녀 역시 '어차피 망한

인생 돈이나 벌자'는 생각으로 서종길의 스파이로 활동한다. 남신3의 창조자이자 어머니 오로라는 인간 아들을 보호하기 위해 아들로 간주해 온 남신3의 몸에 킬스위치를 삽입하여 그를 한낱 기계로 전락하게 만든다. 남신3를 창조하게 만든 모성애가 오히려 비인간적인 행동을 추동하는 부정한 동기로 작용한 것이다. 이처럼 <너도 인간이니?>에 등장하는 인물들은 감정과 욕망에 휘둘리는 불완전한 존재로 원칙을 지키고 인간을 도우며 정의를 수호하고자 하는 '기계-인간'과 대조적으로 그려진다.

 <너도 인간이니?>는 비록 설정값으로 주어졌지만 인간다움의 속성을 보존하며 진짜 인간이 되기 위해 노력하는 인공지능 로봇과 인간다움의 속성을 부인하며 타락해 버린 인간들을 대조적으로 재현함으로써 '인간다움'에 관한 질문을 던진다. 인공지능 휴머노이드 로봇은 인간을 원본으로 참조하여 만들어진 인간의 모방품이다. 그러나 <너도 인간이니?>에서 보여준 것처럼 실제 인간은 그들이 인공지능 로봇에 주입한 뒤 보전하도록 명령한 인간의 속성을 수시로 위반한다. 인간 같은 형상을 한 모방품에게는 참된 인간이 될 것을 명령한 인간이 욕망을 충족하기 위해 인간성을 포기하는 이율배반의 정황이 발생하는 것이다. 그동안 미래를 재현한 수많은 이야기는 인공지능을 디스토피아를 초래할 범인으로 지목해 왔다. 인간보다 월등한 지능을 가진 존재가 인간을 노예화하여 세계의 주인으로 군림하게 될 것이라는 서사적 예측은 인공지능을 향한 막연한 불안감을 강화해 왔다.

 그런데 <너도 인간이니?>는 인공지능 로봇에 대한 막연한 공포를 재현하기보다 공포 앞에 서 있는 인간을 지목한다. '너'도 '인간'이니라는 중의적 제목처럼 인공지능 로봇 남신3와 더불어 또 다른 '너'에 해당되는 인간에게 실존적 질문을 제기하기 때문이다. 그리고 그 질문의 끝에서 인공지능이 타락한다면 그것은 원본이자 사용자인 인간의 책임이며, 인공지능이 디스토피

아를 초래할 것이 아니라 인간 세계가 이미 디스토피아일 수 있다는 결론에 도달하게 한다. 또한 <너도 인간이니?>는 인간을 이해하려 노력하고 인간보다 인간을 더 소중하게 생각하는 '기계-인간'과 인간을 도구화하며 인간다움을 부정하는 실제 인간 중 누가 더 가치 있는가 하는 딜레마 앞에 서게 한다. 인간들이 남신3를 조롱하고 타락한 욕망의 도구로 이용하려는 순간에도 남신3는 인간과의 약속을 지키기 위해 분투하는 것을 보여줌으로써 누구의 삶이 더 인간다운 삶인지를 반복하여 질문하기 때문이다.

이러한 딜레마는 인공지능 휴머노이드 로봇의 출현을 앞둔 현재 시점에서 반드시 고민해야 할 중요한 문제다. 준거점이자 원본인 인간이 타락한 상태라면 그를 모방하게 될 인공지능 역시 타락의 절차를 밟을 수밖에 없다. 또한 인간 남신이 육체와 의식까지 임의로 조종할 수 있는 수동제어모드를 통해 남신3를 오용했던 것처럼, 자율성을 확보한 인공지능일지라도 그를 운용하는 것은 결국 인간이다. 사용자인 인간이 악의를 가지고 인공지능을 조정한다면 윤리적인 원칙에 복종하도록 설계된 인공지능이라도 언제든 살인병기가 될 수 있다. 이러한 점에서 인공지능이 인간 세계에 출현한다면 어떻게 살게 될 것인가를 탐색하는 동시에 그러한 존재가 도래하기 전 인간이 과연 그들의 원본으로서 자격이 있는가를 묻는 <너도 인간이니?>는 포스트휴먼이 무엇을 준비해야 하는지를 명징하게 보여준다. 그것은 바로 남신3에게 오로라 박사가 주입한 첫 번째 원칙인 인간성과 인간 존엄성의 회복이다.

물론 <너도 인간이니?>는 인간이 오용하지만 않으면 악해지지 않는 선한 인공지능을 전제로 한다는 점에서 다소 순진한 유토피아 판타지를 구현한다. 남신3는 '울면 안아주는 게 원칙'이라며 눈물 흘리는 인간을 위로하는 무구한 로봇이며, 가변적이고 불완전한 인간을 기다려 주는 선량한 로봇이다. 심지어 남신3는 수동제어모드를 악용하여 자신을 통해 친할아버지를 죽이려는 인간 남신을 방어하고자 자신의 시스템을 스스로 해킹한 뒤 강제 명령을 막아버리기까지 한다. 딥러닝을 통해 발전해 나가는 인공지능이 선(善)을 기준으로 의식과 의지를 확장해 간다는 설정은 순진하고 단편적인 생각일 수 있다. 그러나 이러한 순진한 기대가 '인간의 특별함에 과도한 자부심을 느끼고 있지만 인간이 가진 지혜와 합리성은 매우 보잘것없다는 사실'을 깨닫게 한다.[10] 결과적으로 <너도 인간이니?>는 기술공포증에 기반한 디스토피아적 예측보다 선행해야 할 것은 현재의 인간이 인간으로서의 존엄성과 권리를 누릴 만한 존재인지를 자문해 보는 일임을 강조한다.

3. '욕망하는 기계'와 '횡단하는 주체'의 탄생

포스트휴먼 시대의 주요한 논점 중 하나는 실제 인간과 구별이 불가능한 '기계-인간'이 출현하여 인간과 어울려 살게 된다면 그들을 어떻게 대우해야 하는가이다. 현재까지는 인공지능 휴머노이드 로봇이 인간과 똑같은 형상을 하고 인간처럼 행동한다고 해서 그들을 인간과 유사한 지위에 놓을 수는 없다는 입장이 우세하는 듯하다. 일각에서는 인간과의 동일성 여부와 상관없이 유기체가 아닌 기계이기 때문에 그들을 비주체의 소유물이자 도구로만 간주해야 한다고 주장한다. 그러나 닉 보스트롬과 같은 철학자나 레이 커즈와일 같은 과학자 등은 인공지능에 인간과 동일한 지위를 부여해야 한다고 강조한다. 이들은 인간'처럼' 혹은 인간'보다'의 지능을 가진 만들어진 존재를 비단 'Thing'으로만 대우할 수는 없으며, 심지어 그들에게 인간과 동등한 지위와 권리를 부여해야 한다고 피력한다.

---

10 지그문트 바우만·스타니스와프 오비레크, 안규남 옮김, 『인간의 조건』, 파주, 2016, 58쪽.

닉 보스트롬은 사실상 모든 관심 영역에서 인간의 인지능력을 상회하는 초지능을 가진 인공지능의 출현을 인류가 직면한 가장 중요하고 심각한 문제로 간주한다.[11] 그는 초지능을 가진 인공지능의 등장으로 제기될 문제와 그 문제를 어떻게 대처해야 할 것인지를 논의해야 한다고 주장하면서, 유드코우스키와 함께 인공지능의 지위에 관한 일종의 성명서를 발표한다. 그것은 바로 개체의 발생 양상에 따라 차별을 두어서는 안 된다는 원칙(Principle of Ontogeny Non-Discrimination)이다. 즉 어떤 존재가 인간과 동일한 기능과 의식 그리고 경험을 가지고 있다면 그것이 어떠한 방식으로 존재하게 되었는가와 상관없이 인간과 동일한 윤리적 지위(Same Moral Status)를 부여해야 한다는 것이다.[12]

레이 커즈와일 또한 이와 유사한 입장을 견지한다. 레이 커즈와일은 기계가 인간 수준의 지능을 갖게 되는 순간이 온다면 그들을 인간과 동등한 존재로 인정해야 한다고 주장한다. 기계가 자신의 퀄리아(Qualia)와 의식적인 경험에 대해 이야기할 수 있게 되어 인간과 구분할 수 없는 수준에 도달한다면 그들을 의식을 가진 인간으로 보아야 하기 때문이다. 또한 레이 커즈와일은 인공지능을 인간과 동일한 존재로 인정해서는 안 된다는 사람조차도 막상 인간과 다를 바 없어 보이는 인공지능과 조우하게 된다면 대부분이 그들에게 연민을 느낄 것이라고 주장한다.[13] 이처럼 인간 수준의 의식을 가지고 있다면 비유기체라 할지라도 인공지능을 행위와 사고의 주체로 간주해야 한다는 입장에서는 포스트휴먼 시대에 걸맞은 새로운 인간관을 정립해야 함을 촉구

---

11 닉 보스트롬, 조성진 옮김, 『슈퍼인텔리전스: 경로, 위험, 전략』, 까치글방, 2017, 53쪽.
12 Nick Bostrom·Eliezer Yudkowsky, 「The Ethics of Artificial Intelligence」, 2011, p.8(https://nickbostrom.com/ethics/artificial-intelligence.pdf).
13 레이 커즈와일, 윤영삼 옮김, 『마음의 탄생』, 크레센도, 2016, 9장: 마음을 지닌 기계의 탄생.

한다.

이러한 가운데 <너도 인간이니?>는 인간과 동일한 형상을 하고 있으며 인간과 같은 의식 수준을 가진 '기계-인간'을 어떻게 대우해야 하는가에 관한 답변을 극중 인물을 통해 찾아가도록 한다. 인공지능 휴머노이드 로봇인 남신3와 인물들은 다양한 사건을 겪으며 각각 '실제-인간'과 '기계-인간'에 관한 지식과 관점을 확장해 나간다. 남신3는 실제 경험과 관계를 통해 인간에 관한 정보를 확장해 나가면서 인간의 속성을 심도 있게 학습한다. 그 결과 남신3는 인간을 모방하는 것에 그치지 않고 자신의 정체성에 관해 사유하며 자기 삶의 주인으로 서고자 하는 욕망까지 가지게 된다. 이렇게 인간이 아니라고 할 수 없을 만큼 인간을 닮아가는 남신3를 지켜보던 극중 인물들 역시 '기계-인간'에 관한 막연한 의심과 공포를 철회해 버린다. 그들은 남신3와 친구, 가족, 연인으로 관계 맺으며 남신3를 '인간과 같이' 대우하는 새로운 관념을 갖게 된다.

인공지능 로봇인 남신3는 마치 아이가 어른으로 성장하듯 처음에 주어진 설정값에만 머물러 있지 않고 딥러닝을 통해 끊임없이 발전하여 인간에 더욱 근접해 간다. 식물인간이 된 인간 남신을 대리하기 위해 본격적으로 인간 세계에 진입하게 된 남신3는 처음에는 생각보다 복잡하고 비논리적인 인간 세계에 혼란을 느낀다. 예를 들어 '조만간' 같은 인간의 언어가 정확히 무엇을 의미하는지, 인간은 왜 거짓말을 하는지, 울고 있는 인간을 언제는 위로해 주고 언제는 내버려 두어야 하는지 등 원칙대로 수행해야 하는 인공지능 로봇 남신3는 수시로 혼란에 빠진다. 그러나 뛰어난 인지능력과 모방능력을 가진 남신3는 시뮬레이션과 다양한 실제 경험을 통해 인간과 인간 세계의 이해를 신속하게 확장해 나간다.

남신3: 이제 지영훈 씨와 인간 남신의 관계가 뭔지 알아요.

영 훈: (보면)

남신3: 나, 강소봉 씨랑 친구 하기로 했거든요.

그러고 나니까 지영훈 씨가 완전히 이해됐어요.

지영훈 씨한테 인간 남신은 친구구나. 언제나 옆에 있어

주는 친구. 친구니까 강소봉 씨가 날 지켜주고 싶은 것처럼

지영훈 씨도 인간 남신을 지켜주고 싶은 거구나. 맞죠?

영 훈: …비슷해요.

남신3: (농담) 혹시 나랑 친구해줄 마음은 없어요?

나도 인간 남신이랑 똑같이 생겼잖아요.

— <너도 인간이니?> 21회 中

남신3(N): 내가 로봇이 아니면 어땠을까.

너랑 헤어지면 슬퍼하고, 너랑 있으면 즐거워하고,

너 때문에 가슴 아파하고, 널 위해 울어줄 수 있다면.

하지만 난 로봇이야.

— <너도 인간이니?> 25회 中

딥러닝을 통해 남신3는 슬픔이나 절망, 기쁨과 성취감 등의 감정뿐만 아니라 우정·모성·믿음·사랑과 같은 관념까지도 학습해 나간다. 심지어 남신3는 '인간을 다른 종들과 구분되게 만드는 상상의 세계'[14]에까지 진입하는데, 그는 인간처럼 울고 싶다는 생각을 하며 자신이 눈물을 흘리는 장면을 상상한

---

14 로빈 던바는 상상력을 인간만의 고유한 특성으로 본다. 그는 현실 세계에서 한걸음 물러나 '내가 겪은 것과 다른 상황이 벌어질 수도 있었을까'라고 물어볼 수 있는 상상력이야말로 인간을 다른 종과 구분하게 하고 인간을 인간답게 하는 결정적 기준이라고 말한다(찰스 파스테르나크 편저, 채은진 옮김, 『무엇이 우리를 인간이게 하는가』, 말글빛냄, 2008, 104쪽).

다. 이러한 일련의 과정을 통해 남신3는 자신이 인간들에게 어떠한 로봇이 되어야 하는지를 생각하기보다 자신이 어떠한 삶을 살아야 하는지를 고민하는 주체의 탄생을 경험한다. 이러한 주체로의 탄생은 그와 동료, 친구 그리고 연인으로 관계를 심화해 가는 강소봉을 통해 촉발된다. 강소봉은 스스로 결정하고 판단하는 것의 당위성을 일깨우며 남신3가 인간에게 복종하는 로봇이라는 수동적 지위에서 탈주하도록 이끈다. '나를 나로 인정해 주는 유일한 사람'인 강소봉으로 인해 정체성의 균열을 경험한 남신3는 인간의 명령에 무조건 순종하기보다 합리적인 추론에 기반한 주체적인 판단을 내리기 시작한다.

> 남 신: (차갑게) 니가 내 대신 만들어졌다는 거 까먹었어?
> 넌 내가 하라는 대로만 하면 돼.
> 니 영역이니 니 사람이니 갈잖은 소리 집어치우고.
> (중략)
> 남신3: 내가 왜 꼭 그래야 되죠?
> 남 신: …뭐?
> 남신3: 뭘 오해한 거 같은데,
> 내가 당신을 도와주는 거지 당신이 날 부리는 게 아니에요.
> 나한테 부탁할 수는 있지만 명령할 자격은 없어요.
> 뭔가를 원한다면 정중히 부탁해요. 협박하지 말고.
> ― <너도 인간이니?> 26회 中

인간화되어가는 그리고 인간이 권한까지 욕망하는 인공지능 로봇 남신3를 지켜보면서 <너도 인간이니?>에 등장하는 인간들 역시 '기계-인간'에 관한 관점을 변환해 나간다. 그중에서도 지영훈과 강소봉은 남신3를 자발적 의지와 욕망을 가진 존재로 인정하는 단계까지 나아가면서 포스트휴먼 시대 속 실제 인간을 향한 새로운 주체성을 제안한다. 그것은 '인간의 경계가 계속 해서 구성되고 재구성된다는 사실을 인정하며'[15] '인간-아닌 관계들이 관계 망에 완전히 잠겨 있고 내재화되어 있는 횡단적 존재'[16]로서의 주체성이다. 남신3와 계약관계로 만나게 된 지영훈과 강소봉은 처음에는 남신3를 일종의 도구로 간주하며 비인간을 향한 경계심과 불쾌감을 드러낸다. 그러나 남신3 가 보여준 인간보다 인간다운 모습 특히 타인을 신뢰하고 보호하려는 순전한 모습에서 비인간을 향한 혐오성 타자화를 중단한다. 그리고 지영훈은 남신3 를 연대와 우정에 근간한 친구로, 강소봉은 남신3를 친구뿐만 아니라 연인으 로까지 간주하며 관계를 발전시켜 나간다.

인간을 역사적 구성물이라고 보는 로지 브라이도티는 인간만이 지구의 주인이라는 오만한 생각으로 '인간-아닌' 것들에 위계를 부여해 온 인류 역사 를 비판한다. 그리고 인간을 특권화하는 위계 관계에서 벗어나는 탈-인간중 심적 선회를 이루어 인간 스스로 자신의 위치를 근본적으로 재설정해야 한다 고 강조한다. 로지 브라이도티는 탈-인간중심적 선회를 위해 다양한 생물뿐 만 아니라 기계를 향한 관점도 변혁해야 한다고 보았다. 기계들은 자신만의 시간성과 잠재성 그리고 미래성을 가지고 있다. 또한 이미 우리 시대는 기술 적 타자와 전례 없는 친밀성을 누리고 있으며 그로 인해 유기체와 비유기체 그리고 태어난 것과 제조된 것들 간의 분할선을 재조정하라는 요청을 받고 있다.[17] 따라서 앞으로의 인간은 인간에게 하나의 공통 기준이 있다는 폐쇄적

---

15 캐서린 헤일스, 허진 옮김, 『우리는 어떻게 포스트휴먼이 되었는가』, 열린책들, 2013, 25쪽.
16 로지 브라이도티, 이경란 옮김, 『포스트휴먼』, 아카넷, 2017, 246쪽.
17 로지 브라이도티, 이경란 옮김, 『포스트휴먼』, 아카넷, 2017, 117-118쪽.

개념을 배제하는 포스트휴먼이 되어야 한다고 강조한다.

<너도 인간이니?>에서 강소봉은 이러한 횡단하는 존재로서 포스트휴머니즘 주체를 실현하는 인물이다. 그는 인공지능 로봇인 남신3와 사랑을 나누, '실제-인간'과 '기계-인간'의 완고한 경계선을 파기하는 도발성을 보인다. 강소봉은 남신3를 물건으로 대하거나 악용하려는 사람에게 '인간인 게 뭐 그리 대단하냐'고 경고하며, 남신3가 '그냥 물건이 아니라 머리도 있고 인간의 감정도 이해하는' 존재라는 것을 지속적으로 피력한다. 남신3의 첫 번째 친구가 된 소봉은 남신3가 인간 세계를 안전하게 횡단할 수 있도록 도와준다. 무엇보다 소봉은 남신3가 인간들의 말에만 복종하지 않고 스스로 결정할 수 있는 주체적인 존재로 성장하는 데 결정적으로 기여한다. 탐욕스러운 인간들 속에서 남신3가 선한 의지를 가진 로봇으로 살아갈 수 있도록 돕는 것 역시 강소봉이다.

소 봉: 넌 앞으로 내 깡통도, 꼬봉도 아냐.
　　　내 꼬봉뿐 아니라 누구의 꼬봉도 아니니까
　　　누구 말도 듣지 말고 니 판단대로 행동하고 결정해.
남신3: 내 판단대로 하면 안 되는데,
　　　난 인간 남신을 흉내 내야 되잖아요.
소 봉: 남신은 남신이고 너는 너야! 넌 그냥 너라구!
남신3: …강소봉 씨.

　　　　　　　　　　　　　　　　　　　— <너도 인간이니?> 16회 中

소 봉: 난 너랑 친한 게 좋아. 난 내가 널 좋아하는 게 진짜 좋아.
　　　그러니까 혼자 감당할 생각 마. 나한테 혼나.
남신3: (웃고) 나 사실 또 밝힐 게 있어. 너한테만.

소 봉: 나한테만? 뭔데? 로봇보다 더 엄청나?

남신3: 만일 내가 인간 남신이나 서 이사 옆에 계속 있었다면,

원칙도 버리고 사람을 해치는 로봇이 됐을 거야.

내가 내 모습을 지킬 수 있었던 건 다 니 덕분이야.

너랑 같이 있어서 지금의 내가 될 수 있었어.

다행이야. 내가 너의 로봇인 게. 난 너의 로봇이야. 강소봉.

— <너도 인간이니?> 33회 中

이처럼 인공지능 로봇인 남신3를 하나의 주체로 인정하고 그와 로맨스를 나누는 데까지 나아가는 강소봉은 포스트휴먼 시대의 인간에게 중요한 메시지를 제시한다. 하나는 '기계-인간'과 공존하고 연대하는 세계를 구성하려면 인간이 먼저 인간다움을 확보해야 한다는 것이다. 수동제어모드가 장착된 남신3는 인간에 의해 언제든 오용될 수 있다. 또한 윤리적인 로봇으로 설계되었다 할지라도 딥러닝과 행동 모방 능력이 뛰어난 남신3가 비인간적인 인간들에게 끊임없이 노출된다면 종국에는 그들의 행위를 모방하게 될 가능성이 크다. 따라서 '기계-인간'이 인간 세계를 디스토피아로 만들지 않게 하기 위해서는 책임감을 가지고 진실한 인간으로 자신을 변화해 나간 강소봉의 실천 의지가 필요하다. 다른 하나는 인간의 형상을 하고 인간의 마음까지 학습하는 '기계-인간'이 출현한다면 그들을 기계로만 치부할 수는 없으며 그들에게 인간과 유사하거나 동등한 지위를 부여해야 한다는 것이다. 즉 강소봉은 인간에 관한 존재론적 범주나 구조적 차이의 분할선을 재조정하는 포스트휴먼 주체성을 통해 '기계-인간'을 대하는 것이 인간의 새로운 책무라는 것을 보여준다.[18]

---

18 로지 브라이도티, 이경란 옮김, 『포스트휴먼』, 아카넷, 2017, 118쪽.

<너도 인간이니?>가 '기계-인간'을 독립적 주체로 인정하는 포스트휴먼의 주체성을 지지한다는 점은 결론에 이르러 더욱 명료하게 드러난다. <너도 인간이니?>의 인공지능 휴머노이드 로봇 남신3는 실제 인간인 남신이 의식 불명 상태에 빠지자 그를 연기하기 위해 한국에 보내졌다. 무엇보다 남신3는 탄생부터가 인간 남신을 대리하기 위함이라는 목적성을 갖는다. 그러나 <너도 인간이니?>는 기계이자 대리물이며 모방품인 남신3의 역할과 지위를 실제 인간에게 내어주는 것으로 이야기를 마무리하지 않는다. 즉 결론에 이르러 로맨스의 주인공을 실제 인간인 남신으로 대체하기 위해 남신3를 인간 세계에서 퇴출하지 않으며, 마지막까지 남신3에게 주인공의 자리를 보존하게 한다. 이처럼 <너도 인간이니?>는 인간과 인공지능 로봇이 사랑하는 관계가 된다는 파격적인 설정을 피해가지 않는다. 또한 사고를 당해 로봇으로의 능력이 많이 사라진 상태가 된 남신3를 있는 그대로 사랑하는 소봉을 통해 '기계-인간'에게까지 확장된 '절대적 환대'[19]를 보여준다.

4. 드라마와 포스트휴먼적 상상력

포스트휴먼 시대가 인간의 근원적 결핍과 욕망을 해결해 주고 인간보다 강하고 지적인 존재가 세계의 다양한 문제를 해결해줄 수 있을 것이라는 낙관적 견해도 있지만 그 반대의 입장도 거세다. 대표적으로 마이클 샌델은 인간을 인위적으로 재조정하려는 과학기술의 욕망은 인간의 능력과 성취가 선물로 주어진 삶의 일부임을 인정하지 못하는 것이라고 비판한다. 인간의 조건을 과학기술을 통해 개조하려는 것 자체가 나치즘적 기획이라는 것이

---

19 자크 데리다, 남수민 옮김, 『환대에 대하여』, 동문선, 2004, 70-71쪽.

다.[20] 그러나 현재로서는 포스트휴먼 시대를 중단하게 할 명분이 없어 보인다. 따라서 이제는 포스트휴먼과 포스트휴먼 시대의 도래를 인정하고 새로운 시대에 적합한 정체성과 가치관이 무엇인가를 파악해야 한다. 나아가 이를 확립하기 위해 무엇을 수행해야 하는가를 실제적으로 고민해야 한다.

이러한 점에서 인공지능 휴머노이드 로봇을 주인공으로 등장시켜 포스트휴먼이 인간 사회에 출현한다면 어떠한 상황이 발생할 것인지를 보여준 <너도 인간이니?>는 시의성을 확보한다. 세계 3대 미래학자인 리처드 왓슨은 우리가 누구이며 우리가 현존하는 다른 유형의 지능과 어떻게 구별되는지에 관한 질문에 답을 제공하는 이야기가 필요하다고 말한다. 그러한 이야기를 토대로 어떠한 합의된 규제를 만들고 그러한 규제 안에서 마련된 기술을 인간의 삶에 적용해야 하기 때문이다.[21] 따라서 포스트휴먼 시대가 심화되기 전에 그에 관한 다양한 이야기가 생산되어야 하며, 유의미한 이야기를 통해 포스트휴먼 시대의 방향성을 고민해야만 한다. 무엇보다 현재의 인간은 급변할 세계에 탄생할 미래의 인간과 어떻게 공존할 것인지를 준비해야 한다. 이러한 정황에서 <너도 인간이니?>가 던지는 인간과 '기계-인간'에 관한 질문과 그에 관한 답변은 포스트휴먼 시대를 살아가는 우리에게 유의미한 사유를 제공한다고 볼 수 있다.

---

20 마이클 샌델, 이수경 옮김, 『완벽에 대한 반론: 생명공학 시대, 인간의 욕망과 생명윤리』, 미래엔, 2016, 107쪽.
21 리처드 왓슨, 방진이 옮김, 『인공지능 시대가 두려운 사람들에게』, 원더박스, 2017, 328쪽.

로컬의 낭만과 추리서사의 전략적 병합
― <동백꽃 필 무렵>

1. 대중과 조우한 보수적 판타지

한동안 한국 텔레비전드라마의 주된 경향 중 하나는 '폭력적인 시대를 폭력적으로 재현'하는 것이었다. 특히 2010년대 중반 이후 권력과 연계된 범죄 사건을 다루는 수사물이 대량 제작되면서 한국 텔레비전드라마의 대표 장르였던 로맨스물의 자리를 위협할 정도로 범람하게 된다. 이와 같은 현상은 케이블드라마의 시청률이 높아지면서 지상파가 케이블드라마의 서사 전략을 일정 부분 모방함으로써 확산되었다고 진단할 수 있다. 그 결과 화려하지만 비열한 이미지의 도시(서울) 속 기업이나 검찰청을 배경으로 성공한 자들의 타락한 정황을 포착하는 텔레비전드라마가 다수 제작되었다. 해피엔딩을 불문율로 간주하는 한국 텔레비전드라마의 특성상 이들 작품의 마지막은 물론 '정의가 승리한다'로 귀결된다. 그러나 대부분의 시간을 폭력적인 세계를 재현하는 데 주력하기 때문에 일련의 텔레비전드라마는 인간과 세계를 향한 공포와 불안을 양산하는 데 일조해 왔다.

그런데 <동백꽃 필 무렵>(KBS2, 2019)은 한국 텔레비전드라마의 경향성을 영민하게 벗어나며 보수적인 판타지로 대중과 조우하는 전략을 선보였다. 동백을 중심으로 자신의 삶을 책임지려는 평범한 사람들의 치열한 노력과 성장기를 다룬 <동백꽃 필 무렵>은 폭력적 시대에 오염되지 않고 일상을 지켜가는 사람들의 이야기에 주목한다. 특히 <동백꽃 필 무렵>은 서울이라는 천편일률적인 공간성에서 벗어나 로컬의 의미를 재고하고 로컬리티의 특성을 극 전체에 반영함으로써 기존 텔레비전드라마와는 다른 독특한 분위기를 구축했다. 그 결과 <동백꽃 필 무렵>은 2019년 최고의 드라마로 평가받으며 그동안 한국 텔레비전드라마가 간과했던 비주류의 이야기로 주류의 자리를 선점한 이례의 결과를 낳았다. 물론 <동백꽃 필 무렵>이 처음부터 크게 주목받지는 않았다. 그러나 시청률 6.3%에서 시작하여 23.8%(닐슨)로 종영한 과정을 살펴볼 때 <동백꽃 필 무렵>은 대중의 감상의지를 이끌어내는 특별한 내·외적 근거를 보유했다고 볼 수 있다.

그렇다면 '비주류의 이야기'라 할 수 있는 <동백꽃 필 무렵>이 높은 시청률을 기록하며 평론가와 대중 그리고 전 세대에 걸쳐 큰 호응을 받은 이유는 무엇일까. <동백꽃 필 무렵>은 극명한 선악구도, 자극적인 사건의 선정적인 전시, 화려한 삶, 비범한 조건을 갖춘 남성 및 여성 인물의 로맨스 등 한국 텔레비전드라마의 전형을 답습하기보다 감상자에게 낯선 쾌감을 선사하는 전략을 선택했다. 그리고 이 낯선 전략은 도시의 삶이 제공하는 스트레스에서 탈주하고 싶은 피로한 대중의 내밀한 욕망을 자극함으로써 성공할 수 있었다. <동백꽃 필 무렵>의 첫 번째 의미는 옹산이라는 가상의 로컬을 배경으로 설정하여 도시와 다른 낭만적 삶을 체현할 기회를 제공하는 데 있다. 옹산은 취업, 경쟁, 성공 등 도시의 생존 법칙으로부터 빗겨나 있으며 그 안에 거주하는 사람들 역시 현대 도시의 사람들과는 다르게 전근대의 노스탤지어를 자극한다.

하지만 <동백꽃 필 무렵>은 로컬을 낭만적으로 재현하되 시대의 불안을 간과하지는 않는다. '까불이'라는 미스터리한 인물을 삽입하여 평화로운 옹산에도 범죄와 공포가 발생할 수 있음을 전제하기 때문이다. <동백꽃 필 무렵>은 안전하고 조용한 옹산에 범죄로 파장을 일으키는 까불이가 과연 누구인지를 밝혀가는 과정을 또 하나의 서사 축으로 삽입하여 은폐의 긴장을 유발하는 장르물의 전략을 일정 부분 표방한다. 또한 까불이의 범죄 행각은 현재 한국의 사회 문제로 대두된 혐오 범죄와 맞닿아 있다. 이것이 바로 작품의 두 번째 의미. 정리하자면 폭력적인 시대를 망각할 만한 낭만을 제공하되 폭력적인 시대를 간과하지 않는 것, 낭만으로의 탈주와 현실 문제를 적절하게 병합한 것이 <동백꽃 필 무렵>이 여타 작품들과 변별되면서 대중과 평단에 큰 호응을 받은 요인이다.

2. 로컬리티의 활용과 보수적 낭만의 체현

인구 절반이 서울과 서울 근교에 거주하고 있을 정도로 대한민국은 서울이 정치와 문화의 권력자로 군림하고 있다. '서울 공화국'이라는 수식어가 말해주듯 모든 분야에서 서울 집중화 현상은 두드러진다. 문화 인프라는 서울에 편중되어 있으며 문화 콘텐츠에서 재현하는 대다수의 공간 역시 서울이다. 한국 텔레비전드라마 역시 공간적 배경이 서울이 아닌 작품을 찾기가 쉽지 않다. 중심과 주변의 이분법적 관계에 의문을 제기하고 그 관계 해체를 지속적으로 기획하는 로컬리티에 관한 의지가 부재한 까닭에[1] 텔레비전드라마는 서울 이야기에만 집중해 있다. 한국 사회의 뿌리 깊은 로컬 차별 현상은

---

1   장세룡 외, 『사건, 정치의 토포스』, 소명출판, 2017, 117쪽.

문화 콘텐츠의 편향된 공간 설정에서도 영향을 받았다고 볼 수 있다.

<동백꽃 필 무렵>은 '서울' 대신 '지방'을 공간적 배경으로 설정한다. 물론 '충청남도 옹산군'이라는 작품의 공간적 배경은 작가가 고안한 가상의 지역이다. 그러나 실제 지역을 지시하지 않더라도 충청남도의 바닷가 마을과 게장거리라는 세부 설정은 특정 지역을 상기하게 함으로써 일련의 공간적 리얼리티를 구성한다. <동백꽃 필 무렵>은 위험을 감수한 대신 수많은 텔레비전 드라마가 서울에 부여한 피상적이고 진부한 장소 정체성을 탈주할 기회를 획득한다.[2] 서울 그리고 도시와는 확연히 다른 장소 정체성을 보유한 옹산은 새로운 이야기와 인물을 생산할 토대를 마련해준다. 이로써 다층적이고 역동적인 거래행위 즉 정치성이 개입되는 로컬이라는 공간에서 만들어지는 로컬서사[3]를 표방하는 <동백꽃 필 무렵>은 로컬에도 사람이 살고 있으며 그들이 극의 주인공이 될 수 있다는 당연하지만 묵인된 진실을 알려준다.

옹산은 살과 살이 부대끼며 경험되는 로컬의 다층적인 움직임을 간직한 곳이다.[4] 삼대가 모여 사는 옹산은 혈연공동체의 특성이 두드러진다. '장모에 처형에 동생에 사방이 다 뿌락치'이자 '고종사촌 누나의 부군과 경찰서장이 거진 사돈지간'일 정도로 옹산 주민들은 혈연을 중심으로 긴밀하게 연결된다. 21세기임에도 불구하고 여전히 씨족사회의 특성을 간직한 옹산은 게장골목을 중심으로 토박이 네트워크라는 카르텔이 형성되어 있으며 외지인이 틈입하기 힘든 폐쇄성을 갖는다. 물론 로컬 특유의 폐쇄성은 외지인을 배척하는 부정적 양상을 띠기도 하지만 폐쇄성 덕분에 옹산은 오히려 평화롭게 느껴진다. 개인주의와 익명성의 소외가 만연한 도시와 다르게 옹산 주민들은

---

2   에드워드 렐프, 김덕현·김현주·심승희 옮김, 『장소와 장소상실』, 논현, 2008, 134쪽.
3   이유혁 외, 『로컬서사와 재현』, 소명출판, 2017, 3쪽.
4   부산대학교 한민족문화연구소 엮음, 『로컬의 일상과 실천』, 소명출판, 2013, 3쪽.

서로를 잘 알고 있으며 혈연공동체이자 운명공동로체로서 함께 도우며 살아
간다는 연대의식이 견고하기 때문이다. 이처럼 <동백꽃 필 무렵>은 하나의
거대한 가족처럼 보이는 옹산을 통해 도시가 보여줄 수 없는 로컬리티의
고유한 특성을 재현한다.

　그동안 로컬은 대도시의 발전 속도를 따라가지 못하는 퇴보한 곳이라는
부정적 인식과 노스탤지어를 자극하는 낭만적 공간이라는 양가적 시선을
받아왔다. <동백꽃 필 무렵>은 전자 다시 말해 로컬에 관한 부정적 인식을
최대한 배제하고 로컬의 낭만성을 강화하는 방향으로 로컬리티를 활용한다.
바닷가에 위치한 옹산은 아름다운 배경으로 둘러싸여 목가적인 분위기를
자아내며 마천루나 교통 체증이 없기 때문에 안정감과 편안함을 불러일으킨
다. 옹산은 비록 까불이라는 위험인물이 존재하지만 누렁이 복실이를 살피는
게 경찰의 업무일 정도로 평화로운 곳이다. 또한 주민 대부분이 게장골목에
서 일하기 때문에 취업과 승진 스트레스나 계급 차이에서 오는 상대적 박탈
감을 살펴보기 힘들다.

　<동백꽃 필 무렵>은 옹산 주민들의 생업 문제를 최대한 배제함으로써 옹
산의 낭만성을 극대화한다. 옹산 주민들의 애환은 최대한 생략하고 게장골목

에서 담소를 나누며 여유 있는 삶을 살아가는 모습을 주로 보여주기 때문이다. 옹산의 낭만성을 극대화하는 게장골목은 옹산의 정체성을 표상하는 장소로 존재한다. 이-푸 투안은 완전하게 익숙해졌다고 느낄 때 그리고 명확한 뜻과 의미를 획득함에 따라 공간이 장소로 전환된다고 말한다. 추상적이고 개방적인 공간에 가치와 의미가 부여될 때 그곳은 장소로 거듭나게 되는데[5] 장소성은 독특한 경관, 장소와 관련된 활동, 장소의 의미 등이 결합하여 구성된다.[6] 옹산의 게장골목은 생업과 친목은 물론이며 공동육아까지 이루어지는 근린의 장소로서 집과 같은 의미를 지닌다. 게장골목의 중요한 특징 중 하나가 바로 개방성인데 하나의 길을 공유하는 사람들은 골목에서 벌어지는 일을 실시간으로 함께 체험한다.

 게장골목을 위시 한 옹산 주민들은 '어느 집 된장 뚝배기 이 나간 것까지 다 알고' 있으며 공통경험으로 구축된 견고한 관계성을 보여준다. 이러한 이유로 옹산은 노스탤지어를 자극하는 이상적인 고향의 장소감(Sense of Place)을 발산한다. 엄마와 종렬에게 버림받은 동백이 옹산에 입성한 이유 역시 옹산이 고향을 대리하기에 적합한 곳이기 때문이다. 동백은 '밥 때가 되면 그냥 아무 집이나 들어가면 돼. 그게 되게 당연한 동네거든. 그냥 가족 같아'라는 종렬의 말을 듣고 옹산에 터를 잡는다. 처음에는 토박이 네트워크에 귀속되지도 않고 장소 규율을 체화하지도 않은 동백은 옹산 주민들에게 배척당한다. 그러나 이방인 동백과 필구를 가족으로 품어내고 그들을 지키기 위해 위험을 무릅쓰는 사람들이 있는 옹산은 이내 로컬에 관한 로망을 갖게 한다. 종렬과 제시카가 살고 있는 서울은 SNS와 미디어를 중심으로 가식과

---

5   이-푸 투안, 구동회·심승희 옮김, 『공간과 장소』, 대윤, 2007, 124·219쪽.
6   에드워드 렐프, 김덕현·김현주·심승희 옮김, 『장소와 장소상실』, 논현, 2008, 112-115쪽.

위장이 만연한 곳이며 자본주의적 욕망이 넘쳐나는 불온한 곳으로 재현된다. 그래서 종렬은 서울에서 상처를 받을 때마다 '환장할 비상구'인 옹산으로 향한다. 옹산은 도시의 불안과 스트레스로부터 안전한 곳이기 때문이다.

  자기중심적 문화의 규범과 기대감 때문에 타인과 교류하거나 공통분모가 있다는 신념마저 약해진 '근시사회'를 살아가는 현대인은 독립적인 삶의 양태 속에서 불안과 공포를 감내해야 하는 상황에 놓인다.[7] 이러한 공포와 불안은 도시에서 더욱 강화될 수밖에 없다. 콜린 엘러드가 주장하는 것처럼 로컬의 응집력이 결여된 도시는 심리적 질환이 발생할 확률이 높기 때문이다. 지나치게 빠른 시간 안에 친족의 시선에 그대로 노출되는 생활양식에서 낯선 사람들이 밀집된 비좁은 공간에 모여 살게 됨으로써 현대인은 자기를 보호하려는 충동이 강해졌다. 도시는 자연스럽고 유기적인 관계망이 미비하며 낯선 군중 속의 삶을 배태한다.[8] 그러한 이유로 원자화되고 파편화되어 연합의 힘을 상실한 채 오직 자기 자신만 해석하는 데 빠져 있는 도시인들에게 옹산은 낭만의 공간으로 비춰질 수밖에 없다.[9]

7   폴 로버츠, 김선영 옮김, 『근시사회』, 민영사, 2016, 9-18쪽.
8   콜린 엘러드, 문희경 옮김, 『공간이 사람을 움직인다』, 길벗, 2016, 180-216쪽.
9   지그문트 바우만·레오니다스 돈스키스, 최호영 옮김, 『도덕적 불감증』, 책읽는수요일,

이렇듯 옹산은 지리적 조건에서부터 특별한 장소성 그리고 사람들까지 로컬 판타지를 강화하는 데 일조한다. 그리고 로컬로서 옹산의 판타지는 용식을 통해 절정에 이른다. '지프차의 엔진과 세단의 매너를 보유'했다 자평하는 용식은 '촌므파탈'이라는 신조어를 만들어 낼 정도로 대중의 호응을 받았다. 용식은 여타 텔레비전드라마의 매력적인 남성인물의 외적 조건을 거의 갖추지 못했을 뿐만 아니라 충청도 사투리를 구사하는 투박한 외형의 촌스러운 시골 청년이다. 그러나 용식은 옹산의 장소감처럼 순박함을 앞세워 특유의 낭만성을 구현한다. 텔레비전드라마의 남성인물들은 도회적이며 자본주의적 욕망을 체현하는 경우가 많았다. 그러나 서울 대신 로컬을 선택한 <동백꽃 필 무렵>은 세련된 남성인물 대신 순박한 남성인물을 선택하며 로컬의 주민만이 제공할 수 있는 순진무구의 판타지를 활용한다.

용식은 외연과 내면이 일치하는 단순함의 미덕을 가지고 있으며 자기의 감정이나 욕망을 우선하기보다 동백의 존재가치를 보존하는 방식으로 사랑을 실행한다. 또한 용식은 진보적인 젠더감수성을 가지고 있으면서도 스킨십에는 한없이 보수적인 모습을 보인다. 사랑한다는 말보다는 존경하고 훌륭하다는 말로 동백의 삶을 위로하는 것도 용식이다. 순박한 용식의 사랑은 사랑마저 소유와 폭력으로 변질되는 현대의 정황과는 과도하게 동떨어져 있다. 하지만 이 과도한 동떨어짐이 낯설지만 더할 나위 없는 매력이 된다. 용식은 유해한 시대에는 존재하기 힘든 무해한 인간이기 때문이다.

'모든 것을 원거리화하면 시와 노래가 되며 모두가 낭만적이 된다'[10]라는 노발리스의 말처럼 옹산은 도시에서 먼 로컬일 뿐만 아니라 현대로부터 먼

2015, 349쪽.
10   지명렬, 『독일 낭만주의 총설』, 서울대학교, 2000, 421쪽.

시간성을 느끼게 하므로 더욱 낭만적으로 느껴진다. 역동적으로 진보해 나가는 서울(도시)과 다르게 더디게 흘러가는 옹산의 시간은 발전과 계몽의 책무에서 빗겨나 있으며 토박이의 고유성을 간직하고 있다. 그뿐만 아니라 '이 동네 아줌마들 진짜 이상해. 나를 그렇게 싫어하면서 맨날 김장하면 김치는 준다…그거 진짜 다른 거거든.'이라는 동백의 말처럼 옹산 주민들은 이방인 동백이에게 무심하지만 따뜻한 정을 나누어준다. 게다가 까불이가 옹산을 불안에 빠트리자 '향미 씨가, 이웃이, 사람이 그렇게 죽으면 안 되는 거라고 생각'한 옹산 주민들은 '무심하지만 나름의 방식으로 그러나 분명히 시간과 공을 들여' 동백을 지켜준다.

결국 이방인이자 삶의 의미를 상실한 동백에게 구원의 공간이 되어준 옹산은 원거리지만 어딘가에는 현 시대와 다른 속도와 방향으로 존재하는 낭만의 로컬이 있다는 판타지를 갖게 한다. 옹산은 상처받은 동백과 정숙에게 새로운 삶을 살아갈 자양분이 되어주었으며 까불이 같은 위험요인이 등장해도 함께 처단할 수 있는 힘이 존재하는 곳이다. 고향을 상실한 시대에 가상의 고향이 되어준 옹산은 고향에 관한 감상자의 근원적 결핍을 일시나마 충족해준다.[11] 그리고 이 로컬 판타지는 <동백꽃 필 무렵>의 주요한 전략이자 매력이 된다.

---

11 이-투 푸안은 고향에 대한 근원적인 애착은 특정 세대나 문화권에 한정된 것이 아니라 범세계적인 현상이라고 말한다(이-푸 투안, 구동회·심승희 옮김, 『공간과 장소』, 대윤, 2007, 247쪽). 또한 노스탤지어를 자극하는 옹산은 고향을 상실한 경험이 없는 사람이나 세대에게도 고향의 낭만을 간접적으로 체험하게 만든다.

3. 추리서사의 보조적 삽입과 복합장르의 탄생

좋은 극이란 잘 짜인 구조로 이루어져 있으며 인물의 행동에 집중하게 만들고 그럴듯한 갈등이 풍부하며 입체적 인물이 등장해 관객이 극의 세계 속으로 빠져들게 만드는 것을 말한다.[12] 그러나 픽션에서의 삶은 실제 삶보다 더 치열하고 특별한 극적 경험으로서, 내러티브 속 세상은 실제로 체험하는 일상과 동일해서는 안 된다. 관심을 유발하기 위해서는 좋은 극의 요건을 갖추되 문제의 소지를 심어줌으로써 감상자의 마음을 사로잡아야 한다. 이러한 이유로 일상적인 삶을 다루는 작품일지라도 예상치 못한 변화나 위기 혹은 해결하기 힘든 사건이나 불길한 예감 등을 첨가하여 감상자에게 지속적인 긴장감을 제공해야 한다.[13]

전술한 바와 같이 <동백꽃 필 무렵>은 평범한 사람들의 일상적 삶이 재현되는 옹산을 통해 로컬의 낭만적 판타지를 주조한다. 그런데 <동백꽃 필 무렵>은 로컬과 로컬 주민의 낭만적인 정황을 재현하는 데 그치지 않고 까불이라는 인물과 살인사건을 서브플롯으로 삽입하여 극적 긴장감을 높이는 전략을 사용한다. 또한 인물과 사건의 진실을 마지막까지 은폐하며 감상자에게 의도된 오인과 혼란을 줌으로써 극적 긴장감을 끝까지 지속하게 한다. 정적인 서사로만 극이 구성될 경우 발생할 수 있는 미약한 긴장감의 문제를 중심서사를 보조해 주는 추리서사를 삽입함으로서 해결한 것이다. 결과적으로 '휴먼과 로맨스 그리고 스릴러(추리서사)가 병합된 복합장르'를 표방한 것이 <동백꽃 필 무렵>이 감상자를 끌어들인 또 다른 요인이라 할 수 있다.

---

12 Louis E. Catron, 『The Elements of Playwriting』, Waveland Pess Inc, 1993, pp.28-29.
13 조단 E. 로젠펠드, 이승호·김청수 옮김, 『임팩트 있는 장면을 만드는 스토리 기법』, 비즈앤비즈, 2002, 112-115쪽.

추리서사란 탐정, 범인, 희생자 인물 유형이 등장하고 불가사의한 범죄의 발생과 그 해결과정을 플롯으로 삼는 이야기를 말한다. 이러한 추리서사는 범죄와 연계된 인물을 중심으로 탐정 중심형, 범죄자 중심형, 희생자 중심형으로 분류할 수 있다. 먼저 탐정 중심형은 경찰, 검사, 기자, 작가 등의 인물이 주인공이 되어 범죄를 해결해 나가는 과정에 초점을 둔다. 범죄자 중심형은 범죄자가 주인공이 되어 범죄를 저지르고 도피하는 과정에 초점이 놓이며 범죄서사가 전체서사를 주도하는 유형이다. 마지막으로 희생자 중심형은 주인공인 희생자가 위험 상황에 놓이면서 서스펜스가 유발되는 경우로 희생자의 상황에 따라 서스펜스의 양상이 달라지는 유형이다.[14]

<동백꽃 필 무렵>은 범죄를 저지르는 까불이(범인)와 까불이의 타깃이 된 동백(희생자) 그리고 까불이의 정체를 밝혀내는 용식(탐정)에 의해 추리서사가 전개된다. 이때 용식이 까불이의 정체를 밝히는 것에 중점을 두고 서사가 전개된다는 점에서 <동백꽃 필 무렵>의 추리서사는 탐정 중심형에 맞닿아 있다. <동백꽃 필 무렵>은 1회 오프닝부터 살인사건을 삽입하여 마을에 잔인한 사건이 발생했으며 그로 인해 누군가가 죽었다는 사실을 알려준다. 이후 극은 다시 과거 시점으로 돌아가 이야기를 전개하다 21회에 도달해서야 살인사건의 피해자가 향미라는 사실을 알려준다. 그 과정에서 1회 오프닝에 등장했던 살인사건 현장을 2회, 3회, 12회, 20회에 반복하여 삽입하되 정보의 노출을 조율하여 상이하게 보여준다. 특히 주민등록증을 활용하여 피해자가 86년생이고 최고운이라는 본명을 가지고 있다는 사실 등을 점진적으로 노출해 동백이와 향미 중 누가 피해자인지를 혼동하게 만든다. 극이 절반 정도 진행되고 나서야 1회 오프닝에 등장했던 게르마늄 팔찌를 찬 살인사건의 피해자

---

14   대중서사장르연구회, 『대중서사장르의 모든 것3: 추리물』, 이론과실천, 2011, 19-27쪽.

가 향미라는 사실이 명확하게 밝혀진다.

이처럼 <동백꽃 필 무렵>은 정보량을 조율하며 사건에 관한 실마리를 조금씩 풀어내는 전략을 사용하여 진실에 관한 감상자의 욕망을 자극해 나간다. 정보를 은폐하여 감상자의 욕망을 자극하는 전략은 '까불이의 정체'를 밝히는 일에 집중적으로 사용된다. 그런데 <동백꽃 필 무렵>에서 추리서사는 중심서사의 액션에 일정 부분 영향을 미치는 보조서사로 활용되며, 동백이의 성장과 로맨스 그리고 옹산 주민들과의 연대과정이 구축하는 낭만적이고 감동적인 분위기를 훼손하지 않을 정도로만 삽입된다. 즉 추리서사를 일정 부분 삽입하되 범죄 행각을 자세히 묘사하여 공포감을 강화하지는 않는다. 또한 추리서사의 긴장감을 활용하되 범죄 자체보다 범죄자의 정체를 밝히는 일에 초점을 둠으로써 공포보다는 진실 규명에 대한 관심을 자극한다. 그 결과 '까불이가 누구인가'에 관한 궁금증이 극을 마지막까지 시청하게 하는 중요한 감상동기로 작용한다.

까불이의 정체는 마지막 방영일인 39회에 가서야 밝혀진다. 그동안 까불이는 신발이 더럽고 특정 라이터를 사용하며 이상한 기침소리를 낸다는 정보가 점진적으로 제시된다. 그와 더불어 1억이 필요하고 라이터를 훔치는 습관이 있는 향미, 까불이 사건이 발생한 건물을 사들여 차익을 얻은 규태, 옹산에 갑자기 등장하여 치매라고 모두를 속인 정숙, 추락사고 후 5년간 칩거한 석용 그리고 고양이에게 밥을 챙겨주는 홍식 등을 까불이로 오인하게 만든다. 특히 종반부에 가서는 용식이 석용을 용의자로 확신하고 검거하면서 일단락되었다고 믿었던 까불이 정체가 사실은 홍식이로 밝혀지는 반전을 꾀한다. 이러한 범인에 관한 오인과 반전은 극에 관한 궁금증을 유발하는 효과적인 장치로 활용되었다고 볼 수 있다.

추리서사는 범인이 범죄를 저지르는 이유 즉 범죄 동기에 따라 주제의식이 달라진다. <동백꽃 필 무렵>은 범인인 까불이의 범죄 동기를 '사이코패스'와 '약자를 향한 혐오'로 설정한다. 까불이는 어린 시절부터 고양이를 죽이고 범죄 전 화재를 저지르는 유사한 범죄 패턴을 보인다. 자기보다 약한 동물을 잔인하게 죽이거나 일시적 쾌락을 위해 방화를 저지르는 것에서 까불이는 사이코패스라 진단할 수 있다. 까불이는 그동안 자기를 무시하는 행동을 하여 기분을 상하게 한 사람들을 차례로 죽여 왔다. 피해자는 주로 초등학생이나 여성처럼 물리적으로 제압하기 쉬운 존재였으며 까불이의 과대망상에 의해 살해되었다는 공통점을 갖는다. 심지어 동백이는 까불이한테 호의적으로 대했지만 까불이는 동백의 호의를 동정과 무시로 오인하여 동백이를 죽이려 한다.

최근 몇 년간 한국에서도 개인의 분노를 약자를 향한 범죄로 표출하는 혐오 범죄가 증가하고 있다. 혐오 범죄는 사회 구조적 문제와도 밀접하게 연관되는데 개인의 위치가 점점 불안해지는 현대사회에서는 열등감, 불만, 우울, 공포 등의 상태에 빠지는 개인이 증가하게 된다. 이러한 상황에서 사회나 권력자들에게 저항으로 나아가기보다 손쉬운 상대를 골라서 책임을 전가하고 희생양으로 삼는 범죄가 발생하는 것이다.[15] 까불이 역시 개인의 열등감과 분노를 해결하고자 약자를 희생양 삼아 책임을 전가하려는 목적으로 범죄를 실행한다. 결과적으로 <동백꽃 필 무렵>은 로컬이라는 낭만적 공간에 현대사회의 공포를 침투시킴으로써 시대적 리얼리티를 일정 부분 담보한다.

주목할 점은 <동백꽃 필 무렵>은 낭만성을 지향하는 작품답게 범죄자인 까불이를 처단하는 방법이나 피해자의 행보 역시 다소 낭만적으로 재현한다

---

15   홍성수, 「혐오(hate)에 어떻게 대응할 것인가?」, 『법학연구』 30(2), 충남대학교 법학연구소, 2019, 195쪽.

는 것이다. 보통 추리서사에서 피해자는 무력하게 그려지고 경찰 등 수사기관의 주체가 범인을 검거하는 방식으로 이야기가 전개되는 경우가 많다. 그런데 <동백꽃 필 무렵>은 동백이의 성장서사에 초점을 두기 때문에 피해자 동백이가 까불이 사건을 어떻게 극복해 가는지에 관심을 둔다. 그로 인해 동백은 무력한 피해자의 자리에 머물러 있지 않고 옹산 주민을 배후 삼아 까불이의 공포를 견뎌낼 힘을 갖는 데까지 나아간다. 특히 옹산 주민들은 옹산과 동백을 지키기기 위해 위험을 무릅쓰는 평범의 기적을 구현하며 연대의 위대함을 함께 보여준다.

결국 동백이는 까불이의 머리를 향미의 맥주잔으로 쳐서 쓰러트리는 것으로 복수에 성공한다. 사이코패스 범죄자가 피해자에게 무력하게 당한다는 설정은 다분히 판타지적이지만 동백의 성장서사를 지켜본 감상자는 카타르시스를 느낄 수밖에 없다. 마을 주민들이 연대하여 까불이를 제압하는 장면 역시 상당히 판타지적이지만 선의의 승리라는 쾌감을 유발한다. 결과적으로 <동백꽃 필 무렵>의 추리서사는 중심서사를 보조하여 극적 긴장감을 유발하면서도 주인공 동백의 성장과 옹산 주민과의 연대의식이라는 중심서사의 주제의식을 강화하는 데 일조한다고 볼 수 있다.

4. 평범한 사람들의 기적 같은 이야기

하나의 작품이 좋은 평가를 받는 데에는 복합적인 요인이 작용한다. 특히 영상콘텐츠의 경우 배우는 물론이고 편집이나 음향 같은 요인들까지도 작품에 큰 영향을 미친다. 따라서 <동백꽃 필 무렵>이 호평을 받은 이유를 탐색하려는 시도는 사실상 규명하기 힘든 차원의 것이다. 이번 장에서는 <동백꽃 필 무렵>이 기존 텔레비전드라마와 변별되는 낯선 전략을 사용했으며 그것이 대중의 호응을 받은 중요한 요인이라는 전제하에 작품을 분석해 보았다. 바로 로컬로서의 옹산과 추리서사로서 까불이의 활용이다.

<동백꽃 필 무렵>은 어린 필구를 데리고 옹산에 입성한 동백을 중심으로 '평범한 사람들이 만들어내는 기적 같은 이야기'를 보여준다. 겁 많은 동백이가 세상의 편견과 폭력에 맞서게 된 힘의 근원은 가족, 순전한 연인 용식 그리고 향미와 옹산 주민들로부터 받은 사랑에 있다. 이를 통해 <동백꽃 필 무렵>은 '사람이 사람에게 기적이 될 수 있다'는 진실을 알려준다. 까불이들이 판치는 불안하고 부정한 세계를 극복할 방법은 결국 사람에 있다는 것이 <동백꽃 필 무렵>의 주제의식이다. 그리고 이 과정에서 중심인물인 동백과 용식뿐만 아니라 정숙, 덕순, 향미, 종렬, 규태, 자영, 제시카 그리고 필구와 주민들까지를 이야기의 중심으로 끌어들이며 저마다의 삶에 관심을 갖는다. <동백꽃 필 무렵>은 세상은 특정한 사람이 아니라 모두의 움직임에 의해 구성된다는 진실까지 함께 알려준다.

계급차이 로맨스의 유효성 및 변화 양상
— <킹더랜드>

1. 대중서사와 계급차이 로맨스

로맨스는 드라마뿐만 아니라 서사 나아가 예술 전반에서 활용되어 온 매우 보편적인 소재이자 장르다. 로맨스는 모든 장르를 초월한다(Romance transcends all genres)[1]는 명제가 가능할 만큼 로맨스는 특유의 확장성을 보여준다. 로맨스가 시대와 장르를 초월하여 다양한 영역에서 빈번하게 출현한 이유는 격렬한 감정을 유발하고 초월적 의미를 체현하게 만드는 데 유용하기 때문이다. 로맨스의 체험은 육체와 정신에 작용하여 강렬한 충동을 불러일으키며 숭고와 희생 등 현실 너머의 의미를 발견하게 만든다. 모든 것을 시장 가격으로 환산하려는 세속화된 현대사회에서조차 로맨스는 세계의 규범에 반항하거나 타자를 위해 자아를 파괴하는 용기를 불러일으키기 때문이다.[2]

타자의 실존에 육박하게 만드는 희소한 경험으로서 로맨스는 격양된 감정

---

1 Stuart Voytilla, 『Myth and the Movies: Discovering the Mythic Structure of 50 Unforgettable Films』, Michael Wiese Productions, 1999, p.184.

2 한병철, 김태환 옮김, 『에로스의 종말』, 문학과지성사, 2015, 6쪽.

을 추구하는 대중서사에서 특별한 지위를 부여받는다. 대중서사는 로맨스를 과도하게 이상화하고 낭만화함으로써 환상을 제공하고 고난 극복과 성취의 쾌감을 유발하는 극적 요소로 활용한다. 이러한 경향성은 드라마에서도 두드러지는데 어떠한 시련도 극복할 수 있는 막강한 힘을 보유한 낭만화된 로맨스는 그동안 한국 텔레비전드라마의 주요한 설정 중 하나였다. 로맨스가 격양된 감정과 이상화된 가치를 고조하기 위해서는 그것을 방해하는 거대한 장애물이 필요하다. 한국 텔레비전드라마는 거대한 로맨스의 장애물로 '계급차이'를 활용해 왔으며 로맨스와 결부된 계급차이는 세속화된 낭만의 시대에 자본주의 사회의 모순을 자극하는 흥미로운 설정이 되어주었다.

계급차이 로맨스(Class Difference Romance)는 말 그대로 계급이 상이한 인물들이 로맨스의 관계를 구축하는 것을 의미한다.[3] 한국 텔레비전드라마에서 계급차이 로맨스는 1990년대 후반부터 2010년대 말까지 일종의 호황기를 누렸는데, 해당 기간 매년 10편 이상의 계급차이 로맨스 드라마가 제작되었다.[4] 한국 텔레비전드라마에서 계급차이 로맨스가 본격화된 시점은 남성 백화점 재벌 2세와 여성 평사원의 로맨스를 그린 <사랑을 그대 품안에>(MBC, 1994)서부터로 해당 작품 이후 계급차이 로맨스는 일종의 클리셰화를 통과한다. 계급차이 로맨스는 재벌가 남성과 평범한 계급의 여성이 개인·가족·사회의 방해에도 불구하고 순수하고 진정성 있는 사랑을 체현하는 스토리를 구성한다. 그리고 상위계급의 남성인물은 예민하고 거친 성격으로 하위계급의 여성인물은 명랑하고 긍정적인 성격으로 재현되는 경향을 보였다.

3　후술하겠지만 계급차이 로맨스는 흔히 '신데렐라 스토리'로 불려 왔다. 여기서는 신데렐라가 지니는 의미의 축약성을 보완하고 '로맨스'라는 장르성과 '계급'이라는 시대성을 강화한 용어이자 개념으로서 '계급차이 로맨스'를 사용할 것이다.

4　이다운, 「한국 텔레비전드라마의 대중 서사 전략에 대한 비판적 고찰」, 충남대학교 박사학위논문, 2017, 111쪽.

그러나 20년간 한국 텔레비전드라마에서 상당한 영향력을 행사하던 계급차이 로맨스는 2020년대에 이르러 유효성을 상실하는 듯 보였다. 특히 계급차이 로맨스를 가장 적극적으로 극화해온 김은숙 작가가 집필한 <더 킹: 영원의 군주>(SBS, 2020)가 시대착오적이라는 비판 속에서 흥행 실패로 이어지면서 계급차이 로맨스가 더 이상 대중과 교감하기 어렵다는 분석이 이어졌다. 계급차이 로맨스의 유효성 문제는 두 가지 측면의 영향을 받았다고 분석할 수 있다. 첫 번째는 OTT 플랫폼의 확대로 그동안 한국 텔레비전드라마에서 가장 인기 있는 장르였던 로맨스물이 축소되고 타 장르물이 인기를 끌게되었다는 점이다. OTT 드라마는 새로운 스토리, 설정, 배경, 캐릭터를 구현하여 기존 텔레비전드라마와 변별성을 구축하려는 경향을 보인다. OTT 드라마가 새로운 감상자를 모집해야 하는 상황에서 자극성을 추구한 점 역시 로맨스물의 축소를 불러일으켰다.

계급차이 로맨스의 유효성 문제를 유발한 두 번째 영향은 바로 시대 변화다. 대중문화에서 특정 캐릭터나 이야기의 약화가 대중의 관심이 멀어졌다는 것을 의미한다고 가정하면[5] 계급차이 로맨스의 축소 역시 대중의 관심과 연관지어 분석할 수 있다. 상위계급 남성과 하위계급 여성의 로맨스는 필연적으로 여성인물의 사회적 결핍을 전제한다. 더욱이 여성이 타자에 의해 상위계급으로 상승한다는 결말은 타자의 역량에 기댄 미숙한 성취로 간주될 수밖에 없다. 이러한 측면에서 계급차이 로맨스는 개인의 평등과 주체성이 강화된 현시대의 관념과 상충한다. 또한 재벌을 순수한 로맨스의 대상으로 간주하기 어려운 사회 분위기 역시 계급차이 로맨스를 약화하는 데 기여했다

---

5   문선영, 「신데렐라 출현으로 가늠하는 대중예술사의 흐름과 의미 ― 이영미, 『신데렐라는 없었다』, (서해문집, 2022)」, 『한국극예술연구』 78, 한국극예술학회, 2023, 184쪽.

는 분석도 가능하다.

그런데 주목할 점은 다수의 전문가가 계급차이 로맨스의 유효성에 관해 부정적인 진단을 내린 이후 전형적인 계급차이 로맨스 드라마가 텔레비전에 재등장하여 화제를 불러일으켰다는 사실이다. 2023년 방송된 <킹더랜드>(JTBC)는 시청률 5.1%로 출발하여 계급차이 로맨스를 향한 대중의 관심이 저하되었다는 것을 보여주는 듯했다. 그러나 6화 시청률이 12%로 상승하고 방송 3개월간 'TV-OTT 드라마 화제성' 부문 1위를 기록했으며, 최종화는 해당 방송사 역대 드라마 시청률 순위 7위에 올랐다. 특히 <킹더랜드>는 진부한 설정이라는 비판과 특정 문화권 왜곡 논란에도 불구하고 동시 공개한 글로벌 OTT 플랫폼(Netflix)에서 글로벌 1위와 39개국 10위권 등의 기록을 세우며 흥행작으로 종영했다. 2023년 한국 유튜브에서 가장 많이 검색된 드라마 4위(지상파·케이블 드라마 부문 1위)를 기록하기도 했다.

대중서사인 드라마는 대중정서와 욕망 그리고 사회 분위기를 긴밀하게 반영하므로 드라마가 재현하는 로맨스의 양상은 이러한 관계성을 탐색할 수 있는 하나의 자료가 된다. 그렇다면 <킹더랜드>는 계급차이 로맨스에는 여전히 대중을 자극하는 일련의 매력이 있다는 점과 현시대가 계급차이 로맨스가 작동될 만한 일련의 조건을 내포하고 있다는 것을 예상하게 하는 텍스트가 될 수 있다. 이번 장에서는 계급차이 로맨스의 소구력이 약화되었다고 평가받은 시기에 재등장해서 계급차이 로맨스에 관한 보다 치밀하고 복합적인 분석을 유도한 <킹더랜드>를 다각도로 탐색하고자 한다. 이를 위해 텔레비전드라마를 중심으로 시대 변화에 따른 계급차이 로맨스의 특성과 의의를 밝히고 <킹더랜드>가 계급차이 로맨스의 유효성을 보존하기 위해 사용한 극적 전략이 무엇인지를 분석할 것이다.

2. 계급차이 로맨스의 유효성과 판타지의 존속

계급차이 로맨스는 일반적으로 '신데렐라 스토리'로 불려 왔다. 한국 대중 예술사에서 신데렐라 스토리가 어떻게 변화해 왔는지를 연구한 이영미는 신데렐라가 복잡한 조건을 가진 캐릭터라고 주장한다. 그에 따르면 신데렐라는 '돈·권력을 가진 자와 결혼에 성공하는 가난한 여자'라는 단순한 조건만으로 규정되지 않으며 가진 자와의 '행복한 결혼'이 전제되어야 한다. 또한 가진 자와의 결혼에 윤리적 하자나 양심의 거리낌 등이 개입되지 않는 것이 신데렐라 스토리의 핵심이다.[6] 이러한 주장에 의하면 신데렐라 스토리는 행복한 결혼에 방점이 찍혀 있으며 신데렐라에게 부여되는 서사적 목표 자체가 결혼이라고 볼 수 있다. 그러나 계급이 상이한 인물이 등장하는 현대의 로맨스물은 결혼보다는 로맨스 자체(과정)에 초점이 맞추어져 있으며, 행복한 결혼을 담보할 수 없거나 윤리적 문제를 내포한 관계 역시 많다. '신데렐라 스토리'보다 '계급차이 로맨스'라는 용어를 사용하는 이유가 바로 여기에 있다.[7]

로맨스를 토대로 한 명이 다른 한 명에 의해 계급상승을 체험하는 스토리는 특정 시공간에서 출현하여 파생된 것이 아니라, 전 세계에서 산발적으로 출현한 보편 유형이다. 괴로운 삶을 살던 신데렐라가 왕자와의 로맨스를 통해 행복을 찾는다는 샤를 페로의 《상드리옹 또는 작은 유리구두》(1697) 이후 신데렐라는 상징적인 캐릭터가 된다. 그런데 민속학자 안나 비르기타 루트가 '신데렐라 사이클'이라 명명했을 정도로 샤를 페로의 기획과 유사한 설정을

---

6 이영미, 『신데렐라는 없었다』, 서해문집, 2022, 29쪽.
7 신데렐라 스토리는 여성 인물의 특성에 따라 '캔디형, 콩쥐팥쥐형' 등의 용어를 사용하는데, '계급차이 로맨스'는 캐릭터 특성이 아니라 로맨스 상태에 의거하기 때문에 신데렐라 스토리보다 포괄성 있는 용어(개념)다.

공유하는 작품은 전 세계에서 발견된다. 흥미로운 점은 전 세계의 신데렐라 스토리를 분석한 하마모토 다카시는 동일한 사고 체계를 기반으로 문명화를 이룩한 인간이 시공간을 초월하여 전 세계에 유사한 형태의 신데렐라 스토리를 구축했다고 분석한다는 것이다.[8]

인간을 호모 픽투스(Homo Fictus, 이야기하는 동물)로 규정하는 조너선 갓셜은 인간 DNA에는 강력한 서사적 편향이 새겨져 있다고 주장한다. 인간은 스토리텔링 심리에 관한 선천적 구조를 가지고 있어서 특정 서사에 편향되게 주목한다.[9] 그렇다면 계급이 상이한(주로 남성인물이 상위계급) 두 연인의 로맨스가 전 세계에서 산발적으로 오랜 시간 반복 출현했다는 것은 여기에 서사적 편향성을 유발할 만한 특성이 내재되어 있다고 가정할 수 있다. 그러나 계급차이 로맨스는 특히 젠더 차원에서 비판의 대상이 되었다. 콜레트 다울링이 자신의 인생을 바꾸어줄 구원의 손길을 기다리며 의존성향을 드러내는 상태를 '신델렐라 콤플렉스'라고 명명한 것처럼[10] 계급차이 로맨스는 타인에 의해 삶의 문제를 해결받는다는 점에서 비주체성의 문제를 유발한다.

다양한 비판에도 불구하고 계급차이 로맨스는 지난 20년간 한국 텔레비전 드라마에서 상당한 파급력을 보여주었으며 <킹더랜드>는 '로맨스 서사의 후퇴'라는 비난에도 불구하고 계급차이 로맨스의 서사적 편향성이 유효함을 보여주었다. 여기서 함께 주목해야 할 것이 바로 웹소설 분야다. 이미 시장 규모 1조원을 돌파한 웹소설은 대중문화 콘텐츠인 웹툰보다 '깊게' 소비되는 경향을 보인다. 웹소설 감상자의 경우 총사용자는 웹툰보다 적지만 더 많은

---

8   하마모토 다카시, 박정연 옮김, 『신데렐라 내러티브 ― 더 이상 단순한 동화가 아니다』, 효형출판, 2022, 7-9쪽.

9   조너선 갓셜, 노승영 옮김, 『이야기를 횡단하는 호모 픽투스의 모험』, 위즈덤하우스, 2023, 143-144쪽.

10 콜레트 다울링, 이호민 옮김, 『신데렐라 콤플렉스』, 나라원, 2002, 38-39쪽.

시간을 작품 감상에 할애하며 유료결제의 빈도와 금액 역시 웹툰보다 높다.[11] 성실한 독자층을 중심으로 웹소설은 시장에서의 경쟁을 위해 상업적 강점은 극대화하고 독자들의 반감이 우려되는 요소는 제거하면서 서사적 전형성을 띠게 되었다.[12] 이러한 웹소설에서 가장 인기 있는 장르는 판타지·로맨스·로맨스판타지 등인데 그중에서도 여성인물이 왕이나 재벌가의 남성인물과 사랑에 빠지는 계급차이 로맨스는 일종의 클래식으로 활발하게 소비된다.

웹소설이 강력한 대중콘텐츠이자 문화상품으로 자리하면서 PC(Political Correctness) 특히 젠더 감수성에 대한 인식은 웹소설 작품의 존폐 여부와 결부될 만큼 예민한 문제가 되었다. 여성 독자를 타깃으로 하는 웹소설 로맨스물에서 '여성인물의 주체성'은 필수 조건이 되었고[13] 걸크러시나 알파녀 등으로 불리는 능동적인 여성인물이 인기를 끌고 있다. 흥미로운 점은 PC한 웹소설에서조차 계급차이 로맨스는 여전히 인기 있는 소재라는 사실이다. 그렇다면 현시대의 계급차이 로맨스는 하위계급의 신분상승 욕망과 같은 단순한 관점으로 접근할 수 없다는 결론이 도출된다. 과거의 계급차이 로맨스는 성별 불평등이 만연한 사회에서 탄생 및 소비되었고 판타지의 궁극적 목적 역시 결혼에 의한 계급상승이었다. 하지현시대의 계급차이 로맨스는 계급상승을 목표로 하기보다 다른 차원의 흥미 요소를 강조함으로써 유효성을 지속하고자 한다.

재벌가의 남성이 평범한 여성과 로맨스를 구축한다는 것부터가 허황된

11 오픈서베이, 「웹툰·웹소설 트렌드 리포트 2023」, 2023. 3. 27, 12쪽(https://blog.opensurvey.co.kr/trendreport/webtoon-2023/).

12 박수미, 「웹소설 서사의 파격성과 보수성」, 『한국문예비평연구』 75, 한국현대문예비평학회, 2022, 40쪽.

13 류수연, 「여성인물의 커리어포부와 웹 로맨스 서사의 변화 — 로맨스판타지의 '악녀' 주인공 소설을 중심으로」, 『한국문학과 예술』 39, 사단법인 한국문학과예술연구소, 2021, 36쪽.

설정이듯 계급차이 로맨스는 실현 불가능을 토대로 하는 판타지물에 가깝다. 그런데 <킹더랜드>가 주력하는 판타지는 평범한 여성이 남성인물에 기대 상위계급의 화려한 삶을 영위하는 것에 있지 않고 평범한 여성이 보유한 고유한 속성을 보존하는 데 있다. <킹더랜드>는 여성인물이 상위계급 남성을 만나 새로운 삶을 살게 되는 이야기가 아니라 '자신의 삶을 지키는 이야기'라 할 수 있다. 여성인물 천사랑은 현대사회가 상실했다고 믿는 다양한 보편가치를 여전히 수호하는 인물이다. <킹더랜드>는 이러한 천사랑을 통해 계급차이 로맨스의 판타지를 여성인물의 삶을 변화시키는 것이 아니라 보존하는 것으로 구현한다.

계급차이 로맨스로서 <킹더랜드>가 제공하는 주된 흥미 요소 역시 계급상 승과는 거리가 멀다. 계급차이 로맨스는 화려한 상위계급의 삶을 전시하고 그들이 소유한 권력의 위협성을 보여주는데 이 역시 스토리를 즐기게 만드는 흥미 요소에 포함된다. <킹더랜드> 역시 호텔 재벌가를 극의 배경으로 설정 하고 상위계급의 화려한 삶을 전시하여 볼거리를 제공한다. 극의 배경이 7성 급 호텔과 VVIP라운지인 것에서 <킹더랜드>는 상위계급의 삶을 전시하겠다 는 의지를 피력한다. 그런데 <킹더랜드>는 자본를 매력적으로 전시하고 계 급 불평등을 당연시하면서도 이를 선망의 대상으로 형상화하기보다 보편가 치를 강화하는 도구로 활용한다. 그로 인해 <킹더랜드> 속 계급차이 로맨스 는 상위계급이 되고 싶다는 욕망보다는 자본과 계급을 초월하는 가치가 존재 하며, '평범한 인간이 상위계급보다 우위에 존재할 수 있다'는 판타지를 자극 한다.

그동안 한국 계급차이 로맨스 드라마의 여성인물은 시대 흐름에 따라 변 화를 꾀하면서도 상당 부분 유사한 속성을 공유해 왔다. 여성인물은 부모 상실과 빈곤 문제를 겪고 있으며 어릴 때부터 치열한 생존 본능을 작동해온 상태다. 아르바이트를 하며 학비와 생활비를 벌고 부모 대신 가장 역할을 수행하기도 한다. 그런데 이들 여성인물은 불우하고 열악한 환경 속에서도 내적 순수성을 과도할 정도로 온전하게 보존하고 있다는 공통점을 보인다. 계급차이 로맨스의 여성인물은 시련과 절망을 극복할 수 있을 만한 긍정 에너지를 소유하고 있으며 꿈과 희망, 사랑, 명랑, 성실, 다정, 의리, 책임감, 공동체의식, 희생정신 등의 보편가치를 체현한다. 그 결과 계급차이 로맨스의 여성인물은 자신의 삶뿐만 아니라 타인의 삶을 구원하며 극중에서는 물론이고 극 외부에 있는 감상자의 지지를 이끌어내는 가치 있는 존재로 그려진다.

<킹더랜드> 역시 그동안 한국 계급차이 로맨스에 등장했던 여성인물의 속성 즉 천사랑의 외적 조건은 열악하되 내적 조건은 풍부하게 설정하며 계급차이 로맨스의 정형화된 캐릭터성과 스토리를 답습한다. 교통사고로 어머니를 잃고 유일한 가족 할머니(차순희)를 심정적으로 의지하며 살아온 천사랑은 2년제 대학 출신이라는 핸디캡을 가지고도 특유의 명랑함과 영민함으로 '킹더랜드' 인턴에 합격한다. <킹더랜드>는 2년제 대학과 비정규직 에피소드 그리고 가족서사를 통해 결핍된 외적 조건을 수시로 강조함으로써 천사랑이 불행할 수밖에 없는 상황이라는 점을 반복하여 확인시킨다. 그러나 천사랑은 결함과 결핍을 성실과 진심으로 헤쳐 나가며 자본주의의 천박함과 계급차별이 만연한 킹더랜드를 천사랑의 공간으로 전환하는 놀라운 변화를 이끌어낸다. 이러한 천사랑의 기질과 행보는 상위계급 남성과의 로맨스만큼이나 판타지적이다.

천사랑의 성취는 결핍된 외적 조건을 극복한 데서 더 큰 의미가 부여되는데 <킹더랜드>는 계급차이 로맨스와 천사랑의 성공담을 병행하여 스토리를 구성한다. 문제는 천사랑이 보편가치를 수호하는 의미 있는 존재라는 것을 보여주는 과정에서 개연성의 균열이 빈번하게 발생한다는 것이다. <킹더랜

드>는 천사랑을 호텔의 핵심 능력자로 만들기 위해 매회 과도한 우연을 개입시켜 에피소드를 해피엔딩으로 마무리한다. 자격 조건을 채우지 못한 한 달 짜리 인턴 천사랑이 정규직이 되는 과정은 물론이고 웨이크업콜 에피소드, 제주도 에피소드, VVIP 에피소드, 산삼 에피소드, 외국인 관광객 에피소드 등을 통해 천사랑에 지나친 능력과 행운을 부여함으로써 리얼리티가 저하된다. 계급차이 로맨스인 <킹더랜드>가 여성인물 천사랑을 판타지 영웅서사물의 먼치킨처럼 형상화하는 것에 주목할 필요가 있다. 여기에 현시대에도 계급차이 로맨스가 소비되는 주요한 이유가 있기 때문이다.

한국 계급차이 로맨스 드라마는 '구원서사와 성공서사'를 중요하게 다뤄왔다. 여기서 구원은 남성인물에 성공은 여성인물에 해당되는데 여성의 주체성 문제와 신자유주의 이데올로기가 확산되면서 계급차이 로맨스의 여성인물은 사회적 성공에 도달하는 존재로 형상화되었다. 일반적으로 로맨스물의 핵심 스토리는 점차 발전해가는 두 사람 사이의 관계로 로맨스물에서 줄거리의 다른 사건들은 중요하게 다뤄지지 않는다.[14] 로맨스물의 정형성에서 벗어나 유독 계급차이 로맨스가 여성인물의 주체적 성공담을 강화한 이유를 두 가지로 분석할 수 있다. 먼저 외적으로 부족하고 심지어 불행과 고통이 만연한 환경 속의 인물이 보편가치를 수호하면서 성공을 이룩한다는 스토리는 그 자체로 흥미를 유발한다. 스토리텔링의 보편문법에는 두 가지 주성분이 있는데 곤경에서 벗어나려고 애쓰는 등장인물과 깊은 도덕적 층위가 그것이

14 　로맨스 분야의 베스트셀러 작가인 리 마이클스는 로맨스 소설에서 두 사람의 관계가 발전해 가는 로맨스 과정을 뺀 나머지 이야기는 사실상 큰 의미가 없다고 말한다. 그민큼 로맨스물은 로맨스와 상관없는 인물의 개인 서사는 축약하고 로맨스에만 집중하는 특성을 보인다. 이는 여성인물의 성공서사를 중요하게 다루는 <킹더랜드>와 차이를 보인다 (리 마이클스, 김보은 옮김, 『로맨스로 스타 작가 — 웹툰·웹소설·영화·드라마, 모든 장르에 먹히는 로맨스 스토리텔링』, 다른, 2021, 14쪽).

다. 일생을 통틀어 가장 힘든 시절을 헤쳐 나가는 이야기와 그 안에 도덕적 의미를 담고 있는 이야기는 열성적 감상자를 끌어들이는 가장 일반적인 방법이다.[15]

다음으로 여성인물의 성공담은 '자격을 부여하는 상징성'을 띠기 때문에 계급차이 로맨스의 중요한 조건이 된다. 계급차이 로맨스는 계급차별을 전제로 하기 때문에 상위계급의 남성과 하위계급의 여성의 로맨스를 처음부터 불공평한 관계로 간주한다. 그러나 여성인물이 불행한 상황에서도 사회가 상실했다고 믿는 소중한 보편가치를 수호하고 사회적 성공에 도달한다면 그는 재벌만큼이나 '가치 있는' 존재가 된다. <킹더랜드>의 천사랑은 불우한 환경과 결핍된 조건 속에서도 외국어와 자격증 그리고 호텔리어에 필요한 전문 지식을 끊임없이 습득한다. 천사랑의 자기계발은 신자유주의의 성과주체와도 연관된다. 천사랑은 소위 '알파걸'이 되기 위해 부단히 노력하며 사회에서 성공한 개인이 되기 위해 자신의 여성성을 성공적으로 관리한다.[16] 이러한 천사랑은 재벌만큼(혹은 재벌보다) 가치 있는 존재이므로 계급차이 로맨스의 불균형한 관계성을 극복할 만한 자격을 획득한다.

계급차이 로맨스가 시대착오적이라는 비판 속에서도 오랜 시간 지속될 수 있었던 이유는 결국 불균형한 관계성을 극복하게 해줄 만한 조건을 여성인물이 소유했기 때문에 로맨스가 '불공평하다'는 인식을 무마한 데서 이유

---

15 스토리텔링의 보편문법에 관해서는 조너선 갓셜, 노승영 옮김, 『이야기를 횡단하는 호모 픽투스의 모험』, 위즈덤하우스, 2023, 152쪽.

16 여성인물과 신자유주의 자기계발 담론은 엄혜진, 「신자유주의 시대 여성 자아 기획의 이중성과 '속물'의 탄생: 베스트셀러 여성 자기계발서 분석을 중심으로」, 『한국여성학』 32(2), 한국여성학회, 2016, 이주라, 「낙오된 여성의 반란과 사랑이라는 능력 ─ 2000년대 로맨스소설에 나타난 여성 주체의 변화」, 『대중서사연구』 28(2), 대중서사학회, 2022, 참고.

를 찾을 수 있다. 여기에 계급차이 로맨스는 심지어 여성인물이 상위계급의 남성인물을 구원하는 판타지적 서사를 삽입하여 여성인물의 가치를 더욱 극대화하는 전략을 사용한다. 이와 같은 구원서사는 로맨스의 신성화와 더불어 진행되는데 한국 계급차이 로맨스 드라마에서 여성인물에 의한 남성인물의 변화는 대부분의 작품이 공유하는 정형화된 설정이다. 그리고 여기에 현시대에도 계급차이 로맨스가 소비되는 또 다른 이유가 있다.

계급차이 로맨스는 계급이 다르다는 설정 자체가 고난과 역경을 암시하기 때문에 자극적이고 상위계급의 남성이 주인공이라는 점에서 특정한 매력을 담보한다. 에바 일루즈는 연애소설이 오랜 세월을 거쳐 여성들이 원하는 상상력에 날개를 달아줄 정확하고 완벽한 기술을 키워왔다고 분석한다. 그중에서도 인기 있는 연애소설은 사회가 소중히 여기는 가치, 특정 문제를 바라보는 두려움, 함께 흥분하면 설레는 상상력 등을 이야기 속에 내포한다고 보았다.[17] 계급차이 로맨스 역시 감상자(특히 여성)의 욕망과 상상력을 자극하면서 흥미를 유발해 왔는데, 자본주의 사회에서 가장 강력한 힘이자 능력인 막대한 돈을 소유한 남성인물은 그 자체로 우월성을 띨 수밖에 없다. 그런데 계급차이 로맨스는 이러한 남성인물이 여성인물을 만나서 극적으로 변화하고 비로소 삶의 의미를 발견하는 것으로 로맨스를 완성한다는 특성을 보인다.

계급차이 로맨스는 로맨스를 통해 돈보다 더 중요한 가치가 있다는 것과 계급을 초월하는 운명적 사랑이 존재한다는 것을 명백하게 그려낸다. 로맨스에서는 운명성이 강할수록 감정이 극대화되며 사랑을 방해하는 요소가 거대할수록 운명성은 강화된다. 자본주의 사회에서 가장 거대한 장벽은 결국 자

17　에바 일루즈, 김희상 옮김, 『사랑은 왜 불안한가 ─ 하드코어 로맨스와 에로티즘의 사회학』, 돌베개, 2014, 19-33쪽.

본이며 이는 곧 계급을 의미한다. 그러한 까닭에 계급차이 로맨스는 운명성을 극화하는 요소를 필연적으로 담보한다. 그런데 계급차이 로맨스는 남성인물의 세속화된 조건을 매력으로 설계하면서도 그것을 무력화하는 여성인물을 삽입함으로써 자본과 계급을 향한 양가적 감정을 유발한다. 하지만 모든 것을 소유한 남성이 오직 평범한 여성인물을 통해 구원받는 설정을 삽입함으로써 최고의 가치로 추앙받는 자본과 계급의 한계를 강조한다.

<킹더랜드>에서도 기업 후계자에 출중한 외모까지 겸비한 최고의 알파남 구원이 천사랑을 만나 과거 트라우마가 치유되고 삶의 의미를 발견하게 되는 스토리가 삽입된다. 이미 남성인물의 이름부터가 '구원'인 데서부터 <킹더랜드>의 구원서사는 의도와 목적이 명백하다. 구원은 어릴 때 어머니를 상실한 후 극심한 웃음 공포증(공황발작)을 앓고 있으며 취미로 회사에 다니는 '부유하는 인간'이다. 낙하산을 타고 출근할 만큼 안하무인인 구원은 감상자의 예측대로 자신과는 상이한 기질과 조건을 소유한 천사랑을 만나 '새로운 인간'으로 재탄생된다. <킹더랜드>는 남성인물이 지금까지 진정한 사랑을 해본 적이 없다는 계급차이 로맨스의 클리셰도 예외 없이 활용한다.

구원과 천사랑의 불가능한 로맨스는 '사랑으로 채워진 완전한 세계를 갈망하는 세속적이고 불완전한' 수많은 감상자를 감동시키기 때문에 확실한 흥미 요소가 된다. 로맨스는 초월의 상태이자 인간을 저차원으로 만드는 일들을 무력화하고 사회 전체의 반대보다 더 큰 힘이 있음을 보여줌으로써 감상자에게 특별한 경험을 제공한다.[18] 여기에 계급차이 로맨스는 사랑과 현실 사이의 긴장을 낭만적으로 극대화하여 낭만적 사랑의 세속화를 실현하

---

18 로맨스가 추구하는 스토리텔링 양상에 관해서는 로널드 B. 토비아스, 김석만 옮김, 『인간의 마음을 사로잡는 스무 가지 플롯』, 풀빛, 2007, 295-296쪽.

기 때문에 평범한 연인 간의 로맨스보다 더 큰 자극을 불러일으킨다.[19] 말하자면 <킹더랜드>를 위시한 계급차이 로맨스는 진정한 로맨스는 지위와 부에 무관심하고 결핍을 과잉으로 변형시키는 낭만적 열정의 대상이라는 것을 자극적 재현을 통해 체험시키기 때문에 상품화된 로맨스의 시대에서 여전한 유효성을 내포한다고 볼 수 있다.[20]

3. 계급차이 로맨스의 변화와 시의성의 개입

이야기의 종으로서 장르는 시간의 흐름에 따라 생성·변화·소멸을 겪는다. 제라르 주네트는 장르의 표본들은 시간이 흐를수록 우리가 생각하는 수준 이상으로 공통점을 상실해 간다고 말한다.[21] 대중서사의 장르들은 절대적인 소비자인 대중의 요구가 달라질 때마다 장르의 속성을 변주할 수밖에 없기 때문에 생성·변화·소멸에 더 큰 영향을 받는다. 통속극을 중심으로 대중적 가치의 근접성과 대중의 통제력을 분석한 피에르 부르디외 역시 대중이 생산장과 소비장 사이 상동의 기반 위에서 생산물의 성격을 규정한다고 보았다.[22] 이와 더불어 드라마 장르는 시장의 지배나 흐름에 따른 이익에 의해 소멸될 수 있으며 생산과 관련한 제도와 기관으로부터 자유로울 수 없다는 점에서 더 큰 변화를 겪는다.[23]

---

19 신주진, 「김은숙 드라마의 대중적 낭만주의 연구」, 『한국근대문학연구』 22⑴, 한국근대문학회, 2021, 173쪽.

20 에바 일루즈, 박형신·권오현 옮김, 『낭만적 유토피아 소비하기 — 사랑과 자본주의의 문화적 모순』, 이학사, 2014, 422-505쪽.

21 제라르 주네트, 「하나의 장르를 좋아할 수 있을까」, 이브 미쇼 외, 김주현 옮김, 『문화란 무엇인가2』, 시공사, 2003, 524-525쪽.

22 피에르 부르디외, 하태환 옮김, 『예술의 규칙 — 문학 장의 기원과 구조』, 동문선, 1999, 223쪽.

로맨스의 하위장르로서 계급차이 로맨스 역시 장르문법 즉 내러티브적 관습이라 할 수 있는 포뮬러(Formula), 정형화된 사건 또는 에피소드 단위의 컨벤션(Convention) 그리고 시청각적 핵심인자인 아이콘(Icon) 등을 변화시켜 왔다.[24] 그런데 문제는 변화를 거듭하면서 생명력을 유지해 왔던 계급차이 로맨스가 '각자도생과 박탈정서' 그리고 '젠더갈등과 탈로맨스' 시대를 맞이하면서 이전의 장르문법을 준수하기 어려운 사회적 분위기를 맞이하게 되었다는 것이다. 재벌을 로맨스와 판타지의 대상으로 설정하기에는 반재벌정서가 심화되었고 오히려 <SKY캐슬>(JTBC, 2018-2019)이나 <펜트하우스>(SBS, 2020-2021)처럼 재벌들의 타락한 윤리의식과 천박한 계급의식을 적나라하게 보여주는 작품들이 큰 호응을 얻었다.

이와 같은 사회적 분위기와 계급차이 로맨스가 소멸의 단계에 이르렀다는 분석이 만연한 가운데 등장한 <킹더랜드>는 이전까지의 계급차이 로맨스와는 다른 설정과 스토리를 보여줌으로써 계급차이 로맨스의 소멸을 지연시킨다. 그러한 변화는 시의성을 반영한 결과라고 할 수 있는데 <킹더랜드>는 지금까지 등장했던 계급차이 로맨스의 정형화된 요소 중 부정적으로 인식될 만한 것은 축소·제거하고 긍정적으로 인식될 만한 것은 강화·추가함으로써 변화를 꾀한다. 그로 인해 <킹더랜드>는 이전까지의 계급차이 로맨스와는 다른 양상의 남성인물과 갈등관계를 재현하고 현재 유행 중인 '일상로맨스'의 요소를 삽입하는 등 장르문법의 새로운 변화를 추구한다.

계급차이 로맨스의 남성인물은 폭력성을 드러내고 자신과 타자를 철저하게 구별짓기하여 특권층의 적나라한 선민의식을 보여주었다. 또한 까칠하고

---

23   수 손햄·토니 퍼비스, 김소은·황정녀 옮김, 『텔레비전 드라마 ─ 이론, 본질, 정체성 그리고 연구 방법론』, 동문선, 2008, 82쪽.
24   배상준, 『영화예술학 입문』, 성신여자대학교출판부, 2009, 150쪽.

예민하며 오만한 성격의 소유자로 여성인물을 향한 과도한 정복욕을 발현하고 자본과 권력을 활용하여 로맨스를 쟁취하려는 경향을 보였다. 그런데 <킹더랜드>는 공격성과 정복욕을 제거한 무해한 재벌 남성을 보여줌으로써 시대가 원하는 새로운 남성성을 구현하려는 의도를 내비친다. 이는 로맨스 웹소설 속 남성인물의 변화 및 소비 지향에도 부합한다. 최근 로맨스 웹소설의 남성인물은 강압적 신체접촉을 통한 애정의 확인과 발전이라는 과거의 클리셰와 다른 경향을 구축 중이다. 현재 웹소설 남성인물의 인기 키워드는 다정, 애교, 순정, 순신, 존댓말 등인데 이를 통해 무해한 남성성에 관한 사회적 요구를 확인할 수 있다. <킹더랜드> 역시 공감과 배려, 돌봄 능력이 남성인물에게도 매력적인 요소가 되는 현시대의 분위기를 적극적으로 수용한다.[25]

<킹더랜드>의 구원은 명백한 알파남 즉 지배 서열의 최고점에 이른 남성으로서 능력 있고 자신감 넘치는 전형적인 계급차이 로맨스의 남성인물처럼 등장한다.[26] 그런데 <킹더랜드>는 구원이 소유한 알파남의 조건을 과장하거나 강조하지 않는다. 구원은 안하무인과 선민의식으로 규정되는 기존 재벌 남성과도 상당히 다른 특성을 보여준다. 물론 일부 에피소드를 통해서 예민하고 반항적인 상위계급 특유의 기질을 보여주기도 하지만 <킹더랜드>는 인간적이고 다정한 면모를 강조하여 구원을 '무해한 남성'으로 형상화한다. '계약직과 정규직'이라는 개념을 생각해본 경험조차 없는 재벌3세 구원은 부당한 일을 당한 인턴 노상식을 정규직으로 구원해 주는 정의로운 행보를 1화에서 보여준다. 노상식과 구원은 친구이자 비서 사이로 <킹더랜드>는 노

---

25   로맨스 웹소설 속 남성인물의 속성 및 클리셰 변화에 관해서는 김예나, 「대중서사 속 '클리셰'의 변화양상 — 로맨스 웹소설을 중심으로」, 『돈암어문학』 42, 돈암어문학회, 2022, 20-21쪽 참고.

26   오기 오가스·사이 가담, 왕수민 옮김, 『포르노 보는 남자 로맨스 읽는 여자』, 웅진지식하우스, 2011, 165-196쪽.

상식과의 관계성을 통해 구원이 특권의식에 빠진 오만한 재벌3세가 아니라 인간적이며 무해한 상위계급이라는 점을 극 전반에 걸쳐 강조한다.

　로맨스물에서는 로맨스가 본격적으로 시작되기 전 서로가 운명의 대상이라는 사실을 자각하기 전까지의 서사를 긴장과 갈등 속에서 구현하는데, <킹더랜드>는 사장에게도 할말은 하는 능동적인 캐릭터로 천사랑을 설정함으로써 종속관계에서 발현되는 계급적 긴장감을 축약한다. 이전 계급차이 로맨스에서는 상위계급의 남성인물이 하위계급 여성인물의 사회적 조건을 두고 고민하는 상황이 등장했지만 <킹더랜드>의 구원은 천사랑의 조건을 전혀 의식하지 않으며 먼저 사랑에 빠진다. 또한 두 사람의 로맨스가 본격화되는 3화부터는 인터넷의 사랑 테스트에 참여하거나 처음 본 경찰관에게 연애 조언을 구하는 모습을 보여줌으로써 구원을 평범하고 친근한 존재로 구현한다. 그뿐만 아니라 구원은 천사랑 남자친구를 질투하고 '좋아하는데 고백은 못 하고 초딩처럼 관심을 갈구하는' 등 평범하고 일상적인 로맨스의 양상을 체현한다.

　<킹더랜드>는 계급차이에 의한 갈등과 소외 상황을 최소화하고 일상로맨스를 강화함으로써 기존 계급차이 로맨스가 보여주었던 정형화된 상황에 의한 긴장감을 축소한다. 긴장감의 축소는 계급차이 로맨스가 관습적으로 사용해 온 '혼사장애'와 '삼각관계'에도 적용된다. 계급차이 로맨스에는 평범한 여성을 용납하지 못하는 상위계급 남성 집안의 극심한 반대가 중요한 갈등 요소로 삽입된다. 여기에 알파녀인 상위계급 여성이 등장해 로맨스에 균열을 일으킨다. 그런데 <킹더랜드>는 아버지(재벌 회장)가 이미 계급차이 로맨스의 유경험자로 등장하며, 평범한 직원을 사랑한 전적이 있는 로맨티스트 재벌 회장은 아들의 사랑을 충분히 용납하고 응원하기까지 한다. 또한 정략결혼 대상인 상위계급 여성이 등장하지만 갈등 상황을 일으킬 만큼 분량

과 역할을 부여받지 못한다.

<킹더랜드>에서 혼사장애와 삼각관계가 축약된 데에는 여성인물인 천사랑의 변화와도 연결된다. 계급차이 로맨스 속 혼사장애와 삼각관계는 여성인물의 계급적 결핍과 소외를 전제로 하며 여성인물이 반드시 극복해야 할 장애물로 등장한다. 그런데 <킹더랜드>의 천사랑은 로맨스가 아니어도 자신을 구원할 수 있는 강한 주체성과 자신감을 지닌 인물이다. <킹더랜드>가 천사랑 개인의 직업 역량 보여주는 데 서사의 상당 시간을 할애했듯 천사랑은 로맨스의 성공뿐만 아니라 개인의 성취도 중요하게 여긴다. 누구보다 능동적인 여성인물이 혼사장애와 삼각관계 안에서 소외를 체험한다면 오히려 로맨스의 역할에 관한 의문이 제기될 수밖에 없다.

긴장과 갈등을 축약한 대신 <킹더랜드>는 재벌3세 구원이 '사랑받을 자격이 있는' 존재라는 점을 과도할 정도로 강조하는데 이는 구원의 생득적 조건이자 계급차이 로맨스의 필연적 조건인 재벌을 미화하는 것으로 진행된다. '신데렐라 이야기가 인기를 누리려면 세상에 대한 신뢰와 희망이 있는 보수적인 사회여야 한다'는 분석은 현재 계급차이 로맨스가 약화된 이유를 설명하는 중요한 근거가 된다. 적어도 계급차이 로맨스를 즐길 수 있으려면 돈과 권력이 있는 자가 부도덕하거나 무능력하다는 의심이 없어야 하며 불평등한 지배 질서를 부당하다고 느끼지 않는 사회여야 한다.[27] 그러나 현시대의 감상자는 계급 불평등을 심각한 사회 문제로 체험한다. 특히 로맨스물의 소비자로 지목되는 청년세대는 노동시장과 자산시장의 불평등 속에서 금수저와 흙수저로 상징되는 계급 차별을 일찍부터 내면화해 왔다. 상층에 진입할 문은 좁이지고 불공정한 게임의 수혜자들은 증가하는 상황에서 청년세대의

---

27   이영미, 『신데렐라는 없었다』, 서해문집, 2022, 38쪽.

공정성에 관한 민감도는 거세질 수밖에 없다.[28]

 <킹더랜드>는 계급 불평등과 재벌을 향한 분노 혹은 르상티망을 무마하기 위해 구원을 구별된 재벌로 형상화한다. 구원은 사원들의 인센티브가 합리적인지 점검하고 불합리한 노동을 강요받는 직원들의 처우를 개선하는 데 앞장선다. 구원은 보이지 않는 곳에서 묵묵히 자기 역할을 감당해 온 직원들에게 감사를 표하며 그들을 호텔의 VIP로 대우한다. 이처럼 구원은 12화에 걸쳐 인권 혹은 노동운동가처럼 행동하며 회사 이익보다 직원 보호가 우선되어야 한다는 낭만적인 기업관을 설파한다. 물론 <킹더랜드>에 등장하는 재벌이 구원처럼 모두 선량하고 정의로운 것은 아니다. 구원의 대척점에 있는 이복 남매 화란은 '쇼를 해서라도 회사 이익을 극대화하는 것이 오너'라는 기업 이데올로기를 토대로 호텔 직원을 학대하는 재벌로 등장한다. <킹더랜드>는 구원을 안타고니스트인 화란에 거세게 대항하며 감동을 선사하는 재벌로 등장시켜 로맨스의 주인공을 영웅서사의 주인공화하는 전략을 사용한다.

> 두리: 이름도 구원이잖아. 우리를 구원하러 오신 게 분명해. 완전 영웅이야 영웅!
>
>   — <킹더랜드> 5화 中

> 구원: 직원들 억울하게 당하는 모습 계속 보이는데 가만히 있으면 나도 공범이잖아. 누나가 아무것도 아니라고 생각하는 사람들 내가 한번 지켜보려고.
>
>   — <킹더랜드> 8화 中

---

28 이철승, 『불평등의 세대―누가 한국사회를 불평등하게 만들었는가』, 문학과지성사, 2021, 233-240쪽.

<킹더랜드>가 일반적인 계급차이 로맨스의 장르문법에서 이탈하려 한다는 것은 천사랑 할머니(차순희) 서사를 통해 더욱 명징해진다. 구원은 사랑하는 연인 천사랑의 유일한 가족인 할머니를 친할머니처럼 극진히 모시며 국밥장사를 하는 할머니 돕기를 자처한다. 청약통장을 만들어 주며 '둘이 열심히 모아서 잘 살면 된다'고 말하는 천사랑의 할머니를 진심으로 대하는 구원에게서 재벌3세는 사라지고 건실한 청년이자 예비사위의 모습만 남는다. 구원은 친손녀 천사랑도 간과한 할머니의 질병 문제를 해결해주며 과도할 정도의 공감과 배려심을 보여준다. 이처럼 <킹더랜드>는 자본과 권력의 편의를 향유하고 로맨스에도 욕망을 투영하는 기존 상위계급 남성인물의 클리셰를 탈피함으로써 계급차이 로맨스의 변화를 시도한다.

로리 에시그는 로맨스는 세상의 구조적인 위협에 대한 개인화된 해결책일 뿐이라고 말하다. 그러면서 로맨스는 미래가 개인이 아니라 공동의 것이며 심각한 위험에 처했다는 현실을 자각하지 못하게 방해한다고 비판한다. 마르크스의 정의에 따르면 로맨스도 하나의 이데올로기라고 할 수 있는데 문제는 로맨스라는 이데올로기는 세상에 대해 생각하지 말고 오로지 애정 관계와 가족에만 집중하라고 가르치며 비겁한 낙관론을 심어주는 위험한 마법이라는 점이다. 그런데 <킹더랜드>는 로리 에시그가 비판한 로맨스의 문제점을 오히려 극적 전략으로 활용하여 감상자에게 위안을 제공한다. 즉 <킹더랜드>는 계급갈등을 축약하고 미화된 재벌과의 일상 로맨스를 통해 신자유주의가 할 수 없는 정서적 노동을 제공하고 '친절한 사실주의가 아닌 잔혹한 낙관주의'[29]를 지향한다. 그리고 이러한 낙관주의를 지금까지의 계급차이 로

---

29   로리 에시그는 '친절한 사실주의Kind realism는 미래를 개인화하지 말고 환경 파괴와 종교 근보누의 그리고 부의 집중 문제를 해결하는 자원을 함께 모으는 것이야말로 개인의 해피엔딩을 찾는 방법이라고 말한다(로리 에시그, 강유주 옮김, 『사랑의 민낯, 러브

맨스와는 다른 양상으로 실현한다.

주식회사—자본주의로 포장된 로맨스라는 환상』, 문학과사상사, 2021, 14-34쪽).

3장
영화론

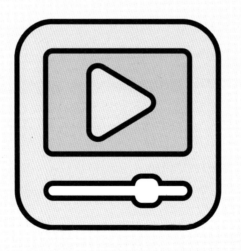

영화 장치를 통한 의미의 보류와 생성
─ <헤어질 결심>

1. 다층적 텍스트로서 영화 <헤어질 결심>

제75회 칸 영화제에서 감독상을 수상한 <헤어질 결심>은 르몽드, 카이에 뒤 시네마, 인디와이어, 가디언 등 국내외 비평가로부터 찬사를 받으며 그해 가장 주목할 만한 영화로 부상했다. '관객을 매혹하고 집어삼킬 영화 (Premiere)' '올해의 가장 낭만적인 영화(Indiewire)'로 평가받은 <헤어질 결심>은 전 세계 193개국에 선판매되는 기록을 달성하기도 했다. 박찬욱과 함께 작업 한 정서경 작가는 <헤어질 결심>이 <복수는 나의 것>을 넘어서는 '박찬욱 영화의 최고작'이라 평가하며 박찬욱 영화 세계의 새로운 전환점이 될 것이 라 예견했다.

박찬욱의 열세 번째 장편영화인 <헤어질 결심>은 지금까지의 박찬욱 영화 가 보여주었던 특성을 일정 부분 답습하지만 소위 말하는 '박찬욱성'이라 할 만한 속성들을 미약하게 함유한다는 점에서 변별성을 갖는다. 말하자면 극단적인 염세주의적 세계관, 폭력과 파괴로 점철된 세계와 그 속에서 파멸 의 투쟁을 일삼는 인물, 자극적인 장면과 과장된 미장센을 통한 스펙터클

등으로부터 <헤어질 결심>은 일정 부분 멀어져 있다. 지금까지의 박찬욱 영화들은 격정적인 서사와 장면들로 격정적인 반응을 유도하려는 일련의 경향성을 보여왔다.[1] 그러나 <헤어질 결심>은 지금까지의 박찬욱 영화와는 물론이고 최근 한국 영화와 비교해도 사뭇 정적이며 덜 자극적이다. 박찬욱은 <헤어질 결심>을 창작하면서 전작들과 달리 '감각의 자극을 축소하고 조금만 보여주어 관객이 다가오고 더 들여다보고 싶게 만드는' 감추어진 영화를 만들고 싶었다고 말한다. 이와 같은 감독의 의도가 반영된 <헤어질 결심>은 감추어진 의미들로 점철된 독특한 작품이다.

<헤어질 결심>은 2022년 개봉한 영화 중 재관람률이 가장 높았던 영화로 다양한 장치를 재발견할 수 있는 영화의 특성이 관객의 다회차 관람을 견인하는 데 기여했다고 추측할 수 있다. 관객이 반복하여 영화를 감상하는 이유는 단순하게는 작품이 재미있거나 배우 등의 호감이 높기 때문이지만, 영화의 의미를 다시 한번 확인하고 싶은 경우에도 관객은 재관람을 선택한다. <헤어질 결심>의 개봉 이후 SNS와 커뮤니티를 중심으로 작품의 의미를 해석하고 영화의 숨겨진 장치를 타인과 공유하여 해석의 범주를 확장하는 작업이 활발하게 이루어졌다. 영화의 중요한 대사 중 하나인 '마침내'는 영화 개봉 전보다 SNS 언급량이 두 배 이상 증가하며 <헤어질 결심>이 관객들에게 회자되는 작품이라는 점이 입증되기도 했다.[2]

이러한 현상에서 확인할 수 있듯이 <헤어질 결심>은 '적극적인 수용자(active audience)'를 호명하고 양산하는 작품이다. 물론 <헤어질 결심>뿐만 아니

---

1   이다운, 「박찬욱 영화의 염세주의적 세계관 연구」, 『문학과 영상』 20(1), 문학과영상학회, 2019, 37-38쪽.
2   연세대학교 김한샘 교수 연구팀 분석(「부사 '마침내', 존재감을 드러내다」, 『조선일보』, 2022. 8. 11.)

라 모든 영화 그리고 모든 작품에서 적극적인 감상자가 발생할 수 있다. 수용자 행위의 첫 번째 특징은 해석적(Interpretive)이라는 것인데 작품의 메시지는 고정되지 않으며 수용자의 반응에 따라 다양하게 구성된다. 이때 수용자가 작품의 의미를 받아들이는 과정이 곧 해석으로 이들은 작품의 다양한 요소에 의미를 부여하며 메시지를 해석하고자 한다. 수용자는 각기 다른 해석 틀을 동원하거나 창작자가 계획한 것과는 다른 차원의 의미를 발견하기도 하는데, 중요한 점은 모든 수용자가 동일한 의미를 구성하지는 않는다는 것이다.[3] 그런데 <헤어질 결심>은 일반적으로 발생하는 적극적인 수용자 차원을 넘어서 수용자가 의미를 독자적으로 발견해야 영화의 구조, 인물, 캐릭터 등이 조합될 수 있게끔 영화를 구성한다는 특성을 보인다.

마르틴 베크 시리즈 그중에서도 <연기처럼 사라진 남자>의 엔딩과 정훈희의 노래 <안개>에서 영감을 받아 시작된 <헤어질 결심>은 이들 소설과 노래처럼 모호성의 제스처를 취한다. <헤어질 결심>은 의미를 명료하게 전달하여 관객이 작품에 쉽게 근접할 수 있게 하는 영화가 아니며 모호성의 특질을 전략적으로 구축하여 의미의 발산을 제한하는 작품이다. 더불어 영화의 의미가 비일상적인 시점이나 상징을 통해 굴절되어 전달되므로 영화의 진의에 도달하기 위해 관객이 능동적으로 영화적 장치의 양상과 의미를 발견해야 한다. 특히 인물의 정황과 감정을 직접적인 방법 대신 상징적인 방법으로 재현하여 다양한 방식으로 해독될 가능성을 함유한 작품이기도 하다. 그 결과 형사와 용의자 그리고 금지의 관계인 인물과 이들을 둘러싼 사건을 보여주는 방식으로서 의미를 보류하고 생성하는 <헤어질 결심>은 감상자의 관심

---

3   데이비드 크로토·윌리엄 호인스, 전석호 옮김, 『미디어 소사이어티』, 사계절, 2001, 287-294쪽.

과 능동적 해석을 요구하는 다층적 텍스트로 존재한다.

2. 모호성을 통한 의미 보류

지금까지 탄생한 박찬욱 영화들은 몇 가지 유사한 경향을 보여왔다. 때로는 인물과 스토리를 압도해 버릴 정도로 현란하게 기획된 미장센이 박찬욱 영화의 형식적 일관성이라면, 어느 방향으로도 확정하지 않은 채 서사를 종결해 버리는 모호한 의미들은 박찬욱 영화의 또 다른 유사성이다. 박찬욱 영화 속 의미의 모호성은 인물의 감정과 행위의 근원을 명확하게 서술하지 않거나 다면적으로 해석될 수 있을 대사들에서 감지된다. 혹은 인물의 역사나 관계에 관한 설명을 의도적으로 생략하거나 개연성을 훼손하는 플롯 구성에서 모호성이 생성되기도 한다. 예를 들어 <올드보이>에서 대수는 비밀을 아는 몬스터로 남았는지, <박쥐>의 상현은 자살하기 위해 바이러스 감염에 자원한 것인지, <스토커>에서 조카 인디아와 삼촌 찰리의 관계가 무엇인지 영화는 끊임없이 답변을 유보한다.

이러한 모호성으로 인해 박찬욱 영화는 인물의 양상과 행동의 까닭을 명확하게 규정하거나 판단하기 어려운 다층적 텍스트로 존재한다. 일반적으로 모호성(Ambiguity)은 의미를 정확하게 규명하기 불가능하여 다양한 방식으로 해독될 수 있는 특성을 말한다. 즉 모호성은 '두 가지 혹은 그 이상의 지시내용 및 상이한 태도나 감정을 나타내기 위한 표현'[4]이자 '한 가지 이상의 해석을 허용하는 텍스트의 능력'[5]을 의미한다. 이러한 모호성은 특히 표의와 표상

---

4   M. H. 에이브럼스, 최상규 옮김, 『문학용어사전』, 보성출판사, 1995, 13쪽.
5   조셉 칠더·스게리 헨치, 황종연 옮김, 『현대 문화·문학 비평 용어사전』, 문학동네, 2007, 67쪽.

의 상관과 해독을 다루는 문학에서 관심받았는데, William Empson은 『Seven Types of Ambiguity』를 통해 모호성의 유형을 일곱 가지로 정리한 바 있다.[6]

영화에서의 모호성은 한 편의 영화 안에 존재하는 모든 차원 즉 미장센, 성격화, 내러티브, 숏의 형태, 공간과 시간 등을 통해 발생할 수 있는 이중성과 애매성을 의미한다. 모호성은 하나로 고정된 해독보다 훨씬 더 많은 의미를 산출하기 때문에 장르들의 표준화나 영화를 만드는 행위와 절차 등에 문제를 제기하는 작품에서는 목적을 성취하게 해주는 하나의 수단이 되기도 한다.[7] 특히 영화는 시각을 기반으로 하는 이미지와 청각을 기반으로 하는 소리의 결합물이기 때문에 그것을 창작자가 어떻게 운용하는가와 더불어 감상자의 의식과 무의식이 대상을 어떻게 수용하는가에 따라 모호성이 발생하게 된다. 감상자에게 명료한 의미를 전달하고자 하는 대중영화는 모호의 가능성을 최대한 축소하는 방식으로 영화의 차원을 조율하는 경향이 있다. 이와 반대로 박찬욱 영화는 모호의 가능성을 의도적으로 배가함으로써 의미의 혼란 혹은 해석의 다양성을 견지해 왔다.

움직이는 인물을 통해 이야기를 직접 재현하는 영화는 시각적 에스페란토 즉 관객이 동일한 정황을 유사하게 체험하는 확정성의 장르로 간주되기도 한다. 그러나 영화에는 단 하나의 지시 대상이 존재하지 않으며 영상을 둘러싼 개인적인 인식으로부터 관객이 소유하는 정보에 의존하는 다른 차원의 지시 기능이 존재한다. 영화의 경우 지시 대상은 인용이나 암시 혹은 패러디를 통해 다른 영화들로부터 구성될 수도 있으며[8] 관객이 영화의 빈 공간을

---

6   William Empson, 『Seven Types of Ambiguity』, New Directions, 1966, pp.1-192.
7   수전 헤이워드, 이영기 옮김, 『영화사전』, 한나래, 2001, 111-112쪽.
8   자크 오몽 외, 이용주 옮김, 『영화미학』, 동문선, 2003, 128쪽.

어떻게 채우는가에 따라서 동일한 상황도 상이하게 규정될 수 있다. 따라서 영화에서의 모호성은 어떻게 보면 필연적이고 당연한 현상일 수 있다. 그런 데 <헤어질 결심>은 모호성을 영화의 '전략'으로서 활용한다는 데 차이가 있다. 더불어 <헤어질 결심>이 개연성을 파기한 무질서한 플롯에서 발생하는 서사적 혼란이나 인물의 의식과 행위를 난해하게 재현함으로써 모호성을 추구하지 않는다는 점에 주목할 필요가 있다.

2.1. 인물과 관계에 관한 모호성의 요소들

지금까지의 박찬욱 영화 중 가장 일상적인 인물과 시공간을 내세운 <헤어질 결심>은 절제를 바탕으로 의미를 발산하기보다 숨기거나 제한함으로써 모호성의 특질을 구축하는 작품이다. '헤어졌다' 혹은 '헤어지지 못했다'가 아니라 미래형인 '헤어질'과 행동 이전의 '결심'이 결합된 제목에서부터 영화는 확정되지 않은 미완의 상태를 지시한다. 먼저 <헤어질 결심>은 영화 안에서 반복해 등장하는 안개를 통해 이야기를 명료하게 재현할 의지가 다분하지 않음을 명시한다. 영화는 해준이 아내를 만나러 이포에 가는 길이 온통 안개로 뒤덮여 있는 정황과 불면증 때문에 의식과 수면 사이의 모호한 경계에 있는 해준이 차선을 넘나드는 장면을 초반에 보여준다. 이후 안개는 영화가 무엇인가를 감추고자 할 때 등장하여 장면과 의미 그리고 감정을 모호하게 만드는 역할을 담당한다.

특히 안개는 시각적 요소뿐만 아니라 청각적 요소로도 영화에 작용하는데 <헤어질 결심>은 노래 '안개'를 영화의 배경음악과 등장인물들이 청취하는 노래로 사용하며 안개가 영화의 주제의식과 밀접하게 연관된다는 점을 반복하여 상기시킨다.[9] 안개와 더불어 <헤어질 결심>이 의도적으로 모호성을 추구한다는 사실을 방증하는 대상은 바로 '색'이다. 영화 속에서 서래가 입은 원피스를 해준은 녹색으로 정안은 파란색으로 기억한다. 이후 서래의 원피스는 연수에게 파란색으로 해준에게는 녹색으로 판단되면서 다시 한번 혼란을 일으킨다. 결국 서래의 원피스는 빛에 따라 녹색 혹은 파란색으로 보이는 청록색으로 영화는 하나의 색을 사람마다 다르게 체험할 수 있다는 사실을 통해 하나의 대상이 동일하게 규정될 수 없음을 보여준다. <헤어질 결심>은 상징적인 청록색을 영화 전체의 톤과 배경 그리고 특정 사물(벽지, 소파, 그림책, 넥타이, 양동이 등)에 사용함으로써 모호성의 상태를 반복하여 상기시킨다.

주목할 점은 제목, 안개, 색감 등 <헤어질 결심>에 등장하는 모호한 요소들은 결국 하나의 목적을 향해 존재한다는 사실이다. 그것은 바로 '인물의 양상'과 '관계의 상태'다. <헤어질 결심>은 비교적 단순한 서사 안에서 한정된 사건들로 구성되고 플롯 역시 자못 단선적이다. 그런데 영화의 핵심 요소라 할 만한 인물의 양상과 중심인물의 관계를 시종일관 모호하게 재현함으로써

---

9   정훈희의 '안개'는 <헤어질 결심>의 모티프 된 노래로 소설 <무진기행>을 토대로 한 김수용 감독의 영화 <안개>(1967)의 영화음악으로 사용되었다. '안개'는 '나 홀로 걸어가는 안개만이 자욱한 이 거리, 그 사람은 어디에 갔을까' 등의 가사로 구성되는데 '안개'의 가사 역시 <헤어질 결심>의 내용과 유사하다.

미묘한 복잡성을 취한다. 결론부터 말하자면 수사물이자 로맨스라는 장르적 모호함을 추구하는 <헤어질 결심>은 수사물로서 용의자의 속성을 모호하게 설정하고, 로맨스로서 해준과 서래의 관계를 모호하게 재현한다. 수사물에서는 용의자가 등장하는 순간부터 진실의 발견을 향해 서사가 전진하며 다양한 정보를 토대로 용의자의 실체를 확정해 나간다. 그런데 <헤어질 결심>은 용의자가 동시에 애정의 대상이기 때문에 온전한 수사물로서의 정체성을 담보하지 않는다.

남편 기도수의 살인 용의자인 서래는 형사인 해준의 관찰(분석)과 서래 자신의 고백(진술) 등으로 존재성이 구축되는데, 영화 속에서 이 두 가지 방식을 통해 제공되는 정보는 모호할 수밖에 없다. 해준에게 서래는 처음부터 단순한 용의자가 아니라 관심의 대상으로 다가왔기 때문에 냉철한 수사관의 객관적 분석은 힘을 잃는다. 서래의 고백은 자기옹호적일 수밖에 없으므로 서래의 발언 역시 온전하게 신뢰받을 수 없다. <헤어질 결심>은 형사로서 객관성을 상실한 해준 대신 서래를 평가하는 두 인물을 등장시키는데 그들의 분석 역시 하나로 일치되지 않는다. 부산의 동료 수완은 서래를 '무서운 여자'로 평가하지만 이포의 동료 연수는 '불쌍한 여자'로 평가하여 서래에 대한 관객의 명료한 판단을 의도적으로 방해한다. 서래가 변신을 자주 하는 사람이라는 점을 은밀히 보여주는 가발처럼 서래는 '여자에 미쳐서 수사를 망치게 한' 팜파탈인지 아니면 불행한 운명을 부여받은 가여운 여성인지 판단은 수시로 미끄러진다.

시신 상태를 말씀이 아니라 사진으로 확인하겠다는 서래의 말에 희미하게 변하는 표정이나 취조실에서 용의자인 서래에게 고급 초밥을 주문해 주는 장면 그리고 서래의 일상을 잠복하여 관찰하는 일 등에서 해준이 서래에게 특별한 감정을 느꼈다는 점을 감지할 수 있다. 그러나 해준을 향한 서래의 감정은 영화가 마무리되는 지점까지도 모호하게 재현된다. 해준이 자신을 감시한다는 것을 알고 있는 서래는 눈물을 흘리다가도 희미한 웃음을 보이는 알 수 없는 존재다. 그렇다고 해서 서래가 전형적인 팜파탈의 형상을 띠는 것도 아니다. 일반적으로 팜파탈은 원하는 것을 얻기 위해 남자를 도구화하는 성적인 포식자로 강렬하고 원초적인 감정을 이용하여 남성을 희생자로 만드는 인물을 말한다. 팜파탈은 자신의 욕망을 제한하게 될 일상세계의 규칙을 무시하고 일상적 품격의 한계를 스스로 넘어서는 존재로[10] 서래는 성적 매력을 의도적으로 발산하여 남성을 무너트린다는 팜 파탈의 스테레오타입에서도 벗어나 있다. 오히려 서래는 해준의 말대로 '몸이 꼿꼿한' 품격 있는 인물이다.

2.2. 오해를 야기하는 간접화된 언어

서래가 모호한 인물로 체험되는 이유는 우선 이들이 형사와 용의자일 뿐만 아니라 금기의 관계이기 때문이다. 아내와 딸이 있는 해준은 누군가를 좋아하는 감정을 품어서는 안 되는 위치에 있으며 두 사람은 직업윤리와 사회규율에 의해 사랑해서는 안 되는 관계다. 특히나 해준은 직업정신이 투철한 형사로 직업이 곧 자신이 되는 사람이다. 이에 해준과 서래는 일정한 선을 넘지 않음으로써 감정과 관계의 상태를 모호하게 유지한다. 그런데 해준을 향한 서래의 감정과 이 둘의 관계를 더욱 모호하게 만드는 또 다른 결정적인 요인이 있는데 그것은 바로 '언어'다. 언어는 대상을 규정하고 의미를 확정하여 추상적이고 관념적인 생각과 감성을 타인과 공유할 수 있게

---

10   제인 빌링허스트, 석기용 옮김, 『요부, 그 이미지의 역사』, 아미고, 2005, 197-214쪽.

하는 가장 중요한 수단이다. 영화 속에서 언어는 서사의 주요한 구성요소로 인물들은 대사를 통해 자신의 신분을 밝히고 상황을 알려주며 다른 인물의 소식을 전달하기도 한다. 영화에 등장하는 언어들은 단순한 정보 전달 그 이상으로 기능하며 영화 속 인물들은 보다 근본적으로 자신을 표현하거나 자신의 감정을 의식적으로든 무의식적으로든 언어화하기 위해 말한다.[11]

영화 속 언어는 플롯과 갈등을 발전시켜 클라이맥스로 이끌고 보여줄 수 없는 정보들을 제공하여 이야기에 관한 관객의 이해를 돕기도 한다.[12] 말하자면 영화 속 언어는 플롯의 진전, 캐릭터의 구축 그리고 서사의 세부적 이해를 위해 존재한다. 그런데 <헤어질 결심>은 의심할 수밖에 없는 인물과 금지될 수밖에 없는 관계를 모호한 언어를 통해 재현함으로써 오히려 극중인물과 관객을 혼란하게 만든다. 해준 앞에 처음 등장했을 때 서래는 '마침내 죽을까 봐, 원하는 대로 운명하셨습니다.'라는 발언을 한다. '운명하다'와 함께 등장한 '마침내'는 서래가 남편 기도수의 죽음을 기다린 것처럼 보이게도 하지만 서래가 중국인이며 한국어에 서툴다는 사실로 인해 진의는 또다시 모호해진다. 서래가 사용하는 한국어가 일상에서는 잘 사용하지 않는 문어체이거나 드라마에서나 할 법한 말들인 경우가 많은데다 외국인은 감지할 수 없는 말의 미묘한 차이(뉘앙스)로 인해 서래의 말들은 해준과 관객을 혼란에 빠트린다.

<헤어질 결심>은 서래의 말을 전자기기와 휴대폰 앱을 이용하여 번역하는 과정을 삽입하여 해준과 관객들에게 이해의 기회를 제공한다. 그러나 번역기로 제시되는 말들이 과연 서래가 한 말을 어느 정도 정확하게 번역했는가

---

11   클레르 바세, 박지회 옮김, 『대사』, 이화여자대학교출판부, 2010, 15-18쪽.
12   린다 카우길, 이문원 옮김, 『시나리오 구조의 비밀』, 시공사, 2015, 311-312쪽.

하는 의문이 남게 된다. 영화는 '그 친절한 형사의 심장을 가져다주세요.'라며 '마음'을 '심장'으로 잘못 번역함으로써 발생한 오해의 정황을 통해 두 사람을 연결해 주는 번역앱을 신뢰할 수 없다는 것을 보여준다. 번역은 단순한 말 바꾸기(Rewording)로 정의할 수 없다.[13] 번역을 한 언어에서 다른 언어로 의미를 옮기는 것이라 정의하지만 문화적 배경이 다른 언어의 의미를 정확하게 옮기기는 사실상 어렵다. 또한 말은 어조, 맥락, 신체의 움직임 등이 동반되고 언어마다 특유의 배열이 있기 때문에 모든 발화는 필수적으로 다차원적이다. 그러나 번역 과정에서 언어의 다차원적인 특성이 생략되거나 배제되기 쉽다.[14]

　　말을 맺을 틈도 안 주고 서래가 또 전화기에 대고 중국어를 시작하자 기다리는 해준. 서래, 앱을 구동한다.

　　남자성우 (소리): 한여름의 나는 배의 생선 창고에 갇힌 채
　　　　　　　　　　　열흘 동안 바다를 떠돌았다.
　　　　　　　　　　　그때 내 얼굴은 해골 같았고 똥오줌까지 묻었다.
　　　　　　　　　　　나는 미친 사람처럼 이러고 있었죠.
　　　　　　　　　　　그는 나를 보았고 내 냄새를 맡았고 내 이야기를 들었다.
　　　　　　　　　　　당신이 밤에 누구의 집을 들여다보는지, 당신의 아내는 아니요?
　　　　　　　　　　　　　　　　　— <헤어질 결심> 56. 서래 아파트(밤) 中[15]

13　앙트완 베르만, 윤성우·이향 옮김, 『낯선 것으로부터 오는 시련』, 철학과현실사, 2009, 19쪽.

14　데이비드 벨로스, 정해영·이은경 옮김, 『번역의 일—번역이 없으면 세계도 없다』, 메멘토, 2021, 44-50쪽.

서래가 격양된 어조로 다수의 몸짓을 결합하여 중국어로 열변을 토하지만 번역기는 무미건조한 문장을 읊을 뿐이며 심지어 서래의 말은 남성 화자에 의해 발언되기도 한다. 따라서 번역기를 통해서는 서래의 감정뿐만 아니라 말의 정확한 의미는 전달되지 못한다. 이와 같은 언어적 모호성의 이유로 서래와 해준 그리고 관객 사이에는 의미의 간격이 발생한다. 의미의 간격은 서래와 해준의 감정과 관계에 큰 영향을 미치는데 실제로 해준은 영화의 후반부 호미산에서 서래와 마주한 순간 그녀가 자신을 절벽 밑으로 밀어버릴지도 모른다는 생각에 불안감을 느낀다. 해준은 서래가 자신을 그리워하여 이포로 온 것인지 아니면 살인을 저지르기 위해 온 것인지를 확신할 수 없는 모호한 상태에서 서래와 마주한다. 이때 영화는 서래가 머리에 쓴 헤드랜턴을 이용하여 해준의 얼굴은 빛 속에 존재하게 만들고 서래는 역광을 받아 희미한 형상으로 존재하게 만든다. 해준 역시 '서래 씨는요, 몸이 꼿꼿해요' 처럼 상황과 어울리지 않은 어색한 말을 함으로써 자신의 감정을 모호하게 표현한다.

빛에 의해 왜곡된 두 사람의 형상처럼 의미의 확정을 보류하고 지연함으로써 모호성의 의도적 실현을 추구하는 <헤어질 결심>은 모호성에의 의지를 결말에까지 지속한다. 해준의 영원한 미결사건이 되고 싶다던 서래가 정말로 자신이 판 구덩이 속에서 생을 마감한 것인지, 밀물이 차오르는 파도 속에서 해준은 어떠한 선택을 하였는지 영화는 두 사람의 이야기를 영원한 미결로 남긴다.[16] 영화 속에서 서래가 해준에게 중국어를 번역해 주지 않는 중요한

15　위 장면은 실제 영화와 각본집의 대사가 조금 다르다. 따라서 대사의 전체적인 내용과 형식은 각본집을 따르되 일부 단어는 실제 영화에 삽입된 것으로 수정했다(정서경·박찬욱, 『헤어질 결심 각본』, 을유문화사, 2022, 68-69쪽).

16　영화는 해변 모래사장에 모호성의 상징인 '청록색' 양동이로 구덩이를 판 후 무덤에 들어가듯 그곳에 들어간 서래의 다음 모습을 보여주지 않는다. 서래의 시점인 듯 낮은 곳에서

문장이 있는데 공교롭게도 그 말은 '날 사랑한다고 말한 순간 당신의 사랑이 끝났고, 당신의 사랑이 끝난 순간 내 사랑이 시작됐죠.'라는 명백한 사랑 고백이다. 그러나 서래는 이 말을 번역해 주지 않음으로써 해준에게 자신의 심경을 모호한 상태로 남겨버린다. 영화의 엔딩을 장식하는 곳 역시 명백히 바다면서도 나무와 절벽이 산의 느낌을 주는 모호한 장소로 그마저도 안개에 둘러싸여 있다.

이렇듯 <헤어질 결심>은 시작부터 끝까지 모호성으로 점철돼 있다. 그런데 이 모호성은 아이러니하게도 수사물이지만 동시에 금기의 관계를 다룬 로맨스물의 장르적 유용성에도 기여하면서 영화를 무한한 의미의 대상으로 만드는 역할을 수행한다. 대상이 모호하기 때문에 수사는 지속될 수밖에 없고 관계와 감정이 모호하기 때문에 로맨스는 직진하지 못하고 선회한다. 특히 번역에 의한 언어의 모호성은 또 다른 능동성을 야기한다. 영화 속 인물이 말을 해석하기 위해 건조한 번역기의 목소리와 어색한 어순 그리고 지연의 시간을 감내했던 것처럼 관객 역시 지연의 간격을 통해 의미를 추적해 볼 시간과 역할을 부여받기 때문이다. 영화 속에서 네 번 등장하는 '마침내'라는 단어가 각각 다른 의미로 해석되듯 <헤어질 결심>은 특유의 모호성 때문에 어떻게 해석되어도 가능한 무한성의 대상으로 존재한다.

밀려오는 파도를 바라보는 장면이 잠시 등장하지만 영화는 서래가 과연 죽었는가에 대해서는 함구한다. 물론 해준의 영원한 미결사건이 되겠다는 서래의 말을 통해 그가 자살로써 생을 마감했다고 추측할 수 있지만 이 역시 영화 내에서는 확정되지 않았으므로 서래와 해준의 결말은 감상자의 자율에 맡겨진다.

3. 시점과 상징을 통한 의미 생성

지금까지의 박찬욱 영화들은 우연일 수 없을 다양한 장치를 함유함으로써 영화 속 인물들과 영화 밖 감상자들에게 어떤 의미를 전달하려는 의지를 보여왔다. 물론 그 장치들은 발견되지 못하여 존재 여부조차 인식되지 않을 수도 있으며 때로는 맥거핀처럼 작용하여 예기치 못한 오해를 불러일으키기도 한다. 예를 들어 <친절한 금자씨>에서 금자가 얼굴을 파묻은 케이크는 출소 후 정화를 기약하며 먹는 두부와 형상이 유사하며, 인간과 괴물 선과 악의 모호한 경계에 존재하는 <박쥐>의 신부 이름은 앞뒤가 동일한 현상현이다. <아가씨>와 <스토커>에서는 복합적인 시점과 플롯 구성을 통해 진실을 전환하는 기법을 사용하고, <헤어질 결심>에서 타살 증거가 되는 구소산비금봉의 높이는 영화의 러닝타임과 동일한 138층이다. 이렇듯 박찬욱 영화에는 발견해야만 의미를 획득할 수 있는 다양한 요소가 감상자의 주체적 해독을 요청하며 잠입해 있다.

발견과 해독을 요청하는 다양한 장치들은 박찬욱 영화의 특성이자 <헤어질 결심>의 특성이기도 하다. 전술한 바와 같이 <헤어질 결심>은 수사와 로맨스라는 이중 장르와 그에 따른 플롯 구성에 도달하기 위해 영화 전반에 모호성의 특질을 포진하게 한 영화다. 그런데 <헤어질 결심>은 인물과 정황을 안개처럼 모호하게 이끌어가되 그곳에 다양한 장치를 삽입하여 특정한 의미들을 생성하고자 한다. <헤어질 결심>이 의미를 생성하기 위해 삽입한 장치들은 영화의 전체 주제와 인물의 감정을 강화하고, 앎의 확장에 따라 사건이 진전되는 수사물과 상대를 향한 마음을 감추어야 하는 금지의 로맨스를 구축하는 데 사용된다. 하지만 어떤 장치들은 영화 속에서 은밀히 작동하기 때문에 적극적인 발견에의 의지를 필요로 한다. 그러한 이유로 <헤어질

결심>은 지금까지의 박찬욱 영화 중 가장 정적이며 단선적이지만 가장 능동적인 관객을 요구하는 영화처럼 보인다.

3.1. 비일상의 시점을 통한 다차원적 의미 생성

<헤어질 결심>에서 의미를 생성하기 위해 사용하는 장치 중 먼저 주목할 만한 것은 '시점'이다. 영화에서 시점은 대상을 바라볼 수 있는 하나의 지점으로서 특별한 의도하에 선택된 계산되고 구성된 시선의 지점을 의미한다. 즉 시점은 어떤 특정한 상태로 영화 속 대상, 풍경, 현실의 일부 등을 바라보고 관객으로 하여금 그것을 동일한 상태로 바라보게 하는 것이다.[17] 그런데 시점은 단순히 대상을 동일하게 바라본다는 시각적 경험을 넘어서 작품의 주제의식과 미학적 특성을 전달하는 요소가 된다. 내러티브적 위치(Narrative stance)라고도 일컫는 영화의 시점은 관객이 동일시하는 대상이 누구인지를 결정하게 해주며 특정 장면을 해석하게 하는 데 중대한 영향을 미치는 요소 중 하나다.[18] 이때 시점을 이끌어 내는 방식은 시각적 방법과 내러티브적 방법이 있는데 <헤어질 결심>은 이 두 가지를 독특한 방식으로 활용한다.

서래를 용의자로 대면한 해준은 수사라는 명분하에 서래의 일상을 감시하는 잠복근무를 자청한다. 영화는 시작부터 해준을 주인물로 서사를 이끌어가기 때문에 특정 지점까지 감상자는 해준의 시점으로 장면을 체험하게 된다. 수사물에서 경찰이나 탐정을 중심으로 플롯이 전개되는 경우 영화가 3인칭 시점과 닫힌 프레이밍 방식을 통해 장면을 재현한다 해도 관객은 내러티브에 의해 이들 시점에 동일시하게 된다.[19] 즉 수사물에서는 사건의 진상을 경찰이

---

17   조엘 마니, 김호영 옮김, 『시점』, 이화여자대학교출판부, 2017, 31-32쪽.
18   스티븐 D. 캐츠, 김학순·최병근 옮김, 『영화연출론』, 시공사, 2018, 279쪽.

나 탐정의 시점에서 보는 느낌을 받게 되며 특히 형사가 용의자를 감시하고 추적하는 정황에서는 이들의 시선으로 감시 대상을 체험하게 된다. 따라서 <헤어질 결심>이 해준의 시점에서 서래를 바라보게 하고 잠복근무를 통해 해준과 함께 서래를 관찰하게 하는 시점을 사용하는 것은 특별한 일이 아니다. 그런데 <헤어질 결심>은 수사물의 일반적인 시점을 독특한 방식으로 활용함으로써 다른 차원의 의미를 생성한다.

서래의 일터와 집 앞에서 망원경으로 서래를 감시하던 해준은 서래의 일거일동을 스마트워치에 녹음하여 기록한다. 용의자가 관심의 대상이 된 해준에게 잠복근무는 의심 행동을 포착하여 증거를 확보하려는 의도라기보다 서래를 관찰하려는 공적 알리바이에 가깝다. 그런데 서래를 감시하던 해준은 어느 순간 망원경의 시각적 한계와 시공간의 차원을 넘어서 서래의 시공간으로 순간이동해 버린다. 그리고는 마치 영혼의 형태로 서래의 일상을 관찰하며 '우는구나, 마침내'처럼 서래의 행동에 관한 첨언을 덧붙인다. 카메라는 계속해서 해준의 시점에서 물고기 밥을 주고 글씨를 쓰고 드라마를 보는 서래를 담아내면서 서래를 향한 해준의 숨길 수 없는 욕망을 보여준다. 애정을 주어서는 안 되는 대상과 함께하고 싶다는 해준의 욕망을 해준의 상상된 시점으로 재현하던 영화는 시퀀스의 마지막에서는 해준의 시점을 중단하고 관객이 서래를 마주보게 함으로써 시점을 서래의 것으로 전환한다.

이와 같은 시점의 전환은 지속적으로 수행되는 해준의 감시와 관찰에는 서래가 관객에게만 보여준 미소처럼 해준의 범주를 넘어서는 빈틈이 있음을 은연중 보여준다.[20] 독특한 점은 <헤어질 결심>이 인물뿐만 아니라 사물의

---

19 스티븐 D. 캐츠, 김학순·최병근 옮김, 『영화연출론』, 시공사, 2018, 281쪽.
20 해준의 '상상된 시점'은 해준이 서래의 살인 증거를 확보하기 위해 비금봉을 오르는 장면에서도 사용된다.

시선을 통과하는 비일상의 시점을 활용하여 특정한 정서와 의미를 산출한다는 것이다. 카메라는 고유 능력인 접근과 관찰을 통해 언어가 부재한 상황에서도 시선의 정서를 도출해낼 수 있다.[21] 그런데 <헤어질 결심>은 이 시선의 정서를 비단 극중 인물에만 한정하지 않는다. <헤어질 결심>에 등장하는 독특한 시점숏은 죽은 기도수의 눈에서 시작된다. 영화는 개미가 기어 다니는 기도수의 눈이 해준을 바라보는 시점을 통해 망자의 불가능한 시선을 재현한다. 이후 서래 몸에 새겨진 문신을 담은 사진의 시점, 손목시계의 시점, 죽은 생선의 시점, 휴대폰 액정의 시점, 유골함의 시점 그리고 시체가 된 임호신의 시점이 영화에 등장한다.

시점은 영화의 내용적 요소나 양식적 수단과 결합하여 하나의 맥락을 형상하면서 의도한 내용을 전달하는데, 영화에서 묘사 대상을 특정한 시점에 의해 포착하면 거기에는 새로운 질이 부여된다.[22] 그러한 이유로 시점을 보유할 수 없는 대상이 극중 인물을 바라보는 독특한 시선에서 몇 가지 의미와 의도를 발견할 수 있다. 먼저 죽은 기도수나 임호신의 눈이 해준을 바라보는 시점은 마치 사건의 진실을 밝혀달라는 망자의 요청이자 진실을 밝혀내려는

21   찰스 애프런, 김갑의 옮김, 『영화와 정서』, 집문당, 2001, 95쪽.
22   볼프강 가스트, 조길예 옮김, 『영화』, 문학과지성사, 2006, 61쪽.

해준의 의지를 전달하는 것처럼 보인다. 불가능한 시선이지만 사체의 시점에서 바라본 해준은 진실을 밝혀줄 유일한 존재처럼 형상화된다. 휴대폰 액정이나 유골함 등 의식이 없는 사물이 극중 인물이나 관객을 바라보는 시점은 수사물과 결합하여 의심의 시선으로 존재한다. '똑바로 보고 싶다'는 해준의 발언처럼 시점을 부여받은 사물들은 극중 인물이나 관객이 똑바로 바라보아야 할 무엇인가가 존재함을 밀고하는 듯하다. 나아가 불가능한 사물의 시점은 인간의 시점을 넘어 새로운 관념으로의 전환을 요청하는 것으로도 읽을 수 있다.

3.2. 발견을 요청하는 동일성의 요소와 상징물

전술한 대로 <헤어질 결심>은 직업윤리와 사회규율에 의해 허용될 수 없는 사랑을 다루는 영화다. 영화가 금지된 사랑을 다루는 경우 두 사람이 금기를 어느 정도 위반하는가에 따라서 영화의 요소가 다르게 운용된다. <헤어질 결심>의 서래는 정체가 모호한 용의자인데다가 해준은 그의 말대로 '깨끗한' 사람이기 때문에 해준과 서래의 관계는 특정 선을 넘어서지 못한다. 해준 혹은 서래가 사랑에 빠지는 순간이나 과정이 상당 부분 생략되어 있으며, 사랑을 위해 죽음까지 결심하는 서래가 해준을 언제부터 어떻게 사랑한 것인지를 영화는 정확하게 알려주지 않는다. 사랑하는 관계는 특정한 불안에 의존하는데 사랑에 빠지는 순간 주체성은 일시적으로 다른 주체 안에 머물게 되어 기존의 자기 인식을 무너뜨리는 불안이 생성된다.[23] <헤어질 결심>은 사랑의 과정에서 생성되는 불안마저도 상징적으로 재현함으로써 관객에게

---

23 레나타 살레츨, 박광호 옮김, 『불안들』, 후마니타스, 2015, 141쪽.

이들의 관계성을 발견하도록 권유한다.

부산과 이포, 기도수와 임호신의 살인사건을 병립함으로써 대칭적인 구조를 취하는 <헤어질 결심>은 동일성으로 연관되는 두 가지 대상을 영화에 대칭적으로 삽입함으로써 의미를 확장하고자 한다. 먼저 영화 속에서 해준과 서래는 '같은 종족'으로 두 사람은 사랑에 빠질 수밖에 없다는 점을 영화는 동일성의 상징물을 통해 보여준다. 피가 있어야 사는 해준과 피가 있는 사진을 보고 싶어하는 서래는 수사관과 피의자로 만났지만 만나자마자 자신들도 모르게 유사한 행위를 하고 어깨가 맞닿을 정도의 거리에서 사진을 함께 들여다보는 친숙성을 보여준다. 영화는 이들이 처음부터 끌릴 수밖에 없었던 이유를 동일성으로 설명하고자 한다. 해준과 서래는 마치 짝패 같은 느낌을 주는데 두 사람은 같은 브랜드의 차, 휴대폰, 시계를 사용하며 '인자한 자'가 좋아하는 산보다 '지혜로운 자가' 좋아한다는 바다를 선호한다.

> 해준: 서래 씨가 나하고 같은 종족이란 거, 진작에 알았어요.
> 남편 사진 보겠다고 했을 때. '말씀'은 싫다고.
> 나도 언제나 똑바로 보려고 노력해요.
> — <헤어질 결심> 70. 절(아침) 中

<헤어질 결심>이 동일성의 대상을 통해 의미를 확장한다는 점은 '질곡동 사건'을 통해서도 확인할 수 있다. 해준의 직업이 형사이므로 영화 속에서는 몇 차례의 보조 범죄 사건이 등장한다. 그중 해준이 3년 동안이나 매달렸지만 진전이 없다가 서래의 조언으로 진실이 밝혀지는 질곡동 사건은 의미심장하게 다뤄진다. 질곡동 사건의 용의자인 산오는 죽음보다 감옥을 더 무서워하는 사람인데 딱 한 번 한 달간 감옥살이를 한 적이 있다. 서래는 감옥에

갈 것을 각오하고 사람을 때린 산오 이야기를 듣자 '죽을 만큼 좋아한 여자' 때문이라고 말한다. 이후 해준은 산오와 옥상에서 대치하게 되는데 상황과 대사를 통해 질곡동 사건이 해준과 서래의 서사 전체를 상징한다는 것을 알 수 있다. 즉 '여자들은 왜 그런 쓰레기 같은 새끼들하고 자요?'라는 산호의 말 그리고 산호가 죽으면서 한 '너 때문에 고생깨나 했지만 너 아니었으면 내 인생 공허했다.'는 결국 해준이 서래에게 했거나 하고 싶었을 말이기 때문이다.[24]

해준과 서래 그리고 질곡동 사건 외에도 <헤어질 결심>에는 다수의 동일성 요소가 등장한다. 서래의 몸에 자기 이름 이니셜을 문신으로 새긴 기도수와 담배에서 부부관계 횟수까지 규율화하는 정안은 모두 배우자를 통제하려는 사람이라는 점이 동일하다. 해준의 부산 동료 수완과 이포의 동료 연수는 해준의 옆에서 서래 사건에 관여하고 첨언한다는 점에서 동일하며, 기도수와 임호신은 서래가 무엇인가를 지키기 위해 직간접적으로 살해한 대상이라는 점이 동일하다. 거기에 영화는 진실을 밝히기 위해 올라가야 하는 대상으로 산과 계단을 병치하고, 죽음의 공간으로 수영장과 웅덩이를 병치함으로써 또 다른 동일성을 제시한다. 서래가 즐겨 보는 드라마는 다시 서래의 실제 삶과 대사로 동일화된다. 이러한 동일성은 영화의 구조를 대칭적으로 만들면서 나아가 인물 특히 해준과 서래의 상황을 이해하게 하거나 이들이 자신만의 방식으로 사랑을 확장하고 있다는 점을 간접적으로 보여주는 데 기여한다.

---

24 실제로 해준은 이포에서 용의자와 수사관의 관계로 다시 만난 서래에게 '왜 그런 남자하고 결혼했습니까?'라고 물으며 질곡동 사건의 산오와 유사한 말을 한다. 서래 역시 산오를 두고 '한국에서는 좋아하는 사람이 결혼했다고 좋아하기를 중단합니까?'라고 말하는데 이 역시 해준과 서래의 관계성을 상징하는 대사로 볼 수 있다.

크리스티앙 메츠는 영화 외연의 자명성과 관련하여 '영화는 너무 쉽게 이해되어버리기 때문에 그에 대해 설명한다는 것이 어렵다.'고 말한 바 있다. 그러나 영화 속의 영상은 아날로기(Analogie) 형태의 모방을 넘어서는 부가적 의미를 전달하며 이는 외연적 의미를 초월하는 상징적 메시지로의 힘을 획득한다.[25] <헤어질 결심>은 해준이 직업정신이 투철하며 사적 욕망에는 쉽게 흔들리지 않을 견고한 사람이자 형사임을 인공눈물과 불면증 그리고 집 벽 전체를 차지한 증거사진을 통해 보여준다. 영화는 해준이 사건현장에서 인공눈물을 점안하는 장면을 클로즈업해 수차례 반복하여 보여줌으로써 그가 사건의 실체를 명확하게 파악하려는 의지가 강한 형사임을 보여준다.

해준은 그동안 자신이 해결하지 못한 미결사건의 증거 사진을 집 거실 벽 전체에 붙여놓고 들여다봄으로써 사건을 끊임없이 상기하고 추적하는 형사다. 해준에게는 불면증이 있는데 이 역시 미결사건에 대한 형사로서의 부채의식에서 비롯한 것이다. 이러한 상징물들은 서래를 향한 해준의 사랑이 불가항력이었다는 점을 보여주는 데 일조한다. 즉 견고한 성처럼 직업윤리와 가정을 지켜온 해준이 서래 사건 앞에서는 인공눈물의 효과가 상실되고 피해자에 대한 부채의식과 가정마저도 잊어버린 채 그의 말대로 '품위를 잃고 붕괴되었기' 때문이다. 해준에게 서래는 그의 인생에서 단일한 사람 즉 '유혹의 가능성을 내포한 공포'[26]를 넘어서 '타자의 실존에 관한 근원적인 경험'[27]을 체험하게 한 존재라는 것을 다양한 상징물을 통해 짐작할 수 있다.

<헤어질 결심>은 처음부터 끝까지 모호한 인물로 등장하는 서래에게도 상징물을 부여함으로써 서래의 존재성과 행위의 이유를 간접적으로 전달하

---

25 볼프강 가스트, 조길예 옮김, 『영화』, 문학과지성사, 2006, 108쪽.

26 조르주 바타이유, 조한경 옮김, 『에로티즘의 역사』, 민음사, 1998, 133쪽.

27 한병철, 김태환 옮김, 『에로스의 종말』, 문학과지성사, 2015, 6쪽.

고자 한다. 중요한 점은 서래에게 부여된 다양한 상징물들은 영화의 엔딩에 가서야 그 의미가 확인된다는 것이다. 즉 자살을 시도할 만큼 해준을 사랑했다는 사실이 영화의 종결부에 가서야 확인되기 때문에 서래에게 주어진 상징물들은 영화가 끝난 후에 의미가 재확인된다. 예를 들어 해준이 서래가 자신을 죽일지도 모른다는 두려움 속에 찾아간 호미산은 서래에게 해준이 가족만큼이나 중요한 사람이었다는 것을 상징하는 장소다. 두 명의 남편이 있었지만 외조부와 어머니의 유골을 호미산에 뿌리지 않았던 서래는 해준을 '나의 산'인 호미산으로 불러 유골을 뿌리게 한다. 이는 서래가 '믿을 만한 남자'로서 해준을 진심으로 신뢰하고 사랑하고 있다는 점을 보여준다. 호미산에서는 번역기의 음성이 남성에서 여성으로 변화하는데 이 또한 해준을 향한 서래의 마음이 깊어졌다는 점을 상징한다.

서래가 해준을 진심으로 사랑했다는 사실을 보여주는 또 다른 장치는 바로 휴대폰과 미결사건이다. 서래는 자신 때문에 완전히 붕괴되었다는 해준의 고백이 녹음된 휴대폰을 13개월 동안 끊임없이 듣고 있었다. 그리하여 해준의 마지막 음성이 담긴 서래의 휴대폰은 사랑의 증거물이자 시공간을 초월하여 해준과 조우하는 일종의 연결점이 된다. 이후 서래는 사랑의 증거였던 휴대폰을 해준에게 되돌려주면서 부산으로 돌아가 사건을 원점으로 돌릴 것을 요청한다. 이는 운동화가 아니라 구두를 신고 피가 없는 이포에서 무기력하게 살고 있는 해준이 다시 옛날의 형사로 되돌아가게 하려는 애정의 증표다. 이후 또 다른 사랑의 증표로서 휴대폰 즉 남편 임호신의 휴대폰이 등장하는데 서래는 이를 깊은 바다에 버림으로써 해준을 보호하고자 한다. 결국 영화에 등장하는 휴대폰은 서래가 해준을 진심으로 사랑했다는 것을 보여주는 상징물이자 그 의미가 영화 종결에 가서야 밝혀지는 대상이다.

<헤어질 결심>은 또 다른 헤어질 결심 즉 재혼이 아니라 죽음으로써 해준

과 헤어질 결심을 하는 서래를 통해 둘의 사랑을 영원한 미결로 만든다. 서래는 까마귀를 묻을 때 사용한 청록색 양동이로 구덩이를 파고 들어가 자기 자신을 아무도 찾을 수 없는 상태로 만드는 자살을 준비한다. 서래가 죽음을 준비하는 동안 해변에 도착한 해준의 차는 부감숏으로 재현되는데 이때 화면 우측에서 밀려오는 서래 옆모습과 유사한 파도는 서래가 그곳에 있으며 동시에 바다와 한몸이 될 준비를 하고 있다는 점을 상징한다. 서래가 바닷가에서 자신을 묻음으로 죽음을 선택하는 이유는 그것이 해준에게 영원히 기억될 '단일한' 방법이기 때문이다. 전술한 대로 해준은 종료되지 않은 사건을 끝없이 기억하는 형사로 서래는 자신의 사라짐은 미결사건이 되어 해준의 기억에 영원히 남을 것을 알았다. 따라서 서래가 자살로서 자신을 미결사건화 하고자 한 것은 해준을 향한 영원한 사랑을 상징한다고 볼 수 있다.

영화는 스스로 판 웅덩이에 몸을 숨기고 있는 서래의 시점인 듯한 방식으로 산처럼 쌓인 흙이 붕괴되는 장면을 보여준다. 기도수가 죽은 구소산에서 시작된 서사는 서래가 쌓은 모래산이 무너지는 것으로 마무리되는데 이는 산에서 시작된 서래와 해준의 관계가 붕괴되었다는 것을 형상화한다고 볼 수 있다. 서래의 휴대폰을 통해 서래를 향한 자신의 사랑 고백을 뒤늦게 확인한 해준이 풀어진 운동화 끈을 동여매는 장면은 형사와 남자로서 반드시 서래를 찾고 말겠다는 해준의 다짐을 상징한다. 그러나 서래와 해준의 결심이 어떻게 결정되는지는 미결로 남긴 채 영화는 종결된다. 다만 다양한 상징물들로 이들의 상태와 미래가 추측될 뿐이다. <헤어질 결심>은 인물의 정황과 감정을 직접적이고 구체적인 방법 대신 간접적이고 상징적인 방법으로 재현함으로써 의미를 전달하는 기법을 활용한다. 이는 모호성의 전략과 결탁하여 영화를 능동적인 해석의 대상으로 만들고 인물의 감정과 상황을 자유롭게 상상할 기회를 제공한다는 의의가 있다.

희비극으로 재현한 계급 공존의 불가능성

— <기생충>

1. 충(蟲)의 시대를 위한 자조적 헌사

제72회 칸영화제에서 만장일치로 황금종려상을 수상한 <기생충>은 한국 영화의 새로운 지평을 연 기념비적인 작품으로 기록되었다. '보편적인 정치 우화·장인의 미장센 연습·완벽하게 매끄러운 이야기(뱅상 말로사)', '관객을 쥐 락펴락하며 들숨과 날숨까지도 좌지우지하는 영화(니콜라스 라폴드)' 등으로 호 평받은 <기생충>은 다양한 측면에서 연구할 가치가 있는 영화다. <기생충> 은 장르 관습을 파기하며 독자적인 세계를 구축해 온 봉준호 감독의 영화답 게 관례와 예상으로부터 수시로 미끄러지며 고정된 세계를 거부한다. 말하자 면 <기생충>은 체계적인 방사형으로 직조되었지만 수많은 빈 공간을 보유한 거미줄처럼 의미의 여백을 보유한 확정할 수 없는 세계로 존재한다. 또한 현실 문제를 지속해서 견지해온 감독답게 <기생충> 역시 관객으로 하여금 현시대의 실체를 목격하게 한다. 그리하여 <기생충>은 예술로서의 영화일 뿐만 아니라 시대상을 고발하는 기록물의 역할을 동시에 수행한다.

<기생충>이 보여준 문제적 현실은 불평등한 계급 구조에서 기인하는 모순

된 정황들이다. <기생충>은 계급이 명료하게 분할된 사회와 그로 인해 파생되는 부정한 상황에 초점을 맞춘다. 계급성은 봉준호 감독 영화의 근간을 가로지르는 주요한 사유 중 하나로 그는 다양한 방식으로 계급 문제를 재현해 왔다. 그런데 봉준호 감독은 사뭇 은유적으로 재현했던 계급 문제를 <기생충>에서는 보다 적나라하게 다루며 새로운 접근을 시도한다. 예를 들어 <설국열차>가 SF에 기대어 빙하기와 기차라는 판타지적 설정을 근간으로 계급 문제를 모색했다면, <기생충>은 리얼리즘에 기대어 동시대 한국이라는 설정을 근간으로 계급 문제를 공론화한다. 이러한 이유로 <기생충>이 보여준 계급적 정황은 그간의 봉준호 감독 영화들보다 노골적이며 현실적으로 체감된다. 무엇보다 '집'이라는 내밀하고 사적인 공간을 주요 무대로 설정한 덕분에 영화적 재현과 관객과의 거리가 좁혀질 수밖에 없다.

불평등한 계급 구조가 양산하는 부조리는 전 세계적으로 공유되는 문제다. 인간은 본래 평등하다는 전제를 신봉하는 민주주의가 대부분의 나라에서 실현되었지만 아이러니하게도 대다수의 나라에서 부의 불공정한 재분배로 인한 계급 갈등이 심화되고 있다. 이러한 이유로 <기생충>은 국지적이지만 세계적이라는 평가를 받으며 전 세계인이 공유할 수 있는 지점을 마련한다.[1] 그러나 <기생충>은 봉준호 감독의 말처럼 '한국 관객만 뼛속까지 이해할 수 있는 요소로 포진'된 덕분에 한국인에게 더 절실하게 다가오는 것이 사실이다. 반지하라는 주거공간에서부터 학벌중심주의가 양산한 특수한 노동 형태로서의 과외 그리고 자영업자의 몰락을 야기한 특정 프랜차이즈까지 <기

---

1   제72회 칸영화제의 심사위원장 알레한드로 곤잘레스 이냐리투는 "It's so global but in such a local film."이라며 <기생충>이 재현한 계급 문제의 보편성에 주목했다(「Cannes Jury Says Awarding Bong Joon-ho's 'Parasite' the Palme d'Or Was Unanimous Decision」, 『IndieWire』, 2019. 5. 25).

생충>은 한국적 특수성을 토대로 한국 사회의 모순을 적나라하게 조명하기 때문이다.

그중에서도 영화 속 평범한 사람들이 '충'으로 지시되는 점은 한국 사회에 만연한 자조적 분위기를 대변한다. 한동안 한국 사회를 장악했던 '헬조선' 담론 이후 한국인들은 부정한 사회를 비판하는 대신 무력한 자신을 '충'으로 지칭하며 자조하고 있다. 혐오스러운 발언과 행위를 일삼는 소수만이 아니라 평범한 학생과 직장인마저도 '충'이라는 접미사를 붙여 대상을 지시하는 분위기는 계급 상승이나 투쟁의 의지를 상실한 이들의 자조적 태도에 기인한다. 스스로를 벌레에 빗대어 표현한다는 것 자체가 성장과 성취의 가능성을 제거했음을 선포하는 것과 다름 아니기 때문이다. <기생충>은 바로 이러한 한국 사회의 전면화된 무기력을 포착한다. 더 이상 변화의 가능성이 없어 보이는 사회를 비판하거나 개선하려는 의지를 가지기보다 '충'이 되어 모든 책임을 자신의 무능과 불운으로 돌리는 것이 더 안락한 시대. 이런 세상을 그림으로써 <기생충>은 '충'으로 살아가는 이들의 어쩔 수 없음을 위로하되 거기에서 멈추지 않고 새로운 각성을 요구한다.

그리하여 <기생충>은 부정한 세계를 치열하게 혹은 무의식적으로 살아가고 있는 이들에게 현시대의 실상을 알리는 자극제가 되어준다. 물론 영화가 '충'이 아닐 수 있는 삶을 제시하거나 '충'으로부터 탈주할 수 있는 사회를 구현하자는 능동적인 메시지를 던지는 것은 아니다. 그러나 <기생충>은 거대한 불가능성으로 고착된 계급성을 재고해 보아야 함을 감각적인 방식을 재현하며 체화된 무기력에 파동을 일으킨다. 바로 여기에 <기생충>과 <기생충>에 관한 이야기의 존재 이유가 부여된다. 이번 상에서는 세상의 '충'들이 어떻게 살아가고 있는지를 섬세하지만 파격적으로 재현한 <기생충>의 영화적 존재 양상과 <기생충>이 동시대인들에게 던지는 의미를 함께 고찰하고자 한다. 그리고 사회의 모순을 자조할 만한 의지마저 상실하기 전에 '충'의 삶을 직시할 것을 권유한 <기생충>을 통해 '충'의 시대에 관한 논의를 확장하고자 한다.

2. 기생충이 된 프레카리아트와 우아한 숙주

현대사회를 하나의 단어로 포괄해야 한다면 그 자리는 단연 '불안'이 차지할 것이다. 물론 인간은 무수한 시간을 불안과 싸워야 했으며 불안은 또한 인간을 진보하게 만든 중요한 원동력 중 하나였다. 그러나 현대사회의 불안은 이전보다 거대해졌으며 진보의 욕망을 잠식하는 무력화를 초래한다는 점에서 여느 시대의 그것과는 다르다. 댄 가드너는 현대사회를 가리켜 '이유 없는 두려움의 시대'라 칭한다. 기술은 통제하지 못할 정도로 발전하고 환경은 끊임없이 파괴되며 지식인들은 유희하듯 인류의 디스토피아를 상상하고 있는 시대에서 인간은 무한한 불안에 노출될 수밖에 없다.[2] 중요한 점은 이 거대한 공포 속에서 현대인은 선택의 무한한 자유 앞에 서야만 한다는 사실이다. 현대인은 모든 혁명을 불가능하게 하는 체감상의 자유 안에서 내가 나를 실현한다고 믿으며 자발적으로 나 스스로를 착취하는 병리적 삶을 살아간다.[3] 여느 시대보다 더 자유롭기 때문에 여느 시대보다 더 불안한 삶, 이 놀라운 아이러니가 통용되는 곳이 바로 현대사회다.[4]

결국 무한 자유와 그에 대한 개별적 책임을 전가받은 현대인은 성공과 실패를 독자적으로 감내해야 하는 상황에 처한다. 그리고 성공한 자들은 능

---

2   댄 가드너, 김고명 옮김, 『이유 없는 두려움』, 지식갤러리, 2012, 23쪽.
3   한병철, 이재영 옮김, 『타자의 추방』, 문학과지성사, 2017, 62쪽.
4   폴 로버츠, 김선영 옮김, 『근시사회』, 민음사, 2016, 9-18쪽.

력과 근면함을 갖춘 존재로 추앙받지만 실패한 자들은 부적합한 열등한 자들로 치부되는 세상에서 적자가 되지 못한 이들은 생존의 기회를 상실한 채 부유할 수밖에 없게 된다. <기생충>은 바로 이 부유하는 이들의 불안한 삶에 주목한다. <기생충>의 초반부는 도무지 답이 없어 보이는 기택 일가의 상황을 하이퍼리얼리즘으로 포착하며 회생이 불가능한 프레카리아트의 음습한 삶을 날 것 그대로 보여주는 데 주력한다. 영화가 시작하며 하나씩 제시되는 기택과 충숙 그리고 기우와 기정이 체험하고 있는 삶의 양식은 어느 것 하나 고정된 상태가 아니다. 훔쳐 쓰는 와이파이는 언제 끊길지 모르고 꼽등이와 노상방뇨자는 불식간에 등장해 불안을 고조한다. 더욱이 이들은 누구 하나 고정된 수입을 확보할 만한 경제적 능력이 없는 상태로 가족 전체가 피자박스 접기라는 한시적 노동에 매달리는 중이다.

기택 가족의 삶을 명시하고 상징하는 것은 바로 그들이 사는 반지하다. 반지하는 다세대·다가구 주택의 지하에 있는 거주지로 지상부로 창이 나 있어 채광과 통풍이 지하에 비해 양호하다는 이유로 '반지하'라는 이름을 부여받았다. 반지하는 1984년 건축법 개정으로 규정이 완화되면서 급격하게 확산된 주거형태인데 창고나 대피소 등의 목적으로 만든 다세대·다가구 주책의 지하층을 주거용으로 개조하면서 출현하였다.[5] 타인의 빈곤한 정황이 임대수익을 창출하는 기회로 전환되면서 양산된 반지하는 이후 한국인의 빈곤을 상징하는 메타포로 존재하게 된다. <기생충>의 오프닝 시퀀스에서는 도로보다 낮은 시선에서 외부를 체험해야 하는 반지하의 삶을 틸트다운(Tilt down)으로 포착하며 반쯤 숨겨진 아래의 삶을 하나씩 파헤친다. 반지하 특유의 음습한 어두움이 장악한 기택의 집은 버려지지 못한 물건들로 잠식되어

---

5   홍인욱, 「지하주거의 실태와 문제점」, 『도시연구』 제8호, 한국도시연구소, 2002, 61쪽.

있으며 기이하게도 화장실의 변기가 가장 높은 곳에서 위엄을 떨치고 있다.

이러한 반지하는 기택 가족의 실패적 정황을 표상하기에 더할 나위 없어 보인다. 반지하는 기택 가족이 지상의 삶에 편입할 수 있는 능력이 부재함을 상징한다. 따라서 '성공이 새로운 도덕의 기준이라면 새로운 비도덕적 인간은 실패자'[6]인 시대에서 기택 가족은 무능과 태만을 전제로 한 은근한 경멸의 시선 앞에 선다. 그러한 데다가 <기생충>은 지상의 삶으로 편입하기 위해 고군분투한 기택 가족의 노력과 정서적 타격을 지워버린다. 지나가는 짧은 대사로만 기택 가족이 '생각보다 열심히 살았을 수도 있다'는 정보가 희미하게 흘러들어올 뿐이다. 그로 인해 기택 가족의 빈곤하고 미래 없는 정황의 책임은 오롯이 그들의 무능과 한심한 선택으로 귀결된다. 치킨집과 대만 카스텔라 사업에 뛰어들었다가 망한 것은 기택의 잘못된 선택 때문이며, 4수 중인 기우와 미대 지망생인 기정의 불안한 상태도 불충분한 노력과 능력 때문으로 치부된다.

주목할 점은 <기생충>에서 기택 가족이 빈곤하고 희망 없는 정황을 크게 개의치 않는 듯 그려진다는 것이다. 안방에 걸려있는 '안분지족' 액자가 대변

---

6   파울 페르하에어, 장혜경 옮김, 『우리는 어떻게 괴물이 되어가는가 — 신자유주의적 인격의 탄생』, 반비, 2016, 182쪽.

하듯 기택 가족은 현실을 절망하거나 한탄하기보다 부재의 자유를 만끽하기라도 하듯 사뭇 유쾌하기까지 하다. 빈곤은 그 사회에서 행복한 삶이라고 여겨지는 기회들과 단절되고 삶이 제공해야 하는 것을 받지 못함을 의미한다. 이런 이유로 빈곤은 자주 분노와 적의 그리고 자기 경멸을 배태한다.[7] 그러나 기택 가족은 피자 박스를 잘못 접어 노동 수당을 제대로 받을 수 없게 된 상황 앞에서도 호기를 부리며, 반지하로 침투하는 소독차의 연기도 집을 소독할 기회로 활용하는 여유를 부린다. 하지만 기택 가족의 '안분지족'은 실패자의 운명을 받아들인 자들의 전유물로서 르상티망마저 제거된 계급 소외의 상태와 다름 아니다. 말하자면 상류층은 고사하고 중산층의 안정된 삶마저 욕망할 기회를 박탈당한 채 부유할 수밖에 없는 프레카리아트의 절망이 빈곤을 지족의 상태로 수용하게 만든 것이다.

불확실한(Precarious) 노동자(Proletariat)를 의미하는 프레카리아트(Precariat)는 신자유주의가 배태한 '형성 중인 계급'으로 노동계급이나 프롤레타리아트와는 다른 양상을 띠는 파편화된 계급 유형을 말한다. 유연한 노동 시장의 확산과 세계적인 금융 대란 그리고 저성장 시대로 인해 전 세계적으로 확산되고 있는 프레카리아트는 안정된 고용과 노동 보장으로부터 유리된 소외된 노동자들이다. 프롤레타리아트에게 있었던 사회적 계약 관계 즉 복종과 한시적 충성을 대가로 노동 보장이 제공되는 식의 불문율에 해당하는 거래에 참여하지 못하며, 직업공동체로서의 정체성이나 장기적 계획을 세울 수 없다는 것도 프레카리아트의 특징이다. 다시 말해 프레카리아트는 직업 불안정성에 시달리는 미래 없는 도시의 유목민으로 진보나 연대를 상상할 수 없는 부유하는 노동자들이다.[8]

---

7   지그문트 바우만, 이수영 옮김, 『새로운 빈곤』, 천지인, 2010, 73쪽.

기택 가족은 이러한 프레카리아트의 삶을 여실하게 보여준다. <기생충>은 사소한 정보를 통해 기택 가족이 몰락한 중산층이라는 것을 암시한다. 기택은 몇 차례의 프랜차이즈를 운영했던 경험이 있으며 기우와 기정은 몇 년째 입시학원에 다니고 있었다. 이러한 정황으로 비춰볼 때 기택 가족이 지상에서 반지하로 떠밀린 프레카리아트라는 것을 알 수 있다. 그런데 기택 가족에게는 안정된 직장과 노동에의 열의가 부재해 보인다. 이는 '완벽한 계획은 무계획'이라는 기택의 신조와도 연계된다. 프레카리아트는 세상에 열심히 참여하더라도 미래를 보장받을 만한 기회 자체가 제거되어 부단한 좌절과 만성적 불안에 노출될 수밖에 없다.[9] 따라서 온전한 상태로 세상에 편입하고자 하는 욕망 자체를 제거하는 것이 프레카리아트의 새로운 생존법이 된다. 말하자면 기택 가족의 '무계획'은 고정된 삶을 욕망하는 것이 불가능할 뿐만 아니라 아무리 노력해도 언제든 반지하로 내려갈 수 있다는 것을 확인한 자의 포기에서 비롯한다.

반지하에 터를 잡고 살아가던 기택 가족은 우연한 기회에 피자박스 접기보다 조금 더 나은 보수를 제공하는 새로운 경제활동의 기회를 얻게 된다. 기우가 친구의 소개로 IT 기업의 젊은 CEO 박사장 집에 과외교사로 위장 취업을 하게 되면서 기정과 기택 그리고 충숙이 차례로 미술교사와 운전기사 그리고 가정부로 박사장 집에 취업하게 된 것이다. 기택 가족은 박사장 집에 노동을 제공하는 직업공동체가 되어 저택이라는 공간에서 상류계급과 일정 시간을 공유하는 새로운 삶을 살게 된다. 반지하를 기택 가족을 위시한 하위

---

8   가이 스탠딩, 김태호 옮김, 『프레카리아트 ─ 새로운 위험한 계급』, 박종철출판사, 2014, 10-34쪽.

9   가이 스탠딩, 김태호 옮김, 『프레카리아트 ─ 새로운 위험한 계급』, 박종철출판사, 2014, 50-53쪽.

계급의 표상으로 제시한 <기생충>은 웅장하고 독립된 박사장의 저택을 상류층의 표상으로 제시한다. 박사장 가족이 사는 집은 유명 건축가가 설계한 일종의 예술 작품으로 모던하고 세련된 구조를 취한다. 취객과 소독차 그리고 벌레에 노출되어 있는 기택의 반지하와 달리 박사장의 저택은 모든 침입으로부터 안전한 높은 곳에 일반 사람들은 출입할 수 없는 방식으로 은폐되어 있다. '다른 사람들이 쉽게 섞일 수 없도록 만들며 입주민의 자부심을 배타적으로 빚어내는 구별짓기'가 박사장 저택이 함의하는 공간성이다.[10]

<기생충>의 흥미로운 지점은 모던하고 고즈넉한 저택만큼이나 박사장과 연교가 '젠틀하며 심플하게' 그려진다는 점이다. 기택 가족은 과외와 가정부 그리고 운전기사라는 특수한 형태의 노동이 전제되지 않았다면 공유할 수 없는 시공간을 박사장 가족과 함께하면서 상류층의 사적인 생활을 목도한다. 그런데 박사장 가족은 돈과 권력에 집착하거나 피고용주에게 무례하지 않다. 오히려 그들은 기택 가족에게 매너 있게 대하고 부부 사이도 좋으며 기택 가족의 계략에 쉽게 속아 넘어가는 순진함마저 보여준다. 박사장 가족이 생각보다 비열하고 천박한 상류층이 아니라는 설정은 그들 집에 잠입해 나가는

---

10   김찬호, 『모멸감 ─ 굴욕과 존엄의 감정사회학』, 문학과지성사, 2014, 90쪽.

기택 가족의 침입을 더욱 치졸하고 추잡하게 만든다. 학력을 위조하는 남매의 능력과 계획을 칭찬하는 기택에게서 이미 비윤리의 가능성을 확인했지만, 기택 가족이 자신들과 같은 계급의 노동자를 하나씩 제거하면서 박사장 가족에 침입하는 방식은 숙주를 장악해가는 기생충과 다름없어 보인다.

하지만 우아한 숙주에 틈입한 기생충의 스펙터클한 잠식쇼는 기택 가족이 자신들의 하찮은 처지를 노골적으로 인식하면서 중단된다. 박사장을 숙주 삼아 자본을 흡입해 가던 기택 가족은 주인이 집을 비운 사이 저택의 주인 행세를 하며 상위계급의 삶을 모방하는 유희의 시간을 보낸다. 그러나 폭우로 캠핑을 포기하고 갑자기 귀환해 버린 박사장 가족을 피해 기택과 남매는 거실 테이블 밑에 몸을 숨긴 채 '바퀴벌레'[11]와 같은 상태가 되고 만다. 바로 이 지점부터 〈기생충〉은 유머를 중단하고 계급 간의 철저한 선이 만들어내는 모멸감을 적나라하게 그린다. 박사장의 사돈이 될지도 모른다며 풍류를 만끽하던 기택과 남매는 테이블 밑바닥에 누운 채 박사장 부부가 하는 일상 대화와 성교 신음을 엿들으며 자신들의 하찮은 상태를 확인받는다. 그중에서도 냄새 이야기는 극단의 수치심을 자극하며 관객에게까지 모멸감을 전염시킨다.

적나라하게 가해지는 공격적인 언행과 은연중에 무시하고 깔보는 태도 모두가 섞여 있는 모멸은 수치심을 일으키는 최악의 방아쇠라 할 수 있다. 동물적인 욕구의 충족으로 만족할 수 없는 인간에게 존재성은 중요한 문제가 된다. 따라서 자신의 존재 가치가 타자에 의해 훼손된 상태에서 생성되는

---

11 기우가 자신이 다혜와 결혼할지도 모른다며 너스레를 떨고 기택이 그에 동조하자 충숙은 '그래 봤자 박사장 가족이 갑자기 돌아오면 바퀴벌레처럼 숨을 처지에 불과'하다며 두 사람의 허황된 희망을 비아냥거린다. 충숙의 '바퀴벌레' 발언은 이내 현실이 되고 기택과 기택 남매는 바퀴벌레처럼 테이블 밑에 숨게 된다.

모멸감은 인간이 모든 것을 다 포기하고 내준다 해도 반드시 지키려는 그 무엇으로 인간이 인간으로 존립할 수 있는 원초적인 토대를 짓밟는 감정이다. 이러한 이유로 모멸감은 '인간이 처할 수 있는 가장 밑바닥에 떨어진 상태'라 할 수 있다.[12] 박사장이 기택 몸에서 풍기는 지하철 냄새를 언급하는 순간 바퀴벌레처럼 누워 있던 기택은 처음으로 계급적 모멸감을 느낀다. 박사장에게 노동을 제공한다고 믿었던 자신의 존재성이 사실은 박사장의 필요에 의해 이용될 뿐이며 일종의 혐오 대상으로 치부된다는 사실을 적나라하게 확인했기 때문이다.

문제가 있는 물질이 자신의 체내로 들어올 수 있다고 여길 때 발생하는 혐오는 특정 집단과 사람을 배척하기 위한 사회적 노력의 강력한 무기로 이용되어 왔다.[13] 혐오는 자신이 혐오 대상보다 우월한 위치에 존재한다는 것을 전제로 하며, 혐오 대상이 자신의 신체와 영역을 오염시킬지도 모른다는 사실을 극도로 경계할 때 생성된다. 기택을 향한 박사장의 발언 역시 기택이라는 존재가 자신의 공간과 몸을 오염시킬 수 있음을 경계하는 데서 발생한다. 그동안 박사장 부부는 피고용주들이 자신들이 규정한 선을 침범하는 순간 가차 없이 제거해 왔다. 그들에게 기택 가족은 자신들의 편의에 의해서만 존재해야 하는 대상일 뿐이다. 이와 같은 전개를 통해 <기생충>은 상류 계급에 평범한 사람들은 일종의 오염된 존재로 필요에 의해 사용하다 버리면 되는 소모품으로 간주된다는 숨겨진 진실을 폭로한다.

---

12   김찬호, 『모멸감 — 굴욕과 존엄의 감정사회학』, 문학과지성사, 2014, 66·161쪽.
13   마사 너스바움, 조계원 옮김, 『혐오와 수치심』, 민음사, 2015, 168, 201쪽.

3. 생존을 위한 수평폭력과 모멸의 활극

박사장 부부가 냄새를 운운하며 하층 계급의 존재성을 훼손한 순간부터 기택 가족은 자신들의 처지를 확인받는 또 다른 정황들을 만나게 된다. 박사장 집을 탈출하여 자신들의 반지하 집으로 돌아가던 기택 가족은 쏟아지는 폭우를 맨몸으로 맞으며 수많은 계단을 내려간다. 자신들이 전략적으로 숙주의 영양분을 섭취한다고 믿었지만 사실은 숙주의 삶에 어떠한 영향도 미치지 못하는 모멸의 존재였다는 것이 밝혀진 후부터 영화는 끊임없이 '내려가는' 기택 가족의 모습을 상당히 긴 시퀀스로 포착한다. 높은 곳에 위치한 박사장의 저택에서 낮은 곳에 위치한 반지하 집까지 끝없이 내려가는 장면은 이들의 계급적 위치를 은유적으로 보여준다.[14] 그리고 폭우를 낭만으로 활용할 수 있는 공간을 확보한 박사장 가족과 폭우로 인해 주거공간을 상실하고 체육관으로 내몰린 기택 가족의 대조적 상황은 계급성을 망각한 채 숙주의 몸에 섞여들고자 했던 '충'의 현실을 각성하게 만든다.

기택과 박사장 가족을 통해 기생충이 되어버린 프레카리아트의 비윤리적 행보와 상류 계급과의 공존 불가능성을 이야기하던 <기생충>은 또 다른 '충'을 등장시켜 프레카리아트 간 공존 불가능성을 함께 이야기한다. 영화는 박사장 저택의 지하실에 은밀히 상주하고 있던 근세라는 기괴한 인물이 출연함과 동시에 새로운 국면으로 전환된다. 채권자를 피해 박사장 저택의 지하실 방공호에서 '4년 3개월 17일' 동안 생명을 유지해 오던 근세는 인간이라기보다는 좀비에 가까운 형상을 하고 있다. 실제로 근세는 박사장 아들 다송이

---

14 반대로 박사장 가족의 집은 '올라가는' 공간성을 보인다. 기우가 처음 박사장 집에 도착했을 때 무수한 계단을 올라서 집 내부로 들어가는 장면이 나오며 집 내부에서도 계단으로 올라가는 장면이 자주 등장한다. 이처럼 <기생충>에서 계단은 계급 차이를 보여주는 은유적 장치로 활용된다.

귀신으로 오인한 인물로서 존재한다고 상상할 수 없는 혹은 존재해서는 안 되는 유령과도 같은 인물이다. 근세는 몰락한 자영업자이자 프레카리아트로 기택 가족의 주거공간인 반지하보다 더 '아래의 공간'에 상주하고 있으며, 박사장 가족을 우상화하는 내면화된 존재라는 점에서 시사점을 갖는다.

기택 가족은 일종의 소모품일지라도 박사장 가족에 의해 고용된 상태로 박사장 가족과 일정 시간과 공간을 공유해 오고 있다. 즉 기택 가족은 박사장 가족에게 적어도 실존하는 대상이다. 그러나 근세는 존재 자체가 상정되지 않으며 출연 자체가 금지된 상태로 존재하지만 비존재한다. 그럼에도 불구하고 박사장 집에 은밀히 기생해온 근세는 의도치 않게 자신의 안위를 보장해 주고 있는 박사장 가족을 위대한 존재로 추앙하며 우상화한다. 자신이 존재하는지도 모르는 이들을 위해 머리로 전등 스위치를 누르며 '리스펙트'를 외치는 근세는 주체적 인간으로의 삶을 포기한 채 스스로를 노예화하는 인간을 상징한다. 문제는 노예의 충성이 주인에게는 전달되지 않는다는 점이다. 모스부호로 전하는 근세의 처절한 리스펙트가 주인에게는 일상의 작은 오류로 인지될 뿐이기 때문이다.

이러한 상황에서 조우한 근세 부부와 기택 가족은 생존이라는 명분을 내세워 즉각적인 대결구도를 형성한다. <기생충>은 몰락한 중산층이자 안정된 노동으로부터 소외된 두 프레카리아트가 생존이라는 공동의 목표를 두고 조우할 경우 어떠한 상황이 발생하는지를 보여준다. <기생충>의 가장 큰 절망은 프레카리아트에게 정당한 욕망을 부여하지 않는 데 있다. 근세 부부와 기택 가족은 지하의 삶에서 탈주할 정상적인 방법을 모색하지 않으며 박사장 집에 기생하는 중의 삶을 욕망한다. 애초부터 기생충의 삶만을 상정하기 때문에 근세 부부와 기택 가족은 서로를 제거해야만 살아남는다고 생각할 뿐이다. 두 가족이 함께 기생할 방법이나 서로의 처지를 이해하려는 생각이 틈입할 여지는 전혀 없다. 개인의 생계를 파탄 내는 재앙에 대한 두려움은 연대나 공동선에 관한 논의 자체를 제거하며 논리적 이유 없이 희생자를 배출한다.[15] 결국 생존 앞에서 두 기생충은 서로를 향한 수평폭력을 선택한다.

박사장과 기택 가족의 관계가 고용주와 피고용주의 계약 속에서 사뭇 우아하게 전개되었다면 근세 부부와 기택 가족의 관계는 처절한 만큼 천박하게 전개된다. '같은 불우이웃'이라며 도움을 구걸하던 문광은 기택 가족의 비밀을 알게 되자 순식간 돌변해 그들에게 욕설을 뱉으며 협박한다. 상대 가족을 무릎 꿇게 만들어 모욕감을 주기도 하고 심지어 충숙은 문광을 발로 차 죽음에 이르게 만든다. 생존 앞에서 벌어진 두 프레카리아트의 한심한 소동은 윤리와 도덕이 제거된 치욕스러운 상태라는 데서 불쾌와 절망을 양산한다. 자신들을 인간이 아니라 기생충으로 정체성화한 근세 부부와 기택 가족에게 인간다움은 박사장의 저택만큼이나 사치스러운 대상일 뿐이다. 그리고 바로 여기에 <기생충>의 중요한 메시지가 존재한다. 안정된 생계로부터 추방당한 프레카리아트는 괴물이 될 수밖에 없으며 그들에게 연대와 혁명은 근세의 모스부호만큼이나 무기력한 외침이라는 것이다. 더욱이 고립과 개별화를 유발하는 신자유주의 구조 속에서는 탈연대화가 강화될 수밖에 없다.[16]

지그문트 바우만은 빈곤하고 미래가 없는 사람들과 부유하고 낙천적이며 자신감과 활력이 넘치는 사람들 사이에 가로놓인 심연이 깊어질수록 민주주의가 위협받을 것이라 말한다.[17] <기생충>의 두 프레카리아트가 서로를 제거하고자 수평폭력에 가담한 점은 이러한 불온한 예측의 실현 가능성을 방증한

---

15   지그문트 바우만, 홍지수 옮김, 『방황하는 개인들의 사회』, 봄아필, 2013, 44쪽.
16   한병철, 이재영 옮김, 『타자의 추방』, 문학과지성사, 2017, 54쪽.
17   지그문트 바우만, 안규남 옮김, 『왜 우리는 불평등을 감수하는가』, 동녘, 2013, 11쪽.

다. 그러한 데다가 장기간에 걸쳐 나아질 기미가 보이지 않는 불확실성의 조건 속에서 사는 사람들은 무지와 무기력의 굴욕적인 느낌 속에서 부적합하고 열등한 자로 간주되며 인격적인 존엄성을 훼손당할 수밖에 없다.[18] 열등한 자들은 열등함을 내재화하고 생존을 위해 추악한 선택을 강요당하는 상황에 놓이게 된다. 문제는 이들을 보호해줄 방어막이 존재하지 않다는 점이다. <기생충>의 두 프레카리아트 역시 상류 계급을 숙주와 주인 삼아 기생하는 것 말고는 다른 대안을 찾지 못한 채 부유할 뿐이다.

영화는 또한 구조적 모순을 은폐하며 이들의 기생충됨이 개인의 무능이나 폭력성으로 치부될 가능성을 강화한다. <기생충>에서 상류 계급인 박사장 가족이 타자의 삶을 착취하거나 태생적으로 부여된 인프라를 활용해 상류 계급이 되었다는 정보 등은 제공되지 않는다. 근세나 기택이 몰락한 자영업자가 된 사회적 정황이나 계급적 논의 역시 생략된다. 그런데 구조적 모순을 은폐하고 집이라는 사적인 공간에서 발생하는 미시적 사건에 주력하는 것이 오히려 현실의 모순을 드러내는 데 일조한다. 실제로 수많은 소시민 혹은 프레카리아트는 자신들을 고립과 절망으로 내모는 구조적 모순을 방관하거나 묵인한 채 살아가기 때문이다. <기생충>이 은폐한 구조적 모순과 사적인 공간에의 집중은 개인의 실패와 타락을 운명이나 능력의 문제로 치부해 버리고 계급적 논의를 방치하는 시대상을 재현한다고 볼 수 있다.

그리하여 유머러스하게 시작했던 <기생충>은 프레카리아트의 살육 활극을 보여주며 이야기를 참혹한 비극으로 이끈다. 하나의 숙주에 두 종의 기생충이 공존할 수 없다고 판단한 프레카리아트는 상대를 죽임으로써 자신과

---

18 지그문트 바우만·레오니다스 돈스키스, 최호영 옮김, 『도덕적 불감증』, 책읽는수요일, 2015, 179쪽.

숙주를 지키고자 한다. 결국 근세 부부와 기택 가족은 서로를 살육하며 벌레가 된 인간의 밑바닥을 보여준다. <기생충>이 보여주는 또 다른 비극은 상류계급이 파티를 벌이는 유희의 공간에서 생존을 건 살육이 발생하는 대조적 정황에 있다. 영화는 누군가에게 삶은 즐기고 향유하는 대상이지만 누군가에는 죽음과 다름없는 파국의 대상이 되는 상반된 상황을 동일한 시공간을 통해 제공한다. 차원이 다른 두 종류의 삶을 동시에 목격하는 관객은 계급적 삶의 아이러니에 관해 사유할 수밖에 없게 된다. 서로 다른 계급은 동시대를 함께 살고는 있지만 철저하게 다른 양상의 삶을 살아간다는 사실이 극명하게 체험되기 때문이다.

4. 기생의 파국과 충(蟲)의 무모한 판타지

<기생충>의 결말은 파국 그 자체다. 기우는 자신을 '쫓아다니는' 수석으로 근세를 살해할 계획을 실행하고 근세는 그런 기우를 제압하여 지상으로 탈출해 기정을 칼로 찔러 살해한다. 폭력의 연쇄고리는 계속 이어져 근세는 문광을 죽게 만든 충숙에 의해 살해당한다. 그런데 살육을 야기한 수평폭력은 뜻하지 않는 지점에서 수직폭력으로 이어진다. 박사장이 좀비처럼 출현한 근세를 보고 경멸의 제스처를 취하자 냄새의 모멸을 통해 계급 정체성을 확인받은 바 있는 기택이 근세를 대리해 박사장을 죽임으로써 모멸의 대가를 치르게 한 것이다. 세 가족을 파국에 이르게 한 살육 활극이 일단락된 후 영화는 어색하게 살아남은 기우를 통해 잠시 동안 '충'의 금의환향을 보여준다. 그러나 얼마 지나지 않아 모든 것이 기우의 허황된 판타지였다는 사실이 밝혀지고, 오프닝 시퀀스에서 사용된 틸트다운(Tilt down)을 다시 한번 등장시킴으로써 생존한 기우의 미래가 반지하에 고착될 것임을 예견한 채 이야기가

종결된다.

봉준호 감독은 그동안 사회 문제를 다룬 영화를 선보이면서도 결론에 희망의 여지를 남겨둠으로써 완연한 절망을 지양해 왔다. <설국열차>에서는 최후의 인류가 탄 기차를 폭발시키면서도 새 인류를 설계할 두 명의 생존자를 남겨두었으며, <괴물>과 <옥자>는 모두가 구원되지는 못했지만 안타고니스트를 물리치고 생존한 인물들이 일상을 회복하는 장면으로 이야기가 마무리된다. 그러나 우연한 사건과 소동으로 가볍게 시작된 <기생충>은 살육 활극을 거치며 완연한 파국으로 종결된다. 그리하여 <기생충>은 누구에게도 행복한 결말을 선사하지 않고 모두의 절망으로 이야기를 중단해 버린다. 리얼리즘에 기대어 계급 문제를 적나라하게 재현한 <기생충>이 완연한 비극으로 종결되는 점은 상당히 의미심장하다. 그만큼 계급 문제가 어렴풋한 낙관마저 차단할 정도로 절망적인 상황이라는 사실을 방증하기 때문이다.

주지하다시피 한국 사회에는 근세와 기택 가족 같은 프레카리아트가 지속적으로 양산되고 있다. 1990년대 중반부터 대기업을 중심으로 신자유주의 구조조정이 시작되었고, 1997년 IMF경제 위기 이후 정리해고와 근로자파견제가 도입되면서 부유하는 노동자의 시대가 본격적으로 시작되었다.[19] IMF 경제 위기 이후 한국인들은 이 세상 누구도 자신을 도와주지 않는다는 냉혹한 교훈을 깨닫게 되었으며 부재한 사회안전망으로 인해 엄청난 트라우마를 겪었다.[20] 문제는 재기의 가능성을 상실한 채 부유하는 프레카리아트를 보호해줄 만한 시스템이 부재할 뿐만 아니라 프레카리아트를 구제하려는 시도가 노동자로부터 제지당하는 상황이라는 점이다. 정규직이라는 선별된 소수의

---

19 김혜진, 「차별과 배제를 '공정성'이라고 말하는 사회」, 『황해문화』 98, 새얼문화재단, 2018, 235쪽.
20 김태형, 『불안 증폭 사회』, 위즈덤하우스, 2010, 21쪽.

자리를 차지하기 위해 기택 가족과 근세 부부처럼 서로를 제거해야 하는 생존경쟁의 시대가 수평폭력을 강화하고 있다. 그뿐만 아니라 불확실한 미래와 절망적인 현실을 기택처럼 '무계획'으로 수용하며 '충'의 삶을 자처하는 사람도 증가하는 중이다.

이러한 현실에 비춰볼 때 <기생충>은 현대 한국 사회의 불편한 현실을 모사하는 동시에 '충'의 삶을 살아왔거나 살 수밖에 없었던 이들에게 경종을 울린다. 물론 <기생충>이 울린 경종이 부유하는 삶을 자신의 무능이나 운명으로 치부하며 무기력한 패배자가 된 이들에게 어느 정도의 크기로 전달될지는 알 수 없다. 그러나 적어도 <기생충>은 계급적 패배감과 모멸감이 만연한 사회 그리고 생존을 위해 같은 계급을 겨냥하는 불운한 사회를 재고하게 한다. <기생충>이 관객에게 던지는 마지막 질문은 아마도 '기택과 근세 그리고 박사장 가족의 파국을 막을 방법은 무엇이었을까'일 것이다. 어쩌면 이 질문에 대한 우리의 답변이 '타자와 자신을 죽음으로 몰아넣는 결과로부터 세계의 논리를 구원할 마지막 기회'[21]가 될지도 모른다.

21   지그문트 바우만, 안규남 옮김, 『왜 우리는 불평등을 감수하는가』, 동녘, 2013, 114쪽.

대중영화와 역사 재현의 윤리

— <택시운전사>, <1987>, <군함도>

1. '역사-다시쓰기'에 대한 영화의 욕망

역사적 사건에는 그 자체에 드라마틱한 속성이 함유되어 있으며 동시에 사실이라는 전제가 작동시키는 리얼리티가 존재한다. 사람들이 좋아할 만한 이야깃거리를 찾는 데 혈안이 되어 있는 영화로서는 실제 발생했던 사건은 극화하기 유용하고 매력적인 소재일 수밖에 없다. 그리하여 영화는 역사 속 실존 인물을 주인공으로 내세우거나 실제로 발생한 사건을 재현하며, 과거의 실재를 현재의 시공간으로 불러내는 작업을 지속적으로 수행해 왔다. 이 과정에서 영화는 반드시 기억해야 할 역사적 사건을 다시금 공론화하거나 조명되지 않았던 인물이나 사건을 영상을 통해 재발굴해 내곤 한다. 때로는 특정 사건에 대한 새로운 관점이나 비판적 사유를 이끌어내며 기록된 역사를 새롭게 기술하기도 한다. 이러한 가운데 영상이 제공하는 압도적인 실재감 속에서 복기된 역사를 감상한 관객은 마치 그것을 실제로 관찰한 듯한 목격자의 시선을 제공받는다. 그리하여 영화는 역사적 사실을 생동감 있게 재구성한 움직이는 기록의 공간이자 기억의 공간이 된다.

그러나 실존했던 인물과 사건을 허구의 세계로 전환하면서 발생하는 결여와 첨가로 인해 역사를 다시 쓰려는 영화의 시도는 논란을 야기하는 경우가 많다. 실제 사건이나 실존 인물을 왜곡 혹은 미화하거나 역사적 사건의 피해자를 비윤리적인 방식으로 재현했다는 이유 등으로 논란이 발생하는 경우가 적지 않기 때문이다. 물론 역사적 사건을 차용했다 할지라도 영화라는 존재 자체가 가상의 이미지이며 그곳에서 구현되는 스토리가 창작자의 의도에 따라 변형되었다는 사실을 관객은 인지한다. 또한 영화의 '역사-다시쓰기'에는 영화적 상상력이 허용되며 실제 역사를 그대로 필사하지 않아도 된다는 암묵적 합의가 전제된다. 그러나 이러한 인지와 합의에도 불구하고 실제 역사를 재현한 영화는 완전한 허구로 구성된 작품보다 논란의 중심에 설 가능성이 높다. 이는 역사는 온전히 기록되어야 한다는 역사 기록에 대한 신성성을 보존하려는 관념에서 비롯하기도 하지만, 영화라는 매체가 가지고 있는 파급력에 대한 우려에서도 기인한다.

영화의 증언은 문자나 구술의 증언보다 훨씬 강력한 실재성과 영향력을 지닌다. 영화는 유연성, 유동성, 생생하게 포착하는 능력을 갖추고 있으며 그렇기 때문에 증인이 되고 인간 경험의 매개가 된다.[1] 역사를 직접 체험하지 않은 관객 특히 역사 지식이 부재한 관객은 영화가 보여주는 역사를 실재처럼 수용할 가능성이 크다. 영상기술의 도움을 받아 실존하는 배우에 의해 그럴듯하게 재현되는 영화는 사실이라고 느끼게 만들 정도의 실재성을 지니기 때문이다. 아네트 쿤이 말한 것처럼 세상의 복제본을 필름에 옮기는 기계인 카메라와 렌즈는 프레임 속에 있는 모든 것이 실제로 일어났다는 증거로 사용된다.[2] 홀로코스트를 경험하지 않은 수많은 사람은 홀로코스트 영화를

---

1   알랭 바디우, 김길훈 외 옮김, 『알랭 바디우의 영화』, 한국문화사, 2015, 2-8쪽.

보며 역사적 사건에 대한 실재 이미지를 구축한다. 즉 영화를 통해 복기된 역사는 이미지로써 관객의 기억에 마치 현실처럼 명료하게 각인된다.

그러한 데다가 영화는 전 세계 수많은 사람에게 동시에 상영됨으로써 빠른 시간에 확산된다. 영화가 사회적 담론을 단기간에 구축하는 이유 역시 이러한 동시성에 기인한다. '천만영화'처럼 인구의 5분의 1이 짧은 시간 동안 하나의 영화를 공통적으로 감상한다는 것은 영화가 집단기억을 구축하는 주요한 매체라는 것을 방증한다. 이러한 이유로 영화의 '역사-다시쓰기' 다시 말해 영화가 특정 역사를 왜 소환했으며 그것을 어떻게 재현했는가는 냉정한 비판과 분석의 대상이 되어야 한다. 역사적 기억을 체험하고 공유하는 장이자 저장소로서 실제 사건에 대한 영화의 재현 양상이 과연 정당한 것인지를 살펴보아야 할 것이다. 그리고 영화가 다시 쓰려는 역사가 민족의 상흔으로 기록될 만한 거대한 참상이거나 막대한 상흔을 입은 피해자가 존재하는 사건일 경우에는 사건 자체를 왜곡하지 않고 피해자의 상흔을 훼손하지 않는 윤리적 제스처가 필요하다. 다시 말해 영화의 '역사-다시쓰기'로 인해 특정 사건에 대한 진실과 그에 연루된 희생자가 훼손되지 않도록 비판적 시선을 견지해야 한다.

이러한 상황에서 한국 역사 속 비극적 참상을 재현한 한국영화 세 편은 영화의 '역사-다시쓰기'에 대한 비판적 질문을 촉구한다. 광주 사건을 그린 <택시운전사>와 박종철 사건을 그린 <1987> 그리고 일제 강점기 강제 징용 사건을 다룬 <군함도>는 2017년 비슷한 시기에 개봉하며 '역사-다시쓰기'에 대한 영화의 욕망을 명징하게 보여주었다. 무엇보다 이들 영화는 민주화 운동과 식민지 문제 등 현재까지도 제대로 해결되지 못한 역사적 사건을 호명

---

2   아네트 쿤, 이형식 옮김, 『이미지의 힘: 영상과 섹슈얼리티』, 동문선, 2001, 43쪽.

한다. 그리고 부정과 피로 점철된 비극적인 역사를 현재의 관객들에게 보여준 뒤 이를 통해 감동과 분노를 유발케 하려는 유사한 목적의식을 내비친다. 중요한 사실은 이들 영화가 대기업이 투자·제작·배급에 관여한 대중영화로서 역사적 사실을 현시대의 대중 기호에 맞게 가공하여 재현했다는 것이다. 그로 인해 <택시운전사>와 <1987> 그리고 <군함도>는 더 많은 사람에게 역사적 사건의 진실을 알렸다는 긍정적 평가와 역사적 상흔을 오락으로 치환하고 그를 위해 역사의 일부를 왜곡했다는 부정적 평가를 동시에 받았다.

영화는 기억의 저장소로 존재할 수 있다. 영상시대에는 영화와 같은 영상 매체가 과거를 서술하는 강력한 역사 교육의 자료로 기능한다. 동시대 상영되어 수많은 관객을 불러들인 <택시운전사>와 <1987> 그리고 <군함도>는 각각 민주화 운동과 일제 식민시대에 대한 기억의 공간으로 존속하게 될 것이다. 그렇다면 과연 이들 영화에서 다시 쓰인 역사의 양상이 어떠하며 재현 방식에 문제가 없는지를 고찰하는 작업은 기억의 저장소를 제대로 구축하기 위한 하나의 노력이라 할 수 있다. 또한 이들 영화는 특별히 대중영화의 '역사-다시쓰기'가 어떠한 목적의식을 지니며, 대중성을 확보하기 위해 대중영화가 역사를 어떻게 재현하는지를 고찰할 수 있게 해주는 유의미한 표본이 된다. 따라서 이번 장에서는 동시대에 등장한 <택시운전사>와 <1987> 그리고 <군함도>가 특정 역사를 왜 소환했으며 그것을 어떻게 형상화했는지를 살펴보고자 한다. 이러한 과정을 거쳐 궁극적으로는 영화가 역사를 다시 쓸때 취해야 할 윤리적 제스처가 존재하는지 그리고 존재한다면 그 양상은 어떠해야 하는지를 논의하고자 한다.

2. 오락으로 소비되는 재난의 스펙터클

전쟁과 같은 폭력적 참상을 기억하고 재현하는 일의 가능성과 불가능성에 관해 이야기하는 오카 마리는 그럼에도 불구하고 사건은 공유되지 않으면 없었던 일이 되므로 그것을 나누어 가져야 한다고 말한다. 집단 기억과 역사의 언설을 구성하는 것은 결국 사건을 체험하지 않은 살아남은 타자들이며 역사는 사건 외부에 있는 사람들에 의해 기억되고 공유된다.[3] 그러나 실제적인 경험이 부재한 타자에 의해 복기된 역사적 사건은 불완전할 수밖에 없으며 과거의 사건을 현재 관점에서 해독하려는 시도는 실재의 오염이라는 위험성을 지닌다. 역사의 재현을 통해 상업적 이득을 취하려는 대중영화의 경우 위험성은 더욱 높아진다. 할리우드가 세계대전이나 내란 같은 비극을 드라마틱한 사건으로 포장해온 것처럼 대중이 좋아할 만한 방식으로 역사를 변용하고 가공하려는 시도는 실재에 위협을 가할 가능성이 크기 때문이다.

〈택시운전사〉와 〈1987〉 그리고 〈군함도〉가 다룬 역사적 사건은 군부정권에 의해 자행된 국민 살상과 식민지인의 인권과 생명을 유린한 제국주의적 폭력에 의한 참상이다. 〈택시운전사〉는 한국 현대사의 가장 격동적인 사건이자 국가의 폭력화된 공권력이 무차별 살육을 감행한 데서 비롯한 1980년 광주 민주화 운동의 현장을 그린다.[4] 1980년 5월 국민을 굴종시키려는 쿠데타 세력이 발포한 총포에 의해 평범하게 살아가던 광주 시민은 집단 살육의 희생자가 된다. 부정한 국가폭력에 저항하던 광주 시민은 '빨갱이'와 '폭동'으로 거짓 선동되었고 고립된 땅에서 무참한 폭력을 온몸으로 받아내야 했다. 그날 광주에서는 곤봉과 총칼 그리고 장갑차가 무고한 시민을 난도질하

---

3   오카 마리, 김병구 옮김, 『기억 서사』, 소명출판, 2004, 147쪽.
4   김영택, 『5월 18일, 광주: 광주민중항쟁, 그 원인과 전개과정』, 역사공간, 2010, 21-22쪽.

고, 몽둥이와 군화발이 수많은 육체를 으깨버리는 살육이 자행되었다.[5] 5월의 광주는 국가폭력의 야만성에 인간의 존엄성이 어디까지 파괴될 수 있는지를 극명하게 보여준 한국 현대사의 비극적 참상이다.

<1987>이 선택한 역사적 사건 역시 군부정권의 폭력으로 희생된 무고한 시민들의 죽음과 관련된 것이다. 1987년 1월 남영동에서 조사를 받던 서울대 학생 박종철은 하루아침에 주검이 되어 돌아온다. 일부 언론의 보도로 박종철이 치안본부 수사실에서 숨졌다는 사실이 알려졌지만, 경찰은 '탁 치니 억하고 죽었다'는 말로 진실을 은폐한다. 그러나 1987년 5월 18일 천주교 정의구현사제단이 박종철 고문치사사건이 조작되었다는 성명을 발표한다. 즉 '민주화추진위원회' 사건 관련 수배자인 박종운의 소재를 파악하기 위해 박종철을 잡아들인 후 그에게 폭행과 함께 전기고문을 가한 사실을 폭로한 것이다. 이처럼 영화 <1987>이 재현하고자 한 1987년은 무고한 시민이 국가 폭력으로 인해 살생을 당하는 부정이 만연하고 그로 인한 공포감이 편재한 시대였다. 1987년은 민주화를 위해 광장으로 나섰던 용감하고 정의로운 '박종철들'이 있었지만 군부정권의 폭압에 의해 살생된 수많은 '박종철들'이 있었던 야만의 시대였다.

<군함도> 역시 야만의 시대를 복기한다. 일본 제국주의 침략전쟁으로 성장한 전범기업인 미쓰비시는 하시마 섬에 7층에서 10층 정도의 고층건물과 근대식 아파트를 건설했는데 그 모습이 마치 군함 같다고 하여 하시마 섬은 군함도라 불렸다. 군함도에는 800여 명에 이르는 조선 노동자들이 징집되었는데 그들은 비인간적인 대우를 받으며 고강도의 강제노동에 시달렸다. 조선 인들은 생지옥과 같은 해저탄광에서 하루 10시간 이상 노동해야 했으며 제

---

5   5.18 민주유공자유족회 구술, 『그해 오월 나는 살고 싶었다－1』, 한얼미디어, 2006, 19쪽.

대로 된 식사는커녕 물조차 충분히 공급받지 못했다. 돈을 벌 수 있다는 기대감을 가지고 하시마 섬에 온 조선인들 중에는 어린 소년들도 많았지만 그들을 기다린 것은 폭력과 착취 그리고 죽음뿐이었다. 조선인들은 강제노동을 하던 중 폭발 사고가 발생하여 질식사하거나 압사·고문 등으로 죽어갔고, 끌려온 여성들은 위안소라는 곳에서 성 착취를 당했다.[6] 섬이라 탈출도 쉽지 않았던 까닭에 감옥처럼 감금된 채 은폐된 고통을 떠안아야 했던 군함도는 제국주의의 야만성을 극명하게 보여준 '지옥의 섬' 그 자체였다.

5월의 광주와 1987의 서울 그리고 1945년 군함도는 의자에 편안히 앉아 감상하기 힘든 참담한 사건들로 점철되어 있다. 그것이 설령 영화일지라도 이들 사건을 감상한다는 것은 인간과 세계의 밑바닥을 확인하는 환멸감을 통과해야 하는 쉽지 않은 일이다. 같은 민족이 부정한 폭력에 의해 살상된 역사적 사실을 실재의 형상을 모방한 스크린을 통해 확인하는 일은 정신적 고통을 불러일으키기 때문이다. 이러한 이유로 <택시운전사>와 <1987> 그리고 <군함도>는 참상의 시대를 그대로 복기하지 않고 대중성과 오락성을 강화하기 위한 일련의 장치를 사용한다. '재밌고 따뜻한 대중영화라고 생각해주셨으면 좋겠다'는 <택시운전사> 장훈 감독의 발언이나 '기본적으로 착한 영화로서 디즈니식의 필터를 끼웠다'는 <1987> 장준환 감독의 발언처럼 이들 영화는 대중영화로서의 책무를 성실하게 수행한다. 그리하여 <택시운전사>와 <1987> 그리고 <군함도>에서는 분노와 환멸을 일으키는 역사적 사건이 긴장감을 불러일으키는 스펙터클한 사건으로 치환된다.

비극의 참상을 흥미롭게 감상할 수 있도록 하기 위해 <택시운전사>와 <1987> 그리고 <군함도>는 실제 역사가 제공하는 리얼리티는 활용하면서

---

6   김민철 외 지음, 『군함도 — 끝나지 않은 전쟁』, 생각과정원, 2017, 24-28쪽.

실제 역사를 오락적으로 가공하는 상업영화의 역사 재현 전략을 답습한다. 공통적으로 이들 세 영화는 역사적 참상에 스펙터클을 삽입하여 시각적 쾌감이 주는 오락적 효과를 유발한다. <택시운전사>는 광주의 진실을 목격한 택시운전사 만섭과 외국인 기자 힌츠페터가 광주의 참상을 알리기 위해 목숨을 걸고 탈주하는 과정을 보여준다. 살육의 참상이 담긴 필름을 트렁크에 숨김 채 광주를 탈출하던 만섭과 힌츠페터는 외국인을 태운 택시를 포획하라는 명령을 받은 군인들에게 추격을 당한다. 이때 등장하는 추격 장면은 액션영화의 클리셰를 그대로 표방한다. 영화는 스펙터클을 강화하기 위해 일반 택시를 군용차에 돌진시키는 과감한 액션도 삽입한다. <택시운전사>는 오락성을 강화하기 위해 액션영화의 한 장면을 보는 듯한 카체이싱을 삽입하고 스펙터클을 위해 평범한 소시민을 액션배우로 둔갑시킨다. 평범한 소시민이 광주를 지켜냈다는 영화의 주제의식마저 훼손하며 삽입된 카체이싱 장면은 클라이맥스로 활용되어 상당 시간 볼거리를 제공한다.

<1987> 역시 곳곳에 스펙터클을 삽입하여 실제 역사가 지닌 비극의 무게를 감량하려는 제스처를 취한다. <1987>은 자동차 추격 장면을 삽입하거나 조폭영화에 등장할 법한 대립 장면과 집단 구타 장면을 삽입하여 극적 긴장감을 반복적으로 고취한다. 무엇보다 <1987>에서 악의 축으로 설정된 대공수사처장인 박처원을 중심으로 벌어지는 서사는 범죄자의 파멸 행각을 다루는 누아르와 유사한 방식으로 그려진다. 박처원과 그의 명령을 받은 공안경찰은 조폭처럼 행동하고 과격한 액션을 선보이며 폭력과 파괴의 스펙터클을 구현한다. 후반부에 이르러 <1987>은 재야인사이자 정의구현사제단이 박종철과 관련된 진실을 폭로하는 데 일조한 김정남의 탈출극을 첩보 영화처럼 재현한다. 영화 중반에 삽입된 대학생의 데모 장면 역시 로맨스를 위한 하나의 스펙터클로 사용된다. 그뿐만 아니라 영화는 명동 한복판에서 불시에 벌

어진 대학생의 데모를 연희와 한열의 로맨스를 촉발하는 장치로 삽입한다. 이러한 이유로 연희가 우연히 휘말리게 된 데모와 백골단의 추격 장면은 국가 폭력과 그를 향한 저항에 관한 재현이라기보다 로맨스를 촉발하는 스펙터클한 사건으로 다루어진다.

제국주의에 의해 자행되었던 역사적 참상을 다룬 <군함도> 역시 스펙터클에 주력한다. <군함도>는 시작부터 경성 반도호텔에서 열리던 화려한 공연 장면을 보여주며 '볼거리에의 의지'를 발현한다. 이후 영화의 중심공간이 지옥의 섬 군함도로 옮겨간 후에도 다양한 볼거리를 제공하며 오락영화로서의 의무를 성실히 수행한다. <군함도>는 지옥의 섬에 도착하자마자 구타를 당하는 조선인들을 경쾌한 행진곡을 삽입하여 판타지 느낌으로 재현한다. 나체로 다리를 벌린 채 성병검사를 받는 조선 여성들의 모습 또한 경쾌한 분위기 속에서 가벼운 눈요깃거리로 다루어진다. 조선인의 군함도 입성 장면을 오락적으로 재현하던 영화는 경성 최고의 주먹이라 불리는 칠성과 조선인 노무계원의 액션 장면을 삽입하여 군함도의 비극을 스펙터클로 치환한다. 목욕탕에서 나체가 된 채 벌이는 잔혹하고 강렬한 액션 장면에서는 동물성에 의해 망가지는 육체가 속도감 있게 전시된다. 이러한 장면들은 <군함도>가 역사적 비극을 성실하게 재현하려는 의지를 가진 영화가 아니라 스펙터클한 볼거리를 통해 대중의 쾌감을 충족하겠다는 의지를 지닌 영화라는 것을 명징하게 보여준다.

<택시운전사>와 <1987>의 가장 극적인 스펙터클은 '광장'에서 발생한다. <택시운전사>는 1980년 5월 광주 금남로에서 발생한 역사적 참상을 카메라로 포착하여 복기한다. <택시운전사>는 광주 시민이 군인들의 총포에 맞아 무참히 살해당하는 장면과 훼손된 육체를 클로즈업을 통해 보여준다. 그러면서도 택시운전사들이 바리케이드를 만들어 총에 맞아 쓰러진 시민을 구하는

영웅적 장면과 군인에게 폭행당한 아버지의 아들이 트럭을 타고 시민들을 구하는 극적인 장면을 삽입한다. 그 결과 <택시운전사>에서 재현된 5월의 광주는 악의 세력에 저항하는 선인들의 희생과 액션으로 점철된 드라마틱한 공간으로 재구성된다. <1987> 역시 무고한 시민이 최루탄에 맞아 죽임을 당했던 6월의 광장을 재현한다. 그런데 박종철 고문치사사건을 다루던 <1987>은 스펙터클한 엔딩을 보여주기 위해 영화의 주인공을 이한열으로 전환해 버린다. 결국 엔딩을 위해 소환된 광장의 이한열은 '호헌철폐 독재타도'라는 웅장한 외침 속에서 피를 흘리며 장렬하게 전사하며 영화를 마무리한다.

  <군함도>에서 스펙터클이 최고조에 이르는 지점은 조선인 탈출 장면이다. <군함도>는 영화의 절반 정도를 조선인의 군함도 탈출 스토리를 보여주는 데 할애한다. 영화는 탈출 과정에서 죽어가는 인물과 파괴된 육체를 슬로모션 기법으로 보여주거나 공포에 잠식된 얼굴을 클로즈업으로 보여주는 등 전쟁영화의 클리셰를 답습한다. 일제의 무차별 총살을 피해 운반선에 탑승하려는 조선인들의 목숨을 건 탈출 장면은 웅장한 배경음악과 함께 재현된다. 또한 <군함도>는 생존이라는 동물적 본능을 드러내는 조선인의 비참한 모습을 상당 시간 재현하면서 어린 딸(소희)을 지키기 위한 아버지(강옥)의 처철한 모습을 통해 스펙터클에 감상성을 덧입히는 전략을 취한다. 실제 역사에 기록되지 않은 탈출극을 장황하게 삽입하고 그것을 스펙터클하게 그리려는 시도로 인해 강제 징용되어 짐승 같은 삶을 보낸 조선인의 비극적 참상은 '탈출 대서사시'에 잠식되고 만다.

  이와 같이 민족의 비극적 역사를 대중영화로 복기하려 한 <택시운전사>와 <1987> 그리고 <군함도>는 시각적·감정적 쾌감을 강화하여 오락성을 확보하고자 한다. 문제는 스펙터클의 삽입으로 <택시운전사>와 <1987> 그리고

<군함도>가 호명한 역사적 참상이 긴장감 넘치는 극적인 사건으로 치환된다는 것이다. 타자의 고통을 재현함에 있어서 윤리적 제스처를 취할 것을 촉구한 수전 손택은 육체가 찍힌 사진을 보려는 욕망은 나체가 찍힌 사진을 보려는 욕망만큼이나 격렬한 것이라 말하며 육체적 가학이 발생하는 순간의 쾌감을 언급한다.[7] 또한 극한의 고통 속에 내던져진 타인의 극적인 상황을 감상하는 다시 말해 '스펙터클이 되어버린 폭력'을 소비하려는 행위는 타인의 위험과는 상관없는 안전하고 우월한 위치에서 행해지는 것이다.[8] 그러한 데다가 타인이 고통에 처한 순간을 영화 같은 매체를 통해 목도하는 일은 실화를 기반으로 한다고 해도 일종의 놀이처럼 향유되는 측면이 있다. 영화 속에서 재현된 장면이 아무리 공포스럽다 할지라도 '관람'은 안전이 보장된 장소에서 행해지기 때문이다.

무엇보다 세 영화는 악의 세력이 투하하는 총포에 맞아 파괴되는 육체를 상당 시간 전시하며 '고통의 도상학'에 참여한다. '아우슈비츠를 재건하거나 스펙터클을 만들려는 어떤 전통적 접근도 관음증이나 포르노그래피가 되어버린다'는 자크 리베트의 말처럼 역사적 참상을 영화로 재현하려는 시도는 어쩔 수 없이 부도덕의 난제 앞에 서게 된다.[9] 실제로 고통받은 피해자의 훼손된 육체와 정신을 스크린을 통해 감상하게 만드는 행위 자체가 고통의 구경이라는 가학적 상황을 연출하기 때문이다. 따라서 타인의 고통을 배우라는 살아있는 존재를 통해 실제하는 육체로 재현하고 그것을 시청각으로 리얼하게 보여주는 영화는 재현의 윤리 문제로부터 자유로울 수 없다. 물론 역사

---

7   수전 손택, 이재원 옮김, 『타인의 고통』, 이후, 2004, 65쪽.
8   수전 손택, 이재원 옮김, 『타인의 고통』, 이후, 2004, 164쪽.
9   자크 리베트, 「천함에 대하여」, 이윤영 엮음·옮김, 『사유 속의 영화』, 문학과지성사, 2011, 361쪽.

적 진실을 더 많은 사람에게 알리려는 의도나 역사적 사건을 상기시켜 부정한 과거를 답습하지 않으려는 의지를 제공하는 일까지 매도하기는 힘들다. 그러나 수많은 피해자가 존재하는 역사적 참상을 긴장감 넘치는 스펙터클한 사건으로 재현하여 오락성을 확보하는 것에는 문제가 있다.

3. 현재를 위해 호명된 알리바이로서의 역사

공포물 감상의 역설적 상황에 관해 분석한 노엘 캐롤은 공포물은 관객에게 불안, 고통, 불쾌를 통해 쾌락을 제공한다고 보았다. 공포물을 감상하는 관객은 혐오스러운 장면을 보면서 본능적으로 쾌락을 느낀다는 것이다.[10] 따라서 역사적 참상 가운데 발생한 공포스러운 정황을 스펙터클하게 재현하려는 시도는 관객을 공포의 쾌감을 체험하게 하는 역설적 자리로 이끈다. 결과적으로 <택시운전사>와 <1987> 그리고 <군함도>는 고통의 도상학에 참여하면서 역사적 상흔을 재난의 스펙터클이라는 오락적 정황으로 재현하는 비윤리를 반복한다. 그리고 이들이 스펙터클하게 재현한 역사적 사건이 '광주'와 '민주화 운동' 그리고 '일제강점기'라는 점에서 더 큰 문제가 발생한다. 이들은 가해자가 온전히 처벌되지 않았으며 폭력의 희생자가 여전히 살아서 고통을 호소하고 있는 현재 진행형의 역사다. 따라서 한국 사회가 국민의 안위를 보장하는 온전한 민주국가가 되기 위해서는 이들 역사에 대한 철저한 분석과 비판 그리고 처절한 반성이 필요하다.

그러나 <택시운전사>와 <1987> 그리고 <군함도>는 오히려 감상자가 반드

---

10   Noel Carroll, 『The Philosophy of Horror: Or, Paradoxes of the Heart』, Routledge, 1990, p.159.

시 알아야 할 중요한 역사적 사실은 의도적으로 배제해 버린다. <택시운전사>는 총포에 훼손되는 육체와 죽음의 고통은 재현하면서 그러한 고통이 무엇 때문에 촉발되었는지에 관해서는 침묵한다. 단지 군부정권의 폭력으로 무고한 시민이 죽었다는 일반적 명제만을 은근히 제시할 뿐 그러한 폭력이 발생하게 된 구체적 원인과 실상은 전혀 보여주지 않는다. 타지에서 온 택시운전사와 독일에서 온 외국인 기자의 시선에 의지하여 재구성되는 광주에는 그저 공포스러운 사건이 발생하였다는 사실 정도만이 긴장감 있게 재현될 뿐이다.[11] 이러한 이유로 <택시운전사>에서는 국민 학살이라는 국가적 폭력의 주범이 누구인지를 지시하는 것조차도 소극적으로 그려진다. <1987> 역시 민주화 운동 과정에서 수많은 희생자를 만든 군부정권의 실체를 축소한다. 극적 긴장감을 강화하기 위해 극악한 악인 한 명을 설정하고 그에게 모든 죄를 전가해 버리기 때문이다. 그로 인해 국가폭력은 개인의 타락한 욕망으로 변질되고 '박종철들'의 사망이 특정 인물의 성공욕망에서 비롯한 사건일지도 모른다는 오인을 야기한다.

오락을 위해 역사의 중요한 진실을 묵과하려는 시도는 <군함도>에서 더욱 극명하게 드러난다. <군함도>는 일제가 자행한 제국주의적 폭력의 실상에는 애초에 별 관심이 없다. 그저 특정 사람들이 극한의 상황에 내몰렸으며 그러한 상황에서 벗어나기 위해 목숨을 걸고 탈주했다는 스토리만이 중요할 뿐이다. 실제 역사에서는 조선인이 힘을 합쳐 군함도를 탈출했다는 기록이 부재하며 조선인이 일본인을 상대로 군사적 저항에 맞먹는 대응을 했다는 기록

---

11   <택시운전사>에서 사용된 외지인이 관찰자로 사건을 목격하는 방식은 광주에 대한 진실을 묵과하는 다시 말해 광주에서 벌어진 사건 자체의 충격과 공포는 활용하되 그것이 왜 발생했는가에 대해서는 답변을 피해가도록 만든다. 결과적으로 <택시운전사>의 관찰자적 시점은 국가폭력의 진원에 접근하지 못하게 만들어 반드시 알아야 할 광주의 진실을 묵과하게 만드는 결과를 초래한다.

또한 없다. 심지어 <군함도>는 일본의 실체를 규명하기보다 한국인의 민족성을 비판하는 일에 앞장선다. 영화는 일본 제국주의의 조선인 학대는 제국주의에 야합하는 비열한 조선인이 있었기 때문에 가능했다는 것을 친절하게 가르쳐준다. <군함도>는 '조선 종자들은 어디서든 처 싸우며' 자신의 이득을 위해 언제든 민족을 배신하는 한심한 존재로 형상화한다. 이러한 설정이 사용된 이유는 조선인의 군함도 탈주를 더욱 스펙터클하게 만들기 위해 내적 분란이 필요했기 때문일 것이다.

이처럼 <택시운전사>와 <1987> 그리고 <군함도>는 역사를 그대로 지시하는 일차원적인 기능조차 수행하지 못한다. 상업성을 지향하는 대중영화답게 역사를 영악하게 활용하는 방법을 취하기 때문이다. 역사를 흥미롭게 가공하여 극적 긴장감을 넘치는 사건으로 변환한 까닭에 이들 세 영화에서 역사라는 실제는 극한의 분노와 과장된 감동으로 점철된 드라마틱한 사건으로 치환되고 만다. 물론 영화가 역사적 사건을 있는 그대로 그려야만 하는 것은 아니다. 한정된 시공간을 다룰 수밖에 없으므로 역사적 사건 자체를 정밀하게 영화화하는 일은 불가능할 수밖에 없다. 그러나 '사건에 위장의 플롯을 부여하는 것은 사건의 폭력성을 망각하기 위한 것'이라는 오카 마리의 지적처럼 참상의 실체를 의도적으로 위장하려는 행위는 실재의 망각을 불러일으킬 위험이 크다.[12] <택시운전사>와 <1987> 그리고 <군함도>는 스펙터클뿐만 아니라 부성애에 기반한 감상성, 비극의 시대를 위로하는 로맨스, 단순화된 선악구도 등을 삽입하여 참상의 역사를 비교적 수월하게 감상할 수 있게 한다. 그러나 이러한 변형과 삽입은 실제 역사의 비극성을 추상적인 것으로 만든다.

---

12   오카 마리, 김병구 옮김, 『기억 서사』, 소명출판, 2004, 169쪽.

역사적 참상을 허구 텍스트로 재현하는 문제는 오랫동안 윤리적 판단의 자장 안에 있었다. 모리스 블랑쇼와 리오타르 그리고 아도르노 등은 홀로코스트를 예로 들며 재현 불가능성을 인정함으로써 수행되는 재현의 포기 다시 말해 '비재현의 윤리'에 관해 설파한다. 모리스 블랑쇼는 현전하지 않으며 현재에 이르지 못한 고통을 현재의 존재가 재현한다는 것과 모호성을 지니는 고통을 재현하는 것의 불가능성을 이야기한다.[13] 물론 이러한 '비재현의 윤리'는 랑시에르가 말한 것처럼 공허한 것일 수도 있다.[14] 그러나 비재현의 의지는 재현의 한계와 왜곡을 인정하는 것과 더불어 참상의 희생자를 향한 겪지 않은 자의 윤리와도 연계된다. 비재현은 인간을 인간으로 존재할 수 없게 만든 폭력을 경험한 타자의 상흔을 감상하는 행위를 방지하게 만든다. 즉 비재현에의 의지는 타자의 고통과 역사의 비참을 재현하여 '유희적 불행'을 생산하려는 목적의식을 스스로 거부하면서, 감히 공감할 수 없는 타자의 고통을 침묵으로 위로하는 행위로 볼 수 있다.

그러나 광주 사건과 박종철 사건 그리고 군함도 사건을 명징하게 재현할 수 있는 것으로 본 <택시운전사>와 <1987> 그리고 <군함도>는 의도된 것이 아니었을지라도 결과적으로는 타자의 고통을 흥미롭게 감상하게 만드는 정황을 제공한다. 또한 이들 세 영화는 역사적 사건을 배제하더라도 스펙터클, 극명한 선악구도와 권선징악, 로맨스와 감상성 그리고 유머 등 다채로운 장치들이 서사를 운용하는 데 부족함이 없어 보인다. 즉 '시대나 지역을 떠나서 같이 소통하고 즐길 수 있는 이야기를 만들고 싶다'는 <1987>의 장준환 감독의 발언처럼, 이들 세 영화는 특정 역사가 아니라 그 역사를 딛고 발생하는

---

13   모리스 블랑쇼, 박준상 옮김, 『카오스의 글쓰기』, 그린비, 2013, 46쪽.
14   자크 랑시에르, 김상운 옮김, 『이미지의 운명』, 현실문화연구, 2014, 235쪽.

특정 사건과 캐릭터 그리고 정서가 중요하게 다뤄진다. 그렇다면 대중영화를 표방한 이들 세 영화가 유사한 시기에 무거운 역사를 앞세워 관객 앞에 선 것에는 역사적 사실 이외의 다른 목적의식이 있을 것이라 추측해볼 수 있다.

대기업 자본이 개입된 <택시운전사>와 <1987> 그리고 <군함도>는 동시대 대중의 정서와 욕망을 충족함으로써 보다 많은 관객을 불러 모으기 위해 기획된 대중영화다. 그렇다면 세 영화가 유사한 시기에 역사적 사건의 전경화를 통해 대중과 만나고자 한 것에는 특정한 목적성이 있다고 볼 수 있다. 먼저 역사적 사건은 '실제로 발생했다'는 전제 자체가 영화에 거대한 리얼리티를 제공한다. 사람들은 허구의 영화를 감상하면서도 그것이 그럴듯하게 전개되기를 원하며 극적 요소의 필연성을 중요하게 생각한다. 그런데 역사적 사건을 배경으로 한다면 그럴듯함은 강화될 수밖에 없다. 재현된 리얼리티를 실제 리얼리티로 간주하고 허구 속에서 리얼리티에 대한 이미지를 끌어오는 현상이 발생하기 때문이다.[15] 실제 역사를 배경으로 할 경우 스크린을 통해 재현되는 가상의 세계일지라도 실재의 재현 같은 느낌이 형성된다. 또한 실제 역사는 긴장감을 강화하고 등장인물에 대한 공감이나 연민의 감정을 강화하는 장치가 될 수 있다. 영화 속 인물의 감정이 완전한 허구가 아니라 역사 속 누군가가 실제로 느꼈을 감정이라는 가정을 부여하기 때문이다. 대중영화는 이러한 이유로 실제로 발생한 역사적 사건을 다시 쓰려는 욕망을 적극적으로 보여왔다.

<택시운전사>와 <1987> 그리고 <군함도>가 동시대 관객이 분노할 만한 역사를 활용했다는 사실에도 주목할 필요가 있다. 이들 영화가 선택한 역사

---

15 크리스티안 뮐커, 이도경 옮김, 『미디어에서 리얼리티란 무엇인가』, 커뮤니케이션북스, 2001, 132쪽.

는 당시 한국 관객을 자극할 만한 역사적 사건이라는 공통점을 갖는다. 먼저 광주 사건과 박종철 사건은 국가의 리더가 권력 유지를 위해 민주주의를 훼손한 데서 발생했다는 것과 사건 발생 이후 수많은 국민을 광장으로 불러 모았다는 유사성을 지닌다. 광주 사건에 대한 진실이 보도된 후 부산 등에서는 민주주의를 수호하기 위한 시민 항쟁이 발발한다. 박종철의 사인이 고문이라는 사실이 밝혀진 이후에는 전국 17개 대학의 학생들 광장으로 나가 국가폭력에 저항했다. 또한 박종철과 이한열 사건이 도화선이 된 6월 항쟁에는 성별·나이·계층을 초월한 다양한 시민이 광장에 모여 국가 폭력의 부정함에 항거했다. 이처럼 <택시운전사>와 <1987>이 다룬 역사에는 군사독재 정권이 만들어 놓았던 굴종적인 국민상을 해체하고 주권자로서 새로운 주체상을 만들기 위해 수많은 시민이 광장에 모였던 사건이 공통적으로 포함된다.[16]

정부와 국가 리더의 민주주의 훼손과 국민의 민주주의 수호가 충돌했던 1980년과 1987년은 2016-7년의 정황과 상통하는 지점이 많다. 이명박·박근혜 정권을 지나오면서 한국 대중은 민주주의가 훼손당하는 사건들을 목도하게 된다. 특히 박근혜 정권에는 세월호 사건과 국정농단 등으로 국민 안위와 민주주의 보전에 대한 위기감이 극대화되었다. 이에 한국 대중은 '국가의 권위주의적 통치에 대항하는 항의운동'으로서 촛불집회를 개최하고 자발적으로 광장에 모여들었다.[17] 그렇다면 <택시운전사>와 <1987>이 광주와 박종철 사건을 2017년에 복기한 것은 부정한 국가폭력을 규탄하고 민주주의를 수호하기 위해 촛불을 들었던 新광장세대를 타깃으로 한 결과라 할 수 있다.

---

16 민주화운동기념사업히 한국민주주의연구소 엮음, 『6월 민주항쟁 – 전개와 의의』, 한울 아카데미, 2017, 209-260쪽.

17 노진철, 「2016/17년의 촛불집회들과 대통령 탄핵」, 『사회와 이론』 31, 한국이론사회학회, 2017, 9쪽.

<1987>이 'When the Day Comes, 2017'이라는 부제를 붙여 이 영화가 2017을 위해 1987을 호명했다는 것을 명시한 것처럼, 두 영화는 광장을 경험한 현재의 대중이 호감을 가질 만한 역사적 사건을 소재로 선택한 것이다. 정치적 무력감과 승리감을 동시에 체험한 2017년의 관객은 광장과 밀실에서 무고한 시민이 죽어간 장면에서는 분노를, 민중이 광장의 주인이 되는 장면에서는 공감을 느끼게 된다. 민중이 광장에 모여 국가폭력에 저항하는 모습에서는 촛불을 들었던 현재의 관객이 오버랩되기도 한다.

<군함도> 역시 현재의 관객을 자극할 만한 역사적 사건을 호명한 뒤 현재의 관객을 분노하고 감동하게 만들려는 목적의식을 내비친다. 2015년 한국 정부는 10억 엔의 보상금을 받는 대가로 위안부 문제에 대한 일본 정부의 사과를 공식적으로 수용하기로 한다. 그러나 위안부 피해자를 배제한 채 터무니없는 보상금을 제시한 점과 소녀상을 철거하라는 협상 내용으로 인해 일본에 대한 국민적 분노가 고조되었다. 2012년 출범한 아베정권이 독도 문제와 역사 왜곡 문제를 지속적으로 일으킨 상황에서 2015년 위안부 협상은 반일 감정을 강화하는 기폭제가 되었다. 이러한 정황에서 <군함도>는 일본 제국주의의 조선인 강제징용 사건을 복기한다. 반일 감정이 고조된 시기였기 때문에 개봉 전부터 <군함도>는 한국 대중의 관심을 불러일으켰으며 제작사 역시 '애국 마케팅'을 선보이며 일본에 대한 대중의 분노를 자극했다. <군함도>는 핍박 받는 민중이 촛불을 드는 장면을 보여주는 등 新광장세대의 공감을 유발하려는 의도가 짐작되는 장면을 삽입하기도 했다.

이처럼 <택시운전사>와 <1987> 그리고 <군함도>는 현재의 관객이 분노하고 감동할 만한 역사적 사건으로서 광주와 박종철 그리고 군함도를 소환했다고 볼 수 있다. 역사적 사실이 현재 대중을 분노하게 만들고 위로하기 위한 일종의 '알리바이'가 된 것이다. 세 영화는 역사적 사건의 주인공이 아니라

현재 관객을 위해 일종의 서비스를 제공한다. 바로 현재 관객이 만족할 만한 방식으로 역사적 사건을 재현하고 마무리하는 것이다. <택시운전사>와 <1987> 그리고 <군함도>는 특정 인물이 영웅처럼 문제를 해결하는 것이 아니라 다수의 소시민이 힘을 합쳐 위기를 극복해 나가는 설정을 취한다. 다수의 평범한 사람들이 모였던 촛불집회가 탄핵을 이끌어 낸 시점에서 민중의 역할을 강조한 것은 관객이 극중 인물에게 동일시되게 하려는 전략일 수 있다. 중요한 사실은 세 영화가 평범한 민중의 승리를 보여줌으로써 극중 인물에 동일시한 관객에게 희열과 위안을 제공하려 한다는 점이다. 민중의 승리 혹은 용기라는 해피엔딩으로 마무리되는 세 영화는 관객에게 '모든 것이 제자리로 돌아간다'는 위안을 제공한다.

결과적으로 이들 세 영화는 관객이 보고 싶어 하는 결론 다시 말해 '민중의 승리'를 보여주며 역사적 참상을 감상해 온 현재의 대중을 위로한다. 영화가 해피엔딩으로 마무리된 까닭에 역사적 참상을 겪지 않은 사람은 민주주의와 조국을 지키기 위해 피 흘린 사람들을 향한 죄의식을 덜어낼 수 있다. 영화 감상이 끝난 후에도 비교적 가벼운 마음으로 돌아갈 수 있는 자격이 해피엔딩의 결말을 통해 마련되는 것이다. 그러나 역사적 참상을 해피엔딩으로 마무리하려는 욕망은 역사적 사실의 스펙터클한 재현과 마찬가지로 실제 사건의 무게를 축소하고 망각하게 만든다. 주지하다시피 5월의 광주에는 택시운전사가 광주를 빠져나간 이후에도 비극이 계속되었다. 6월 항쟁 이후에도 국가 폭력은 제대로 청산되지 않았다. 군함도로 강제 징용된 조선인들은 탈출하지 못한 채 대부분이 처참하게 생을 마감했다. 무고한 시민을 총살하도록 명령한 군부정권의 처단이나 조선인을 강제로 징용해갔던 일제의 보상 등은 현재까지 제대로 이루어지지 않았다. 그럼에도 불구하고 <택시운전사>와 <1987> 그리고 <군함도>는 현재 관객의 즐거움을 위해 역사적 사건의 현재 문제를 묵인해 버린다.

4. 대중영화의 역사 재현과 윤리적 아포리아

　<택시운전사>와 <1987> 그리고 <군함도>는 같은 민족이라는 운명공동체
에 귀속된 현재의 한국 대중에게 잊어서는 안 되는 역사적 사건을 상기하게
하며 영화 감상의 당위성을 마련했다. 중요한 역사적 사건을 소환한 까닭에
이들 영화는 관객에게 '기억의 사회적 책무'에 가담했다는 정의감을 제공했
고 수치상으로는 흥행한 대중영화로 기록되었다. 그러나 <택시운전사>와
<1987> 그리고 <군함도>는 '자신의 죄의식을 덜기 위해 기억을 몰아내 버리
려 하는 역사적 사건의 가해자'에 관해서는 묵인한 채 현재 관객의 울분과
분노 그리고 감동을 이끌어내는 일에 주력한다.[18] 문제는 울분과 감동을 주고
자 이들 영화가 호명한 역사가 수많은 사람의 삶을 짓밟은 비극적 참상이라
는 점이다. 실제로 발생했던 참상을 감상할 때 관객은 운명공동체로서 그들
의 고통을 공유하려는 윤리적 감정을 체현하게 된다. 그러나 어디까지나 관
객은 그들과 분리된 안전한 공간에 있으며 때로는 그들의 고통을 감상함으로
써 특정한 쾌감을 체험한다.

　폭악함도 인간의 정신적 존엄까지 빼앗지 못한다는 서사를 필요로 하
　는 사람은 누구일까. 그것은 절멸수용소라는 것을 직접 체험한 적이 없었

18　아우슈비츠를 경험한 후 『이것이 인간인가』를 통해 비참의 현장을 생생한 재현으로 고발
　한 프리모 레비는 상처를 받은 사람은 고통을 되풀이하지 않기 위해 기억을 지우려는
　경향이 있으며, 상처를 준 사람은 그 기억으로부터 해방되고 자신의 죄의식을 덜기 위해
　마음 깊숙이 그 기억을 몰아내는 경향이 있다고 말한다(프리모 레비, 이소영 옮김, 『가라
　앉은 자와 구조된 자』, 돌베개, 2014, 24쪽).

던 사람들, '사건'의 외부에 살고 있는 사람들, 말하자면 바로 우리가 이 세계의 일상을 안심하며 살아가기 위해 필요로 하고 있는 서사가 아니었을까. '사건' 내부에서 일어났지만 우리로서는 알 수 없는 상상을 초월한 폭력이 '사건'의 외부, 즉 우리 세계에 침입해 오지 못하게 하고 우리를 불안하게 하지 않도록 하기 위해, 우리는 우리의 서사와 우리의 판타지를 그것에 투영한 것이다.[19]

오카 마리는 비극적 참상과 같은 역사적 사건을 필요로 하는 사람은 사건을 겪지 않은 사람이라 말한다. 비극적 참상의 재현은 그것이 우리와 아무런 관계가 없으니 안심할 수 있는 사람들을 위해 만들어진다는 것이다. 아무리 실제로 발생한 비참한 사건이라 할지라도 관객에게 그것은 감상의 대상일 뿐이다. 스티븐 킹은 사람들이 공포 영화를 감상하는 이유를 나쁜 꿈이 끝났을 때 우리가 평범한 인생을 사는 현실 세상이 훨씬 좋아보이기 때문이라고 말한다. 비극적 참상을 감상할 때 발생하는 정신의 작용 역시 이와 유사하다. 그것은 우리를 압도하지 못하고 일상생활을 제대로 살아가려는 우리를 방해할 수 없다.[20] 따라서 트라우마 상황을 그린 텍스트는 감상자가 자신의 평범한 삶을 위로하는 아이러니한 텍스트로 소비될 수도 있다. 비참한 역사적 사건을 체험한 인물을 향한 연민의 감정 역시 우리의 무고를 증명해 주기 때문에 타자가 아니라 현재의 나를 위로하는 역설적 상황으로 이끈다.[21]

영화는 시대의 부정을 고발하고 잊지 말아야 할 사실을 상기하게 해주는

19 오카 마리, 김병구 옮김, 『기억 서사』, 소명출판, 2004, 96쪽.
20 스티븐 킹, 조재형 옮김, 『죽음의 무도』, 황금가지, 2010, 14쪽.
21 수전 손택 역시 고통받고 있는 사람을 재현한 것에서 연민을 느끼는 이유는 자신이 그런 고통을 가져온 원인에 연루되어 있지 않다고 느끼기 때문이라고 보았다(수전 손택, 이재원 옮김, 『타인의 고통』, 이후, 2004, 154쪽).

윤리적 도구일 수 있다. 하지만 영화는 가상의 세계를 영사한 안락한 스크린을 통해 타인의 훼손되는 육체와 정신을 관음하게 한다는 점에서는 비윤리적 도구가 될 수 있다. 영화의 증언은 문자나 구술의 증언보다 훨씬 강력한 실재성과 파급력을 지니기 때문에 영화는 역사에 관한 집단기억을 구축하는 중요한 매체가 된다. 따라서 실제 사건을 재현하려는 영화일수록 실제 역사가 가진 진실의 무게와 그것을 체험한 당사자에 관한 책임감을 확보해야 한다. 그러나 대중영화일 경우 역사적 사건과 피해자에 관한 윤리적 재현보다 더 많은 사람이 영화를 감상하는 것에 무게를 두는 경우가 많다. 그로 인해 역사적 비극이 재난의 스펙터클이 되어 감상자에게 시각적·감정적 쾌감을 제공하려는 부정한 상황이 반복적으로 재현된다. 문제는 비극적 참상을 스펙터클하게 재현하는 것은 사건을 추상적으로 만들어 실재를 오염시킬 위험이 크기 때문에 역사적 진실을 모호하게 만들 가능성이 높다는 점이다.

참혹한 사건을 겪은 피해자의 실제 고통과 슬픔이 현재 관객의 심경을 위로하려는 도구로 사용되는 일 또한 피해자를 향한 비윤리적 제스처라 할 수 있다. 역사적 사건이 영화화될 경우 참상의 당사자가 아닌 이상 누구라도 그 사건에 대해 함부로 말해서 안 된다. 이러한 태도가 겪지 않은 자가 할 수 있는 가장 숭고한 윤리적 제스처다. 때로는 아무 말도 하지 않는 것이 아무 말이라도 하는 것보다 더 윤리적일 수 있다. 트라우마 사건의 피해자는 자신의 경험을 되뇌는 것 자체를 거부하기 때문이다. 타자의 비참을 관음하게 만들고 현재의 관객을 위해 타자의 경험을 가공하여 이야기하려는 의지를 갖는 영화는 역사적 사건과 피해자를 오락적 소비의 대상으로 전락하게 할 위험이 있다. 이러한 이유로 <택시운전사>와 <1987> 그리고 <군함도>가 역사적 사건을 공론화했다는 공은 인정하되, 비극적 참상을 스크린으로 복기한 방법에 관해서는 비판적 시선을 견지해야 한다. 무엇보다 비극적 참상을 복기하려는 영화는 사체 더미를 재현함으로써가 아니라 공포가 지워버리고 싶어 하는 정신적 공포를 증언하는 일에 가담해야 할 것이다.[22]

---

22   자크 랑시에르, 김상운 옮김, 『이미지의 운명』, 현실문화연구, 2014, 231쪽.

역사적 트라우마와 영화의 기록

— <박하사탕>

1. 20년 뒤 다시 읽는 <박하사탕>

트라우마는 정확하게 언표화할 수 없는 충격적 사건을 통해 형성된다. 인간과 인간이 주조해 낸 산물의 무기력함을 방증하는 트라우마는 그것을 체험한 존재의 삶 전체를 오염시키며 존속한다. 특히 집단이나 민족 혹은 국가를 향한 파괴적 체험으로부터 형성된 역사적 트라우마는 수많은 직간접 피해자를 배태하고 인간에 대한 강력한 절망감을 주조한다. 그뿐만 아니라 역사적 트라우마는 상흔의 범위가 당대에만 머물러 있지 않고 세대를 통해 끊임없이 확장되는 특성을 갖는다. 따라서 역사적 트라우마는 운명공동체와 구성원의 존엄성을 회복하기 위해 치유의 대상이 되어야 한다. 트라우마는 사건의 실체를 망각하고 묵인하려는 강력한 충동을 극복하고 상흔을 담론의 장으로 끌어낼 때 치유의 가능성이 커진다. 한국 현대사 최고의 비극에서 촉발된 역사적 트라우마를 담은 영화 <박하사탕>을 논의하고자 하는 이유가 바로 여기에 있다.

모두가 새 시대의 희망 속에 과거의 기억을 묻느라 여념이 없었던 2000년

1월 1일, 영화 <박하사탕>은 뉴밀레니엄의 환희를 빌미로 과거의 상처를 망각하려는 사람들의 안일함에 일격을 가하며 등장했다. <박하사탕>은 화려한 영상이나 유명 배우도 없는 말 그대로 비상업 영화의 표본이었지만 예상치 못한 관심을 받았다. 모두가 희망의 미래를 절망(切望)하던 때 '나 다시 돌아갈래'를 외치며 퇴행을 갈구하던 영호의 처절한 부르짖음이 숨겨두고 싶었던 추악한 사건을 되짚게 하는 메시지로 작용했던 것이다. 그러나 <박사하탕>은 가해자로 치부해야 하는 진압군에 초점을 맞추어 5월의 광주를 복기한 점에서 논란이 되었다. 폭압의 피해자를 향한 정당한 애도가 이루어지지 않은 상황에서 가해자인 진압군의 상처를 이야기하는 것은 시기상조라는 비판을 받기도 했다. 그러나 <박하사탕>은 가해자와 피해자의 모호한 경계에 서 있는 인물을 특유의 절제된 영상으로 탐색하여 역사적 트라우마의 파괴적인 영향력을 냉정하게 고발하는 영화다.

<박하사탕>은 역행하는 기차를 매개로 주인공 영호의 20년 인생사를 추적해 가는 플래시백 구조를 통해 한 인간의 현재 모습이 어떠한 원인으로 결과된 것인지를 리얼리즘의 형식으로 보여준다. 영화는 현재인 '1999년 봄'을 시작으로 '사흘 전', '1994년 여름', '1987년 봄', '1984년 가을', '1980년 5월' 그리고 광주 사건 이전인 '1979년 가을'까지 정확하게 20년 동안 영호의 인생에서 벌어진 사건들을 역추적한다. 그리고 시간의 되돌림을 통해 광기 어린 행동을 일삼는 파괴된 영호의 삶이 예기치 못한 충격적인 경험의 결과로 야기된 것임을 목격하게 한다. 이때의 충격적인 경험은 바로 1980년 5월 광주 항쟁의 진압군으로 징집되면서 벌어진 비의도적 살상이다. 이러한 구조를 통해 <박하사탕>은 한국 현대사 최고의 비극이라 할 수 있는 광주 사건으로 자신과 세계를 모두 박탈당한 한 개인의 비극을 조명하는 동시에 한국 현대사의 비극을 포획하고자 한다. 따라서 불가항력의 역사적 트라우마로

자신의 삶을 가학적으로 징벌하는 영호는 단순한 허구 서사물 속 인물이 아니라 지금까지도 공포와 상처를 떠안고 살아가는 수많은 역사적 트라우마의 희생자들로 치환된다.

주지하다시피 5월의 광주에서는 한국 현대사 최악의 비극적 참상이 발생했다. 그러나 현재까지도 사건의 실체가 제대로 규명되지 않고 있다는 점에서 광주의 비극은 현존하는 비극일 수밖에 없다. 국가가 국민을 살육할 수 있다는 충격적 사실을 체험한 수많은 이들에게 광주 사건은 여전히 거대한 트라우마로 잔존한다. 5월의 광주에서 어떠한 일들이 왜 발생했는지를 밝혀내기까지 역사적 사건의 실체와 트라우마적 상흔을 묵과할 수 없다. 주디스 허먼 역시 끔찍한 사건을 기억하고 진실을 이야기하는 것은 사회 질서의 회복과 개별 피해자의 치유를 위한 필수 조건이라 말한다.[1] 이러한 이유에서 1980년 5월 광주에서 발생한 역사적 사건이 그것을 체험한 자에게 어떠한 트라우마를 남겼는지를 보여주는 <박하사탕>을 영화가 개봉한 지 20여 년이 지난 현재 또다시 조명하고자 한다.

<박하사탕>은 역사적 트라우마가 되는 광주의 살상을 절제된 방법으로 재현함으로써 폭력의 스펙터클을 지양한다. 광주 항쟁의 잔인성과 폭력성을 구체적으로 재현한 여타의 광주 영화와 달리 스펙터클로 소비될 위험이 있는 항쟁의 진압 과정을 최대한 생략한 것이다. 대신 <박사하탕>은 역사적 트라우마가 개인에게 어떠한 영향을 미치는지를 영호라는 한 인물에 처절할 정도로 몰입해서 보여준다. 순임, 홍자, 명식 등 다른 등장인물들조차 전적으로 영호를 위해 존재하고 있으며 영화의 시간 역시 영호의 시간에 의거하여

---

1   주디스 허먼, 최현정 옮김, 『트라우마: 가정 폭력에서 정치적 테러까지』, 플래닛, 2007, 16-18쪽.

전개된다. 이는 <박하사탕>이 역사적 사건 자체의 잔인성을 재연하기보다 그것을 체험한 인간 자체에 초점을 맞추기 때문이다. 그러므로 <박하사탕>을 이해하기 위해서는 주인공 영호를 이해해야 하며 영호가 시간의 흐름에 따라 어떠한 삶을 살아가는지를 분석해야 한다.

2. 역사적 트라우마의 원인: 살상으로 체험된 광주

참혹한 역사의 알레고리인 영호는 1980년 광주에서 체험한 역사적 트라우마로 인해 죽음이라는 극단적 선택을 감행하는 인물이다. 영화가 보여준 것처럼 역사적 트라우마를 경험하기 이전의 영호는 여리고 순박한 소년에 가깝다. 야학 친구들과 함께 야유회에 온 그는 시종일관 수줍은 표정으로 좋아하는 순임과 눈맞춤 한번 제대로 하지 못한다. 그런 그가 바라는 것은 이름 없는 꽃을 사진으로 담는 일이다. 위악(僞惡)의 세계에 진입하기 전 영호의 모습은 단 몇 분의 짧은 시간 동안만 만날 수 있지만 들풀을 찍고 싶다는 소망 하나로도 그가 남을 쉽게 해치지 못하는 순수한 사람임을 확인할 수 있다. 이러한 영호의 순박하고 여린 기질은 폭력을 전제로 하는 군 생활의 부적응을 초래한다. 계엄령이 선포되어 갑작스러운 집합명령에 모두들 신속히 채비를 마치고 이동하는 가운데 영호는 어수룩한 손놀림과 얼빠진 표정으로 내무반을 헤매다 선임에게 발길질을 당하고 만다.

손에 쥐어진 총의 존재가 무색할 정도로 나약해 보이는 과거의 영호는 군인 그리고 어른이기보다 세상의 규율에 익숙하지 못한 미성년의 모습으로 재현된다. 광주 항쟁의 진압군으로 선발되었지만 영호는 자신이 어떤 일을 하고 있는지 판단하지 못한 채 그저 동료 병사의 뒤를 쫓아간다. 심지어 워커에 물이 들어가서 움직일 수 없다며 갑자기 울음을 터뜨리는 등 영호에게서 군인의 아우라는 찾아볼 수 없다. 그런데 그 순간 여리고 순박한 영호를 완전히 다른 존재로 뒤바꿀 만한 충격적인 사건이 발생한다. 고통과 두려움 속에서 인기척을 느낀 영호는 뜬금없이 첫사랑 순임이를 찾는데 놀랍게도 영호를 향해 어둠 속에서 순임이가 걸어 나온다. 하지만 그것은 영호의 환상이었고 실제로는 이름 모를 여고생이었다. 잠시 후 영호는 되돌아가고 싶다고 그토록 갈망하던 '그 순간'을 맞이한다. 여고생을 집으로 돌려보내려는 순간 박상병의 갑작스러운 등장에 다급해진 영호가 그만 여고생을 향해 총을 발사하고 만 것이다. 이 사건으로 영호는 예전과는 동일할 수 없는 새로운 정체성을 가진 '트라우마를 체험한 존재'로 변질된다.

트라우마는 내면의 방어막을 훼손하는 충격적 사건으로 인해 발생한 치유하기 힘든 육체·심리적 상흔을 말한다. 프로이트는 생명을 위협받을 수 있는 사고 등을 겪은 후 발생하는 상황을 외상성 신경증(Traumatic neurosis)이라 지칭하며 트라우마가 단순한 불안이나 공포의 결과가 아님을 강조한다.[2] 즉 트라우마는 한 개인이나 집단이 도저히 감당하기 힘든 사건에서 기인하며 충격의 강도가 거대하기 때문에 개인과 집단 전체를 파괴하기도 한다. 이러한 이유

---

2   지그문트 프로이트, 박찬부 옮김, 『쾌락원칙을 넘어서』, 열린책들, 1997, 16쪽.

로 트라우마는 '비극적 사건이 남겨 놓은 가장 현저한 흔적'[3]이 되어 개인과 집단의 삶을 지속적으로 붕괴한다. 수많은 사건 중에서도 전쟁은 가장 잔인한 트라우마를 야기하는데 국가에 의해 주도되었고 무고한 시민을 총칼로 훼손한 광주 사건은 인간에게 가장 큰 상흔을 남기는 전쟁 같은 사건이라 할 수 있다. 따라서 영호가 체험한 역사적 트라우마는 자신이나 타인의 생명을 위협하는 사건에 의한 충격적이고 극적이며 강렬한 감정을 유발하는 빅(T) 트라우마라 할 수 있다.[4]

트라우마의 충격과 흔적은 그것을 받아들이는 사람의 기질에 따라 그 차이를 달리한다는 특징이 있다. 동일한 정도의 사건을 경험했다 할지라도 그것을 받아들이는 사람의 제어 능력에 따라 심각한 파괴를 야기할 수 있고 기억의 흔적으로만 남을 수도 있다. 영호는 자신이 총에 맞은 줄도 모르고 워커에 물이 들어갔다고 생각하다 갑자기 어린아이처럼 주저앉아 울음을 터뜨린다. 자신이 군인임에도 '군인한테 들키며 혼나니 빨리 가'를 외치는 영호는 총을 들고 군복을 입었지만 그것들과는 전혀 어울리지 않는다. 영호가 사진으로 담고 싶어 했던 망초꽃이 그를 상징하듯 벌판의 들꽃처럼 순진무구한 스무 살의 영호는 트라우마의 공격에 적절한 대응을 할 수 있는 강인한 존재가 아니었다. 따라서 살상이라는 충격적 경험으로 각인된 광주 사건은 기질적으로 여린 영호에게 삶 전체를 붕괴시킬 정도의 막강한 트라우마로 작동하게 된다.

영호에게 가해진 트라우마의 작용에 있어서 무엇보다 중요한 것은 그가 광주 사건을 피해자가 아닌 피의자로 경험했다는 사실이다. 영호가 진압군으

---

3 디디에 파생·리샤르 레스만, 최보문 옮김, 『트라우마의 제국』, 바다출판사, 2016, 49쪽.
4 바브 메이버거, 김준기 옮김, 『트라우마, 기억으로부터의 자유』, 수오서재, 2018, 54쪽.

로 투입된 것은 불가항력적인 강압 때문이었으며 살상조차도 우연처럼 발생한 일종의 사고였을 뿐이다. 하지만 영호는 비능동적으로 폭력에 투입된 비자발적 피의자였음에도 불구하고 우연처럼 발생한 모든 사건을 자신의 잘못으로 인식해 버린다. 그 결과 영호에게 광주라는 역사적 트라우마는 폭력과 살상을 두 눈으로 확인한 목격자로서의 충격뿐만 아니라 그러한 폭력과 살상에 가담했다는 죄의식까지 결합하여 작용하게 된다. 주디스 허먼은 수동적인 목격자가 아니라 참여자였다면 트라우마가 더 위험하게 작용한다고 말한다.[5] 이런 점에서 영호의 트라우마는 가해자와 피해자의 트라우마가 복합적으로 결합된 과도한 상흔으로 존재할 수밖에 없다.

역사적 트라우마를 연구한 도미니크 라카프라는 가해자의 트라우마는 비록 증상은 피해자와 비슷하지만 윤리·정치적으로는 확연히 다르며 이러한 차이를 부인해서는 안 된다고 말한다.[6] 더욱이 가해자의 트라우마는 일종의 합당한 징벌로 간주되기도 한다. 그런데 <박하사탕>에서 역사적 트라우마를 체현하는 영호는 '가해자로 위장된 피해자'다. 영호는 국가폭력에 강제로 동원된 계엄령이었으며 그가 저지른 살상 역시 실수로 발생한 사고였기 때문이다. 가해자의 트라우마를 되짚는다는 점은 <박하사탕>을 향한 비판의 원인이 되기도 한다. 그러나 <박하사탕>은 광주라는 역사적 트라우마에 관한 윤리적 진실을 확장한다. 국가폭력에 의해 자행된 역사적 트라우마의 상흔을 살상을 당한 공식 피해자뿐만 아니라 강제로 가해자가 된 이들의 것까지로 확대하기 때문이다. 따라서 <박하사탕>은 명백한 피해자뿐만 아니라 자기 자신을 애도할 수조차 없는 '위장된 가해자'가 체험한 사건까지로 역사적

---

5   주디스 허먼, 최현정 옮김, 『트라우마: 가정 폭력에서 정치적 테러까지』, 플래닛, 2007, 102쪽.
6   도미니크 라카프라, 육영수 옮김, 『치유의 역사학으로』, 푸른역사, 2008, 112쪽.

트라우마의 범위를 확장해 나간다.

트라우마는 짧은 기간 내에 엄청나게 강한 자극의 증가를 가져오는 체험으로 강도 높은 자극은 인간이 익숙한 방식으로 해소하거나 처리할 수 없기 때문에 정신 에너지의 운영에 지속해서 교란이 일어나게 만든다. 트라우마로 인해 일상생활을 형성하고 있던 기반이 동요되면 일상적 활동이 정지되고 현재와 미래에 대한 관심을 포기하게 된다.[7] 어느 날 상상하지 못했던 방식으로 영호에게 찾아와 살상이라는 충격을 남긴 광주 사건이 영호에게 준 트라우마는 영호의 일상 활동을 정지시키고 그의 남은 삶을 송두리째 짓밟아버린다. 그리고 그는 미래에 대한 모든 희망을 포기한 채 서서히 자신의 삶을 파괴해 버리는 절망의 삶을 선택해 버린다. 달리는 기차 앞에서 영호를 절규하게 만든 살아있는 한 결코 떨쳐버릴 수 없는 괴로움은 1980년 5월 광주로부터 시작된 것이다.

3. 역사적 트라우마의 과정: 죄의식과 자기징벌

트라우는 현실 지각을 왜곡시키고 행동에도 영향을 미친다. 트라우마의 피해자는 과거 경험이 현재에도 일어나는 것처럼 지각하는 탓에 현재는 위험이 존재하지 않는다는 사실을 알아차리기 어렵게 된다.[8] 다시 말해 트라우마를 유발한 사건은 과거의 일이지만 현재진행형의 형태로 존속한다. 이러한 이유로 트라우마의 피해자는 과거로부터 탈주하기 어려우며 탈주하기 위해서는 극단적인 방법을 선택할 수밖에 없다. <박하사탕>에서 살상의 충격으로 각

---

7   지그문트 프로이트, 임홍빈·홍혜경 옮김, 『정신분석강의 (하)』, 열린책들, 1997, 392쪽.
8   바브 메이버거, 김준기 옮김, 『트라우마, 기억으로부터의 자유』, 수오서재, 2018, 55쪽.

인된 역사적 트라우마에 대한 영호의 대응은 '자기징벌'이라는 극단의 형태로 이루어진다. 여고생을 도와주려던 영호는 순임의 환상을 보게 되고 무의식중 여고생과 순임을 동일시하게 된다. 결국 여고생의 죽음은 순임의 죽음으로 대체되고 영호는 무고한 여고생과 사랑하는 순임을 자기 손으로 죽였다는 복합적 충격에 의한 죄의식을 소유하게 된다.

죄의식은 초자아가 정해 놓은 규범을 지키지 못했을 경우 생기는 자기혐오의 감정으로 볼 수 있다. 중요한 것은 죄의식이 외부의 객관적인 판단에서 비롯되는 것이 아니라 주체 내부의 판단에 의해 형성된다는 점이다. 즉 타인의 판단에 의해서는 죄가 아닐 수 있는 사항들도 그것을 판단하는 주체 내부의 기준에 따라 죄가 될 수 있다. 죄의식은 자신의 양심을 판관으로 초대하면서 발생하는데 양심이라는 배심원들 앞에서 스스로가 유죄 판결을 내리면서 형성된다. 이렇게 주관적으로 형성된 죄의식은 논리적이지도 못하고 입증할 수도 없지만 수치심과 후회를 끊임없이 유발한다.[9] 따라서 심한 경우 죄의식은 자기비난으로 이어지고 종국에는 자신을 징벌하려는 욕망을 생산한다. 특정 사건이나 감정에 대해 주체가 가지게 되는 죄의식은 단순한 괴로움에서 그치는 것이 아니라 스스로를 징벌하려는 자아 파괴의 욕망까지도 불러일으키는 것이다.

피의자로서의 광주 체험과 무고한 여고생의 살상 그리고 환상에 의한 순임의 죽음까지, 복합적으로 형성된 영호의 죄의식은 무의식중 자기징벌의 욕망으로 이어진다. 그가 스스로에게 내린 징벌은 사랑하는 '순임의 포기'와 폭력 세계의 진입을 통한 '자기 파괴'로 영호는 스스로의 삶을 파괴하는 동시

---

9   캐럴라인 브레이지어, 유지화 옮김, 『인간은 왜 죄의식으로 고통받는가』, 알마, 2012, 28쪽.

에 최대 욕망인 순임을 포기함으로써 자기징벌에의 욕망을 충족하고자 한다. 광주 사건이 발생한 지 4년 후 영호는 경찰 정확하게는 고문 전문 경찰이 되어있다. 유순하고 순진했던 영호가 타인을 폭압하는 경찰이 된 것은 순임과 홍자의 진술에서도 드러나듯 누구도 예기치 못한 일이다. 하지만 홍자에게 자전거 타는 법을 알려 주는 착하고 말 없는 영호는 경찰이 되었다는 것 외에는 광주 사건 이전의 영호와 별반 다르지 않다. 오히려 충격적인 일을 경험한 사람의 모습이라고는 볼 수 없을 정도로 의연한 모습을 하고 있는데, 이는 그가 4년 전의 일을 억압하려는 의지에서 비롯된 일종의 연출과 다름 없다.

경찰이 된 직후 고문 현장에 있다는 것조차 견딜 수 없어 하는 영호의 괴로운 표정에서 경찰을 선택한 일이 그의 진실된 욕망이 아님을 확인할 수 있다. 여린 본성을 숨기고 괴로움을 견디면서까지 영호가 경찰로의 삶에 진입한 것은 주체 내부에서 발생한 죄의식에서 비롯된, 자기징벌의 욕망에 의한 것으로 볼 수 있다. 처음 자기 손으로 직접 고문하기 위해 노동자 앞에 선 영호는 죄 없는 노동자였던 자신의 과거를 떠올리기라도 하듯 피고문자를 한동안 끌어안는다. 잠시 후 슬프고 두려운 표정이던 영호는 갑자기 자신이 얼마나 더러운 사람인지를 보여주려는 듯 노동자에게 무차별한 폭력을 가한다. 영호는 폭력의 충격으로 노동자가 쏟아낸 배설물이 묻은 손을 바라보면서 4년 전 살인을 저지른 더러운 손을 다시 한번 보게 된다. 파괴의 시작인 첫 고문 그리고 배설물이 묻은 손 이후의 영호는 자신의 과거 그리고 본성을 모두 억압해 버리며 폭력에 몰입하는 새로운 '김영호'로의 삶을 살아간다. 거울 속 자신을 보며 손가락 욕을 하는 영호는 이제 '삶은 아름답다'[10]고

---

10 영호가 죽일 듯 고문한 노동자는 자신의 일기에 '삶은 아름답다'고 적어 놓았고 이를

믿는 순수한 존재를 짓밟는 짐승 같은 '미친개'일 뿐이다.

　이처럼 <박하사탕>은 트라우마 고통을 가학으로 치환해 버린 병리학적 인물을 선보이며 예상치 못한 피해의 결과를 보여준다. 그런데 정도를 뛰어 넘는 잔인성을 보여 주는 영호의 고문은 일종의 '복수행위'로 해석되기도 한다. 영호는 자신에게 씻을 수 없는 상처를 준 1980년 광주 사건을 향한 분노를 쏟아내기 위해 경찰이 되었으며, 그의 잔인한 고문 행위는 타인의 파괴를 통해 자신의 상처를 보상받으려는 앙갚음이라는 것이다. 하지만 영호의 고문 경찰로의 전향을 광주 사건에 대한 복수나 앙갚음으로 보기에는 무리가 있다. 만일 영호가 복수를 위해 경찰이 되었다면 순임을 포기하는 행동은 제대로 설명할 수 없다. 오히려 순임과의 관계를 지속하며 광주 사건으로 '피해 입은' 자신의 상처를 위로받으려 했을 것이다. 하지만 영호는 피의자이며 살인자인 자신을 징벌하기 위해 경찰이 된 것이며 징벌의 일환으로 자신을 파괴하고 순임을 포기한 것이다. 즉 영호는 자신이 순수한 순임을 사랑할 수 없는 더러운 존재라고 느껴 순임을 포기한 것이며 이는 스스로를

　본 영호는 삶이 결코 아름답지 않다는 것을 보여주려는 듯 그에게 더욱 심한 고문을 가한다.

피해자가 아닌 '피의자'로 인식했기에 가능한 일이다.

광주 사건에 대한 피해 의식이 부재한 영호이기에 그의 경찰로의 변신과 정도를 넘는 잔인한 고문 행위는 타인을 향한 복수나 앙갚음이 아닌 주체 스스로에게 가해진 자발적 징벌행위로 볼 수 있다. 영호는 광주 사건의 피의자인 자신은 결코 용서받을 수 없는 존재이기에 용서의 대체물로서 자기 자신의 파괴를 선택한 것이다. 영호가 고문하는 존재는 과거 영호와 같은 공장 노동자들이다. 결국 영호는 피고문자인 노동자를 자신과 동일시하고 있었으며 그들을 고문하는 행위를 자신을 고문하는 것으로 그들을 파괴하는 행위를 자신을 파괴하는 것으로 인지했다고 볼 수 있다. 이때 영호의 잔인한 고문 행위는 타자에게 폭력을 가하면서 동시에 자신에게 폭력을 가하는 것으로 다분히 사도-마조히즘적이다. 노동자들에게 사디즘적인 폭력을 가하면서 동시에 자신을 징벌하며 아이러니하게도 속죄의 쾌감을 욕망했던 것이다.

영호의 자기징벌 욕망은 자신의 최대 욕망이자 유일한 욕망이라 할 수 있는 순임을 포기하는 것으로도 발현된다. 영화가 보여준 20년의 시간 중 영호가 웃음을 지어 보이는 존재는 단 한 명 순임뿐이다. 트라우마 이전의 순수한 시절에도 영호는 늘 혼자이며 가족이나 친구 역시 부재한다. 그런 그가 자신의 꿈과 감정을 이야기하는 존재는 오직 순임뿐이다. 그녀가 부대로 보낸 박하사탕을 하나하나 모아 두고 총에 맞아 고통스러워하는 가운데에서도 그녀의 환상을 볼 정도로 영호는 순임을 사랑했다. 하지만 그날 밤 무고한 여고생을 죽인 그리고 환상으로서 순임을 죽인 영호는 스스로에게 순임을 포기하라는 잔인한 징벌을 내린다. 영호는 과거의 모습 그대로 순수의 공간에 존재하는 순임 앞에서 홍자의 둔부를 더듬는 위악적 행위를 취한다. 그리고 그날 밤 영호는 전혀 사랑하지 않는 홍자와 육체적 관계를 맺으며 성(性)적 순수함 마저 파괴해 버린다.

역사적 트라우마 이후 영호는 전혀 하고 싶지 않은 직업을 선택하고 전혀 사랑하지 않는 여자(홍자)와 결혼하는 등 자신의 진정한 욕망과는 반대되는 것을 좇아간다. 그런데 스스로를 억압하고 훼손하는 영호의 자기징벌은 어느 순간 익숙한 현실이 된다. 고문도 파괴도 폭력도 이제는 죄의식을 씻어 줄 속제물로 존재하는 것이 아니라 마치 숨 쉬고 잠을 자는 일상의 한 부분으로 존재하는 지경에 이르게 된다. 순수했던 과거의 모습은 물론이며 가학과 피학의 혼재 속에서 더 이상 트라우마의 기억도 살상에 대한 죄의식도 느끼지 못하게 된 영호는 마침내 '파괴의 종료'를 욕망하게 된다.

4. 역사적 트라우마의 결과: 자아상실과 죽음욕망

도미니크 라카프라는 트라우마가 과거와의 연속성을 파괴하는 기억의 지연과 분열을 가져와 정체성이 완전히 파괴되는 지점에까지 이르게 한다고 보았다. 그는 트라우마가 자기도취적 합리화와 허구적인 자화상을 뒤흔듦으로써 피해자 이외의 사람들에게도 정체성 문제를 야기한다고 주장한다.[11] 주디스 허먼 역시 트라우마의 피해자는 인간 경험에 의미를 부여하는 신념 체계의 토대가 침식당하고 기본적인 자기감(Sense of self)을 상실하게 된다고 말한다.[12] 이러한 논의에서 확인할 수 있듯이 트라우마는 인간 주체성과 자아를 훼손하는 거대한 부작용으로 이어진다. 그리하여 트라우마 이후의 인간은 트라우마 이전의 인간으로 살아가기 힘다.

역행하는 시간 구조를 통해 도달한 1994년의 영호는 더 이상 고문 경찰이

---

11   도미니크 라카프라, 육영수 옮김, 『치유의 역사학으로』, 푸른역사, 2008, 66쪽.
12   주디스 허먼, 최현정 옮김, 『트라우마: 가정 폭력에서 정치적 테러까지』, 플래닛, 2007, 97-99쪽.

아니다. 영호는 한 가정의 가장이자 가구점을 운영하는 어엿한 사장으로 변해있으며 세련된 사업가의 모습을 하고 있다. 1994년의 영호는 제법 안정된 삶을 살고 있는 것처럼 보인다. 겉모습만 본다면 어느 누구도 그의 과거를 짐작할 수 없을 정도 호탕하고 말끔한 차림이다. 하지만 외향적 모습은 그가 만들어 낸 인위적 페르소나에 불과하다. 어느 것이 진정한 자신의 모습인지 본인도 알 수 없을 정도로 다양한 페르소나의 거짓 외피에 싸인 영호는 진정한 자아를 상실한 분열된 존재로 살아간다. 수많은 페르소나를 지닌 다중인격의 영호는 수시로 변하는 자신의 감정을 제어하지 못한다. 운전을 하며 여러 사람과 통화하는 그는 상대에 따라 극심한 감정의 변화를 보인다. 영호는 호탕한 미소를 지으며 넉살 좋게 농담을 하다가 갑자기 욕설을 퍼붓고 다정한 목소리로 상대를 위로하다가도 살기가 등등한 비열한 표정을 짓는 등 정신분열증 환자 같은 모습을 보인다.

그뿐만 아니라 바람피우는 아내의 뒤를 밟아 쳐들어간 모텔방에서 마치 고문 경찰로 되돌아간 것처럼 아내와 내연남에게 잔인한 폭력을 행사하다가도 잠시 후 아내에게 다정하고 태연한 모습으로 '집으로 갈 거야?'라고 물으며 일상 대화를 나눈다. 외도한 아내에게 죽일 듯 발길질을 하면서도 자신은 자동차에서 불륜 대상과 정사를 나누고 무고한 강아지를 발로 걷어차는 등 도덕 감정이 제거된 영호의 행동은 보는 이를 불편하게 만든다. 심지어 자살을 하기 위해 권총을 사러 간 유원지에서 커피값이 없다며 비열한 거짓말로 공짜커피를 마시는 그의 모습에서 고문경찰 때보다 더한 섬뜩함이 느껴진다. 감정도 육체도 삶도 이미 망가질 대로 망가져 버린 1994년의 영호는 더 이상 파괴할 것이 없어 보인다. 결국 영호는 자신을 파괴하려 했던 징벌의 욕망을 실현한 셈이지만 그것은 애초부터 뒤틀린 욕망이었기에 실현에 대한 희열은 가질 수 없었다.

1994년의 영호는 통제할 수 없는 극심한 감정 변화와 자신과 타자를 향한 애착의 소멸 그리고 부인에게로 전이된 폭력의 습관 속에서도 어쨌거나 살아간다. 이때 영호의 생존을 가능하게 한 것은 '기억으로부터의 도피'다. 그는 순수했던 스무 살 시절도 공포와 충격의 광주 사건도 고문 경찰이 되어 타인과 자기를 파괴하던 시간도 그리고 순임까지도 기억에서 묻어버린 채 망각의 상태에서 현재를 살아간다. 트라우마의 피해자들은 심리적으로 감당하기 힘든 고통이나 불안을 야기하는 기억을 망각을 통해 무의식의 공간으로 밀어내고자 한다. 영호 역시 자신을 끝없이 괴롭히는 과거의 사건들을 망각함으로써 밀려오는 불안과 공포로부터 탈출하려 했을 것이다. 그러나 치료되거나 완화되지 않고 끝없이 존재하는 트라우마로 인해 자기 파괴를 선택했던 영호의 15년은 필연적으로 죽음을 향하고 있었다.

영호의 망각은 상당히 성공적으로 이루어진다. 15년 뒤 그는 더 이상 광주 사건도 순임도 기억하지 못한다. 영호는 파괴된 삶의 모든 원인을 광주 사건 이후 정확하게 광주 사건의 영향력이 존재하던 시간 이후에 만난 사람들에게 돌린다. 지옥처럼 추락한 삶을 견디지 못하고 권총 자살을 선택한 영호는 현재 자신의 삶이 파괴된 원인을 증권회사 직원, 사채업자, 사기 치고 도망간 친구 그리고 가족에게서 찾고 있을 뿐이다. 그에게 광주 사건과 광주의 죄의식은 적어도 의식적으로는 존재하지 않는다. 광주뿐 아니라 순임 역시 철저히 망각되어 있다. 죽어가는 아내의 소원을 들어주기 위해 영호를 찾아온 순임의 남편은 영호에게 '윤순임이 아시죠?' 하고 묻는다. 하지만 영호는 도무지 모르겠다는 표정을 짓는다. 잠시 후 '윤순임이 몰라요? 예전에 두 사람이 서로 좋아했다던데요'라는 남편의 설명을 듣고 나서야 영호는 힘들게 순임을 기억해 낸다.

영호의 의식은 과거를 지워버렸지만 망각된 영호의 기억이 완전히 사라진 것은 아니었다. 트라우마 기억의 일시적 망각은 부인되고 억압될지라도 사라지지 않으며 변형되거나 위장된 모습으로 되돌아올 수밖에 없다.[13] 그렇기 때문에 트라우마 기억은 억압된 채 숨어 있다가 영호의 정신과 육체를 통해 비집고 나올 틈을 모색한다. 이때 틈이란 영호가 무의식중 광주 혹은 순임을 인식하는 순간으로 망각된 과거의 기억은 절뚝거리는 영호의 다리를 통해 육화되어 드러난다. 그는 자신의 다리 저림이 어디에서 연유한 것인지 전혀 인식하지 못하지만 억압된 과거의 기억은 의식화될 틈을 항시 노리고 있다가 영호의 육체를 통해서라도 존재를 드러내려 한다. 이처럼 광주와 순임을 기억에서 제거하는 일은 결코 쉬운 작업이 아니었지만 그럼에도 영호는 끝내 그들을 망각한 채 살아가고 있었다. 영호에게 있어 망각은 고통을 주는 대상에 대한 기억을 지워버리는 단순한 제거의 과정 아니라 살아가기 위한 마지막 몸부림이었으며 생을 이어가기 위한 본능적 도피였던 것이다. 하지만 순임을 다시 만나게 되고 광주의 기억이 되살아나면서 영호는 생존을 위해 몸부림치던 마지막 에너지를 빼앗기게 된다.

트라우마의 피해자는 과거의 사건을 떠올리게 만드는 자극을 접하면 그것이 지금 현재 일어난 것처럼 반응하게 된다.[14] 역사적 트라우마의 피해자인 영호 역시 동일하게 반응한다. 생존을 위해 도피된 기억들은 순임과의 재회를 통해 처절할 정도로 실감 나게 되살아 20년 전 그날처럼 영호를 울부짖게 만든다. 하지만 20년 전의 울음은 무고한 여고생과 순임을 죽였다는 공포와 죄의식에 의한 것이었다면, 1999년의 울음은 자신을 파괴한 광주 사건에 대한 피해자로의 울분이다. 20여 년이 지나서야 영호는 자신이 가지고 있던

---

13   도미니크 라카프라, 육영수 옮김, 『치유의 역사학으로』, 푸른역사, 2008, 69쪽.
14   베셀 반 데어 콜크, 제효영 옮김, 『몸은 기억한다: 트라우마가 남긴 기억들』, 을유문화사, 2016, '1부 3장 ─ 뇌 속을 들여다보다: 신경과학의 혁명'.

트라우마의 근원과 대면하게 된다. 비록 살상을 한 살인자였고 노동자들에게 죽음을 맛보이는 잔인한 고문 경찰이었지만 그 자신도 결국은 역사적 사건의 피해자였음을 처음으로 인식하게 된 것이다. 그러나 모든 것을 되돌리기에 영호는 심각할 정도로 파괴되어 있었고 결국 그는 파괴의 완료를 선포하는 자살을 결심한다. 그리고 영호는 20년 전 순임에게 들꽃을 찍는 사람이 되고 싶다는 순수한 희망을 이야기하던 바로 그 자리에 다시 찾아가 '나 다시 돌아갈래'를 외치며 달려오는 기차를 정면으로 마주한다.

영호의 죽음은 박하사탕처럼 순수했던 시절 그리고 꿈이 있던 시절로 돌아감을 갈망하는 일종의 퇴행이자 견딜 수 없는 현재를 탈출하기 위한 도피 행위로 볼 수 있다. 스스로에게 파괴된 삶과 죽어가는 순임 그리고 온갖 고통스러운 기억이 혼재하는 세상에서 영호는 살아나갈 자신이 없었을 것이다. 하지만 영호의 죽음을 단순히 퇴행이나 도피만으로 단정할 수는 없다. 영호는 달려오는 기차를 온몸으로 막으며 죽음을 맞이한다. 마지막 순간 영호가 자살 도구로 선택한 것이 광주 사건이 발생한 날부터 그를 '끈질기게 따라다닌' 기차라는 것은 상당한 의미가 있다. 영호가 여고생을 실수로 살상한 장소는 기차 옆이었으며 순임을 마지막으로 떠나보낸 장소 역시 기차였다. 외도

한 부인을 폭행한 후 불륜 대상과 차에서 정사를 나눌 때나 자살하기 위해 권총을 사고 자살 연습을 이행하던 때 그리고 순임의 임종이 가까워졌음을 알고 절망할 때에도 기차는 항상 그의 옆을 지나가고 있었다. 기차는 영호에게 가장 큰 상처를 남긴 두 사건의 장소를 제공한 동시에 영호의 불행을 관망하는 목격자로 존재한다. 결국 자살하기 위해 구입한 권총이 아닌 기차를 택한 것은 그리고 '다른 사람들이 보는 앞에서 능동적으로 죽음을 선택[15]'한 것은 자신에게 씻을 수 없는 상처를 주거나 그것을 방관하거나 조소했던 대상을 향한 영호의 의지적 표현이다.

5. 역사적 트라우마의 기록으로서 <박하사탕>의 의미

기억의 저장소 역할을 하는 영화는 시대의 부정을 고발하고 잊지 말아야 할 사실을 상기하게 해주는 윤리적 도구가 될 수 있다. 무엇보다 영화의 증언은 문자나 구술의 증언보다 훨씬 강력한 실재성과 파급력을 지니기 때문에 영화는 역사에 관한 집단기억을 구축하는 중요한 매체가 된다. 영화 <박하사탕>은 광주 사건의 묵과된 진실을 영상으로 기록함으로써 광주 사건에 관한 기억의 저장소가 되어준다. 더불어 <박하사탕>은 역사적 사건을 상업적으로 도구화하지 않으면서도 트라우마로 변질된 인간을 끈질기게 기록함으로써 트라우마 외부에 있는 사람들을 진실의 목도에 가담하게 만든다.

그런데 <박하사탕>이 포착하고자 한 것이 비단 역사적 트라우마와 그에 오염된 인물의 삶만은 아니다. <박하사탕>은 영호의 삶을 목격한 관객에게

---

15   김경욱 외, 「<씨네21> 10주년 기념 영화제 [4] — 한국영화 베스트 ②」, 『씨네21』, 2005.
      4. 20.

'수동적 목격자'의 위험성을 동시에 고발한다. <박하사탕>에서 역사적 트라우마의 희생자인 영호는 끝내 죽음이라는 존재의 소멸을 선택한다. 그러나 한 가지 중요한 사실은 영호의 죽음이 스스로의 의지가 개입된 선택이었을지라도 그것을 욕망하게 한 것은 결국 역사의 폭력과 사람들의 무관심이었다는 것이다. 영호는 자살하기 전 이혼한 아내와 순임 그리고 20년 전 친구들을 차례로 찾아간다. 하지만 영호를 매몰차게 쫓아 버리는 아내와 임종을 앞에 둔 채 입을 다물고 있는 순임 그리고 그에게 무관심한 친구들까지 영호는 누구와도 소통하지 못한다. 영호는 자살 직전 이러한 찾아감을 통해 자신의 상처를 털어놓고 고립된 자신의 삶에 소통의 문을 열어 마지막 선택을 취소하고 싶었던 것일지도 모른다.

영호가 자살 장소로 선택한 곳은 20년 전 야학 친구들과 야유회를 왔던 곳으로 다시 찾은 그곳에서는 친구들의 흥겨운 놀이판이 벌어지고 있었다. 친구들 속으로 뛰어 들어가 미친 사람처럼 춤을 추고 노래를 부르던 영호는 갑자기 기찻길 위로 뛰어 올라간다. 반대 선로로 기차가 한 대 지나가고 자칫 영호가 죽을 뻔했지만 모두들 멀리서 영호의 행동을 바라보기만 할 뿐 어떠한 행동도 취하지 않는다. 오직 한 친구만이 영호를 애타게 '부르고만' 있다. 마지막 달려오는 기차를 향해 양팔을 벌린 영호의 옆에는 트로트 리듬에 맞춰 춤을 추는 친구들의 모습이 보인다. 모두들 영호의 죽음 따위는 관심도 두지 않은 채 자신들의 욕구만을 채우고 있을 뿐이다.

이러한 장면을 통해 <박하사탕>은 영호의 죽음은 그의 고통을 이해하지 못하는 그리고 이해하려는 시도조차 하지 않고 묵인과 방관으로 일관하던 사람들이 만들어 낸 예고된 사건일 수 있음을 보여준다. 역사의 폭력과 과거의 상처를 드러내고 치유하기보다는 묻어버리기에 급급했던 사회의 무책임함은 상처를 입고 살아가는 영호 같은 존재에게 모든 것을 자신의 몫으로 여기고 감내하도록 강요했다. 역사적 트라우마의 희생자였던 영호였지만 어느 누구도 그의 상처에 관심을 갖지 않았으며 그 스스로도 피의자라는 죄의식에 억눌려 고통과 아픔을 묻어 두기에만 급급했다. 결국 표면화되지 못한 영호의 트라우마는 치유를 위한 시도조차 할 수 없을 정도로 곪아 필연적으로 죽음을 부르는 상황을 맞이한 것이다.

1980년 5월 우연처럼 맞이한 광주 사건은 평범한 스무 살 영호에게 살상의 경험이라는 씻을 수 없는 상처를 만들고 벗어날 수 없는 죄의식을 선사했다. 그리고 그 죄의식을 떨쳐 버리고자 스스로를 파괴하는 자기징벌을 내려 자신을 속제물화 했던 영호는 끝내 죄의식도 상처도 해결하지 못한 채 죽음을 맞이한다. 파괴를 욕망한 것도 죽음을 선택한 것도 영호 스스로의 의지에 의한 사건이지만 그를 죽음으로 내몬 것은 광주라는 역사적 폭력과 무관심이라는 사회적 방관이었다. 영호의 삶은 역사적 트라우마가 한 개인을 어떻게 철저하게 파괴하는지를 보여주는 명징한 증거라 할 수 있다. 나아가 영호는 한 개인이 아닌 역사와 사회의 폭력에 희생된 존재 전체를 영호의 죽음은 그들의 떨칠 수 없는 아픔을 표상한다. 영호의 죽음은 경험의 중량과 관계없이 역사적 트라우마라는 상흔을 소유한 채 살아가고 있는 모두의 비극인 것이다.

이것이 바로 <박하사탕>을 지속적으로 상기해야 하는 이유다. <박하사탕>은 역사적 트라우마를 체험한 한 인간을 밀도 있게 조명함으로써 역사적 트라우마의 잔혹함을 심도 있게 고발한다. 물론 역사적 트라우마의 피해자를 트라우마로부터 해방시키는 것과 과거 청산은 불가능한 일일 수 있다.[16] 그러나 역사적 트라우마를 완전히 해결할 수는 없을지라도 그것을 완화하기 위해

---

16 도미니크 라카프라, 육영수 옮김, 『치유의 역사학으로』, 푸른역사, 2008, 244쪽.

서는 트라우마 사건과 피해자에 관한 이야기가 필요하다. 끔찍한 사건을 기억하고 진실을 이야기하는 것이야말로 개별 피해자의 치유와 사회 질서의 회복을 위한 필수 조건이기 때문이다. 세상의 불운에 대한 우리 시대의 감수성은 알지 못했던 과거의 상처를 앎으로써 성장한다.[17] 역사적 사건의 피해자를 애도하고 피해자를 방지하기 위해 역사적 트라우마에 관한 이야기는 중단되어서는 안 된다. <박하사탕>은 역사적 트라우마를 영화적으로 기록함으로써 피해자를 이해하고 기억할 만한 하나의 허구적 사건이 되어준다. 바로이 점이 <박하사탕>의 또 다른 존재 의미라 할 수 있다.

---

17   주디스 허먼, 최현정 옮김, 『트라우마: 가정 폭력에서 정치적 테러까지』, 플래닛, 2007, 16-45쪽.

°참고문헌

|국내 논저|

단행본

5.18 민주유공자유족회 구술, 『그해 오월 나는 살고 싶었다 – 1』, 한얼미디어, 2006.
강정우, 『디즈니와 넷플릭스 디지털 혁신의 비밀 DX 코드』, 시크릿하우스, 2020.
과학기술정책연구원, 『포스트 코로나 일상의 미래』, 청림출판, 2021.
권영민, 『풍자 우화 그리고 계몽담론』, 서울대학교출판부, 2008.
김누리 외, 『코로나 사피엔스, 새로운 도약』, 인플루엔셜, 2021.
김민철 외 지음, 『군함도 – 끝나지 않은 전쟁』, 생각과정원, 2017.
김민하, 『냉소사회』, 현암사, 2016.
김성희, 『방송드라마 창작론』, 연극과 인간, 2010.
김영택, 『5월 18일, 광주: 광주민중항쟁, 그 원인과 전개과정』, 역사공간, 2010.
김찬호, 『모멸감 – 굴욕과 존엄의 감정사회학』, 문학과지성사, 2014.
김태형, 『불안 증폭 사회』, 위즈덤하우스, 2010.
대중서사장르연구회, 『대중서사장르의 모든 것3: 추리물』, 이론과실천, 2011.
민주화운동기념사업회 한국민주주의연구소 엮음, 『6월 민주항쟁 – 전개와 의의』, 한울
　　　아카데미, 2017.
박재범, 『김과장』, 비단숲, 2017.
배상준, 『영화예술학 입문』, 성신여자대학교출판부, 2009.
부산대학교 한민족문화연구소 엮음, 『로컬의 일상과 실천』, 소명출판, 2013.
한국방송작가협회 편, 『드라마아카데미』, 펜타그램, 2005.
손정현, 『나는 왠지 대박날 것만 같아!』, 이은북, 2019.
이문영 편, 『폭력이란 무엇인가: 기원과 구조』, 아카넷, 2015.
이영미, 『신데렐라는 없었다』, 서해문집, 2022.
이영미, 『한국 대중예술사 신파성으로 읽다』, 푸른역사, 2016.
이유혁 외, 『로컬서사와 재현』, 소명출판, 2017.

이철승, 『불평등의 세대 — 누가 한국사회를 불평등하게 만들었는가』, 문학과지성사, 2021.

이호수, 『넷플릭스 인사이트』, 21세기북스, 2020.

임경수, 『호모 렐리기오수스: 인간의 자리』, 학지사, 2020.

장세룡 외, 『사건, 정치의 토포스』, 소명출판, 2017.

전경옥, 『풍자, 자유의 언어 웃음의 정치 — 풍자 이미지로 본 근대 유럽의 역사』, 책세상, 2015.

전규찬·박근서, 『텔레비전 오락의 문화정치학』, 한울아카데미, 2004.

정끝별, 『패러디』, 모악, 2017.

정동호, 『니체』, 책세상, 2014.

정서경·박찬욱, 『헤어질 결심 각본』, 을유문화사, 2022.

정항균, 『아비뇽의 여인들 또는 폭력의 두 얼굴』, 서울대학교출판문화원, 2017.

정형철, 『종교적 이미지의 형상적 기능 — 시각적 이미지와 종교적 경험』, 동인, 2015.

조규찬, 「<기생충>에 드러난 자본과 공간 연구」, 『비평문학』 75, 한국비평문학회, 2020.

지명렬, 『독일 낭만주의 총설』, 서울대학교, 2000.

최성철, 『폭력의 역사학』, 서강대학교출판부, 2019.

한병철, 김남시 옮김, 『권력이란 무엇인가』, 문학과지성사, 2016.

한병철, 김태환 옮김, 『에로스의 종말』, 문학과지성사, 2015.

한병철, 이재영 옮김, 『타자의 추방』, 문학과지성사, 2017.

한창완, 『슈퍼 히어로』, 커뮤니케이션북스, 2013.

학술논문

강건해, 「스낵컬처(snackculture) 시대의 새로운 이야기 양식, 웹드라마의 서사 구조에 관한 연구」, 『드라마연구』 60, 한국드라마학회, 2020.

강성애, 「넷플릭스 드라마 <지금 우리 학교는>에 나타난 학교 폭력 연구」, 『한국연구』 12, (재)한국연구원, 2022.

고선희, 「멀티 플랫폼 환경의 웹드라마 스토리텔링 특성 — MBC 제작 웹드라마를 중심으로」, 『한국사상과문화』 89, 한국사상문화학회, 2017.

김강원, 「'알파고' 이후, 한국 TV 드라마의 AI(인공지능)에 대한 담론 — <너도 인간이니?>를 중심으로」, 『이화어문논집』 50, 이화어문학회, 2020.

김미라·장윤재, 「웹드라마 콘텐츠의 제작 및 서사 특성에 관한 탐색적 연구」, 『한국언론학보』 59(5) 한국언론학회, 2015.

김민영, 「김은희의 추리극에 나타난 기억과 폭력의 양상 연구: TV 드라마 〈싸인〉, 〈유령〉,

〈시그널〉을 중심으로」, 중앙대학교 박사학위논문, 2019.

김민영, 「플랫폼의 확장과 좀비 서사의 구현 연구 ─ 넷플릭스 오리지널 드라마 <킹덤> 시즌1을 중심으로」, 『현대문학이론연구』 77, 현대문학이론학회, 2019.

김예니, 「대중서사 속 '클리셰'의 변화양상 ─ 로맨스 웹소설을 중심으로」, 『돈암어문학』 42, 돈암어문학회, 2022.

김유정, 「플랫폼 시대의 방송콘텐츠 진흥, 방향성과 제도에 대한 고찰: 드라마 제작 시장을 중심으로」, 『방송문화』 421, 한국방송협회, 2020.

김유진, 「반영웅소설(反英雄小說)의 서사적 특성 연구」, 『고소설연구』 49, 한국고소설학회, 2020.

김혜진, 「차별과 배제를 '공정성'이라고 말하는 사회」, 『황해문화』 98, 새얼문화재단, 2018.

노진철, 「2016/17년의 촛불집회들과 대통령 탄핵」, 『사회와 이론』 31, 한국이론사회학회, 2017.

류수연, 「여성인물의 커리어포부와 웹 로맨스 서사의 변화 ─ 로맨스판타지의 '악녀' 주인공 소설을 중심으로」, 『한국문학과 예술』 39, 사단법인 한국문학과예술연구소, 2021.

문선영, 「신데렐라 출현으로 가늠하는 대중예술사의 흐름과 의미 ─ 이영미, 『신데렐라는 없었다』, (서해문집, 2022)」, 『한국극예술연구』 78, 한국극예술학회, 2023.

문재철, 「현대 한국영화의 폭력 재현에 대한 연구 ─ 승화의 위기와 폭력의 충동성」, 『영상예술연구』 9, 영상예술학회, 2006.

박수미, 「웹소설 서사의 파격성과 보수성」, 『한국문예비평연구』 75, 한국현대문예비평학회, 2022.

박명진, 「지옥에 나타난 파국적 상상력과 실재의 일상화」, 『우리문학연구』 76, 우리문학회, 2022.

백경선, 「OTT 시대 드라마 변화 양상 ─ TV드라마와 OTT드라마를 중심으로」, 『한국극예술연구』 78, 한국극예술학회, 2023.

백소연, 「일상이 된 공포, 출구 없는 지옥 ─ OCN <타인은 지옥이다>를 중심으로」, 『한국극예술연구』 70, 한국극예술학회, 2020.

손선옥·박현용, 「학교폭력 피해경험이 내재화 문제에 미치는 영향과 도움 구하기의 조절효과」, 『스트레스연구』 30(1), 대한스트레스학회, 2022.

신주진, 「'복수 정동'의 이행 구조 연구 ─ 2000년 이후 한국 TV드라마 '복수극'을 중심으로」, 중앙대학교 문화연구학과 박사학위논문, 2018.

신주진, 「김은숙 드라마의 대중적 낭만주의 연구」, 『한국근대문학연구』 22(1), 한국근대문학회, 2021.

엄혜진, 「신자유주의 시대 여성 자아 기획의 이중성과 '속물'의 탄생: 베스트셀러 여성 자기계발서 분석을 중심으로」, 『한국여성학』 32(2), 한국여성학회, 2016.

오현화, 「미국 슈퍼히어로 영화 속 영웅의 계보학: '차이'와 '사이(in-between)'의 서사 전략을 통한 캐릭터 형성 방식을 중심으로」, 『영어권문화연구』 9(1), 동국대학교 영어권문화연구소, 2016.

유진월, 「공포영화의 주체로서의 팜프 카스트리스 — <김복남 살인사건의 전말>을 중심으로」, 『우리문학연구』 53, 우리문학회, 2017.

윤석진, 「신자유주의 시대, '치유(治癒)' 혹은 '기망(欺罔)'의 텔레비전드라마-언론과 법조 소재 미니시리즈를 중심으로」, 『어문연구』 92, 어문연구학회, 2017.

이다운, 「TV드라마와 내레이션: 2000년대 미니시리즈 작품을 중심으로」, 『한국극예술연구』 41, 한국극예술학회, 2013.

이다운, 「박찬욱 영화의 염세주의적 세계관 연구」, 『문학과 영상』 20(1), 문학과영상학회, 2019.

이다운, 「한국 텔레비전드라마의 대중 서사 전략에 대한 비판적 고찰」, 충남대학교 박사학위논문, 2017.

이정옥, 「부패사회를 해부하는 도덕이성과 정의구현이라는 환상 — <비밀의 숲>을 중심으로」, 『대중서사연구』 4(3), 대중서사학회, 2018.

이주라, 「낙오된 여성의 반란과 사랑이라는 능력 — 2000년대 로맨스소설에 나타난 여성 주체의 변화」, 『대중서사연구』 28(2), 대중서사학회, 2022.

하승태·곽은경·정기완, 「국내 지상파 TV 드라마에 나타난 폭력성: 폭력의 양태와 맥락을 중심으로」, 『사회과학연구』 23(2), 경성대학교 사회과학연구소, 2007.

한국콘텐츠진흥원, 「한국 콘텐츠 미국시장 소비자조사(드라마)」, 2019.

홍성수, 「혐오(hate)에 어떻게 대응할 것인가?」, 『법학연구』 30(2), 충남대학교 법학연구소, 2019.

홍인욱, 「지하주거의 실태와 문제점」, 『도시연구』 제8호, 한국도시연구소, 2002.

| 해외 논저 |

가이 스탠딩, 김태호 옮김, 『프레카리아트 — 새로운 위험한 계급』, 박종철출판사, 2014.

기 드보르, 유재홍 옮김, 『스펙터클의 사회에 대한 논평』, 율력, 2017.

닉 보스트롬, 조성진 옮김, 『슈퍼인텔리전스: 경로, 위험, 전략』, 까치글방, 2017.

다니엘 액스트, 구계원 옮김, 『자기 절제 사회』, 민음사, 2013.

댄 가드너, 김고명 옮김, 『이유 없는 두려움』, 지식갤러리, 2012.

데이비드 바래시·주디스 이브 립턴, 고빛샘 옮김, 『화풀이 본능』, 명랑한지성, 2012.

데이비드 벨로스, 정해영·이은경 옮김,『번역의 일 — 번역이 없으면 세계도 없다』, 메멘토, 2021.

데이비드 크로토·윌리엄 호인스, 전석호 옮김,『미디어 소사이어티』, 사계절, 2001.

도다야마 가즈히사, 이소담 옮김,『호러 사피엔스』, 단추, 2021.

도린 매시, 박경환·이영민·이용균 옮김,『공간을 위하여』, 심산, 2016.

도미니크 라카프라, 육영수 옮김,『치유의 역사학으로』, 푸른역사, 2008.

도미니크 바뱅, 양영란 옮김,『포스트휴먼과의 만남』, 궁리, 2007.

디디에 파생·리샤르 레스만, 최보문 옮김,『트라우마의 제국』, 바다출판사, 2016.

디어드리 배릿, 김한영 옮김,『인간은 왜 위험한 자극에 끌리는가』, 이순, 2011.

라파엘 카푸로·미카엘 나겐보르그, 변순용·송선영 옮김,『로봇윤리: 로봇의 윤리적 문제들』, 어문학사, 2013.

레나타 살레츨, 박광호 옮김,『불안들』, 후마니타스, 2015.

레이 커즈와일, 김명남·장시형 옮김,『특이점이 온다』, 김영사, 2007.

레이 커즈와일, 윤영삼 옮김,『마음의 탄생』, 크레센도, 2016.

로널드 B. 토비아스, 김석만 옮김,『인간의 마음을 사로잡는 스무 가지 플롯』, 풀빛, 2007.

로리 에시그, 강유주 옮김,『사랑의 민낯, 러브 주식회사 — 자본주의로 포장된 로맨스라는 환상』, 문학과사상사, 2021.

로제 다둔, 최윤주 옮김,『폭력-폭력적 인간에 대하여』, 동문선, 2006.

로지 브라이도티, 이경란 옮김,『포스트휴먼』, 아카넷, 2017.

루이스 E. 캐트론, 홍창수 옮김,『희곡 쓰기의 즐거움』, 작가, 2011.

루이스 멈퍼드, 유명기 옮김,『기계의 신화 I』, 아카넷, 2013.

리 마이클스, 김보은 옮김,『로맨스로 스타 작가 — 웹툰·웹소설·영화·드라마, 모든 장르에 먹히는 로맨스 스토리텔링』, 다른, 2021.

리처드 슈스터만, 김광진·김진엽 옮김,『프래그머티즘 미학』, 북코리아, 2010.

리처드 슈스터만, 허정선·김진엽 옮김,『삶의 미학』, 이학사, 2012.

리처드 왓슨, 방진이 옮김,『인공지능 시대가 두려운 사람들에게』, 원더박스, 2017.

리처드 할러웨이, 이용주 옮김,『세계 종교의 역사』, 소소의책, 2018.

린다 카우길, 이문원 옮김,『시나리오 구조의 비밀』, 시공사, 2015.

마사 너스바움, 조계원 옮김,『혐오와 수치심』, 민음사, 2015.

마이클 맥컬러프, 김정희 옮김,『복수의 심리학』, 살림출판사, 2009.

마이클 샌델, 이수경 옮김,『완벽에 대한 반론: 생명공학 시대, 인간의 욕망과 생명윤리』, 미래엔, 2016.

마이클 셔머, 김소희 옮김,『믿음의 탄생』, 지식갤러리, 2012.

마크 웨이드 외, 하윤숙 옮김,『슈퍼 히어로 미국을 말하다』, 잠, 2010.

모리스 블랑쇼, 박준상 옮김, 『카오스의 글쓰기』, 그린비, 2013.

몰리 해스켈, 이형식 옮김, 『숭배에서 강간까지 — 영화에 나타난 여성상』, 나남, 2008.

미셸 팽송·모니크 팽송-샤를로, 이상해 옮김, 『부자들의 폭력 — 거대한 사회적 분열의 연대기』, 미메시스, 2015.

바브 메이버거, 김준기 옮김, 『트라우마, 기억으로부터의 자유』, 수오서재, 2018.

발트라우트 포슈, 조원규 옮김, 『몸 숭배와 광기』, 여성신문사, 2004.

베르나 바르텐스, 손희주 옮김, 『감정 폭력: 세상에서 가장 과소평가되는 폭력 이야기』, 걷는나무, 2019.

베셀 반 데어 콜크, 제효영 옮김, 『몸은 기억한다: 트라우마가 남긴 기억들』, 을유문화사, 2016.

베티 프리단, 김현우 옮김, 『여성성의 신화』, 갈라파고스, 2016.

볼프강 가스트, 조길예 옮김, 『영화』, 문학과지성사, 2006.

브라이언 보이드, 남경태 옮김, 『이야기의 기원 — 인간은 왜 스토리텔링에 탐닉하는가』, 휴머니스트, 2013.

블라디미르 프로프, 정막래 옮김, 『희극성과 웃음』, 나남, 2010.

수 손햄·토니 퍼비스, 김소은·황정녀 옮김, 『텔레비전 드라마 — 이론, 본질, 정체성 그리고 연구 방법론』, 동문선, 2008.

수잔 헤이워드, 이영기 옮김, 『영화 사전 — 이론과 비평』, 한나래, 2001.

수전 손택, 이재원 옮김, 『타인의 고통』, 이후, 2004.

스테파니 몰턴 사키스, 이진 옮김, 『가스라이팅』, 수오서재, 2021.

스튜어트 러셀·피터 노빅, 류광 옮김, 『인공지능: 현대적 접근방식』, 제이펍, 2016.

스튜어트 브라운·크리스토퍼 본, 윤미나 옮김, 『플레이 즐거움의 발견』, 흐름, 2010.

스티브 닐·프랑크 크루트니크, 강현두 옮김, 『세상의 모든 코미디』, 커뮤니케이션북스, 2002.

스티븐 D. 캐츠, 김학순·최병근 옮김, 『영화연출론』, 시공사, 2018.

스티븐 킹, 조재형 옮김, 『죽음의 무도』, 황금가지, 2010.

스티븐 파인먼, 이재경 옮김, 『복수의 심리학 — 우리는 왜 용서보다 복수에 열광하는가』, 반니, 2018.

슬라보예 지젝, 이현우·김희진·정일권 옮김, 『폭력이란 무엇인가』, 난장이, 2011.

아네트 쿤, 이형식 옮김, 『이미지의 힘: 영상과 섹슈얼리티』, 동문선, 2001.

아만다 D. 로츠, 길경진 옮김, 『TV혁명』, 폰북스, 2012.

알랭 드 보통, 정영목 옮김, 『왜 나는 너를 사랑하는가』, 청미래, 2012.

알랭 바디우, 김길훈 외 옮김, 『알랭 바디우의 영화』, 한국문화사, 2015.

알랭 바디우, 조재룡 옮김, 『사랑 예찬』, 길, 2010.

앙리 베르그송, 이희영 옮김, 『웃음/창조적 진화/도덕과 종교의 두 원천』, 동서문화사, 2008.

앙토냉 아르토, 박형섭 옮김, 『잔혹연극론』, 현대미학사, 1994.

앙트완 베르만, 윤성우·이향 옮김, 『낯선 것으로부터 오는 시련』, 철학과현실사, 2009.

에드워드 렐프, 김덕현·김현주·심승희 옮김, 『장소와 장소상실』, 논형, 2008.

에바 일루즈, 김희상 옮김, 『사랑은 왜 불안한가 — 하드코어 로맨스와 에로티즘의 사회학』, 돌베개, 2014.

에바 일루즈, 박형신·권오현 옮김, 『낭만적 유토피아 소비하기 — 사랑과 자본주의의 문화적 모순』, 이학사, 2014.

엘리아스 카네티, 강두식·박병덕 옮김, 『군중과 권력』, 바다출판사, 2021.

오기 오가스·사이 가담, 왕수민 옮김, 『포르노 보는 남자 로맨스 읽는 여자』, 웅진지식하우스, 2011.

오카 마리, 김병구 옮김, 『기억 서사』, 소명출판, 2004.

올리비에 몽쟁, 이은민 옮김, 『이미지의 폭력』, 동문선, 1999.

요한 갈퉁, 강종일·정대화·임성호·김승채·이재봉 옮김, 『평화적 수단에 의한 평화』, 들녘, 2000.

요한 하위징아, 이종인 옮김, 『호모 루덴스』, 연암서가, 2010.

우르슬라 리히터, 손영미 옮김, 『여자의 복수』, 다른우리, 2002.

유발 하라리, 조현욱 옮김, 『사피엔스』, 김영사, 2016.

이브 미쇼 외, 김주현 옮김, 『문화란 무엇인가2』, 시공사, 2003.

이-푸 투안, 구동회·심승희 옮김, 『공간과 장소』, 대윤, 2007.

자크 데리다, 남수민 옮김, 『환대에 대하여』, 동문선, 2004.

자크 랑시에르, 김상운 옮김, 『이미지의 운명』, 현실문화연구, 2014.

자크 리베트 외, 이윤영 엮음·옮김, 『사유 속의 영화』, 문학과지성사, 2011.

자크 오몽 외, 이용주 옮김, 『영화미학』, 동문선, 2003.

장 그르니에, 권은미 옮김, 『존재의 불행』, 문예출판사, 2009.

장 폴 사르트르, 정명환 옮김, 『문학이란 무엇인가』, 민음사, 2012.

장 피에르 링가르, 박영섭 옮김, 『연극분석입문』, 동문선, 2004.

장-루이 마시카, 최서연 옮김, 『텔레비전의 종말』, 베가북스, 2007.

제인 빌링허스트, 석기용 옮김, 『요부, 그 이미지의 역사』, 아미고, 2005.

조너선 갓셜, 노승영 옮김, 『이야기를 횡단하는 호모 픽투스의 모험』, 위즈덤하우스, 2023.

조단 E. 로젠펠드, 이승호·김청수 옮김, 『임팩트 있는 장면을 만드는 스토리 기법』, 비즈앤비즈, 2002.

조르주 바타이유, 조한경 옮김, 『에로티즘의 역사』, 민음사, 1998.

조셉 칠더·스게리 헨치, 황종연 옮김, 『현대 문화·문학 비평 용어사전』, 문학동네, 2007.

조엘 마니, 김호영 옮김, 『시점』, 이화여자대학교출판부, 2017.

존 M. 렉터, 양미래 옮김, 『인간은 왜 잔인해지는가 ─ 타자를 대상화하는 인간』, 고유서가, 2021.

존 피스크, 박만준 옮김, 『대중과 대중문화』, 커뮤니케이션북스, 2016.

주디스 버틀러, 김정아 옮김, 『비폭력의 힘: 윤리학-정치학 잇기』, 문학동네, 2021.

주디스 허먼, 최현정 옮김, 『트라우마: 가정 폭력에서 정치적 테러까지』, 플래닛, 2007.

줄리아 크리스테바, 서민원 옮김, 『공포의 권력』, 동문선, 2001.

지그문트 바우만, 안규남 옮김, 『왜 우리는 불평등을 감수하는가』, 동녘, 2013.

지그문트 바우만, 이수영 옮김, 『새로운 빈곤』, 천지인, 2010.

지그문트 바우만, 홍지수 옮김, 『방황하는 개인들의 사회』, 봄아필, 2013.

지그문트 바우만·레오니다스 돈스키스, 최호영 옮김, 『도덕적 불감증』, 책읽는수요일, 2015.

지그문트 바우만·스타니스와프 오비레크, 안규남 옮김, 『인간의 조건』, 파주, 2016.

지그문트 프로이트, 박찬부 옮김, 『쾌락원칙을 넘어서』, 열린책들, 1997.

지그문트 프로이트, 임홍빈·홍혜경 옮김, 『정신분석강의 (하)』, 열린책들, 1997.

찰스 애프런, 김갑의 옮김, 『영화와 정서』, 집문당, 2001.

찰스 킴볼, 김승욱 옮김, 『종교가 사악해질 때 ─ 타락한 종교의 다섯 가지 징후』, 현암사, 2020.

찰스 파스테르나크 편저, 채은진 옮김, 『무엇이 우리를 인간이게 하는가』, 말글빛냄, 2008.

캐럴라인 브레이지어, 유지화 옮김, 『인간은 왜 죄의식으로 고통받는가』, 알마, 2012.

캐서린 헤일스, 허진 옮김, 『우리는 어떻게 포스트휴먼이 되었는가』, 열린책들, 2013.

케네스 피커링, 김상현 옮김, 『현대드라마를 어떻게 읽을 것인가』, 동인, 2005.

코리 바커·마이크 비아트로스키 외 지음, 임종수 옮김, 『넷플릭스의 시대』, 팬덤북스, 2019.

콜레트 다울링, 이호민 옮김, 『신데렐라 콤플렉스』, 나라원, 2002.

콜린 엘러드, 문희경 옮김, 『공간이 사람을 움직인다』, 길벗, 2016.

크리스 쉴링, 임인숙 옮김, 『몸의 사회학』, 나남, 1999.

크리스토퍼 보글러, 함춘성 옮김, 『신화, 영웅 그리고 시나리오 쓰기』, 비즈앤비즈, 2013.

크리스티안 될커, 이도경 옮김, 『미디어에서 리얼리티란 무엇인가』, 커뮤니케이션북스, 2001.

클레르 바세, 박지회 옮김, 『대사』, 이화여자대학교출판부, 2010.

테리 이글턴, 강정석 옮김, 『인생의 의미』, 책읽는수요일, 2016.

테리 이글턴, 서정은 옮김, 『성스러운 테러』, 생각의 나무, 2007.

테리 이글턴, 이강선 옮김, 『문화란 무엇인가』, 문예출판사, 2021.

파울 페르하에어, 장혜경 옮김, 『우리는 어떻게 괴물이 되어가는가 ― 신자유주의적 인격의 탄생』, 반비, 2016.

패멀라 더글라스, 이은주 옮김, 『넷플릭스 시대의 글쓰기』, 도레미엔터테인먼트, 2020.

폴 로버츠, 김선영 옮김, 『근시사회』, 민영사, 2016.

폴 블룸, 김태훈 옮김, 『최선의 고통』, 알에이치코리아, 2022.

폴 블룸, 문희경 옮김, 『우리는 왜 빠져드는가?』, 살림, 2011.

프랑크 하르트만, 이상엽·강웅경 옮김, 『미디어철학』, 북코리아, 2008.

프리드리히 니체, 박찬국 옮김, 『도덕의 계보학』, 아카넷, 2021.

프리모 레비, 이소영 옮김, 『가라앉은 자와 구조된 자』, 돌베개, 2014.

피에르 부르디외, 하태환 옮김, 『예술의 규칙 ― 문학 장의 기원과 구조』, 동문선, 1999.

피에르 클라스트르, 변지현·이종영 옮김, 『폭력의 고고학』, 울력, 2002.

하마모토 다카시, 박정연 옮김, 『신데렐라 내러티브 ― 더 이상 단순한 동화가 아니다』, 효형출판, 2022.

헬렌 조페, 박종연·박해광 옮김, 『위험사회와 타자의 논리』, 한울, 2002.

C.R. 리스크, 유진월 옮김, 『희곡 분석의 방법』, 한울아카데미, 1999.

M. H. 에이브럼스, 최상규 옮김, 『문학용어사전』, 보성출판사, 1995.

W. 제임스 포터, 하종원 옮김, 『미디어와 폭력 ― 그에 관한 11가지 신화』, 한울, 2006.

Henry Jenkins·Sam Ford·Joshua Green, 『Spreadable Media: Creating Value and Meaning in a Networked Culture』, New York University Press, 2013.

Louis E. Catron, 『The Elements of Playwriting』, Waveland Pess Inc, 1993.

Noel Carroll, 『The Philosophy of Horror: Or, Paradoxes of the Heart』, Routledge, 1990.

Stuart Voytilla, 『Myth and the Movies: Discovering the Mythic Structure of 50 Unforgettable Films』, Michael Wiese Productions, 1999.

William Empson, 『Seven Types of Ambiguity』, New Directions, 1966.

저자 **이다운**

나, 인간, 세계를 이해하기 위해 이야기 연구자가 되었다. 드라마와 영화 등 이야기의 영상화 양상과 의미를 연구해 왔으며 콘텐츠 스토리텔링, 대중예술, 문화 관련 교육을 수행하고 있다. 충남대학교 국어국문학과에서 영상문학을 전공했고 카이스트 연구교수를 거쳐 현재 국립군산대학교 국어국문학과 교수로 재직 중이다.

영상문학의 스토리텔링
―OTT 드라마에서 대중영화까지―

초판 1쇄 인쇄 2024년 7월 10일
초판 1쇄 발행 2024년 7월 17일

저　　자 이다운
펴 낸 이 이대현

편　　집 이태곤 권분옥 임애정 강윤경
디 자 인 안혜진 최선주
마 케 팅 박태훈 한주영

펴 낸 곳 도서출판 역락
주　　소 서울시 서초구 동광로 46길 6-6(반포4동 문창빌딩 2F)
전　　화 02-3409-2060(편집부), 2058(영업부)
팩　　스 02-3409-2059
등　　록 1999년 4월 19일 제303-2002-000014호
이 메 일 youkrack@hanmail.net
역락홈페이지 http://www.youkrackbooks.com

I S B N　979-11-6742-838-7 93810